외국어 번역 고소설 선집 5

애정소설 3

— 추풍감별곡·봉황금·운영전 —

역주자

김채현   명지대학교 방목기초교육대학 객원조교수
박상현   경희사이버대학교 일본학과 교수
권순긍   세명대학교 한국어문학과 교수
이상현   부산대학교 인문학연구소 HK교수

이 책은 2011년도 정부(교육과학기술부)의 재원으로 한국학중앙연구원
(한국학진흥사업단)의 지원을 받아 수행된 연구임(AKS-2011-EBZ-2101)

외국어 번역 고소설 선집 5

애정소설 3
- 추풍감별곡·봉황금·운영전 -

초 판 인 쇄   2017년 11월 20일
초 판 발 행   2017년 11월 30일

역 주 자   김채현·박상현·권순긍·이상현
감 수 자   정출헌·강영미
발 행 인   윤석현
발 행 처   도서출판 박문사
책 임 편 집   최인노
등 록 번 호   제2009-11호

우 편 주 소   서울시 도봉구 우이천로 353 성주빌딩 3층
대 표 전 화   02) 992 / 3253
전   송   02) 991 / 1285
홈 페 이 지   http://www.jncbms.co.kr
전 자 우 편   bakmunsa@hanmail.net

ⓒ 김채현 외, 2017. Printed in KOREA

ISBN 979-11-87425-67-0 94810   정가 35,000원
        979-11-87425-62-5 94810(set)

외국어 번역 고소설 선집 5

애정소설 3
— 추풍감별곡·봉황금·운영전 —

김채현·박상현·권순긍·이상현 역주

정출헌·강영미 감수

박문사

한국에서 외국인 한국학에 대한 연구는 지금까지 주로 외국인의 '한국견문기' 혹은 그들이 체험했던 당시의 역사현실과 한국인의 사회와 풍속을 묘사한 '민족지(ethnography)'에 초점이 맞춰져 왔다. 하지만 19세기 말 ~ 20세기 초 외국인의 저술들은 이처럼 한국사회의 현실을 체험하고 다룬 저술들로 한정되지 않는다. 외국인들에게 있어서 한국의 언어, 문자, 서적도 매우 중요한 관심사이자 연구영역이었기 때문이다. 그들 역시 유구한 역사를 지닌 한국의 역사·종교·문학 등을 탐구하고자 했다. 우리가 이 책에 담고자 한 '외국인의 한국고전학'이란 이처럼 한국고전을 통해 외국인들이 한국에 관한 광범위한 근대지식을 생산하고자 했던 학술 활동 전반을 지칭한다. 우리는 외국인의 한국고전학 논저 중에서 근대 초기 한국의 고소설을 외국어로 번역한 중요한 자료들을 집성했으며 더불어 이를 한국어로 '재번역' 했다. 우리가 『외국어 번역 고소설 선집』 1~10권을 편찬한 이유이자 이 자료집을 통해 독자들이자 학계에 제공하고자 하는 바는 크게 네 가지로 요약된다.

첫째, 무엇보다 외국인의 한국고전학 논저 중에서 가장 큰 비중을 차지하는 사례가 바로 '외국어 번역 고소설'이기 때문이다. 한국의 고소설은 '시·소설·희곡 중심의 언어예술', '작가의 창작적 산물'이라는 근대적 문학개념에 부합하는 장르적 속성으로 인하여 외국인들에게 일찍부터 주목받았다. 특히, 국문고소설은 당시 한문 독자층을 제외한 한국 민족 전체를 포괄할 수 있는 '국민문학'으로 재조명되며,

그들에게는 지속적인 번역의 대상이었다. 즉, 외국어 번역 고소설은 하나의 단일한 국적과 언어로 환원할 수 없는 외국인들 나아가 한국인의 한국고전학을 묶을 수 있는 매우 유효한 구심점이다. 또한 외국어 번역 고소설은 번역이라는 문화현상을 실증적으로 고찰해볼 수 있는 가장 구체적인 자료이기도 하다. 두 문화 간의 소통과 교류를 매개했던 번역이란 문화현상을 텍스트 속 어휘 대 어휘라는 가장 최소의 단위로 살필 수 있기 때문이다.

둘째, 이 선집을 순차적으로 읽어나갈 때 발견할 수 있는 '외국어번역 고소설의 통시적 변천양상'이다. 고소설을 번역하는 행위에는 고소설 작품 및 정본의 선정, 한국문학에 대한 인식 층위, 한국관, 번역관 등이 의당 전제될 수밖에 없다. 따라서 외국어 번역 고소설 작품의 계보를 펼쳐보면 이러한 다양한 관점을 포괄할 수 있는 입체적인 연구가 가능해진다. 시대별 혹은 서로 다른 번역주체에 따라 고소설의 다양한 형상을 발견할 수 있다. 예컨대 민속연구의 일환으로 고찰해야 할 설화, 혹은 아동을 위한 동화, 문학작품, 한국의 대표적인 문학 정전, 한국의 고전 등 다양한 층위의 고소설 인식을 살펴볼 수 있다. 이러한 인식에 맞춰 그 번역서들 역시 동양(한국)의 이문화와 한국인의 세계관을 소개하거나 국가의 정책에 도움을 주고자 하는 한국에 관한 지식을 제공하기 위해서 출판되는 양상을 살필 수 있다.

셋째, 해당 외국어 번역 고소설 작품에 새겨진 이와 같은 '원본 고소설의 표상' 그 자체이다. 외국어 번역 고소설의 변모양상과 그 역사는 비단 고소설의 외국어 번역사례로 국한되는 것이 아니다. 당대 한국의 다언어적 상황, 당시 한국의 국문·한문·국한문 혼용이 혼재되었던 글쓰기(書記體系, écriture), 한국문학론, 문학사론의 등장과 관련해서도 흥미로운 연구지점을 제공해주기 때문이다. 예를 들어 본다면, 고소설이 오늘날과 같은 '한국의 고전'이 아니라 동시대적으로 향유되는 이야기이자 대중적인 작품으로 인식되던 과거의 모습 즉, 근대 국민국가 단위의 민족문화를 구성하는 고전으로 인식되기 이전, 고소설의 존재양상을 발견할 수 있다. 이 원본 고소설의 표상은 한국 근대 지식인의 한국학 논저만으로 발견할 수 없는 것으로, 그 계보를 총체적으로 살필 경우 근대 한국 고전이 창생하는 논리와 그 역사적 기반을 규명할 수 있다.

넷째, 외국어 번역 고소설 작품군을 통해 '고소설의 정전화 과정'을 살펴보는 것이다. 20세기 근대 한국어문질서의 변동에 따라 국문 고소설의 언어적 위상 역시 변모되었다. 그리고 그 흔적은 해당 외국어 번역 고소설 작품 속에 오롯이 남겨져 있다. 고소설이 외국문학으로 번역의 대상이 된다는 사실은, 이본 중 정본의 선정 그리고 어휘와 문장구조에 대한 분석이 전제됨을 의미하기 때문이다. 사실 고소설 번역실천은 고소설의 언어를 문법서, 사전이 표상해주는 규범화된 국문 개념 안에서 본래의 언어와 다른 층위의 언어로 재편하는 행위이다. 하나의 고소설 텍스트를 완역한 결과물이 생성되었다는 것은, 고소설 텍스트의 언어를 해독 가능한 '외국어=한국어'로 재편하는 것에 다름 아니다.

즉, 우리가 편찬한 『외국어 번역 고소설 선집』에는 외국인 번역자만의 문제가 아니라, 번역저본을 산출하고 위상이 변모된 한국사회, 한국인의 행위와도 긴밀히 관계되어 있다. 근대 매체의 출현과 함께 국문 글쓰기의 위상변화, 즉, 필사본·방각본에서 활자본이란 고소설 존재양상의 변모는 동일한 작품을 재번역하도록 하였다. '외국어 번역 고소설'의 역사를 되짚는 작업은 근대 문학개념의 등장과 함께, 국문고소설의 언어가 문어로서 지위를 확보하고 문학어로 규정되는 역사, 그리고 근대 이전의 문학이 '고전'으로 소환되는 역사를 살피는 것이다. 우리의 희망은 외국인의 한국고전학이란 거시적 문맥 안에서 '외국어 번역 고소설' 속에서 펼쳐진 번역이라는 문화현상을 검토할 수 있는 토대자료집을 학계와 독자에게 제공하는 것이다.

물론 우리가 편찬한 『외국어 번역 고소설 선집』이 이러한 목표에 얼마나 부합되는 것인지를 단언하기는 어렵다. 이에 대한 평가는 우리의 몫이 아니다. 이 자료 선집을 함께 읽을 여러 동학들의 몫이자 함께 해결해나가야 할 과제라고 말할 수 있다. 이들 외국어 번역 고소설을 축자적 번역의 대상이 아니라 문명·문화번역의 대상으로 재조명될 수 있도록 연구하는 연구자의 과제를 들 수 있을 것이다. 더불어 당대 한국의 이중어사전, 해당 언어권 단일어 사전을 통해 번역용례를 축적하며, '외국문학으로서의 고소설 번역사'와 고소설 번역의 지평과 가능성을 모색하는 번역가의 과제를 이야기할 수도 있을 것이다.

제1장

〈추풍감별곡 일역본〉(1921)*

趙鏡夏 譯, 島中雄三 潤色, 『通俗朝鮮文庫』8, 自由討究社, 1921.

조경하(趙鏡夏) 역, 시마나카 유조(島中雄三) 윤색

▌해제 ▌

　호소이 하지메는 항상 2편의 한국고전을 엮어 발행했던 과거
와 달리 『통속조선문고(通俗朝鮮文庫)』 7집으로 <홍길동전 일역
본>만을 발행하는 사실을 사과하며 『통속조선문고』 8집은 400
면 분량의 『팔역지(八域志)』, 『추풍감별곡(秋風感別曲)』이 발행될
것이라고 예고했다. 이러한 예정대로 『추풍감별곡』은 발간되었
다. 한국의 국문고소설을 번역했던 다른 사례와 마찬가지로 한
국 지식인이 초역을 담당하고 일본 지식인이 윤문을 하는 작업

---

* 채봉감별곡(彩鳳感別曲)이라고도 한다. 1912년 신구서림(新舊書林)에서 간행
되었다. 원문은 신구서림 지송욱이 저작 겸 발행한 7판인 1918본을 참고하였다.
작품 말미에 "겨작자가로되 평양에 츄풍감별곡이 류전ᄒ미 오리되 그 실스는
업고 감벼곡만잇스니 비유컨디 실스는ᄲ리요 감별곡은 열미라 ᄲ리업는 열미
가되믈 이셕ᄒ온지라 다가이쳐 문희희에 쳔단홈과 필법에 로둔ᄒᄆ믈 도라보지
아니ᄒ고 혹둣기도 ᄒ고 혹칙츤셔며 본거슬 참작ᄒ야 한ᄲ리를 맨드럿스ᄂ 가
위우수마발이라 웃지붓그럽지 안이ᄒ리요 열람하시는 동포ᄌ미 힝물후초ᄒ
시믈 바라ᄂ이다."라고 그 저작 의도를 밝혔다.

11

을 통해 번역했음을 말했다. 호소이는 이 작품을 『조선문화사론』(1911)을 발간하던 시기에 접했던 것으로 보인다. 당시 호소이가 번역했던 시가 작품은 1913년도 신구서림본과 다른 모습을 보여준다. 『통속조선문고』 8집의 서문에서 과거 그가 이 작품의 곡만 발췌하여 수록했음을 말하고 있기 때문이다. 즉, 이 시기 그는 자유토구사의 번역저본과 다른 이본을 접촉했음을 말해주는 것이다. 반면 자유토구사의 <추풍감별곡 일역본>의 저본은 1913년 발행된 신구서림본이다. 과거에 그가 일역했던 삽입시가를 수정하여 재수록했다. 또한 장(章) 구분이 원전과는 달리 11개이며 원전에 대한 축약 및 생략, 화소의 위치변화, 내용의 변개양상이 보인다.

┃ 참고문헌 ─────────
정규복, 「<추풍감별곡>의 문헌학적 연구」, 『서정범박사화갑기념논총』, 1986.
박상석, 「<추풍감별곡> 연구 : 작품의 대중성을 중심으로」, 연세대 석사학위논문, 2007.

(一) 彩鳳の詩藻と弼成の麗姿
(1) 채봉의 아름다운 시구와 필성의 수려한 모습[1]

───────────
1 원문에는 소제목이 따로 붙어 있지 않다. 번역문에는 내용에 따라 따로 장을 설정하고 대략의 내용을 짐작할 수 있는 소제목을 붙였다. 이는 가독성을 고려하여 독자들의 흥미를 고조시키기 위한 전략으로 보인다.

萬山の落葉は秋風に散つて、空山寂寞、ひとり明月の皎々として天心に澄みわたる折しもあれ、霜風におどろいた一連の雁が、碧空高く月を掠めて平壤は乙密臺の前、李監司が家の後園別堂に向つて去つた。この時恰も別黨の越房に一人の佳人、芳記正に十八ばかりの絶色があつた。先頃より首を俛れ机に凭つて、何やらん頻りに物思はしき風情であつたが、遽かに聞ゆる雁の聲に、おどろいて首をあげ南窗を眺めた。やがて、内房からの聞えを憚るやうに、靜かに兩手で障子を開くと、月はまともに佳人の顔を照らして、颯々たる金風に秋のあはれは深かつた。

만산에 낙엽은 가을바람에 흩날리고, 적막공산에 홀로 밝은 달이 하늘²을 맑게 하는 그때에 찬바람에 놀란 한 무리의 기러기가 푸른 하늘 높이 달을 가리고는 평양의 을밀대(乙密臺) 앞 이감사(李監司)의 집 뒤쪽의 정원에 있는 별당을 향했다. 이때 마침³ 별당의 월방(越房)에 가인(佳人)이 한 사람 있었는데, 꽃다운 나이 18세의 절세미인이었다. 한 참을 고개를 숙이고 책상에 기대어 계속해서 무언가를 생각하는 듯 한 모습⁴이었는데 갑자기 들려오는 기러기 소리에 놀라서 고개를 들어 남쪽 창을 바라보았다. 머지않아 내방(內房)에도 들

---

2 하늘: 일본어 원문은 '天心'이다. 하늘의 한 가운데 혹은 천제의 마음, 하늘의 뜻을 나타낸다(松井簡治·上田万年編,『大日本国語辞典』03, 金港堂書籍, 1917).

3 원문에는 "이때 마침"이라는 표현은 없으며 "별당건넌방안에 십팔가량된"이라고 바로 시작된다. 원문은 시간의 구분과 설명이 번역문에 비해 떨어진다. 이는 사건의 전환과 시간의 순차를 독자가 문맥을 보고 메꿔야 하는 고소설의 양식적 특징이다.

4 모습: 일본어 원문은 '風情'이다. 변하는 정취, 특별한 멋, 기색 등을 뜻한다(松井簡治·上田万年編,『大日本国語辞典』04, 金港堂書籍, 1919).

릴 것을 조심스러워 하며 조용히 양손으로 문을 열어보니 달은 정면에서 가인의 얼굴을 비추고 어지러운 바람소리에 가을은 깊어만 갔다.

佳人は太い歎息をついて、

『閉門推出窓前月……といふ句があるが、私はむしろ開門引入窓邊月とでも云はうか。何にしても斯ういふ時だ、かねての心中の蟠まりを釋いて、秋風感別曲を作るのは─』と、そこで南浦硯に首陽梅月(墨の名)を磨り、羊毛無心筆をさばいて、白綾の卷紙を机上に展べた。

가인은 크게 탄식을 하며,[5]

"폐문추출창전월(閉門推出窓前月)...이라는 구가 있는데, 나는 오히려 개문인입창변월(開門引入窓邊月)이라고 해야 하지 않겠는가.[6] 무엇을 하더라도 이러한 때이거늘 일찍이 마음속에 쌓인 것을 풀고 추풍감별곡을 지음이..."

라고 말하고는, 이에 남포연(南浦硯)에 수양매월(首陽梅月)[7]을 갈고는 양모(羊毛)로 만든 무심필(無心筆)과 흰 비단으로 만든 두루마리 종이를 책상 위에 펼쳤다.

そもそも此の佳人を誰かといふに、平壌府内の佳人金進士の娘で、名を彩鳳といひ、たぐひ稀なる美色の上に、また世にもめづらしい才

---

5 원문에는 "훼-이"라는 의성어가 있어 탄식을 과장되고 생생하게 표현한다.
6 원문에는 이후에 "애연이 눈물을 흘니며 사면츄경을 살피더니"로 '눈물'을 통해 채봉의 허전한 마음을 부각시킨다.
7 먹(墨) 이름의 하나.

媛であつた。彩鳳年七つの時、早く既に古今の書を讀み、一たび覽れば必ず忘れるといふことがなかつたので、父進士の喜び譬ふるに物なく、さながら掌中の珠の如くにいつくしみ育てた。十歲になつては詩書百家の文知らざることなく、女藝の道には殊に秀ででめでたかつた。金進士夫妻の愛しみはいとど加はり、何がな適はしい相手を求めて、一日も早く鴛鴦のつがひの睦まじさを見んものと樂みにしてゐた。

　원래 이 가인이 누구인가 하니, 평양부(平壤府)안에 살고 있는 김진사의 딸로[8] 이름은 채봉(彩鳳)이라고 하며 비길 데 없는 미색에다가 또한 세상에 보기 드문 재주 있는 여자였다. 채봉의 나이 7살 때에 일찍이 고금의 책을 다 읽고 한 번 보기만 하면 반드시 잊어버리는 일이 없었기에 아버지 진사의 기쁨은 이루 말할 수가 없어 마치 손바닥 안에 진주와 같이 사랑으로 키웠다. 10살이 되어서는 시서백가(詩書百家)의 문장을 모르는 것이 없고, 특히 여인의 재주가 뛰어났다. 김진사 부부의 사랑은 한층 더해지며 어딘가 적당한 상대를 구하여 하루라도 빨리 금실 좋고 화목한 가정을 꾸리는 것을 보기를 기대했다.

彩鳳年十五となつては、花容月姿、さながら牡丹の朝露を含むが如く、文章は李杜に隨ひ、女工は蘇若蘭にも比する有樣に、われ婿がねたらんと望むものはかぎりなくあつても、さてこれはとおもふ相手は更になく、今年十六の春を迎へて、あたら春色徒らに老いんとするか

---

8 원문에는 "김진ᄉ 슬하에 다른 혈육이 업고 다만 치봉이 뿐이라 금지옥엽갓치 길늘"과 같이 채종이 외동딸임을 강조한다.

15

の有樣であつた。父進士は彩鳳のために、後園に清楚な草屋を造り、常に侍婢秋香をして侍せしめたが、

채봉의 나이 열다섯이 되어서는 꽃과 같은 얼굴과 달과 같은 몸가짐이 마치 목단(牧丹)이 아침이슬을 먹은 듯하고, 문장은 이백과 두보를 쫓으며 여인의 재주는 소약난(蘇若蘭)에 견줄 만 했다. 사위가 되고자 하는 사람은 많았지만[9] 이 사람이라고 생각되는 상대가 없이 금년 16세 봄을 맞이하였는데 애석하게도 봄빛이 허무하게 나이 들어가는 듯했다. 아버지 진사는 채봉을 위해서 뒤뜰에 청초한 초가집을 짓고 항시 계집종인 추향(秋香)으로 하여 모시게 했다.

頃は三月の十日過ぎ、後ろの築山には青々たる楊柳今し綠の帳を垂れ、黃金色なす鶯は美聲を張り上げて樹々の間に往來し、さながら錦繡の屛風をひろげたやうな景色であつた。彩鳳は春興に堪へやらず、秋香を隨へて築山にのぼり、しきりに春色をめでつつあつたが、

때는 3월 10일이 지날 무렵 뒤에 있는 축산(築山)에 푸르른 버드나무가 푸른 휘장을 드리운 듯 황금색을 이루는 꾀꼬리가 아름다운 목소리를 울리며 나무 사이사이를 왔다 갔다 하는 것이 마치 수를 놓은 병풍을 펼쳐 놓은 듯한 경치였다. 채봉은 봄의 흥을 이기지 못하고 추향을 거느리고 축산으로 올라가 계속하여 봄의 빛깔을 즐기다가,

---

9 원문에는 "김진ᄉ니외 두루 셔랑지목을 구ᄅ되 맛참 가합ᄒ곳이업셔 십륙세 ᄭ지 출가(出嫁)를 못ᄒ얏더라"와 같이 사위가 되고자 하는 사람이 많았다는 표현은 없다.

秋香をか へみりて言ふ、

彩『秋香や、二の築山に雪の積つてゐたのはまだ昨日のやうに思つて ゐるのに、いつの間にか皆融けて、樹々には花が咲き葉が茂つた。植 物といふものは、冬は死んだやうになつてゐても、春さへ來ればまた 生きるが、人間は一度死ねば肉は腐り骨は枯れて、やがては土となつ てしまふ。さう思ふとはかないものは人間だわ。ねえ秋香や。』

秋『それはもう天地間の理趣で、致方がございません。しかし植物と いふものは人間に利用されるために世の中に在るもの、お孃さまのや うにさう悲觀したことを仰やつてはいけません。』

彩『でも、人生七十古來稀といふのだもの、どうして果敢なくないと 云へようか。』

추향을 돌아보며 말하기를,

채 "추향아, 이 축산에 눈이 쌓여 있던 것이 바로 어제 같은데 어느 새 모두 녹아서 나무에 꽃이 피고 잎이 무성하였구나. 식물이라는 것은 겨울에 죽은 것처럼 보여도 봄이 오기만 하면 다시 살아나거늘 인간은 한 번 죽으면 몸도 썩고 뼈도 말라서 이윽고 흙이 되어 버린 다.[10] 그렇게 생각하니 덧없는 것이 인간이로구나. 그렇지 않느냐? 추향아."

추 "그것은 모두 만물의 뜻으로 어찌할 수 없습니다. 하지만 식물 이라는 것은 인간에게 이용되어 지기 위해 이 세상에 존재하는 것이

---

10 원문엔 "동물(動物)이라ᄒᆞ는거슨 하넌 죽으면 살과피는 물이되고 쎄ㅣ는 셕어 흙이되니 ᄉᆞ롬이나즘성이나 이런거슬보면" 이라고 인간이 아닌 동물에 빗대 어 설명하였다. 이후에도 이러한 문장이 반복되는데 번역문은 순화된 용어로 사용한다.

17

므로 아가씨처럼 그렇게 비관하여 말씀하셔서는 안 됩니다.”

채 “하지만 인생 칠십 고래희라고 말하지 않느냐? 어찌하여 덧없
는 것이 아니라고 말할 수 있느냐?”

此の時西側の墻の少し開きかけた方は、思ひ寄らぬ人聲が聞えた。
びつくりして窺ひ見ると、十八歳ばかりの一人の少年、身にはさつぱ
りとして着物を着て、じつと此方を偸み見て居る。色白の顏といひ、
瀟洒な風采と云ひ、一目みて兒女の心を喜ばしむるに足るものがあ
る。彩鳳は顏を根くして、急ぎ秋香と共に室に歸つた。

이때[11] 서쪽 담장의 조금 열린 곳에서 뜻밖의 사람소리가 들렸다.
깜짝 놀라 엿보았더니 18살 정도 된 소년 한 명이 있었다. 깔끔하게
차려 입은 모습으로 이곳을 몰래 엿보고 있었다. 새하얀 얼굴은 물론
산뜻한 풍채가 얼핏 보아도 여자의 마음을 기쁘게 하기에 충분했다.
채봉은 얼굴을 붉히며 서둘러 추향과 함께 방으로 돌아갔다.

彩鳳が經つてしまつたのを見た少年は、墻の隙から身をひそめ、左
右を見まはしな
がら、今彩鳳が坐つてゐた處へやつて來た。殘んの香がかすかに鼻
をかすめる。で、じつと坐つたまま、草堂の氣配をうかがつてゐる
と、ふと、そこに一枚のハンケチの落ち散つてゐるのが目に入つた。
急ぎ拾つて見ると、三尺ぐらゐの三發(娟布の名)ハンケチで、端に少さ

---

11 원문에는 ‘이때’라는 시간을 상정하는 표현이 없다.

く彩鳳といふ字が書かれてある。少年は世にも稀なる寶をさぐり得た
やうな嬉しさ、ひそかに胸をおどらしてゐるところへ、一人の女が來
て、しきりに何物をか探してゐる。

　채봉이 지나가는 것을 본 소년은 담장 틈으로 몸을 숨기며 좌우를
살펴보면서 지금 채봉이 앉아 있던 곳으로 왔다. 남아 있는 향기가
희미하게 코를 스쳐갔다. 그리하여 가만히 앉아서 초가집의 기운을
엿보는데 문득 그곳에 한 장의 손수건이 떨어져 있는 것이 보였다.
서둘러 주워 보니 3척 정도의 삼발(예쁜 천의 이름)로 만든 손수건으
로 단에는 작게 채봉이라는 글자가 적혀 있었다. 소년은 세상에 보
기 드문[12] 보배를 찾은 듯 기뻐하며 은근히 설레고 있었는데, 그러던
차에 여자 한 명이 와서 계속해서 무언가를 찾고 있는 것이다.

　女『不思議だねえ。たしかに此邊にちがひないのに、今おとしたばか
りのハンケチがないとは……。』
　獨り語つてるのを聞いた少年、思はず口をすべらして、
　少『おれがチヤンと持つてゐるのに、いくら探したつて見つかるもの
か。』
　秋香ふつと聲する方を見ると、そこに見知らぬ少年が居るので、言
葉を慇懃にして『どなたか存じませんが、今承ればあなた樣がハンケチ
をお拾ひ下すつたとか。左樣ならばどうぞお返し下さいまし。』

---

12 원문에는 '소년'이라고 지칭하는 명사는 없다. 또한 시간의 표현뿐만 아니라 지
칭어를 생략하는 경우도 많다. 번역문에는 이러한 생략된 부분을 정황상 알맞
은 지칭어를 넣었다.

여 "이상하구나. 분명히 이 근처가 틀림이 없는데 방금 전에 떨어뜨린 손수건이 없다니…"

혼잣말을 들은 소년은 얼떨결에 입을 잘못 놀려,

소 "내가 주워서 잘 가지고 있으니 아무리 찾아도 있을 리가 없지 않느냐?"

추향은 홀연히 소리가 나는 쪽을 보고는 그곳에 잘 알지 못하는 소년이 있기에 공손히 말하며,

"뉘신지는 모르겠으나 지금 말씀을 들으니 그대가 손수건을 주우셨다고요. 그러시다면 아무쪼록 돌려주십시오."

すると少年、

少『ハンケチは誰方のですか。』

秋『私共の孃さんのものでございます。』

少『お孃さんのものならお孃さんに返しますから、どうかお孃さんにここまで來てもらつて下さい。』

秋『まア、御冗談でございませう。孃さんは箱入りの令孃ですもの。どうして殿御のあなたの前に來られるものですか。御冗談を仰やらずに早くどうかお返し下さい。』

少『私が何冗談をいふものですか。私は持主に親しく會つてお渡ししようとしてゐるのです。一體、さういふ君は誰なんだ?』

秋『私は令孃に附き添うてゐる秋香といふものです。』

少『令孃の名は何と云ひます。』

秋『令孃の名ですつて? 他家の令孃の名なんぞを、何の關係もないあなたが聽いて何うなさるのです。下らないことを仰やらずハンケチお

かしなさい。』

그러자 소년은,

소 "손수건은 누구의 것입니까?"[13]

추 "저희 아가씨의 것입니다."

소 "아가씨의 것이라면 아가씨에게 돌려드릴 테니 아무쪼록 아가씨가 이곳까지 와 주셨으면 합니다."

추 "이런 농담도 잘 하십니다. 아가씨는 여염집[14] 규수입니다. 왜 당신 앞에 와야 합니까? 농담하시지 마시고 어서 돌려주십시오."

소 "내가 무슨 농담을 하였다는 것입니까? 나는 주인을 가까이에서 만나서 전하려고 하는 것입니다. 도대체 그렇게 말하는 그대는 누구인가?"[15]

추 "저는 아가씨를 모시는 추향이라고 합니다."

소 "아가씨의 이름은 무엇이라고 합니까?"

추 "아가씨의 이름이라고요? 다른 댁의 아가씨 이름을 아무런 관계도 없는 당신이 알아서 어찌하시려고요. 장난하지 마시고 손수건을 돌려주세요."

---

13 원문은 아랫사람(추향)에게 소년이 말하는 것이기에 "수건이엇던 스롬에 물건이냐"라고 하대하며 묻는다. 조선시대가 배경인 서사엔 이처럼 상하가 명확하게 구분되어 있다. 반면 번역본은 상하 구분 없이 서로 존대하고 예의를 갖추는 모습으로 표현했다.

14 여염집: 일본어 원문은 '箱入り'다. 소중히 한다는 뜻이다(松井簡治・上田万年 編, 『大日本国語辞典』04, 金港堂書籍, 1919).

15 원문에는 "느는 물건쥬인을 친히보고 젼코즈후야 그리후미라 웃지 희언을 후리요 그러느 너는 누구이냐"로 되어 있다.

少年は「アハハハハ」と大聲に笑つて、

少『これは可笑しい。名前といふものはお互ひ呼ぶためにつけたものだ。それを訊くのが何故いけない。』

秋『娘の名といふものは、元來父母が呼ぶためにつけたものです。よその男子が何の必要あつて呼びますか。』

少『さうかい。それでは宜しい。だが名前を言はないうちに決してハンケチを返さないから、そのつもりで言つてもよし、言はなくてもよし、どちらでも御隨意だ。』

소 "아하하하"[16]라고 큰 소리로 웃고는,

소 "이거 재미있구나. 이름이라고 하는 것은 서로 부르기 위해 지은 것이다. 그것을 묻는 것이 왜 잘못 되었다는 것이냐?"

추 "아가씨의 이름은 원래 부모님이 부르시기 위해서 지은 것입니다. 다른 외간 남자가 무슨 필요가 있어서 부르십니까?"

소 "그러느냐? 그렇다면 좋다. 하지만 이름을 말하지 않는다면 결코 손수건을 돌려주지 않을 테니, 그럴 작정으로 말해도 좋고 말하지 않아도 좋다. 어느 쪽이건 뜻대로 하거라."[17]

秋香心の中に考へた。『何處の兩班だか知らないが、見れば仲々立派な少年で、うちの孃さんと向き合せても恥かしくない。それに孃さん

---

16 원문은 의성어가 아닌 설명으로 "소년이 썰ㄱ우스며"

17 계속해서 공손하던 소년이 갑자기 태도를 돌변하는 것처럼 보이는 장면이다. 하지만 원본에는 처음부터 짓궂은 소년의 느낌이 그대로 표현되어 있다. 번역본에 보이는 공손하고 예의바른 소년의 어투는 뒤로 갈수록 어울리지 않는 상황을 연출하게 된다.

の名はハンケチにちやんと書いてあるのだから、疾くに知つてゐて問
ふのだ。言つたつて構ふものか。』そこでにツこり笑つて、

秋『眞實名前をお知りになりたければ言つてもようございます。です
が、ハンケチはお返し下さいませうか。』

少『返さずにおくものか。』

秋『では……彩鳳と申します。』

少『はははは彩鳳─彩鳳といふのがそんなにむづかしいのかね。ち
やんと此のハンケチに書いてあるぢやないか、だが、ハンケチを上げ
ることは上げるが、ちよつとそこで待つてゐたまへ、すぐ來るか
ら……。』

秋『それより前にハンケチを下さいまし。』

少『まア、一寸待つてゐたまへ。すぐだから。』

　　추향은 마음속으로 생각했다.

　　"어느 곳의 양반인지는 모르겠지만, 보아하니 상당히 훌륭한 소
년으로 우리 아가씨와 마주보게 하더라도 부끄럽지가 않다. 게다가
아가씨의 이름은 손수건에도 분명히 적혀 있으니 이미 알고 있으면
서 물어 보는 것이다. 말해도 상관없는 것이다."이에 생긋 웃으며,

　　추 "진실로 이름을 알고 싶으시다면 말해도 좋습니다. 하지만 손
수건은 돌려주시겠습니까?"

　　소 "안돌려 줄 리가 있겠느냐."

　　추 "그렇다면…채봉이라고 합니다."

　　소 "하하하, 채봉, 채봉이라고 말하는 것이 그렇게 어렵다는 것이
냐? 이 손수건에 이렇게 쓰여 있지를 않느냐? 하지만 손수건을 주기

는 하겠지만 잠시 거기에서 기다리고 있거라. 바로 올 테니까……”

추 “그보다 먼저 손수건을 주십시오.”

소 “우선 잠시[18] 기다리거라. 곧 끝나니까.”

少年は慌だしく下の家へ往つて、硯にしツかり墨を磨ち、羊毛無心筆を揮つて一絶の詩をハンケチに書いた。そして二度三度口ずさんでから、徐ろに秋香に手渡し、少『僕は大同門外に住む姜弼成といふもので、亡父は宣川郡守を勤めてゐた。父死亡後ひたすら母の膝下に育てられ、未だに妻を娶ることができず、從つて母に孝養することもできず、晝夜詩傳關雎章を思うて寤寐不忘の人でありますと、令孃へ話して此のハンカチ渡して下さい。此のハンケチを見られたら、何とか返事がある筈だから、そしたら濟まないが一つ返事を取次いでもらひたい。僕はここで待つてるから……。』

소년은 황급히 집으로 가서 벼루에 충분히 먹을 갈아서 양모로 만든 붓인 무심필을 휘둘러 손수건에 한 편의 시를 적었다. 그리고 여러 번 읊조린 후에 조용히 추향에게 건네며,

소 “나는 대동문(大同門) 밖에 살고 있는 강필성(姜弼成)이라는 사람으로 돌아가신 아버지는 선천(宣川) 군수를 역임했다. 아버지가 돌아가신 후 오로지 어머니 슬하에서 자라서 아직까지 부인을 얻을 수가 없었다. 그래서 어머니에게 효도와 봉양도 하지 못하고 밤낮으로 시전(詩傳)[19] 관수(關雎)의 문장을 생각하며 오매불망하고 있는 사람

---

18 잠시: 일본어 원문은 ‘一寸’이다. 얼마간의 거리, 얼마간의 시간, 작은 것 등의 뜻을 나타낸다(松井簡治·上田万年編,『大日本国語辞典』01, 金港堂書籍, 1915).

이라고[20] 아가씨에게 [그렇게] 말하고 이 손수건을 건네주게나. 이 손수건을 본다면 무언가 답장이 있을 터, 그렇다면 미안하지만 답장을 전해 주었으면 한다. 나는 여기에서 기다리고 있을 터이니……"

秋香、ハンケチを手にとつて見てびつくりし、

秋『ああ、此んなハンケチをどうして持つて往かれるものですか。こんなに眞黑に字を書いてしまつて。私はもつていかれません。』

弼『心配しなくてもいい。心配するのは此の僕だ。君は何でもないんだから、早く持つていつて呉れたまへ。後日さつと御禮はするから。』

秋香詮方なくハンケチを持つて草堂に往つた。

　　추향은 손수건을 손에 들어 보고는 놀라서,

　　추 "아, 이런 손수건을 어떻게 들고 갈 수 있습니까? 이렇게 검은 먹으로 글을 적어버려서는. 저는 가지고 갈 수 없습니다."

　　필 "걱정하지 않아도 된다. 걱정해야 되는 것은 나다. 너는 아무 상관없으니 어서 들고 가주거라. 후일 필시 답례를 할 테니까."

　　추향은 어쩔 수 없이[21] 손수건을 들고 초당(草堂)으로 갔다.

---

19 『시경』을 주해한 책.

20 원문에는 "모친을 봉양치못ᄒᆞ미 쥬야 시젼관셔ㅅ장(詩傳關章)을 싱각ᄒᆞ고 오미불망(寤寐不忘)ᄒᆞ는 사람이올시다고" 라고 필성이 추향에게 자신을 설명한다. 이는 주야로 시전을 익히며 문장 공부에 '오미불망'함으로도 해석될 수 있다. 기실 당일 생긴 사건으로 호감을 가진 단계에서 채봉을 향한 필성이 '오미불망'하다는 것보다 주야로 학문에 전념하고 있는 필성의 상황을 표현한 것이 더 적절한 풀이가 아닌가 한다.

21 어쩔 수 없이: 일본어 원문은 '詮方なく'다. 하는 수 없이, 어쩔 수 없이 라는 뜻이다(棚橋一郎·林甕臣編, 『日本新辞林』, 三省堂, 1897).

(二) 善くも酒三杯 惡くば頰三度
(2) 잘 되면 술이 석잔 못 되면 뺨이 석대

此の時彩鳳は、ハンケチを捜した秋香をやつたが、いくら待つても歸つて來ないので、何うしたことと案じつつ、ひとり欄干に倚つて階下の草花を眺めてゐた。

彩『秋香はまア何うしたのだらう。ハンケチが無いのだらうか。それとも先刻チラと見少年が拾つて、返せとか返さぬとか言ひ合つてでも居るのだらうか。それにしても先刻の少年は何處の人か。見たところ彼の位の立派な少年はあまりない。あれで文字があれば錦上の花だが……。』

이때 채봉은 손수건을 찾으러 추향을 보낸 후 아무리 기다려도 돌아오지 않기에 어찌된 일인가 하고 생각하고 있다가 홀로 난간에 기대어 계단 아래의 화초를 바라보고 있었다.

채 "추향은 어찌 된 것인가? 손수건이 없는 것인가? 아니라면 방금 전 살짝 보였던 소년이 주워서는 돌려 달라, 돌려줄 수 없다 하고 말다툼이라도 하고 있는 것인가? 그건 그렇다고 하더라도 방금 전의 소년은 어디에 사는 사람인가? 보기에는 그 정도의 훌륭한 소년은 별로 없다. 거기에 문장을 갖추었다면 금상첨화이련만……"

ひとりごちて何か考へこんでゐるところへ、漸く秋香がハンケチをもつて歸つて來た。そして獨語のやうに、

秋『まア世間には變なこともあるわねえ。』といふ。

彩鳳は秋風の言葉をきき咎めて、

彩『變なことつて何? どうしたの、一體?』

秋『だつてねえ、お孃さま。ハンケチが幾ら探してもないのでごいますよ。すると先刻墻の外にゐた人がゐて、僕が持つてゐるといふものですから、返して下さいと云ひますと、何だかんだいつてなかなか返して呉れないんでございます。とうとうハンケチに詩を書いて、これをお孃さんに渡して呉れと云ひますから、仕方なしに私は叱れるのを覺悟で持つてまゐりました。……しかしなかなかしつかりした兩班でございます。』

혼잣말을 하면서 무언가를 생각하고 있던 찰나에 드디어 추향이 손수건을 들고 돌아왔다. 그리고 혼잣말처럼,

추 "이런, 세상에는 희화한 일도 다 있구나."라고 했다.

채봉은 추풍(秋風)[22]의 말을 듣고 책망하며,

채 "희화한 일이란 무엇을 말하느냐? 왜 그러느냐? 도대체?"

추 "있잖아요, 아가씨. 손수건을 아무리 찾아도 없는 것입니다. 그러자 방금 전 담 밖에 있던 사람이 내가 가지고 있다고 말하는 것입니다. 그래서 돌려 달라고 말했더니 이래저래 핑계를 대면서 돌려주지 않는 것입니다. 결국에는 손수건에 시를 적어서 이것을 아가씨에게 전해 달라고 하기에 어쩔 수 없이 저는 혼날 각오로 가지고 왔습니다……그렇기는 한데 상당히 착실한 양반입니다."

22 秋香의 오자

彩鳳は、かすかに顔あからめながら、そのハンカチをひろげて見ると、
帕出佳人分外香 天香付與有情郎
慇懃寄取相思句 擬作紅絲入洞房
とあり、意味は「ハンカチが美人から出たので殊の外好い香がする。
これは天が此の有情郎に下さつたのだ。お互に心の中を文句に托し、
これを機會に良縁を結びたい。」といふのである。末尾に年月日を記
し、晩生姜弼成謹呈としてある。

　　　채봉은 조용히 얼굴을 붉히면서 그 손수건을 펼쳐보았더니,

　　　수건에서 아름다운 향기를 내뿜으니
　　　하늘이 내게 정다운 사람을 보내 주심이라
　　　은근한 정을 참지 못해 사랑의 글을 보내오니
　　　붉은 실이 되어 신방에 들기를 바라노라

　　　라고 적혀있었다. 뜻은
　　　"손수건이 미인에게서 나온 것이기에 상당히 좋은 향기가 난다.
이것은 하늘이 이 정 많은 사내에게 주신 것이다. 서로 마음속의 말
을 문장에 맡기어 이것을 기회로 좋은 인연을 맺었으면 한다."
　　　라는 것이다. 말미에 년, 월, 일을 적고 만생(晚生) 강필성 근정(謹
呈)이라고 적혀 있었다.

　　彩鳳は、これを見てますます顔をあかめ、心のうちに何かと想像を
めぐらしてゐるのを、秋香が傍から眺めながら、『お孃さんもきつと氣

があるのだわ』と、心に眩きつつ、

『何と書いてございますの?』

令孃は澄まして、

孃『そなたに言つてきかしたつてわかるまい。それよりか折角かうし
て詩を寄越したのに、迎答をしない譯にはいかないが、どうしたもの
だらうねえ、秋香や。』

秋『どうなりとも御勝手になさいましよ。多分まだあちらで待つてゐ
らつしやるでせうから。』

　채봉이 이것을 보고 더욱 얼굴을 붉히며 마음속에서 무언가 상상
의 날개를 펴고 있는 것을 추향이 곁에서 지켜보면서,
　'아가씨도 분명히 마음이 있으시구나.'라고 생각하며 마음속으
로 중얼거렸다.
　"뭐라고 적혀 있습니까?"
　아가씨는 침착하게,
　아가씨 "그대에게 말하여 들려준다고 해서 알 수가 있겠느냐? 그
보다 어쨌든 시를 받고 답을 하지 않을 수도 없고 어찌된 일이냐? 추
향아."
　추 "어찌되던지 자기 마음대로였습니다. 아마도 아직 저쪽에서
기다리고 있을 것입니다."

令孃は餘儀なささうに室に入り、色卷紙に一首の詩を書いて秋香に
手渡し、

彩『今度だけは仕方がないから返事をするが、これからは決してこん

なものを持つて來てはなりませんよ。』

秋香は笑つて、

秋『お孃さんは今何仰いましたつけ。……明日はいいお天氣ですね。』

彩鳳は秋香の背中をポンと叩いて、

彩『まア何でもいい。あとで能く言つてきかせてあげるから、これを早く持つておいで。だが、あの人は下の家で詩をかいたのだらう。』

秋『はい、金進士の家に居ると申されました。』

彩『では、金進士とはどんな關係なのか、お前聞いて御覽。』

秋『はい、はい、畏まりました。』

아가씨는 어쩔 수 없다는 듯이 방으로 들어가서 색깔 있는 종이에 시를 적어서 추향에게 건네며,

채 "이번만은 어쩔 수 없으니 답장을 한다만 앞으로는 결코 이런 것을 가지고 와서는 안 된다."

추향은 웃으며,

추 "아가씨 지금 무언가 말씀을 하셨습니까?……내일은 날이 좋겠네요."[23]

채봉[24]은 추향의 등을 탁 때리며,

채 "아무것도 아니다. 나중에 잘 말해 줄 테니 어서 이것을 들고 가거라. 근데 저 사람은 아래 집에서 시를 적었지?"

추 "네네, 알겠습니다."[25]

---

23 원문에는 "쇼져께셔는 무어시라고 ᄒᆞ셧셰요 에그 각갑히……"라는 추향의 조바심만 보일 뿐 내일 날씨에 관한 말은 없다.
24 원작에는 '소져'라고 되어 있다. 지시어를 채봉으로 다시 정리해주었다.
25 이하에 다음 내용이 생략되었다. "그러ᄂᆞ 아릿집이셔 글를지여가지고 ᄂᆞ오드

秋香は、姜弼成のところへいつて、彩鳳の返事を見せた。弼成手に
とつて見ると、

勸君莫想陽臺夢

努力攻書入翰林

その意は、陽臺の夢を想はずに、能く勉強して出世をなさいといふ
のである。

추향은 강필성이 있는 곳으로 가서 채봉의 답장을 보여주었다. 강
필성이 펼쳐 보니,

권하노니 양대의 꿈[26]을 꾸지 말고

노력해 공부해서 한림에 드시길

그 뜻은 양대(陽臺)의 꿈을 생각하지 말고 열심히 공부하여 출세를
하라는 것이다.

弼成は笑顔で秋香をかへりみ、

弼『孃さんは今年幾つかね?』

秋『十六です。』

라지 (츄향) 네- 김첨ᄉ집이셔 유ᄒ고 잇다고희요. (쇼져) 그러면 김첨ᄉ집과 웃
지되ᄂ냐고 무러보와라."

26 양대의 꿈 : 양대(陽臺)는 중국 무산(巫山)에 있는 누대인데 남녀가 잠자리를 하
는 것을 의미하는 말로 쓰인다. 운우(雲雨)라고 하기도 한다. 초나라 회왕이 고
당(高唐)에서 놀다가 꿈속에 신녀(神女)를 만나 잠자리를 함께 하였는데, 그 신
녀가 떠나면서 "저는 무산 남쪽 봉우리에 사는데 아침에는 구름이 되고 저녁에
는 비가 되어 양대 아래에 머물러 있을 것입니다."라고 하였다. 이튿날 아침에
무산을 바라보니 과연 높은 봉우리에는 아침 햇살에 빛나는 아름다운 구름이
걸려 있었다고 한다.

弼『十六で、女で、どうしてこれだけに書を稽古されたのかね?』

秋『お父樣の進士樣から學ばれたのです。』

弼『進土は今家に居られるのかね。』

秋『いいえ、京城へいらつしやいました。』

弼『京城へは何しに?』

秋『何の御用だか存じません。多分お婿さんをさがしにいつたのだらうと思ひますが。』

필성은 웃으며 추향을 돌아보며,

필 "아가씨는 올해 몇이더냐?"

추 "열여섯[27]입니다."

필 "열여섯에 여자가 어떻게 이런 정도의 글을 쓰는 법[28]을 배웠단 말이냐?"

추 "아버지이신 진사님에게서 배우셨습니다."

필 "진사는 지금 집에 계시느냐?"

추 "아니요, 경성(지금의 서울)에 가셨습니다."

필 "경성에는 왜?"

추 "무슨 용무인지는 모릅니다. 아마도 사위를 찾으러 가신 줄 압니다만."

弼成はやや驚きの色をなして、

---

27 원문에는 "지금 십오셰올시다"라고 되어 있다. 채봉은 16살로 원문의 오류를 번역본이 바로 잡았다.

28 글을 쓰는 법: 일본어 원문은 '稽古'다. 옛 것을 생각하는 것 또는 학습한다는 뜻이다(棚橋一郎·林甕臣編,『日本新辭林』, 三省堂, 1897).

弼『では、令嬢を京城へ嫁にやらうとして居らるるのか。』

秋『さうつてこともありませんが、此の平壌ではなかなか似合の縁が
ないのでせう。だが、あなたは金進士とどんな御關係ですか。』

弼『あれは僕の外家(母の生家)だ。時に僕は君に頼みたいことがある
が、德いて呉れるかね。』

秋『どんなことでせうか。肯かれることなら肯きませすが、肯かれな
いことなら……。』

弼『諺に、喧嘩はやめさせよ、媒人はせよといふぢやないか。』

秋『さうですかね。』

弼『西廂記には、紅鸞が鶯々(鶯々は紅鸞の侍婢)によつて婚約を結ん
だとあるから、君も一つ紅鸞を手本にして令嬢と僕とを一度對面さし
て呉れたまへ。さうすれば君の御恩はきつと厚く報ゆるから。』

　　필성은 조금 놀란 듯한 얼굴빛으로,
　　필 "그렇다면 아가씨를 경성으로 시집을 보내려고 한단 말이냐?"
　　추 "그런 것만은 아니지만, 이 평양에서는 좀처럼 맞는 인연이 없
습니다. 그런데 당신은[29] 김진사와는 어떤 관계입니까?"
　　필 "거기는 나의 외가(어머니의 생가)이다. 그런데 나는 너에게 부
탁이 있다만 들어주겠느냐?"
　　추 "어떤 것입니까? 들어 드릴 수 있는 것이라면 들어 드리겠지만
들어 드릴 수 없는 것이라면……"
　　필 "속담에 싸움은 말리고 중매는 붙이라고 하질 않느냐?"

---

29 원문에 "당신은"이라는 말은 없다. 번역 과정에서 주어를 생략할 수 없어 이처
럼 '당신'이라는 표현이 쓰였다.

추 "그런가요?"

필 "서상기(西廂記)[30]에는 홍란(紅鸞)이 앵앵(鶯々, 앵앵은 홍란의 계집종)의 중개로 혼약을 맺었다고 하니, 너도 홍란을 참고로 하여 아가씨와 나를 한 번 만나게 해 주지 않겠느냐? 그렇게만 해 준다면 너의 은혜는 꼭 갚겠다."

秋香は黙つて弼成を熟視しかがら、何とも言はずに佇んで居た。心に何か考へてゐるやうである。

弼『何故君は反事もしないで、僕の顔ばかり見て居るのだい。』

秋『兎角媒人といふものは、善ければ酒三杯、惡るければ煩三度、といはれる位ですから、とてもウツカリは出來ません。』

弼『それもさうだが、まア骨を惜まずにやつてみて吳れたまへ、生涯御恩は忘れないよ。』

秋『でも、進士樣の家は恐ろしい嚴格ですから、萬一知れたら私は生きて居られません。ですからそんな危いことをなさるより、あたり前に媒人を入れてお申込みになつたらいいでせう。』

弼『僕もさう思はないではない。だが、その前に令孃と一度會つて、その上で媒人をやるから、君は此の僕を可愛相だと思ふなら是非一つ骨を折つて吳れたまへ。』

추향은 잠자코 필성을 이리저리 살펴보면서 아무런 말도 하지 않고 우두커니 있었다. 마음속에서 무언가 생각하고 있는 듯했다.

---

30 중국 원나라 때의 희곡.

필 "왜 너는 대답을 하지 않고 내 얼굴만 보고 있는 것이냐?"

추 "어쨌든 중매인이라고 하는 것은 잘 되면 술이 석 잔이지만 못 되면 뺨이 석 대라고 할 정도이니 조금도 실수를 해서는 안 됩니다.

필 "그건 그렇다만 몸을 사리지 않고 해 준다면[31] 평생 은혜는 잊지 않을 것이다."

추 "하지만 진사님 댁은 매우 엄격하시기에 만일 알려진다면 저는 살 수가 없습니다. 그러니 그런 위험한 일을 하시기보다는 실제로 중매인을 넣어서 말하는 것이 어떠한가요?"

필 "나도 그렇게 생각하지 않는 것은 아니다. 하지만 그 전에 아가씨와 한 번 만난 후에 중매인을 넣을 테니 너는 이런 나를 불쌍히 여겨 꼭 수고해 다오."

秋香は心の中に、『まづこれなら門閥も似合ひだし、人物も此の上なしだから、お嬢さんには丁度いいかと思ふが、そのうち一度ためしてみよう、』さう思ひつつ忽ち一策を案じ出し、弼成の耳に口寄せて、

秋『ではかう爲さい。』

と何やら二言三言ささやいた。

秋『成るも所らぬも仕上げ次第ですから、後悔のないやうにね……。』

弼『白骨が土になつても君の恩は忘れない。』

秋『どう致しまして。そんなことはどうでも、ただ時機を失はないやうになさいましよ。』

---

31 원문에는 "네말도 그럴듯ᄒ다마는 수고를 잇기지말고 홍낭에 일을 ᄒ번ᄒ야 쥬면 성공후 후보ᄒ리니 ᄉ양마러라"로 나온다. 〈서상기〉의 홍랑과 앵앵을 비유하여 채봉과 추향도 그렇게 되길 바라는 필성의 염원이 번역문에는 '몸을 사리지 않고 해준다면'이라는 말로 나온다.

弼『僕より君が失敗しやせんかと、それが心配だ。』
秋『そんな餘計な心配しないで、早くお歸んなさい。』
弼『ぢや宜しく賴むぜ。全く君を信賴して。』

추향은 마음속으로,

'우선 이 정도면 집안[32]도 비슷하고 인물도 이 정도면 나무랄 데 없으니 아가씨에게 딱 좋다고 생각하는데 때를 봐서 한 번 시도해 봐야겠다.'

그렇게 생각하며 갑자기 한 가지 방법을 생각해 내어 필성의 귀에 속삭이기를,

추 "그럼 그렇게 하겠습니다."

라고 몇 번이고 말했다.

추 "잘 되는 것도 못 되는 것도 하기에 달려 있으니 후회하는 일이 없도록……"

필 "백골이 흙이 된다고 하더라도 이 은혜는 잊지 않겠다."

추 "천만에 말씀입니다. 그런 것은 아무래도 상관없습니다. 다만 때를 놓치지 않도록 합시다."

필 "나보다 네가 실패하지 않을까 그것이 걱정이다."

추 "그런 쓸데없는 걱정하지 마시고 어서 돌아가십시오."

필 "그럼 잘 부탁한다. 오로지 너만 믿겠다."

弼成は秋香と堅く約束をつがへて、金進士の家に入つた。秋香が草

---

32 집안: 일본어 원문은 '門閥'이다. 집안, 가문, 명문의 뜻을 나타낸다(棚橋一郎・林甕臣編, 『日本新辞林』, 三省堂, 1897).

堂に歸ると、彩鳳は口の中で詩を吟じながら、何を思ふかうつとりし
てゐたが、かすかな聲で哈くのを聞くと、

　彩『身言書判(男子の見るべき要件)があれだけ整つてゐるのに、どう
して妻帶ができないのか知ら。家が貧乏とでもいふのか、それとも似
合の緣が得られないでか。私は卓文君と成つても、あの人ならば恥か
しくない。』

　　필성은 추향과 굳은 약속을 하고 김진사의 집으로 들어갔다. 추향
　이 초당으로 돌아오니 채봉은 시를 읊조리며 무언가를 생각하는 듯 넋
　을 잃고 있었는데 희미하게 들리는 목소리로 말하는 것을 들어보니,
　　채 "신언서판(남자를 보는 조건)을 저 정도 갖추었는데 왜 아내를
　얻지 못했을까? 집이 가난해서인가? 아니면 맞는 인연을 얻지 못해
　서인가? 나는 탁문군(卓文君)[33]이 된다고 하더라도 그 사람이면 부끄
　럽지가 않겠다."

秋香はそつと後ろから步み寄つて、密かに此の言葉を立ち聽きし、
『さてはお孃さんにも氣があるのか、旣に兩人の情が合ふ上は、紅鸞と
なるのもむづかしくない。』と、心の中に喜びながら、彩鳳の前に姿を
現はし、

　秋『お孃樣、あなたが織女になられるなら、私は鳥鵲格となつて見せ
ませうか。』

　彩『まア何だつて此の人は、よツぽど何うかしてるんだよ。それより

---

33 한나라 무제 때의 여성.

か先刻の詩を持つて行つたら、何と云つて?』

秋『張君瑞となるを願ふと申しました。』

彩鳳は、黙つてそのまま室に入つてしまつた。

추향은 조용히 뒤로 걸어가서 몰래 이 말을 듣고는,

"그렇다면 아가씨도 마음이 있는 것인가? 이미 두 사람의 마음이 맞는 이상 홍란이 되는 것도 어렵지는 않겠구나."

라며 기뻐하고 채봉 앞에 모습을 드러냈다.

추 "아가씨, 당신이 직녀가 되신다면 제가 오작교가 되어 보여 드릴까요?"

채 "이 사람이 무슨 말을 하느냐? 정신이 어떻게 된 게 아니냐? 그보다 방금 전의 시를 가지고 갔더니 뭐라고 하더냐?"

추 "장군서(張君瑞)가 되기를 바란다고 말씀하셨습니다."

채봉은 아무 말 없이 그대로 방으로 들어가 버렸다.

ある晩のこと、例によつて秋香は彩鳳に侍して話相手をしてゐると、恰も三月十五日のまん圓い月が、晝を欺くばかりの明るさであつたので、秋香は彩鳳に向ひ、

秋『お孃さん、いい月夜ぢやありませんか。後ろの築山にいつてお月見なすつては如何です。』

彩『さうねえ、いい月だわねえ。ぢや往つてお月見しよう。』

어느 날 밤의 일이었다. 언제나처럼 추향은 채봉을 모시며 말동무를 하고 있었는데 마침 3월 15일 보름달이 낮과 같이 밝았기에 추향

은 채봉을 향해,

추 "아가씨, 좋은 달밤이 아닙니까? 뒤에 있는 축산에 가서 달을 구경하심이 어떻습니까?"

채 "그렇구나, 좋은 달이구나. 그럼 가서 달구경을 할까?"

(三) 張君瑞と鶯々に擬して
(3) 장군서와 앵앵을 흉내내며[34]

そこで彩鳳は秋香をつれて後園に入り、月の光を浴びて彼方此方とさすらうた。此の夜弼成は秋香と約し、早く夕飯をすますとすぐ密かに身をひそませて此處に在つた。やがて彩鳳が秋香と共に、ぶらぶら歩いて來るのを見て、忽ち身を樹陰にかくし、息を殺して樣子を窺つて居る。すると暫くして秋香が、相圖の咳を二回した。出よといふ意味である。弼成は急に身を起し、徐ろに彩鳳の前に歩み寄つた。月を眺めてうつとりと佇んでゐた彩鳳は、思ひもよらぬ一人の男子が自分の前に近づくのを見て、驚いて身を避けようとする時、秋香は彩鳳の前に塞つて、

弼『お孃樣、びつくりなさいますな。これは先日詩をやり取りなすつた兩班です。姜相公です。』

彩鳳は聞いて胸を靜め、やがて徐ろに花の唇を開いて問うた。

彩『その兩班がまた何用あつて他家の庭へは來られたのか。早くお歸

---

34 중국 원대(元代) 잡극(雜劇:元曲) <서상기([西廂記]>를 인용하였다. 재상의 딸 최앵앵과 백면서생 장생(張生)에 빗대어 채봉과 필성의 앞으로의 사랑이야기를 예고하였다.

りなさいとさうお言ひ。』

　　이에 채봉은 추향을 거느리고 후원에 들어가서 달빛을 받으며 이
리저리 거닐었다. 이날 밤 필성은 추향과 약속하고 일찍 저녁을 먹
고 곧바로 몰래 몸을 숨기어 이곳에 와 있었다. 이윽고 채봉이 추향
과 함께 한가로이 걸어오는 것을 보고 갑자기 몸을 나무그늘에 숨기
고는 숨을 죽이고 상황을 엿보고 있었다. 그러자 잠시 있다가 추향
이 두 번의 기침을 신호로 보냈다. 나와도 된다는 의미였다. 필성은
서둘러 몸을 일으켜 채봉 앞으로 천천히 걸어왔다. 달을 바라보며
멍하니 우두커니 있던 채봉은 생각지도 못한 남자 하나가 자신의 앞
에 다가오는 것을 보고 놀라서 몸을 피하려고 했는데 추향이 채봉의
앞을 가로막으며,

　　필[35] "아가씨, 놀라시지 마십시오. 이분은 지난 날 시를 주고받았
던 양반입니다. 강상공입니다."

　　채봉은 이를 듣고 가슴을 진정시키고 이윽고 천천히 꽃과 같은 입
술을 열어 물었다.

　　채 "그 양반이 또 무슨 용무가 있어서 남의 집 정원에 왔느냐? 어
서 돌아가시라고 그렇게 말하여라."

　秋香の答へを待たずして、弼成は彩鳳に一禮しつつ、

　弼『私のことはかねて秋香からお聞き及びのことと存じます。只今あ

---

35 추향의 오자다. 원문에는 추향으로 나온다. "채봉이는 무심이셔셔 돌을쳐다보
　다가 별안간 웃더호 남즈가 압호로오믈보고 디경호야 급히 몸을피호라 드는데
　츄향이가 채봉에압흘 막아셔며 쇼겨는 놀나지 마시옵소셔 이냥반은 일젼에 글
　로 화답호시던 강상공이올시다."

なたは私に對し、外へ出ろと仰いましたが、そもそも花を見た蝶がそのまま過ぎて行はかれませうか水を見た雁が漁父を恐れませうか。どうか私の心情を憫み、私を張君瑞とし、秋香を紅とし、令孃自身は鶯々となつて、百來の偕老を契つて下さい。それが私の何よりの願ひです。』

彩『……。』

추향의 말을 기다리지도 않고 필성은 채봉에게 가볍게 인사하며,

필 "저에 대해서는 추향에게서 들으셨으리라 생각합니다. 방금 당신은 나를 향하여 밖으로 나가라고 말씀하셨습니다만 원래 꽃을 본 나비가 그대로 지나가겠습니까? 물을 본 기러기가 어부를 무서워하겠습니까? 아무쪼록 저의 마음을 가엽게 생각하시고 저를 장군서로 하고 추향을 홍으로 하여 아가씨 자신은 앵앵이 되어서 백년해로를 맺어주십시오. 그것이 저의 부탁입니다."

채 "……"

秋香は彩鳳にすり寄つて、

추향은 채봉에게 바짝 다가와서

秋『お孃樣、あなたは何と思召すか知れませんが、私思ひますには、これは何うでも三世の奇緣ぢやありますまいか。先日ハンケチを落しになつたことも、偶然といへば偶然ですが、そこには何かの意味があつたにちがひないのです。そのハンケチが姜相公の手に入つたといふのも、やはり天の指圖で、決して人力で出來ることではございませ

ん。その上姜相公とは門閥も相當し、今日まで奥様をもらはずに居られたのも、云はゞお嬢さんを待つてゐて下さつたやうなものです。これが天縁でなくて何でせう。お嬢さん、少しも躊躇なさることはありませんよ。一言お返事なされば、直ぐに百年の大事がきまるのですもの。』

彩『……。』

추 "아가씨, 당신은 어떻게 생각하실지 모르겠지만 제 생각으로는 이것은 뭐라 해도 3대의 기이한 인연이 아닐 런지요. 지난 날 손수건을 떨어트린 것도 우연이라고 한다면 우연이겠지만, 거기에는 무언가 의미가 있음이 틀림없습니다. 그 손수건이 강상공의 손에 들어간 것도 역시 하늘의 뜻으로 결코 사람의 힘으로 할 수 있는 것은 아닙니다. 게다가 강상공은 문벌도 상당하고, 지금까지 부인 없이 지내온 것도 말하자면 아가씨를 기다리신 것이나 마찬가지입니다. 이것이 인연이 아니고 무엇이란 말입니까? 아가씨, 조금도 주저하지 마십시오. 한 마디 답을 하시면 바로 백년지대사가 결정되는 것입니다."

채 "……"

弱『お嬢さん、何とも仰つて下さらないのは、やはり私を穢はしいと思つていらつしやるのですか。』

彩『……。』

弱『令嬢、こんなに言つてもお返事のないのは、此の私に死ねと仰やることですか。さうでなければ何とか一言仰やつて下さい。』

手をとらんばかりにして歎願するので、彩鳳も今は詮方なく、眉を
しかめて蚊のなくやうな聲で言つた。

彩『先達ての詩のともあり、兼ねがね秋香から聞いてゐることもあり
ますから、よく私には分つて居ります。お歸りになつて媒人をいれて
表向きにお申込み下さつたらいいと思ひます。夜も更けましたからも
うお歸りなさい。そして明日にも媒人をおつかはし下さい。』

と言つて草堂へはいつてしまつた。あと見送つて弼成は、さながら
薄拔の穀のやうにぼんやりそこに立ちつくしてゐたが、心に一つの希
望を得て心嬉しく立ち去つた。

　필 "아가씨, 아무 말도 하시지 않는 것은 역시 저를 싫어하시기 때
문입니까?"

　채 "……"

　필 "아가씨, 이렇게 말을 해도 대답이 없는 것은 이런 저에게 죽으
라는 말씀입니까? 그렇다면 뭐라고 한 마디만 해 주십시오."[36]

　손을 잡을 듯하며 탄원하기에 채봉도 이제는 하는 수 없어 얼굴을
찡그리며 모기만한 소리로 말했다.

　채 "선인[37]들의 시에 관한 이야기도 있고 거듭 추향에게서 들은
이야기도 있기에 저도 잘 알고 있습니다. 돌아가셔서 중매인을 넣으

---

36 원문에선 "소져게셔 졍 이갓치 말슴이 안이게시면 소성은 이가련흔 신셰를 세
상에 바리고즈 흐오니 말슴흐야 쥬시옵쇼셔." 라고 필성의 애타는 마음이 '세상
을 버리고자'로 표현되었다.

37 선인: 일본어 원문은 '先達'이다. 자신보다 먼저 그 길에 도달하는 것 혹은 그 길
에 도달한 스승과 같은 존재라는 뜻이다(松井簡治·上田万年編,『大日本国語辞
典』03, 金港堂書籍, 1917).

43

서서 공개적으로 청혼을 해 주시는 것이 옳다고 생각합니다. 밤도 깊었으니 어서 돌아가십시오. 그리고 내일이라도 중매인을 보내주십시오."

라고 말하고 초당으로 들어가 버렸다. 뒷모습을 지켜보던 필성은 멍하니 그곳에 서 있다가 마음에 한 가닥 희망을 얻고 기뻐하며 떠나갔다.

彩鳳の母李氏は、此の夜月があまりにいいので、散歩がてら草堂の方へやつて來た。

そして彩鳳はと見ると彩鳳はゐない。秋香の影もない。で、心に怪しみながら後園の方に歩みをうつすと、折から風にしたがつて男の聲が聞えて來た。おどろいて樹蔭に身を寄せ、様子をうかがつてみると、正しく彩鳳と秋香とが弼成と話をしてゐるところなので、何事の相談かと月にすかしてその方を見ると、白玉の如き弼成の顔が、彩鳳と向ひ立つて何事かを語つてゐる。その様さながら鴛鴦の双といふか、實に仲睦まじげな有様なので、李氏は狂はんばかりに心おどろき、やがて二人が弼成と分れて此方に來かかるのを見て、急ぎその前に草堂の縁へと上つてしまつた。

채봉의 어머니 이씨는 이날 밤 달이 너무나 좋았기에 산책 겸 초당 쪽으로 찾아 왔다.

그리고 채봉을 찾았지만 채봉은 없었다. 추향의 모습도 보이질 않았다. 그리하여 마음속으로 수상히 여기어 뒤뜰 쪽으로 발걸음을 옮기었는데 때마침 바람과 함께 남자 목소리가 들려 왔다. 놀라서 나무 그늘에 몸을 숨겨 상황을 엿보았더니 바로 채봉과 추향이 필성과 이야기를 하고 있는 것이었다. 무슨 이야기를 하고 있는가 하고 달빛에 비추어 그 쪽을 보니 백옥 같은 얼굴을 하고 있는 필성이 채봉과 마주서서 무언가를 이야기하고 있었다.[38] 그 모습은 한 쌍의 원앙처럼 실로 사이좋은 모습이었지만, 이씨는 화도 나고 놀라기도 했다. 이윽고 두 사람이 필성과 헤어지고 이쪽으로 오고 있는 것을 보고 서둘러 먼저 초당으로 올라가 버렸다.

かくとも知らぬ彩鳳と秋香とは、草堂に入つてみると母夫人がゐて、何氣ない顔で問うた。

李『先刻から今まで何處に居たのですか。』

彩鳳は心に疚しいところがあるので、急には返事もしかねてゐると、秋香が引き取つて、

秋『月がまことに佳いものですから、今まで後園でお月見をして居りました。』

李『後園でお月見などどは、まあ恐ろしくはないのかい? 聞けば先達も後園の墻の綻びから人のはいつた足跡があつたといふことだし、今も今とて男の聲が聞えて居たではないか。一體何ものがはいつて來たの?』

그러한 줄도 모르고 채봉과 추향이 초당에 들어와 보니 모부인이 계셨다. 태연하게 물으시기를,

---

38 원문에는 이부인이 채봉을 보러 왔다가 남자 목소리가 들려 "눈을 부리며 필셩을 보니"라고 나온다.

이 "아까부터 지금까지 어디에 있었느냐?"

채봉은 마음에 꺼림칙한 것이 있었기에 바로 대답을 하지 못하자, 추향이 대신하여,

추 "달이 참으로도 아름답기에 지금까지 후원에서 달을 보고 있었습니다."

이 "후원에서 달을 보다니 참으로 무섭지 않았느냐? 듣자하니 지난번에도 후원의 담장에 사람이 들어온 흔적이 있었다고 하고, 지금도 지금대로 남자 목소리가 들리지 않았느냐? 도대체 어떠한 자가 들어왔느냐?"[39]

彩鳳は思ひがけなき母の言葉に、顔も得擧げずさし俯向いてしまった。秋香も恐れ入つて、何と返事をしていいか知らない。この樣子を見た李夫人は、怒氣を帶んで更に問ひかけた。

李『何故黙つてゐるの? 何故返事をしないの? どうでも返事ができないの? 私は今お前たちが男と話をしてゐるのを見たが、これにはきつと何か深い譯があるにちがひない。こんな事がもしお父樣に知れたら何うするでせう。今のうちに在りのまゝを言つてしまへば、私がいいやうに處置をとつてお父樣に話をしようけれど、もし好い加減な嘘を言ふならお父樣に申し上げて非道い目にあはしてやるから。これ秋香や、在り體に言つて御覽。お前は譯を詳しく知つてゐるだらう。もし嘘をつくならお前からひどいよ。』

---

39 원문에는 "어린아히드리 무섭지도 안이 ᄒ냐"로 나온다. 이부인이 채봉을 어떻게 생각하는지 알 수 있다.

채봉은 뜻밖의 어머니의 말씀에 얼굴을 들지도 못하고 고개를 숙여 버렸다. 추향도 두려움에 어떻게 대답을 해야 할지 몰랐다. 이 모습을 본 이부인은 화를 가라앉히고 다시 물었다.

이 "왜 잠자코 있느냐? 왜 대답을 하지 못하느냐? 어찌하여 대답을 하지 않느냐? 나는 지금 너희들이 남자와 이야기하는 것을 보았는데 이러한 것에는 필시 무언가 깊은 사정이 있음에 틀림없을 것이다. 이런 일이 혹시 아버님에게 알려진다면 어찌할 것이냐? 지금 당장 있는 그대로를 말한다면 내가 아버님에게 잘 말씀을 드리겠다만 혹 적당히 거짓을 말할 것 같으면 아버님에게 말하여 크게 혼이 나게 할 것이다. 추향이 너는 있는 그대로를 고하여라. 너는 사정을 잘 알고 있지 않느냐? 혹 거짓을 고한다면 너부터 혼을 낼 것이다."

彩鳳は益々狼狽して、どうしたらいいかと思つてゐる。秋香は心のうちに、これは寧ろ好い機會ではないか。眞直ぐに有のままを話して、まづ夫人から取り込むのが、所謂「その機を失せず」といふのだ。さう考へたので、李夫人の前へ進み出て、

秋『奥樣、何を隱し申しませう。皆此の私のしたことでございます。すつかり白狀いたしますからお聞き下さいまし。』

とて、最初後園に花見の時墻の外から少年の入つて來たこと、ハンケチを落したことそれを探しにいつたこと、ハンケチが少年の手に拾はれてあつたこと、それから詩の贈答の一條から今宵の會合まで、殘らず事實を話してしまつた。そして最後に附け加へて言ふには、

秋『姜相公の人物と云ひ風采と云ひ、お孃樣には此の上なくお似合の緣だと思ひます。』

とてさんざん彌成を讃めあげた。

　　채봉은 더욱더 난처해하며 어찌해야 좋을지를 생각했다. 추향은
마음속으로 이것은 오히려 좋은 기회가 아닌가? 솔직히 있는 그대
로를 이야기하고 우선 부인부터 자기 편으로 만드는 것이 바로 '그
때를 놓치지 않는 것'이라는 것이라고 생각했다. 그리하여 이부인
앞으로 나아가서,[40]

　　추 "마님, 무엇을 감추겠습니까? 모두 제가 한 것입니다. 모두 고
할 테니[41] 들어 주십시오."

　　라고 말하며 처음 후원에 꽃구경을 하고 있을 때 담장 밖에서 소
년이 들어왔던 일, 손수건을 떨어트리고 그것을 찾으러 갔던 일, 소
년이 손수건을 주운 일, 그리고 시를 주고받으며 오늘밤 만나기까지
의 사실을 남김없이 이야기 해 버렸다. 그리고 마지막으로 덧붙여
말하기를,

　　추 "강상공의 인물됨이나 풍채나 아가씨와 더할 나위 없이 어울
리는 인연이라고 생각합니다."

　　라고 온통 필성의 칭찬뿐이었다.[42]

---

40 원문은 다음과 같다. "(리부인) 그리 네가쥬션ᄒ거시면 ᄉ졍이 엇더케되엿단말
이냐." 원문에는 이처럼 인물 간의 대사로 내용이 이루어진 부분이 많다. 이에
과장된 설명과 반복되는 내용을 번역본에서는 삭제하거나 짧게 설명하는 방향
으로 편집했다.

41 고할 테니: 일본어 원문은 '白狀'이다. 자신의 과실을 고한다는 뜻이다(松井簡
治·上田万年編, 『大日本国語辞典』04, 金港堂書籍, 1919).

42 "필성을 입에 침이 없이 칭찬흔다." 원문에는 관용구인 '침이 마르도록'이라는
표현이 아니라 '침이없이'라는 표현이 종종 보인다.

李夫人は是後まで黙つて聞いてゐたが、

李『しかし此の事が進士樣に知れたら大變なことになる。どうしたら無事にをさまるかしら。』

秋『何も別段むづかしいことではないぢやございませんか。』

李『どうしたらいいの?』

秋『奧樣、……かう遊ばしませ。』

とて何やら耳に口をあててささやいた。

李『なるほど、それはいいけれど、姜氏の門閥が何うか知ら。』

秋『門閥のことはお聞き合せになれば直ぐ分りますが、姜宣川(宣川郡守の意)の子息で外家は前の家金士の宅と云つて居られましたから、相當な門閥ではございませんか。』

李『夫婦の緣といふものは人力ではどうすることも出來ないものです。緣がなければ同じ室に居ても楚越同樣、緣があれば數萬里の外に立つても自然に會ふ。人間業では握き止めることができない。もうかうなつた以上は、お前の云ふ通りにする外なからうと思ふけれど、それは兎に角姜氏は筆蹟は何處にあるの?』

　　이부인은 마지막까지 잠자코 듣고 있었는데,

　　이 "그런데 이 일이 진사어르신에게 알려진다면 큰일이다. 어떻게 하면 무사히 수습할 수 있겠느냐?"

　　추 "그렇게 어려운 일은 아니라고 봅니다."

　　이 "어찌하면 좋겠느냐?"

　　추 "마님……이렇게 하심이 어떠하실런지요?"

　　라며 무언가를 귀에다가 속삭였다.

이 "과연 그것은 좋다만 강씨의 문벌은 어떠한가?"

추 "문벌에 관해서는 물어보시면 금방 알 수 있을 것입니다만 강선천(선천군수라는 뜻)의 아들로 외가는 앞집의 김진사 댁이라고 하셨으니까 상당한 문벌이지 않습니까?"

이 "부부의 연이라는 것은 사람의 힘으로는 어찌할 수 있는 것이 아니다. 연이 없으면 같은 방에 들어가도 초월(楚越)[43]과 마찬가지, 연이 있으면 수만리 밖에 있어도 자연히 만나게 된다. 인간의 업이라는 것은 막을 수 있는 것이 아니다. 일이 이렇게 된 이상은 네가 말하는 대로 하는 수밖에 없다고 생각하지만 그건 그렇고 강씨의 필적은 어디에 있느냐?"

秋香は箪笥の抽出しから例のハンケチを取り出して李夫人に見せた。夫人はつらつらそれを見て、頻りに感じ入り、彩風を顧みて、

李『嬢や、私は今こそお前の心持が分つた。もう此上何も云ふことはないが、ただ一つ心配なことは、お父さんが緣談のことで京城へ上られた。もし取りきめて歸られたら何うしたものだらう。』

추향은 장롱 서랍에서 일전의 손수건을 꺼내어서 이부인에게 보였다. 부인은 곰곰이 그것을 보고는 몹시 마음에 들어 하며 채풍(彩風)[44]을 돌아보고는,

이 "아가, 나는 이제야 너의 마음을 알겠구나. 이 이상 무슨 말이

---

43 중국 전국시대의 초나라와 월나라의 사이라는 뜻으로 서로 원수 같이 여기는 사이를 비유하는 말.

44 채봉의 오자다.

필요 있겠냐만 다만 한 가지 걱정은 아버님께서 연담을 위해 경성으로 가셨다. 혹시 결정하시고 돌아오신다면 어찌하면 좋으냐?"

秋香は事も無げ笑つて、

秋『餘計な御心配はなさいますなよ。どんなにお約束なすつても結納を受けないうちは破談にする位何でもありませんわ。』

李『さうねえ、たとへまた結納を受けてからでもかうなつては破談にする外なからうぢやないか。』

かくて李夫人の歸つたのは、夜も餘程更けてからであつた。

추향은 천연덕스럽게 웃으며,

추 "쓸 데 없는 걱정은 하지 마십시오. 아무리 약속을 하셨다고 하더라도 납채[45]를 받지 않았다면 혼담을 깨트리는 것은 그리 어렵지 않습니다."

이 "그렇구나, 설령 또 납채를 받았다고 하더라도 이렇게 된 이상 혼담을 깨트리는 수밖에 없지 않겠느냐?"[46]

이리하여 이부인이 돌아간 것은 상당히 밤이 깊어서였다.

---

45 납채(納采)는 '신랑 집에서 신부 집에 혼인을 구함'이라는 뜻이다. 원문에는 "례단을 바드시 엿슴닛가 파의 흐기가 무어시 어려 와셔 념려를 흐심닛가.."로 예단(禮緞)으로 나온다. 예단은 '예물로 보내는 비단'을 뜻하므로 납채보다는 약속의 징표로 물건이 오가는 것을 말한다.

46 번역본에는 계속 '납채'로 되어 있으나 원문에는 "(리부인)어동어셔간에 웃지 혈수잇ᄂ냐 비록 최단을 바드시여도 파의를 홀수밧게업지"처럼 '채단(采緞)'으로 나온다.

(四) 事を成すは天にあり

(4) 일이 성사되는 것은 하늘에 의한 것이다.

一方弼成は、親しく彩風と言葉をかはして家に歸り、母崔氏に向つて、

『お母さん、古い書物にも、國亂思忠臣、家貧思賢妻、とあります
か、私も今生は十八です。それに早く何とかしないと、お母さんにも
孝行ができないでお氣の毒でなりません。聞けば金進士の令孃は非常
に賢淑な女だといふことですが、どうでせう媒人を入れて申込んでみ
ては―。』

崔『金進士とは門閥は似合ひだけれど、貧富の隔りがあるから喜んで
緣組みするかどうか分りません。』

弼『事を謀るは人に在り、事を成すは天に在り、です。申込むだけは
申込んだらいゝでせう。』

崔『では、兎に角申込んで見ませう。』

とて早速媒人を介して金進士の家に結婚を申込んだ。

한편 필성은 가까이에서 채풍(彩風)[47]과 이야기를 하고 집으로 돌
아와서 어머니 최씨를 향하여,

"어머니, 고서에도 국란사충신(國亂思忠臣), 가빈사현처(家貧思賢
妻)라는 말이 있습니다만, 저도 지금 18세입니다. 게다가 서두르지
않으면 어머니에게 효도도 하지 못하는 것이 아닌가 안타까울 따름
입니다. 듣자하니 김진사의 따님이 상당히 현숙한 여인이라고 합니

---

47 채봉의 오자다.

다만 어떻습니까? 중매인을 넣어 보시는 것이..."

　　최 "[48]김진사와는 문벌은 어울린다만 빈부의 차가 있으니, 흔쾌히 혼인[49]이 이루어질지는 모르겠다."

　　필 "일을 도모하는 것은 사람에게 있고, 일을 성사시키는 것은 하늘에 있다고 합니다. 청해보는 것만이라도 해 보는 것이 좋지 않겠습니까?"

　　최 "그럼 어쨌든 청해 보자꾸나."

　　라고 말하고 서둘러 중매인을 넣어서 김진사 댁에 청혼을 했다.

　　李夫人は此の日、座敷でひとり婚姻のことを彼れ此れと考へてゐたが、すると媒人の婆がやつて來た。

　　李『おおお婆さんかい。近頃はちつとも顔を見せなかつたが、どうしてたの?』

　　婆『此頃はまるで咽喉を蜘蛛の絲で締められるやうなものです。』

　　李『何が、そんなことがあるものかね。しかし一向出て來ないから何か餘程いいことでもあつたのかと思つてゐた。今日はまたどんな風の吹き廻はしで?』

　　婆『いいお婿さんが一人ありますがね……。』

　　李『どんなお婿さん?』

　　婆『大同門外に居ます姜宣川の子息で弼成と云ひます。人物は潘岳の

---

48 원문에는 "네나히 지금십팔셰라 그런싱각이 업겟는냐마는"처럼 필성의 어미가 필성의 나이에 이성에 대한 호기심을 말하는 부분이 있으나 번역문에는 생략되었다.

49 혼인: 일본어 원문은 '緣組'다. 결혼해서 부부의 관계를 만든다는 뜻이다(松井簡治・上田万年編,『大日本国語辞典』01, 金港堂書籍, 1915).

如く、風采は杜牧の如く、文章は李太白の如く、筆法は汪義之の如
く……如くづくめでまことにお宅のお嬢さんとお似合のお緣だと思ひ
ます。私も三十年間媒人をして來ましたが、今までにこんないゝお婿
さんは見たことがございません。』

李『さうかい。いや私も兼ねてそのことは聞いてゐました、だが、一
度本人を親しく見たいと思ふから、そのうち私の家へ連れて來れは呉
れまいか。』

婆『よろしうございますとも。是非さうなさいませ。明日私が連れて
まゐります。』

　　　이부인은 이날 방에서 홀로 혼인에 대해서 이리저리 생각하고 있
었는데, 그때 중매인 노파가 찾아왔다.

　　　이 "아, 할멈인가. 근래 전혀 얼굴이 보이지 않더니 어쩐 일인가?"

　　　노파 "요즘 마치 거미줄이 목구멍을 쪼는(졸라매는) 듯합니다.[50]"

　　　이 "무슨, 그런 일이 있을 수 있느냐? 그런데 전혀 나오지 않으니
무언가 상당히 좋은 일이라도 있는 것이 아닌가 하고 생각하고 있었
다. 오늘은 또 무슨 바람이 불었는가?"

　　　노파 "좋은 신랑감이 한 사람 있습니다만……"

　　　이 "어떤 신랑감?"

　　　노파 "대동문 밖에 살고 있는 강선천의 자식으로 필성이라고 합
니다. 인물은 반악(潘岳)과 같고, 풍채는 두목(杜牧)과 같으며, 문장은
이태백과 같고, 필법은 왕의지와 같으며……이렇게 닮은 부분이 많

---

50 원문에 "요시갓히서는 목군영에 가믜줄치기가 알맛습니다"로 나온다. 목구멍
이 포도청이라는 속담을 일본어로 직역하여서 표현한 듯하다.

은 사람으로 참으로 댁의 따님과는 어울리는 인연이라고 생각합니다. 저도 30년 간 중매인을 해 왔습니다만, 지금까지 이렇게 좋은 신랑감은 본 적이 없습니다."[51]

이 "그런가? 실은 나도 그에 대해서는 익히 들어왔다만, 본인을 한 번 가까이에서 보고 싶으니 가까운 시일 안에 우리 집으로 데리고 와 주시겠는가?"

노파 "좋습니다. 꼭 그렇게 하겠습니다. 내일 제가 데리고 오겠습니다."

媒婆は早速姜家にいつて、此の事を話した。崔夫人は意外の吉い返事に大喜び、翌日早速新らしい衣物を弼成に着せて、媒人と共に金進士の家へ遣つた。此方では李夫人、奇麗に内房を掃除さして弼成の來るのを待つてゐる。やがて弼成が來ると、丁寧に案内して座敷に招ずる。弼成は晴々しい心持で李夫人に謁し、初對面の挨拶をする。李夫人初めて熟々容貌を見るに、豫期したとはまた一段と立ち優つてゐるので、喜びの色を面にあらはし、

중매 할멈은 서둘러 강씨 집으로 가서 이 일을 전했다. 최부인은 뜻밖의 좋은 대답에 크게 기뻐하며 다음 날 바로 필성에게 새 옷을 입혀 중매인과 함께 김진사 집으로 보냈다. 이쪽에서는 이부인은 안방을 깨끗하게 청소시키고 필성이 오는 것을 기다리고 있었다. 이윽고 필성이 오자 정중하게 안내하여 방으로 들어오게 했다. 필성은

---

51 원문에는 "두딕에 중민에 싱식이날듯흡니다"라고 되어 있다.

상쾌한 마음으로 이부인을 대하고 첫인사를 했다. 이부인은 처음으로 유심히 용모를 살펴보고는 예상했던 것보다 더욱 수려했기에 기쁜 기색을 얼굴에 나타내며,

李『今日あなたをお招きしたのは、親しく一度お目にかゝりたいと思つたからです。私たち夫婦も五十になつて、膝元には一人の娘の外、力と賴むものは誰れもゐないのです。その娘とても、何一つ習ひ覺えたこともなく、まことに行き届かぬ者ですがそれを御親切に貰せてやらうと言つて下さるのは、何よりも難有いことでございます。しかし今の處は先づ四柱單子(新郎の生年月日を新婦に知らせること、之を婚約成立のしるしとする)だけ頂いて、いづれ式は主人が京城から歸りましてから……。』

と言つて、笑ひを含んでハンケチを取り出し、

이 "오늘 그대를 부른 것은 가까이에서 한 번 보고 싶어서입니다. 우리 부부도 50이 되었는데 슬하에는 딸아이 하나 말고는 힘이 되고 의지할 만한 사람이 없습니다. 그 딸도 무엇 하나 제대로 배운 것이 없어 참으로 부족한 점이 많습니다만 그러한 것을 친절하게 달라고 하시니 무엇보다도 감사한 일입니다. 하지만 지금은 우선 사주단자(신랑의 생년월일을 신부에게 알리는 것, 이것을 혼약 성립의 증표로 한다)부터 받고 식(式)은 주인(主人)[52]이 경성에서 돌아오신 후에……"

---

52 원문에는 "신부 부친"으로 나온다.

라고 말하며 웃음을 머금으며 손수건을 꺼내었다.

李『あなたは學問したのだから此の詩の意味は御存じでせうね。』

といふ。弼成は、これは先日自分が彩鳳に書き送つた詩である。此の事が最早李夫人に知られてゐるかと思ふと、嬉しくてたまらず、

弼『その詩の意味は勿論知つて居ります。が、此の事が最早お耳に入りましたとは、恐縮の次第です。』

李『私が此の事を知つてゐる以上、此の婚約は後日決して異議のある筈はありません。

ですから安心して、熱心に勉施して、どうぞ立身出世をして下さい。』

弼『謹んで仰せに隨ひます。』

이 "그대는 배운 사람이니까, 이 시의 의미는 알고 계시겠지요?"

라고 말했다. 이것은 지난 날 자신이 채봉에게 적어 보낸 시였다. 이 일이 이미 이부인에게 알려졌다고 생각하니 필성은 기쁘기 한량 없어,

필 "그 시의 의미는 물론 알고 있습니다. 하지만 이 일을 이미 알고 계셨다니 황송할 따름입니다."

이 "내가 이 일을 안 이상 이 혼약은 훗날이라도 결코 반대의견이 있을 리가 없습니다. 그러니 안심하고 열심히 공부하여 아무쪼록 입신출세하여 주십시오."

필 "정중하게 말씀을 따르도록 하겠습니다."

李夫人は下人に命じて彩鳳と秋香とを喚びにやつた。此の時秋香
は、夫人と弼成とが差し向ひで話してゐるのを見て、彩鳳のところへ
往き、

秋『お嬢さん、今姜相公が奥さんのところへ來てお話をなすつてゐま
すのよ。これでもう何も彼も心配はありません。』

言つてゐるところへ下男が來て、夫人のお召しですと言ふ。

秋『お客様はもうお歸りになつたの?』

男『いいえ、まだだよ。あんたはまた何故さうニコニコしてゐるの?』

秋『わからなければ黙つてゐらつしやい。ぢやこれから直ぐお伴して
まゐりますとさういつて頂戴。』

　　　이부인은 하인에게 명하여 채봉과 추향을 불러 오게 했다. 이때
　　추향은 부인과 필성이 마주보고 이야기하는 것을 보고 채봉이 있는
　　곳으로 와서,

　　　추 "아가씨, 지금 강상공이 마님이 계신 곳에 와서 이야기를 하고
　　있습니다. 이것으로 이제 아무것도 걱정할 것이 없습니다."[53]

　　　라고 말하고 있던 차에, 하인이 와서 부인이 부르신다고 전했다.

　　　추 "손님은 이미 돌아가셨느냐?"

　　　남[54] "아니, 아직 계신다. 너는 또 왜 그렇게 싱글벙글하고 있느냐?"

　　　추 "모르면 잠자코 있어라. 그럼 지금 바로 함께 찾아뵙겠다고 그

---

53 원문에는 추향이 "쇼져야 ㄱㄱㄱ 강상공이 지금안에 오셔서 마님과 이약이를
　　ㅎ시니 젼후ㅅ가 다무ㅅ타쳡이라 웃지질겁지 안이ㅎ릿가 술셕잔은 톡톡히 먹
　　으리로다"라며 채봉과 필성을 맺어주는 데 자신의 공을 말하며 들떠있다.

54 원문에선 "(츄향) 갑돌어머니는 시르실것잇쇼 어서드러가시오 너모시고 드러
　　갈터이니"라는 말이 나온다. 남자 하인이 아니라 여자 하인이다.

렇게 여쭈어라."

といつて令嬢に向ひ、

秋『奥さんのお呼びになつたのは、お嬢さんを姜相公に會はせるつも
りなのでせうから、早くあちらへまゐりませう。』

彩『まア此の人はとんでもない。未婚の處女が未婚の男と一座してい
いものか。よく考へて御覽。お嬢さんは氣分が少し惡いからと申上げ
て、お前だけ往つて來てお呉れ。』

秋香は仕方なしにひとりで李夫人のところへ彩鳳の言葉を傳へた。
李夫人も娘の意を諒として、秋香ともども御馳走して、弼成をさまざ
ま款待して返した。

　라고 말하고 아가씨를 향하여,

　추 "마님이 부르시는 것은 아가씨와 강상공을 만나게 해 주실 작
정인 듯한데, 어서 저쪽으로 가십시다."

　채 "이런, 너는 엉뚱하구나.[55] 결혼하지 않은 처녀가 결혼하지 않
은 남자와 같은 자리에 앉아서 되겠느냐? 잘 생각해 보아라. 아가씨
는 기분이 별로 좋지 않다고 전하고 너만 다녀 오거라."

　추향은 어쩔 수 없이 홀로 이부인이 있는 곳으로 가서 채봉의 말
을 전했다. 이부인도 딸의 뜻을 헤아리고 추향과 함께 맛있는 음식

[55] 원문에선 "(채봉)에라 밋치년 공연이 실실거리지말고 네나드러가보와라 나는
몸이압파셔 못드러가겟다."며 추향의 실실거림에 채봉은 부끄러워한다. 번역
본에서 "이런, 너는 엉뚱하구나."라는 말로 표현되었다. 이는 '밋치년'이라는
말이 상스럽다고 생각되어 이렇게 변역한 것으로 짐작된다. 그러나 당시의 어
감으로 '밋치년'은 '실없는 것'의 의미로 볼 수 있다.

으로 필성을 환대하여 돌려보냈다.

(五) 買官多忙
(5) 관직을 사들이기에 바쁨

好事魔多しとは昔から能く言ふことであるが、可憐な彩鳳が身にも
また此の諺があてはまつた。此の時、父の金進士は婿ゑらみ旁々仕官
の希望を以て京城へ往き、多額の金を懷中して頻りに勢家權門を訪う
た。當時京城で勢力のあるのは許判書であつた。そこで許氏と親しく
してゐる金楊州なるものと近づくことになつたが、此の金楊州なるも
のは、元來人の善くないもので、ただ阿諛をのみ書とする小人であつ
たが、許氏の懷ろに取り入つて楊州牧使となり、賣富賣爵の周旋を事
として私腹を肥やしてゐるのであつた。今金進士が少からぬ金を携へ
て京城に來てゐるのを幸ひ、之を物にするつもりで優待すること限り
なく、一方平壌に人をやつて金進士の果して金持ちであるか否かを確
かめた上、いろいろ絞り取る計畫をめぐらしてゐたのである。

　호사다마라는 것은 예로부터 자주 하는 말이지만, 가련한 채봉에
게도 또한 이런 속담이 해당되었다. 이때 아버지 김진사는 사위를
고르러 간 김에 관직에 오를 희망으로 경성에 갔다. 거액을 들고 계
속해서 권문세가를 방문했다. 당시 경성에서 세력이 있는 것은 허판
서(許判書)였다. 이에 허씨와 친하게 지내고 있는 김양주(金楊州)라는
사람이 있었는데, 원래 좋지 않은 사람으로 단지 아첨만을 업으로
하는 소인이었다. 허씨의 마음에 들어 양주(楊州) 목사(牧使)가 되어

관직을 사고파는 일을 주선하며 사리사욕을 채웠다. 지금 김진사가 적지 않은 돈을 가지고 경성에 온 것을 기뻐하며 이것을 손에 넣으려고 온 정성을 쏟는 한편, 평양으로 사람을 보내어 과연 김진사가 부자인지 어떤지를 확인한 후에 이리저리 착취할 궁리를 했다.

ある日金楊州は金進士に向ひ、

楊『貴公は京城へ來てもう一月あまりになるが、空しく金を遣つていまだに何も得られないのは實にお氣の毒です。』

進『いや、そんなことは一向かまひませんが、それよりも私のことについて日々御心配下さつて、それがお氣の毒です。』

楊『どう致しまして。だが、今にいいことがありますよ。』

進『はア、何ういふことですか。』

楊『貴公は今進士だから、まづ順序として出六(郡守になる階段)をしなければなりませんな。』

進『それは勿論です。』

楊『では先づ千兩私にお借しなさい。健元陵丁字閣修理別單に出六をするやう周旋してあげませう。』(丁字閣は御陵の祭殿にて同建物修理の係員になれば出六するなり)

하루는 김양주가 김진사를 향해,

양 "그대가 경성에 온지 한 달이 되어 가는데 공허하게 돈만 쓰고 아직까지 아무것도 얻은 것이 없는 것이 실로 안타깝습니다."

진 "아닙니다. 그런 것은 아무 상관없습니다만 그보다도 항상 저를 걱정해 주시니 그것이 죄송할 따름입니다."

양 "천만에 말씀을. 하지만 지금 좋은 방법이 있습니다."

진 "에, 무슨 말씀입니까?"

양 "그대는 지금 진사이니까 우선 순서대로라면 출륙(出六, 군수가 되는 단계)을 하지 않으면 안 됩니다."

진 "그것은 물론입니다."

양 "그렇다면 우선 천 냥을 저에게 빌려주십시오. 권원릉(健元陵)[56] 정자각(丁字閣)[57] 수리별단(修理別單)에 출륙할 수 있도록 주선해 드리겠습니다."

(정자각은 황실의 제사를 지내는 건물로 이 건물을 수리하는 담당자가 되면 출륙하는 것이 된다.)

金進士は出六と聞いて喜んで千兩の手形を金楊州に渡し、

進『出六さへすれば守令(郡守の事)には直ぐなれるでせう。』

楊『勿論です。すべて官吏には階級があつて、守令になるには必ず出六が必要です。出六をしないと何百年たつても守令にはなれません。』

進『私は全くの田舎者で何ひも知りません。萬事はあなたにお任せしますから何分に宜しく御願ひいたします。』

楊『ちつとも御心配は入りません。すべて私が責任をもつて都合よくやりますから、あなたは金だけ十分用意しておいて下さい。』

進『はい、それは仰やるまでもなく承知して居ります。』

楊『時一體いくら位お持ちですが。實はソノ許判書大監は非常な慾張りですからね。』

---

56 조선 태조의 능.
57 왕실의 제사를 지내기 위해 봉분 앞에 '丁' 자 모양으로 세웠던 집을 말한다.

進『今持つて居るのは五千兩ばかりです。』

楊『五千兩では話になりませんね。少くとも一萬兩は使はなくては縣監ぐらゐにもなれません。』

進『現金はありませんが、手形ならいくらでも書きます。』

楊『兎に角三日以内に出六の辭令を貰つて上げますから……。』

かくて金進士は楊州と別れ、多額の金を費すことに多少の不安は感じながらも、出六のことを嬉しく思つてゐた。

　　김진사는 출륙이라는 말을 듣고 기뻐서 천 냥의 어음을 김양주에게 건네고,

　　진 "출륙하기만 하면 바로 수령(군수를 말함)이 될 수 있는 것이겠지요?"

　　양 "물론입니다. 모든 관리에는 단계가 있어서 수령이 되려면[58] 반드시 출륙이 필요합니다. 출륙을 하지 않으면 몇 백 년이 지난다 하더라도 수령은 될 수 없습니다."

　　진 "저는 오로지 시골 출신으로 아무 것도 모릅니다. 모든 일은 그대에게 맡길 테니 아무쪼록 잘 부탁드리겠습니다."

　　양 "조금도 걱정할 필요 없습니다. 모두 제가 책임지고 잘 처리하겠습니다. 그대는 돈만 준비해 놓으십시오."

　　진 "네, 그것은 말씀하시지 않아도 잘 알고 있습니다."

　　양 "그런데 도대체 어느 정도 가지고 계십니까? 실은 저 허판서

---

58 원문에는 "군수를 ᄒᆞ랴면"이라고 되어 있다. '수령(守令)'은 고려·조선 시대에 각 고을을 맡아 다스리던 지방관들을 통틀어 이르는 말. 절도사, 관찰사, 부윤, 목사, 부사, 군수, 현감, 현령 따위를 이른다. 번역본에서는 지방관리를 통칭했다.

대감은 상당히 욕심이 많으신 분입니다.”

진 “지금 가지고 있는 것은 오천 냥 정도입니다.”

양 “오천 냥으로는 부족합니다. 적어도 일만 냥은 쓰지 않으면 현 감 정도도 될 수가 없습니다.”

진 “현금은 아닙니다만 어음이라면 얼마든지 적을 수 있습니다.”

양 “어쨌든 3일 이내에 출륙의 발령을 받아올테니……”

이리하여 김진사는 양주와 헤어지고 거액의 돈을 쓰는 것에 다소 불안은 느꼈지만 출륙하는 것을 기쁘게 생각했다.

ある日金楊州は官報と出六の辭令と持つて來て金進士に手渡し、

楊『此の辭令を取るまでには實際苦勞をしましたよ。しかしまア下つ てよかつたです。

辭令を受けるには暢帶官服で北方に向つて四拜せねばなりません か。』

進『私はその暢帶官服をもつて居りません。』

楊『貴公は旅行中だから無いのは當然です。では待つてゐて下さい。 私のを取り寄せますから。』

式終つてから進士は楊州に向ひ、

進『今度のことは全くあなたのお蔭です。まことに難有うございまし た。それから此の前のお約束もありますから、何處かへ行つて妓生の 歌でもきいて一酌やりませう。』

と言つて、下人を遣して式服を取り寄せ、金進士に着せた。

어느 날 김양주가 관보(官報)와 출륙의 발령을 가지고 와서 김진사

에게 건네며,

양 "이 발령을 받기까지 정말 고생했습니다. 하지만 받아서 다행입니다. 발령을 받으려면 번대(暘帶) 관복을 입고 북방을 향해 네 번 절하지 않으면 안 됩니다만."

진 "저는 그 번대 관복을 가지고 있지 않습니다."

양 "그대는 여행 중이라 없는 것은 당연합니다. 그렇다면 기다려 주십시오. 제 것을 가지고 오게 할 테니까요."

라고 말하고 하인을 시켜서 예복을 가지고 오게 하여 김진사에게 입혔다.

식이 끝나고 나서 진사는 양주를 향하여,

진 "이번 일은 모두 당신 덕분입니다. 참으로 감사합니다. 그리고 지난번의 약속도 있고 하니까, 어딘가에 가서 기생의 노래라도 들으며 한 잔 하지 않으시겠습니까?"

라고 말하며, 하인에게 예복[59]을 가지고 오도록 하여 김진사에게 입혔다.

金楊州は出六の周旋科として、少くとも二百兩ぐらゐの謝儀はあつたらうと心に期してゐたので、酒の一杯ぐらゐで胡麻化されるのではないかと邪推し、

楊『どう致しまして、そんな御心配は決して要りません。此の前のはほんの冗談にすぎないのです。』

進『兎も角まアお伴いたしませう。京城へ來てまだ一度も妓生を見た

---

59 예복: 일본어 원문은 '式服'이다. 의식을 행할 때 착용하도록 정해져 있는 의복을 뜻한다(松井簡治・上田万年編, 『大日本国語辞典』02, 金港堂書籍, 1916).

ことがありませんから、一つ御案内を願ひたいものです。』

楊『さうですか。では往きませう。實は貴公にあまり金をつかはせるのをお氣の毒に思ふものですから。』

進『御好意は難有う。さア往きませう。何處かいいですかな。』

楊『妓生の顔も見、酒も飲まうといふならやはり妓生の家へいくのがいいですな。まづ京城での一流としては山紅、玉姫、蘭香の三人ですが、顔も奇麗で歌も上手なのは蘭香でせう。蘭香の家へ往きませう。』

김양주는 출륙을 주선해 준 대가로 적어도 이백 냥 정도 사의(謝儀)는 해야 하지 않을까 하고 마음에 생각하고 있었는데 술 한 잔 정도로 대충 넘어가는 것이 아닌가 하고 곡해하여,

양 "천만에 말씀입니다. 그런 걱정은 결코 하지 마십시오. 지난번에 했던 말은 농담에 지나지 않습니다."

진 "어쨌든 함께 가십시다. 경성에 와서 아직 한 번도 기생을 본 적이 없습니다. 한 번 안내를 부탁드립니다."

양 "그렇습니까? 그렇다면 갑시다. 실은 그대에게 너무 많은 돈을 쓰게 하는 것이 죄송스럽게 생각되어서."

진 "호의는 감사합니다. 자 그럼 갑시다. 어디가 좋습니까?"

양 "기생의 얼굴도 보고 술도 마시려고 한다면 역시 기생이 있는 곳으로 가는 것이 좋습니다. 우선 경성에서 일류는 산홍, 옥희, 난향[60] 세 사람입니다만, 얼굴도 예쁘고 노래도 잘 하는 것은 난향입니

---

60 원문에는 "(김양쥬) 산홍이죠코 옷희도죠코 난홍이도 좃치 웃던집으로 가시랴오"라며 김진사에게 선택하게 한다. 이에 김진사는 "그중에 가곡잘ᄒᆞ는 기성에게 갑시다."라고 하는데 번역본에는 이러한 부분이 삭제되고 김양주의 설명으로 난향의 집이 선택되었다.

다.[61] 난향이 있는 집으로 갑시다."

二人は五宮洞の蘭香の家へ出て行つた。(以前は料理店なく皆妓生の
私宅に往きたるものなり)此の時蘭香の室には四五の先客があつたが、
二人は御免といつて無遠慮に割り込み、やがて一人去り二人去り、他
の客の皆歸つたあとは、二人の金氏が蘭香を占領して頗る得意の樣子
であつた。金進士は京城の妓生に接するのはこれが始めてであつた。
殊に京城の妓生房はその應接ぶりなど頗る複雜な手續があつて、はじ
めての者には非常に厄介だといふことをかねがね聞いてゐたので、す
べては金楊州の指圖に從ひ、自分は少しも自由に振舞はなかつた。

두 사람은 오궁동(五宮洞)의 난향의 집으로 나섰다. (이전은 요리
가게가 아니라 모두 기생의 사택으로 갔던 것이다) 이때 난향의 방
에서는 먼저 온 네다섯 명의 손님이 있었는데, 두 사람은 용서를 구
하고 거리낌 없이 중간에 들어갔다. 이윽고 한 사람이 떠나가고 두
사람이 떠나가고 다른 손님이 모두 돌아간 후에 두 김씨는 난향을 독
점하여 굉장히 의기양양해 했다. 김진사가 경성 기생을 접하는 것은
이것이 처음이었다. 경성의 기생방은 특히 손님을 대하는 것 등에
상당히 복잡한 절차가 있어서 처음 온 사람에게는 꽤 번거로운 것이
라고 익히 들어 왔기에 모든 것은 김양주의 지시를 따르며 자신은 조
금도 자유롭게 행동하지 못했다.[62]

---

61 번역본에는 '난향'의 집으로 되어 있으나 원문에는 "(김양쥬) 오궁골 란홍이집
으로 갑시다."와 같이 '난홍'의 집으로 가는 것을 계획한다.
62 원문에는 '난홍'의 집에 갔다가 들어가지 못하고 결국에는 '산홍'의 집으로 가
는 것으로 되어 있다. "죵씨 우리가 아마 란홍이와 연이 업나보오 남문동 산홍이

金楊柳は蘭香に向ひ、

楊『おい蘭香、酒を一杯飲みたいが料理一卓準備して呉れないか。』

蘭香は愛嬌よく返事して料理を賴んだ。やがて料理が運ばれると、蘭香は杯を金楊柳に勸め、しきりに觀待した。

楊『おい蘭香、君の酌で酒を飲むのは嬉しいが、歌のないのは寂しいぢやないか。一つ大に歌つて呉れたまへ。』

　　김양류(金楊柳)[63]는 난향을 향하여,

　　양 "이보게 난향, 술을 한 잔 마시고 싶은데 요리 한 상 준비해 주지 않겠는가?"

　　난향은 애교스럽게 대답하며 요리를 부탁했다. 이윽고 요리가 나오자 난향은 잔을 김양주에게 권하고 줄곧 환대(歡待)[64]했다.

　　양 "이보게 난향, 그대가 술을 따르니 술을 마시는 것도 기쁘다만 노래가 없는 것은 서운하지 않은가? 한 곡 크게 불러 주지 않겠는가?"

蘭香はホホホと笑ひながら、美聲を張り上げて勸歌酒を歌つた。そして改めて杯を金進士に勸め、

蘭『勸歌酒の代りに今度は詩調をやりませう。』

집으로 갑시다 김진사는 졀에간 싀앗씨로 또 김양쥬를 짜라가니 김양쥬가 남문동으로 드러 이리오나라 이리오나라 오궁골셔 딕답ᄒᆞ드키 안에셔 딕답을ᄒᆞ다 드러오오 김양쥬가 김진ᄉᆞ를 도라보며 산홍이는 인나보오 드러갑시다 ᄒᆞ고 안으로 드러가는데 방안이 툭터지느도록 ᄉᆞ롬이 둘너안졋고 가싱은 아름목에 ᄀᆞ 안졋더라 김양쥬ᄀᆞ 방으로 드러셔며"

63 김양주의 오자다.
64 일본어 원문에는 관대(觀待)라고 적혀 있지만 전후 문맥상 이는 환대(歡待)의 오자인 듯하다.

進『何でもいい。君の好きなものを──。』

蘭『……(歌)窗の外には菊、菊の下には酒、酒の熟すると共に菊の花
咲き、月は照る。童子よ琴を持ち來れ、願はくば新客に接せん。』

난향[65]은 호호호 하고 웃으면서 아름다운 소리를 내며 권가주(勸
歌酒)를 불렀다. 그리고 새로이 김진사에게 잔을 권하며,

　난 "권가주 대신에 이번에는 시조를 지어 보겠습니다."

　진 "아무래도 좋다. 네 좋을 대로 하여라."

　난 "……(노래) 창문 밖에는 국화, 국화 아래에는 술, 술이 무르 익
어감에 따라 국화꽃이 피고, 달은 빛나도다. 동자야, 금(琴)을 가지고
오너라. 새로운 손님을 모시지 않으면 안 된다."

金進士は滿面に喜色を浮べ、

進『おい、今の詩調は實にいいな。これこそ佳境、妙境、聖境、神境
といふものだ。』

楊『蘭香は實際別嬪でせう。』

進『ただ別嬪どころぢやありません。歌も頗る上手です。平壤は昔か
ら色鄕といはれていながら、蘭香ほどの妓生は一人もありません。一
ケ月餘り退屈してたまらなかつたが、今日はお蔭で實に愉快でした。』

楊『時には妓生の歌でも聽いて大に活然の氣を養ふのですな。確かに
衛生にもいいです。折角の機會ですからゆつくり飲んで一つ大に醉つ
て見ようぢやありませんか。』

---

65 원문에는 '산홍'으로 되어 있다.

김진사는 만면에 기쁜 빛을 띠우며,

진 "이보게, 지금 시조는 실로 좋구나. 이것이야말로 가경(佳境), 묘경(妙境), 성경(聖境), 신경(神境)이라는 것이다."

양 "난향은 실제로 미인이지요?"

진 "그냥 미인이 아닙니다. 노래도 상당히 잘합니다. 평양은 예로 부터 미인이 많은 고을이라고 이야기하지만 난향 정도의 기생은 한 사람도 없습니다. 한 달 남짓 심심해서 참을 수 없었는데 오늘은 덕 분에 참으로 유쾌했습니다."

양 "그렇다면 기생의 노래라도 들으면서 활기를 찾으십시오. 확 실히 위생면도 좋습니다.[66] 모처럼의 기회이니 천천히 마시며 크게 취해 보시지 않겠습니까?"

二人は思はず酒を過した。金楊柳は金進士に向ひ、

楊『貴公もこれからは時々許判書を訪問なさるといいです。さうして ゐれば三相六卿に

でもなれんことはありません。私は指揮官になりませう。』

金進士はこれを聽いて、今直ぐにも三相六卿になれるやうな心持に なつて、大に喜び

進『將來のことは萬事お任せしますから何分宜しく御引立てを願ひま す。』

楊『それでは明朝一度許判書にお會ひなさい。』

---

66 번역본에는 '위생(衛生)'이라는 말이 나오는데 원문에는 "(김양쥬) 허 ㄱㄱ 미 상불 울적헐째에 이런가곡을 드르면 정신이 상쾌ㅎ야 집닌다 웃지힛더지 오날 은 취토록 먹읍시다."라고하여 여기서 위생은 스트레스 해소를 말하는 것으로 '건강'을 뜻하는 것이라 볼 수 있다.

進『あなたが中に立つてゐて下さるのだから、今は會はない方がよく
はありませんか。』

楊『それは違ひます。兎に角一遍會つておかれる方が將來のためにな
ります。』

進『それでは仰せに從つて明朝伺ふことにします。』

　두 사람은 뜻하지 않게 과하게 술을 마셨다. 김양류(金楊柳)[67]는 김
진사를 향하여,

　양 "그대도 이제부터는 때때로 허판서를 방문하시는 것이 좋습니다.
그렇게 한다면 삼정승과 육조판서에 오르지 못하라는 법도 없습니다."

　김진사는 이 말을 듣고 지금 당장에라도 삼정승과 육조판서가 된
듯한 기분이 들어 크게 기뻐하며,

　진 "앞으로의 일은 모두 맡기도록 하겠습니다. 아무쪼록 잘 이끌
어 주시기를 바랍니다."

　양 "그럼 내일 아침 허판서를 한 번 만나십시오."

　진 "당신이 중개해 주시니 지금은 만나지 않는 것이 좋지 않습니까?"

　양 "아닙니다. 어쨌든 한 번 만나 두시는 것이 장래를 위해서도 좋
습니다."

　진 "그렇다면 말씀을 따라서 내일 아침 찾아뵙겠습니다."[68]

---

67 김양주의 오자.
68 원문에는 김양주와 김진사가 돌아가고 기생이 그들에게 다음과 같이 의문을 품
　는 장면이 나온다. "산홍이 가밧게까지나와 전송을ㅎ고 안으로드러오며 김양
　쥬에 말이야 이상ㅎ다 지금 허씨가 아모리 셰도를훌지라도 숨상륙경이라ㅎ는
　거슨 상감님외에는 닉지를못ㅎ는데 잘 다니기만ㅎ면 삼상륙경을 훌는지물ㄴ
　역적모의를ㅎㄴ" 곧 기생이 보아도 허 판서와 김양주의 모의가 있음을 간파하
　는데, 번역본에는 이를 전혀 모르는 김진사의 우매함이 생략되어 있다.

(六) 顯官か妾か
(6) 고위 관리인가 첩인가

その翌日、二人は連れ立つて許判書の邸にいつた。判書の居所になつて別堂にいつて、一禮すると、許判書は傲慢な態度で二人を引見し、金進士を顧みて、

許『此の人が一昨日出六した人かね?』

金進士は頭が地に着くほど下げて、

進『ハイ、左様でござります。』

그 다음 날 두 사람은 함께 허판서 댁으로 갔다. 판서가 있는 별당으로 가서 인사를 하자, 허판서는 거만한 태도로 두 사람을 접견하고 김진사를 돌아보며,

허 "이 사람이 지난밤 출륙한 사람인가?"

김진사는 머리가 땅에 붙을 정도로 숙이고,

진 "네, 그렇습니다."

許判書は尙も金進士を見おろしながら、

許『見たところ仲々溫厚な人だね。それで、君は守令を希望するさうなが、まづ試みに小さい果川郡の縣監になつてみてはどうかね?』

金進士は餘りの言葉に恐れ入つて、何と返事をしていいか分らない。金楊州は、進士に代つて、

楊『只今果判川は缺員ですか。』

許『さうだ。目下辭職書を提出してゐるのだ。』

進『それは如何程でせうか。』

許『左樣、少くとも一萬兩は要るだらうね。もし俺に任命權があるのなら一文も要らないのだけれど、已むを得ない。』

허판서는 더욱 김진사를 내려다보면서,

허 "보기에는 상당히 온후한 사람이로구나. 그래서 너는 수령을 희망한다고 들었는데, 우선 시험 삼아 작은 과천군(果川郡)의 현감(縣監)이 되어 보는 것은 어떠한가?"

김진사는 생각지 못한 말에 황송하여 뭐라고 대답을 해야 할지를 몰랐다.

김양주는 진사를 대신하여,

양 "지금 과판천(果判川)은 결원입니까?"

허 "그렇다. 바로 지금 사직서를 제출하였다."

진 "그것은 얼마입니까?"

허 "그게 적어도 일만 냥은 필요할 것이다. 혹시 나에게 임명권이 있다면 한 푼도 필요 없다만 어쩔 수 없구나."

許判書の此の言葉を聞いて、金進士は、判書を淸廉な人だと思った。そして感激に堪へないやうな面持で、

進『大監のお蔭で出六をいたしまして、今また果川の縣監になれるとは、實に此の上もない一門の光榮でございます。何ともお禮の申上げやうがございません。』

許『何、その御禮には及ばない。處で明日の官報には相違なく叙任されることにするから、今現金一萬兩出したまへ。現金がなければ手形

でも差支ない。』

　　허판서의 이 말을 듣고 김진사는 판서를 청렴한 사람이라고 생각
했다. 그리고 감격에 마지않는 얼굴로,
　　진 "대감 덕분에 출륙이 되고 지금 또 과천의 현감이 되는 것은 실
로 더할 나위 없는 가문의 광영입니다. 뭐라고 예를 올려야 할지 모
르겠습니다."
　　허 "무슨 그런 감사의 인사를 할 것까지는 없다. 그런데 내일 관보
에는 틀림없이 임명되도록 할 테니, 지금 현금 일만 냥을 내 놓거라.
현금이 없다면 어음[69]이라도 상관없다."

　　金楊柳は、立つて硯箱をとつて來て墨を磨らうとしたが、生憎水入
器には水が無かつた。で、手を鳴らして床奴(床奴は年十七八の男子に
て大官の家庭給仕なり)を呼んだ。
　　(嗚呼、此の時、京城から五十里を離れてひたすら父の歸りを待つて
ゐる可憐の彩鳳が世にも悲しき運命は實にこれから始まるのである!)

　　김양류[70]는 일어서서 벼룻집을 들고 와서 먹을 갈려고 하였는데
하필이면 물이 들어 있는 용기에 물이 없었다. 그래서 손으로 소리
를 내어 상노(床奴, 나이 십칠팔의 남자로 대관 댁의 급사)를 불렀다.
　　(오호라 이때 경성에서 50리 떨어진 곳에서 오로지 아버지가 돌
아오시기를 기다리던 가련한 채봉의 참으로 슬픈 운명은 실로 지금

---

69 원문에는 어음이 "돈표를 써서"로 되어 있다.
70 문맥상으로 김양주의 오자인 듯하다.

부터 시작하는 것이다!)[71]

間もなくそこに十七ばかりの美しい少年が現はれた。此の少年は床
奴ではあるが、風采は頗る非凡であつた。一目見た金進士は、思はず
小聲に口走つた。

　進『ああ奇麗な兒だ。風采といひ年格好といひ、我家の娘に丁度似合
ひだ。どうかして此の兒を婿にしたいものだ!』

　　머지않아 그곳에 열일곱 정도의 아름다운 소년이 나타났다. 이 소
　　년은 상노이기는 하지만 풍채는 상당히 비범했다. 한 번 본 김진사
　　는 엉겁결에 작은 소리로 말을 했다.
　　　진 "아, 아름다운 아이구나. 풍채로 보나 나이로 보나 우리 딸과
　　정말 어울리는구나. 어떻게 해서든 이 아이를 사위로 삼고 싶구나!"

此の時ふと此の獨語を洩れ聞いた許判書の胸に、一つの野心が芽を
出した。金楊柳は側から金進士に向つて手形を催促した。

　進『はい、書きませう。處で五千兩は現金で今持つて居りますから、
手形は五千兩にしておいて、不日平壤へ歸つてから現金に引換へませ
う。』

　進士は現金五千兩に手形を添へて許判書に渡した。判書は喜んで受
けながら、

　許『明日はもう果川の縣監なんだから、今日からでも金進士を金果川

---

71 원문에 이 부분은 없다. 마치 변사(辯士)가 내용에 끼어들어 정황을 설명하고 예
　고하는 방식과 유사하다.

と呼び替へようぢやないか。』

進『恐れ入ります。また官報にも發表ならないのに、それでは餘り恐
れ入ります。』

許　『なアに、差支ないとも、どうせ今日明日のちがひだ。ところで
君、先刻君は床奴を見て何と云つたつけ?』

進『はい、奇麗な兒だと申しました。』

許『それぱかりでない。婿にしたいとか言つたぢやないかね?』

　　　이때 문득 이 혼잣말을 엿들은 허판서의 마음에 한 가지 야심이 싹
트기 시작했다. 김양류[72]는 곁에서 김진사를 향해 어음을 재촉했다.

　　진 "네, 적겠습니다. 그런데 오천 냥은 현금으로 지금 가지고 왔으
니까 어음은 오천 냥으로 하고 며칠 안에 평양으로 돌아가서 현금으
로 바꾸겠습니다."

　　진사는 현금 오천 냥에 어음을 첨부하여 허판서에게 건넸다. 판서
는 기뻐하며 받아들고는,

　　허 "내일은 이미 과천의 현감이니까 오늘부터라도 김진사를 김과
천이라고 바꿔 부르는 것이 좋지 않겠는가?"

　　진 "황송합니다. 또한 관보에도 발표되지 않았는데, 그렇게 하시
면 너무나 황송합니다."

　　허 "무슨 소리냐? 상관없다. 어차피 오늘 내일의 차이일 뿐이다.
그런데 그대 방금 전 상노를 보고 무엇이라고 했느냐?"

　　진 "네, 아름다운 아이라고 말했습니다."

---

72 김양주의 오자.

허 "그것만은 아니지를 않느냐? 사위를 삼고 싶다고 하지 않았느냐?"

金進士は、親切な許判書が、或は娘の婿の世話までして吳れるのかと思つて、正直に事實を話した。

進『はい、實は私に一人娘がございまして、今年は十六ですが、親の口から申すも如何ですけれど、器量なり才藝なり先づ大概の者に退けはとらないつもりでございます。そこでどうか適當な婿をと思ひますけれど、なかなか思はしいものが見つかりませんので、內々心を碎いて居るやうな次第でございます。先程貴宅の床奴を見まして、その樣子の非凡なところに感心したのでございます。』

김진사는 친절한 허판서가 혹시 딸의 사위를 찾는 일까지 해 주는가 하고 생각해서[73] 정직하게 사실을 이야기했다.

진 "네, 실은 저에게 딸이 하나 있는데 올해 열여섯입니다. 부모가 직접 말하는 것이 좀 그렇습니다만, 기량도 그렇지만 재능과 기예가 우선 일반 사람에게 뒤지지를 않을 정도입니다. 그리하여 어떻게든 적당한 사위를 봤으면 하고 생각합니다만 좀처럼 탐탁한 자를 찾지 못하니 내내 마음을 졸이고 있었던 찰나입니다. 그런데 방금 전 댁의 상노를 보고 그 모습의 비범함에 감탄했습니다."

---

73 원문에선 "김진스야 웃지쇽을 알니요 죠금도 의심치 안이ㅎ고 디답ㅎ다."로 "사위를 찾는 일까지"를 생각했기 보다는 의심 없이 솔직하게 속내를 보이는 김진사의 모습을 그리고 있다.

許判書は此の言葉を聽くと、一層野心が募つた。今までの傲慢態度
は何處へかいつて、俄かに親切な態度に變つた。薄氣味わるく笑ひな
がら、

許『おい金果川、わしと床奴とは比載にならんかね。』

進『どうも恐れ入ります。』

許『さういふ遠慮はいらないのさ。實は君に願びがあるが肯いて吳れ
るかな?』

進『公の御恩は海山にも譬へられません。どんなことでも身に叶ふこ
とならば、どうぞ遠慮なく仰やつて下さいまし。』

許『よく言つて吳れた。外ではない、わしが君のその婿になりたいと
思ふが、どうぢや。』

進『恐れ入ります。御、御冗談を仰やいまして。』

許『イヤ、何、金果川、冗談でも何でもないのだ。實は金楊州も知つ
ての通り、わしは昨年妾を死なして、今に代りがなくて困つてゐる。
そこで君の娘を妾にしたいと思ふのぢやが。さうすれば娘の幸福は勿
論のこと、君も將來ますます出世ができて、大臣にもなれぬとかぎら
んのぢや。喃、能く考へて見たまへ。』

허판서는 이 말을 듣고 한층 야심이 생겼다. 지금까지의 거만한
태도는 사라지고 갑자기 친절한 태도로 변했다. 어쩐지 기분 나쁘게
웃으며,

허 "이보게 김과천, 나랑 상노와는 비교도 안 되지 않느냐?"[74]

---

74 번역본에 "비교도 안 되지 않느냐"는 '비교 할 수 없는'이라는 의미를 내포하고
있다. 원문에선 "여보게 김과천 나는 상로놈과 등분이 엇더훈가"라고 김진사를

진 "정말 황송합니다."

허 "그런 염려는 필요 없다. 실은 그대에게 부탁이 있는데 들어 주 겠느냐?"

진 "공의 은혜는 바다와 산에도 비유할 수가 없습니다. 어떠한 것 이라도 제가 할 수 있는 일이라면 아무쪼록 염려하지 마시고 말씀하 여 주십시오."

허 "잘 말해 주었다. 다름이 아니라 내가 그대의 그 사위가 되고 싶 다고 생각하는데 어떠하냐?"

진 "황송합니다. 농담을 말씀하시니."

허 "아니 뭐라고, 김과천, 농담이 아니다. 실은 김양주도 알고 있 듯이 나는 작년에 첩[75]이 죽은 후 지금까지 대신할 사람이 없어서 곤 란했다. 그리하여 그대의 딸을 첩으로 맞이하고 싶은 것이다. 그렇 게 된다면 딸의 행복은 물론이고 그대도 장래 더욱 출세를 할 수 있 을 것이다. 대신(大臣)이 못 되라는 법도 없을 것이다. 이보게, 잘 생 각해 보게나."

金進士は心に思つた。あれほど苦心して立派に育て上げた娘を、む ざむざ此の年とつた男の玩び物にすることは、親としても忍びぬこと である。だが、一方から考へて

見ると、判書の妾なら相當に樂な暮らしは出來ようし、こればかり でなく第一自分の將來は、大官顯爵思ひのままに得られよう。これは

떠보며 등급을 운운하는 음흉한 허 판서의 의중이 들어난다.

75 첩: 부인 이외의 처라는 뜻을 나타낸다(棚橋一郎·林甕臣編,『日本新辞林』, 三省 堂, 1897).

案外好もしい話かも知れないぞと。

進『それは誠に恐れ入つた御言葉でございます。成るべく仰せに從ひたいと存じますが、唯氣がかりなことは、何分年がまだ十六でございまして、十分公の御氣に入ることができますか何うか。』

許『何、それは大丈夫だ。兎に角一日も早く京城へ連れて來たがよい。』

進『はい、では明日一旦平壤へ歸りまして、早速連れてまゐるでございませう。』

その翌日、金進士は平壤へ歸つた。

김진사는 마음속으로 생각했다. 그렇게까지 고심하며 훌륭하게 키운 딸을 쉽사리 이런 나이든 남자의 놀잇감이 되게 하는 것은 부모로서도 참을 수 없는 것이다. 하지만 한편으로 생각해 보면,

판서의 첩이라면 상당히 편한 생활이 가능하고 그뿐만 아니라 우선 자신의 장래는 대관(大官) 현작(顯爵) 등[과 같은 벼슬을] 생각대로 얻을 수 있을 것이다. 이것은 뜻밖에 좋은 이야기일지 모른다고 생각했다.

진 "그것은 참으로 황송한 말씀입니다. 가능한 말씀을 따르고 싶습니다만 단지 마음에 걸리는 것은 아직 나이가 열여섯이므로 충분히 공의 마음에 드실지 어떨지."

허 "무슨 소리냐? 그것은 괜찮다. 어쨌든 하루라도 빨리 경성에 데리고 오는 것이 좋다."

진 "네, 그러면 내일 일단 평양으로 돌아가서 바로 데리고 오겠습니다."

그 다음 날 김진사는 평양으로 돌아갔다.

(七) 薄命の彩鳳

(7) 기구한 운명의 채봉

李夫人は姜弼成を婿にきめて、婚禮の準備を彼に角と急いでゐたが、何にしても早く夫進士が歸つて吳れなくては仕樣がない。で、一日も早く夫が歸つて吳れるやうに

と、只管それを待つてゐると、ある日進士が滿面に喜びの色を浮べて歸つて來た。李夫人は進士に向ひ、

李『あなたまア、どうしてそんなにお歸りが遲くなつたのですか。實はお留守の間に婿を定めまして、每日お歸りを今日か今日かと待つてゐたのでございます。』

이부인은 강필성을 사위로 정하고 혼례 준비를 서두르고 있었는데 그렇다고는 하더라고 남편 진사가 돌아오지 않고서는 방법이 없었다. 그리하여 하루라도 빨리 남편이 돌아오도록 하고 오로지 그를 기다리고 있었는데, 어느 날 진사가 만면에 기쁜 기색을 띠며 돌아왔다. 이부인은 진사를 향하여,

이 "당신도 참, 어찌하여 그렇게 귀가가 늦으셨습니까? 실은 안 계시는 동안에 사위를 정하여 매일 돌아오시는 것이 오늘인가, 오늘인가 하고 기다리고 있었습니다."

進士は驚いて、

進『婿をきめたとは、一體誰を?』

李『何もそんなにびつくりなさることはないぢやありませんか。定め

81

た婿といふのは大同門外の姜宣川の子息です。』

進『姜宣川の子? それはまるで乞食も同樣の貧乏人ぢやないか。わし
は京城へ往つてもつと立派な婿をきめて來た。そこで家族がみんな京
城へ往かなければならない。』

진사는 놀라서,

진 "사위를 정했다는 것은 도대체 누구를?"

이 "무얼 그리[76], 놀라실 일은 아니잖습니까? 정한 사위라는 것은
대동문 밖의 강선천의 아들입니다."

진 "강선천의 아들이라고? 그것은 마치 거지나 마찬가지인 가난
뱅이가 아닌가? 나는 경성에 가서 보다 더 훌륭한 사위를 정해 왔다.
그러하기에 가족 모두 경성에 가지 않으면 안 된다."

夫人は困つた顏をして、

李『立派な婿とは、何んな婿です?』

進『それはそれは、實に立派な、素敵な婿さ。今京城で飛ぶ鳥落す勢
の許判書大監だ。』

李『まア大監ですつて? 大監といふからはもう相當のお年でせうが、
後妻にでも貰はうといふのですか?』

---

76 원문에는 "(리부인) 로독도 계실터이니 방으로드러와 안지시오 ᄎᄆᄆ 이약이
를 홀거시니 /(김진ᄉ) 안이야 관계ㅅ치안쇼 위션급 ᄒ니 말을ᄒ 오/(리부인) 왜-
혼인졍 ᄒ얏다는말를 듯고 쌈작 놀나시오 어셕방으로 드러갑시다 ᄎ ㅅ ᄎ 말헐
터이니 /(김진ᄉ) 안이야 위션 듯기가 급ᄒ니 말벗텀 ᄒ 오"와 같이 이부인과 김
진사가 바로 필성의 이야기를 하지 않는 것으로 되어 있다. 불필요하게 늘어진
서사 부분이라 할 수 있으나 한편으론 이러한 원문이 독자의 긴장감을 더 증폭
시킬 가능성이 크다.

進『さうぢやないんだ。實は、その、實はその、妾なんだ。』

李『妾ですつて? まア!……それはいけません。』

進『何故だ?』

李『これは斷じていけません。』

進『何がいけない?』

李『あなたも京城へいつて、何うかなすつたんぢやありませんか。平素あなたは何と仰やつてゐました。彩鳳ほどの娘は世間にも少いから、廣く婿を求めて似合の者を選ばなけれやならん。どうか立派な婿をとらなけれやならんと、あれほど仰やつたぢやありませんか。それに今になつて、妾とは一體なんのことですか。』

進『妾だつて差支ないぢやないか。要するに彩鳳が將來立派な暮らしができればいいのだ。』

李『妾といふものは生涯正妻に憎まれ、世間から侮られ、いつも針の莚に坐つてゐなければならないものです。私はどんなことがあつても彩鳳を人の妾なぞにすることはできません。』

　　부인은 곤란한 얼굴을 하면서,

　　이 "훌륭한 사위라는 것은 어떠한 사위입니까?"

　　진 "그것은 실은 훌륭한 멋있는 사위다.[77] 지금 경성에서 나는 새도 떨어트린다는 세도가인 허판서 대감이다."

　　이 "이런, 대감이라고요? 대감이라고 한다면 이미 상당한 나이가

---

77 원문에는 "(김진사) 흥-알면긔가막키지."라고 되어 있다. '기막히다'는 형용사로 '어떠한 일이 놀랍거나 언짢아서 어이없다.' 혹은 '어떻다고 말할 수 없을 만큼 좋거나 정도가 높다.'이다. 원문은 번역본에 나온 "멋있는 사위"라는 표현보다는 두 가지로 해석될 수 있는 이중적 의미를 지닌다.

아닙니까? 후처라도 받는다는 것입니까?"

진 "그렇지 않다. 실은 그게, 실은 그게 첩이다."

이 "첩이라니요? 이런!……그건 안 됩니다."

진 "왜 안 되느냐?"

이 "이것은 결코 안 됩니다."

진 "무엇이 안 되느냐?"

이 "당신도 경성에 가서 어떻게 되신 것이 아닙니까? 평소에 당신은 뭐라고 말씀하셨습니까? 채봉 정도의 딸은 세상에 적으니 넓은 곳에서 사위를 구하여 어울리는 자를 선택하신다고 하시질 않으셨습니까? 어떻게든 훌륭한 사위를 얻지 않으면 안 된다고 그토록 말씀하시지 않으셨습니까? 그러셨는데 이제 와서 첩이라는 것은 도대체 어찌된 일입니까?"

진 "첩이라고 하더라도 상관없지 않느냐? 결국 채봉이 장래에 훌륭한 생활을 할 수 있으면 그것으로 된 것이다."

이 "첩이라는 것은 평생 본처에게 미움 받고 세상으로부터는 업신여김을 당하며 항상 바늘방석에 앉아 있지 않으면 안 됩니다. 저는 무슨 일이 있어도 채봉을 남의 첩 따위로는 보낼 수 없습니다."

聽くと進士は大に怒つて、李夫人の腕を力のかぎり握りしめ、

進『貴様は駄目だ! 貴様のやうな奴は相談對手にもならない、おれの言ふことを碌に聽かうともしないで、只一途に妾々といつて反對するとは何といふことだ。』

李『そんならも一度よくその譯を、詳しく話して下さい。』

듣고 있던 진사는 크게 화를 내며 이부인의 팔을 힘껏 잡으며,[78]

진 "너는 안 되겠구나! 너와 같은 자는 의논 상대가 안 된다. 내가 하는 말을 제대로 들으려고 하지도 않고, 다만 한결같이 첩, 첩이라고 하면서 반대하는 것은 무슨 짓이냐?"

이 "그렇다면 한 번 자세히 그 연유를 상세히 말씀해 주십시오."

進士は少しく顔色を和らげて、

進『彩鳳を許判書の妾にすれば、まづ第一におれは果川の縣監になれるのだ。それから監司に都合よくば大臣にもなれるのだ。さうすれば、お前貞敬夫人(勅任官の妻の名稱)になれるぞ。喃、喃、これは實に目出たいことさ。何も言はずにまアおれの言ふ通りにしろ。彩鳳を連れて早速京城へ行かう。』

夫人も「貞敬夫人」になれるときいて、遽かに心が折れ、

李『あなたがそれ程御熱心なら、私も強いて反對する譯でもございませんが、一つ彩鳳の考へをきいてやつて下さい。』

진사는 조금 안색을 부드럽게 하고,

진 "채봉이 허판서의 첩이 되기만 하면 가장 먼저 나는 과천의 현감이 될 것이다. 그리고 감사에 사정이 좋으면 대신도 될 수 있다. 그렇게만 된다면 너는 정경부인(貞敬夫人, 칙임관의 아내 명칭)이 될 것이다. 이보게, 이보게, 이것은 실로 축하할 일이 아닌가? 아무 말도 하지 말고 내가 말하는 대로 따르게. 채봉을 데리고 서둘러 경성으로

---

78 원문에 "김진사가 이말을듯고 열이 벌컥나셔 주먹으로 마루쳥을 탕치며" 라고 되어 있다.

갑시다.”

부인도 ‘정경부인’이 된다는 것을 듣고는 갑자기 마음이 흔들려,
이 “당신이 그토록 열심이니 저도 억지로 반대할 이유는 없습니
다만, 한 가지 채봉의 생각을 들어 주십시오.”

此の時彩鳳は、秋香と共に列女傳を繙いてゐたのであつたが、父が
歸つたときいて心うれしく、やがて父親の前に手をついて、
彩『お父さま、お歸り遊ばしませ。』
金進士は、可愛い娘の顔を見て、今更のやうに背を撫でながら、
進『おお孃か、父さんが留守の間にまた美しくなつたぢやないか。』
更に夫人を顧みて、
進『今後はもう針仕事などは稽古しなくてもよからう。京城にゆけば
許判書が針母(裁縫專門の女)を特に置いて吳れるだらうから。』

이때 채봉은 추향과 함께 열녀전을 읽고 있었는데 아버지가 돌아
오셨다는 것을 듣고는 기뻐하며 이윽고 아버지 앞으로 [나아가] 손
을 짚고,

채 “아버지, 돌아오셨습니까?”

김진사는 귀여운 딸을 보고 새삼스럽게 등을 어루만지며,

진 “오 딸아, 아버지가 없는 동안에 더욱 아름다워지질 않았느냐?”[79]

---

79 원문에는 “그러 그란글공부도 더ᄒᆞ고 바누질도만이 익키연니”라고 묻고 바로
다음말로 “여보마누라 참- 그이기야말로 인졔는여공을 비여도 쓸더가업구료
침모가잇셔ᄀᆞ 다 히셔밧칠터이니.”라고 한다. 번역본에 “더 이상 바느질 등은
연습시키지 않아도 좋을 것이다.”라고 한 것과 연결되지만 일상적으로 딸 채봉
을 대하던 태도와는 다른 김진사의 욕심을 엿볼 수 있다.

또한 부인을 돌아보며,

진 "앞으로는 더 이상 바느질 등은 연습시키지 않아도 좋을 것이다. 경성에 가면 허판서가 침모(재봉을 전문으로 하는 여인)를 붙여 줄 것이니까."

やがてまた彩鳳に向ひ、

進『お前の考へをききたいのだが、宰相の妾になりたいか、それとも凡人の正妻になりたいか。恥かしいことはないからお前の考へをありのまま言つて御覧。』

彩鳳は、父の言葉の意外なのに呆れながら、

彩『私は鶏口とはなつても牛後にはなりたく御座いません。』

父は妾といふものの左まで卑しむべきものでないことを諄々として説いた。しかし彩鳳は耳を傾けようとはしなかつた。

進『お前は妾といふものがもんなものだか知らないからそんな考へを持つのだが、世の中に大宦の妾ほど幸福なものはないのだぞ。』

이윽고 다시 채봉을 향하여,

진 "너의 생각을 듣고 싶다만 재상의 첩이 되고 싶으냐? 그렇지 않으면 평범한 사람의 본처가 되고 싶으냐? 부끄러운 일은 아니니 너의 생각을 있는 그대로 말해 보거라."

채봉은 뜻밖의 아버지의 말에 어이없어 하면서,

채 "저는 작은 단체의 우두머리가 될지언정 세력 있는 사람에게 붙어서는 살고 싶지 않습니다."[80]

아버지는 첩이라고 하더라도 그렇게까지 우스운 것은 아니라고 거듭 타일렀다. 그러나 채봉은 귀를 기울이려고도 하지 않았다.

진 "너는 첩이라는 것이 어떠한 것인지 모르기에 그런 생각을 가지고 있는데 세상에 대신의 첩만큼 행복한 것은 없을 것이다."

金進士は尙ほもしきりに許判書の妾になることを說きすすめたが、彩鳳は何とも答へずに自分の居間に歸つて來た。そして秋香に此のことを話した。

彩『秋香や、どうしたらいいだらうね。』

秋『お父樣にはお父樣のお考へがあるでせう、お母樣もそれに贊成していらつしやるやうでは、一寸これはむづかしうございますね。』

彩鳳は無言のまま歎息ばかりついてゐたが、

『ああ、薄命の彩鳳は、此の後どうなる運命や……。』

と、はらはら淚を流した。

김진사는 더욱 계속해서 허판서의 첩이 될 것을 달래며 권하였지만, 채봉은 아무런 대답도 하지 않고 자신의 방으로 돌아왔다. 그리고 추향에게 이 일을 이야기했다.

채 "추향아, 어찌하면 좋으냐?"

추 "아버님에게는 아버님의 생각이 있으실 것입니다. 어머님도 거기에 찬성하셨다는 것은 이것은 좀 어렵겠습니다."

채봉은 말없이 탄식만 했는데,

---

80 원문에는 "차라리 닭에 입이 될지언정 소에 뒤되기는 원흐지 안이 흐옵나이다." 중국 전한(前漢)의 역사가 사마천의 <사기열전>에 나오는 '계구우후(鷄口牛後)'를 풀이한 말이다. 번역본은 이를 다시 의역하였다.

"아아, 기구한 운명의 채봉은 이 후 어찌될 운명이란 말이냐……"
라며 뚝뚝 눈물을 흘렸다.

秋香は之を慰めがら、

許『お嬢さん、さうお歎きなさることはないぢやありませんか。どちらにしてもお嬢さんの慶事ですもの。』

彩鳳は聲を荒くして、

彩『お前は今何と言つたの! どちらにしても慶事だつて? 幾ら無識といつても、まさか人無信而不入といふ聖訓を知らないことはなからう。人間といふものは信がなければ畜生にも劣るのです。まして女の身として、一旦人に許しながら心を更へるといふやうなことができるものでない。殊にお前は、先後の後園のことも自分が紹介者ぢやないか。それでゐて、どちらにしても慶事とは何うしてそんなことが言へるのです。お前は私が妾になるのを喜んでゐるのかい?』

許『お嬢様のお心持は私ようく分つて居りますが、お父様やお　母様仰せを拒むことも子として出來ない道理かと存じまして。』

彩『女の心は一旦かうときまれば、父母はおろか假令天子の威力でも奪はれないものなんだから、それは仕方がないぢやないか。』

추향은 이것을 위로하며,

허[81] "아가씨, 그렇게 탄식할 것은 아니질 않습니까? 어찌되었든 아가씨에게는 경사스러운 일인 것을."

---

81 추의 오자.

채봉은 소리를 거칠게 내며,

채 "너는 지금 무슨 소리를 하느냐! 어찌되었든 경사라고? 아무리 무식하다고 하더라도 설마 인무신이불입(人無信而不入)이라는 성인의 가르침을 모르는 것은 아니겠지? 인간이라는 것은 믿음이 없으면 짐승보다도 못하는 것이다. 하물며 여자의 몸으로 일단 다른 사람에게 허락하고 마음을 바꾼다는 것은 있을 수 없는 일이다. 특히 너는 지난밤 후원에서의 일도 네가 소개를 하지 않았느냐? 그래놓고 어찌되었든 경사라고 어떻게 그런 것을 말할 수 있단 말이냐? 너는 내가 첩이 되는 것을 기뻐하는 것이냐?"

허[82] "아가씨의 마음은 저도 잘 알고 있습니다만 아버님과 어머님의 말씀을 거역하는 것도 자식으로서 할 수 없는 도리가 아닌가 생각합니다."

채 "여자의 마음은 한 번 이렇게 정해지면 부모는커녕 설령 천자의 위력이라도 뺏을 수 있는 것이 아니다. 그러니까 그것은 어찌할 수 없는 일이 아니냐?"

かくて彩鳳は秋香の耳に口をよせて、何やら囁いた。

彩『此の事は決して人に言つてはいけないよ。』

秋『でも、それではあんまりお父樣やお母樣がお可哀相ぢやありまんか。』

彩『可哀相でも仕方がない。女の道には化へられないから。』

とて、心に何ものか堅く決心する所があつた。

---

82 추의 오자.

이리하여 채봉은 추향의 귀에 입을 갖다 대고 무언가를 속삭였다.

채 "이 일은 결코 다른 사람에게 말해서는 안 된다."

추 "하지만 그러하시면 아버님과 어머님이 너무 불쌍하지 않습니까?"

라고 말하며 마음에 무언가 단단히 결심하는 모습이었다.

(八) 佳火賊火に乗じて出奔
(8) 불이 난 틈을 타서 도망감

翌日進士は田畠、家屋、その他の動産不動産を全部残らず賣り拂つて、一萬兩あまりの金に代へた。そしてその中から許判書に渡す五千兩を除き、あとの金を旅費にして、親子三人が轎子三臺に分乗して京城に向つた。

다음 날 진사는 전답과 가옥 그 밖의 동산과 부동산을 전부 빠짐없이 팔고는 일만 냥 정도의 돈으로 바꾸었다. 그리고 그 중에서 허판서에게 건넬 오천 냥을 제외하고 나머지 돈을 여비로 하여 부모와 자식 세 사람이 교자(轎子) 세 대에 나누어 타고 경성으로 향했다.[83]

---

83 번역본에서는 원본에 있는 추향과 채봉의 공모가 없다. 즉, 원문에 이 부분은 "츄향은 져의집으로 도로보닐시 츄향이 울며 빈별ᄒ다. 안령이들 올나가시옵소셔 친부모나 다음 업시 모시고 지니고 고저는 상하지별이 비록잇스나 친형이나 다음 업시 졍이드럿더니 오날이러케 셔로쩌나니 언졔ᄂ 다시뵈오릿가 (리부인) 오냐 잘잇거라 올나가셔 형편보와 다려갈거시니 치봉은 이말져말업시 츄향을 눈짓ᄒ야 뒤-간으로 다리고가더니 (치봉) 츄향아 나는엇더케ᄒ던지 가다가 로즁에 몸을 피홀터이니 어멈ᄒ고 뒤를 좀발바오나라 (츄향) 그러시면 진스님과 마님게셔 오작ᄒ시깃슴닛가 ᄌ손되여셔는 부모에뜻을지리야ᄒ오니 올나가셰셔 부모가 영귀가 되시게ᄒ면 가위효ᄒ오니 싱각을 돌니옵소셔 (치봉) 오냐 그러면 고만두어라 나는 네가업던지 잇던지 몸을 셔울ᄼ지안니가고 말써시니 (츄향) 과연 그러시면 어멈과 짜르깃슴니다. 치봉이가 주머니에셔 돈오십

中和郡の條里橋附近で日が暮れて、三人はとある旅館に着いた。李夫人と彩鳳は内房へ、金進士は外舍へ分宿した。やがて夜も五更となつて、俄かに四方から高い喊の聲が起り、火光冲天して物凄まじき有樣、進士はびつくりして起き上つて見ると、二は恐ろしい火賊であつた。進士は周章てて内房に駆け入ると、李夫人も彩鳳も姿は見えず、ただ彼方でも此方でも人の泣を叫ぶ聲が聞ゆるばかり、何うすることもできないので、外へ出て、『彩鳳や、々々々、』と呼はつたが彩鳳も李夫人も、つひぞ姿が見えなかつた。するうちの火賊が近いたので、仕方なく垣を越えて遁げのびると、此の時旅館は既に火炎の中に圍まれてあつた。金進士は、旅館に置いた貴重品や許判書へ渡すべき筈の金のことなどすつかり忘れてしまつた、ただ彩鳳と夫人とを彼方此方に探してみたが、容易にその行衞は分らなかつた。

중화군(中和郡)의 조리교(條里橋) 부근에서 날이 저물고 세 사람은 어느 여관에 도착했다. 이부인과 채봉은 내방에, 김진사는 바깥채에 나누어 숙박했다. 이윽고 밤도 오경(五更)이 되자 갑작스럽게 사방에서 높은 고함소리가 일어나 무시무시한 불빛이 하늘로 솟구치는 것이었다. 진사는 놀라서 일어나 보니 그것은 무서운 화적(火賊)이었다. 진사가 황급히 내방으로 달려가 보니, 이부인도 채봉도 모습은 보이지 않고 다만 이쪽에서도 저쪽에서도 사람의 우는 소리만이 들릴 뿐이었다. 어찌할 수도 없었기에 밖으로 나가서,

---

량을쥬며 어디仌지 짜라오고보면 로즈가 업셔쓰깃니 이돈으로 로즈를쓰고오나라 이갓치 죵ㄱ이붓탁을"이라고 사전에 모의한 것이 그대로 노출되어 있다. 예상할 수 없는 번역본의 방식이 긴장감을 증폭시키는 효과를 지니고 있다.

"채봉아, 채봉아."

하고 불러보았지만 채봉도 이부인도 결국 모습이 보이질 않았다. 그러는 동안 화적이 가까이 왔기에 하는 수 없이 담을 넘어서 도망치니, 이때 여관은 이미 화염 속에 휩싸였다. 김진사는 여관에 두고 온 귀중품과 허판서에게 건네려고 한 돈을 완전히 잊어버렸다. 다만 채봉과 부인을 여기저기에서 찾아보았지만 쉽게 그 행방을 알 수가 없었다.

李夫人もまた外に出た、彩鳳と夫とを探し歩いてゐたが、するうち偶然金進士に出會つた。

進『彩鳳は何處に?』

と、進士はいきなり夫人にきいた。

李『私も探してゐるのですが、あの娘は一體どこへいつたでせうね。ひよつとすると彼方の群集のなかへいつてゐるかも知れませんから、往つてみませ。』

二人は手をとりあつて彩鳳を探し廻つた。けれども彩鳳の姿はとうとう見つからなかつた。

이부인도 또한 밖으로 나와서 채봉과 남편을 찾아 걸어 다녔는데 그러는 사이에 우연히 김진사를 만났다.

진 "채봉은 어디에?"

라고 진사는 느닷없이 부인에게 물었다.

이 "저도 찾고 있었습니다만 그 애가 도대체 어디로 갔을까요? 어쩌면 저 무리 속에 간 것일지도 모릅니다. 가 봅시다."

두 사람은 손을 잡고 채봉을 찾아 헤맸다. 하지만 채봉의 모습은 마침내 보이지 않았다.

　そもそも彩鳳は、最初平壤を出發する時から一つの決心を持つてゐ
た。それは中途から遁げて身の禍をのがれることであつた。彼女は中
和郡の旅館へ着いた後、そつと脱け出る道を考へておいた。そして母
夫人の寢靜まるのを待つて、人知れず旅館を拔け出し、そのまま一目
散に平壤をさして遁げのびたのである。で、彼女は、勿論火賊の事な
ど知らう筈もなかつたのであるが、進士夫妻はさうとは知らず、きつ
と彩鳳は火に燒かれて死んだか、或は火賊に捕へられていつたものに
ちがひない。さう思つて、只管悲歎の淚に暮れたが、旅館の主人も氣
の毒がり、さまざまに二人を慰めた。

　원래 채봉은 처음 평양을 출발할 때부터 한 가지 결심을 했다. 그
것은 도중에 도망가 일신에 닥칠 화를 모면하려는 것이었다. 그녀는
중화군 여관에 도착한 후 몰래 빠져나갈 길을 생각해 두었다. 그리
고 모부인이 잠들기만을 기다리다가 사람들 몰래 여관을 빠져나가
쏜살같이 평양을 향해 달아난 것이다. 그녀는 물론 화적에 대해서는
알 리가 없었다.[84] 진사부부는 그런 줄도 모르고 분명히 불에 타서
죽었던가 혹은 화적에 잡혀 간 것이 틀림없다고 생각했다. 그렇게
생각하고 오로지 비탄의 눈물로 지냈는데, 여관 주인도 불쌍히 여겨
여러모로 두 사람을 위로했다.[85]

---

84 원문에 이러한 설명은 없다.

85 원문에는 이 부분의 탄식조가 깊다. "이부인의 한탄 말. 에구머니 이를엇지ᄒᄂ 우
리치봉이가 죽엇구료 죽지한ᄒ면 도젹에게 잡피여 갓슬터이니 이노르슬엇지 헌
단말이요"에 주인 노파가 이말을 받으며 자신의 신세한탄도 장황하게 설명한다.

火賊の去つた後、元の旅館に戻つてみると、進士の居たところは全部燒けてしまつた、荷物も金も悉くなくなり、今は京城へ行く旅費さへもなかつた。村の人たちは事情をきいて氣の毒がり、若干の金を進士夫妻に與へて、漸く村を立たした。

進士は、餘りの不幸に淚も出でず、いつそ我が身も死んでしまはうかと思ふほどあつたが、許判書には既に五千兩の渡してあることであり、また果川縣監の勅紙も下つてゐるかも知れないと思つたので、ともかく一旦京城にゆき、若し都合よく出世すれば財産も追々に取り返さうし、彩鳳とても生きてゐるならゆつくり探しても遲くはあるまい。さう考へ直して、一同から惠まれた旅費を難有く受けて、徒步で京城へ辿りついた。

화적이 떠난 후 원래 여관으로 돌아와 보니, 진사가 있던 곳은 전부 타 버렸다. 짐도 돈도 모두 없어지고 지금은 경성으로 갈 여비조차 없었다. 사정을 듣고 불쌍하게 여긴 마을 사람들이 약간의 돈을 진사부부에게 주었기에 간신히 마을을 떠날 수 있었다. 진사는 크나큰 불행에 눈물도 나오지 않고 차라리 자신도 죽어 버렸으면 하고 생각할 정도였다. 하지만 허판서에게는 이미 오천 냥을 건넸고 또 과천 현감의 칙지(勅紙)도 내려왔을지도 모른다고 생각하여 어쨌든 일단 경성으로 가서 혹시 운 좋게 출세한다면 재산도 점점 되찾을 수 있을 것이고 채봉이 살아 있다면 천천히 찾는 것도 늦지는 않을 것이라고 생각했다. 그렇게 마음을 고쳐먹고 모두가 베풀어 준 여비를 감사히 받아들고 걸어서 경성에 도착했다.

翌日、金進士は許判書の邸へ往つた。すると判書は笑顔で迎へて、

許『おお金果川であつたか。遠路無事で結構だつた。まづ何より先に果川縣監の勅紙を受けて呉れ。』

金進士は勅紙を手にすると、急に悲しくなつてハラ＜と涙をこぼした。彼は勅紙を受け取る勇氣がなかつた。

許判書は金進士の樣子を怪んで、

許『君、何うしたかね? あまり嬉し過ぎるとでもいふのか。』

進士は仕方なく一禮して勅紙を受け取り、

進『大監のお蔭で天恩を蒙り、身に餘る光榮でございますが、私は運が惡くて、京城へまるります途中、大變な目に遭ひました。公には何とも申譯がございません。』

許『途中で大變な目に遭つたとは!』

다음 날 김진사는 허판서 댁에 갔다. 그러자 판서는 웃는 얼굴로 맞이하여,

허 "아니, 김과천이 아닌가? 먼 길 무사히 와서 다행이었다. 우선 무엇보다 과천현감의 칙지를 받게나."

김진사는 칙지를 손에 넣자 갑자기 슬퍼져서 뚝뚝 눈물을 흘렸다. 그는 칙지를 받아들 용기가 나지 않았다.

허판서는 김진사의 모습이 수상하여,

허 "그대는 왜 그러는가? 너무나 기뻐서 그러한 것인가?"

진사는 하는 수 없이 인사를 하고 칙지를 받아들고는,

진 "대감 덕분에 천은을 받고 너무나 큰 광영입니다만 저는 운이 나빠서 경성으로 오는 도중에 큰일을 당했습니다. 공에게는 정말 죄

송합니다."

허 "도중에 큰일을 만났다는 것은!"

金進士は火賊に遭つたことから、娘彩鳳の行衛不明になつたことを掻いつまんで話した。許判書は同情するかと思ひの外、忽ち顔色をかへて怒り出した。

許『此奴! 怪しからん奴だ。平壤へ歸る時にはきつと娘を連れて來ると、あれだけ堅く約束しておきながら、今となつて途中で火賊に遭ひ、金も無くなつた、娘も行衛不明だつてそんな馬鹿なことがあるものか。金は兎に角、自分の娘の行衛を親として知らない筈がないぢやないか。貴様のいふことは少しもあてにならん。約束の金五千兩を今直ぐ持つて來ればよし、それが出來なければ娘をすぐに連れて來い。それも貴様ではいかん。妻が來て居るさうだから、此の事を妻に傳へろ。貴様はそれまでの間拘留場に入つて居るのだ。』

とて、下男を呼んで金進士を拘留場に入れさした。

김진사는 화적을 만난 일부터 딸 채봉이 행방불명 된 것을 요약하여 이야기했다. 허판서는 동정을 하기는커녕 갑자기 안색을 바꾸어 화를 냈다.

허 "이놈! 괘씸한 놈이다. 평양에 돌아갈 때는 분명히 딸을 데리고 온다고 그렇게까지 단단히 약속해 놓고는 이제 와서 도중에 화적을 만나 돈도 없어지고 딸도 행방불명이 되었다는 그런 바보 같은 일이 있을 수 있느냐? 김[진사]은 어쨌든 자신의 딸의 행방을 부모로서 모를 수가 없을 것이다. 네가 하는 말은 조금도 믿을 수 없다. 약속한 돈

오천 냥을 지금 당장 가지고 온다면 괜찮지만 그것이 불가능하다면 딸을 당장 데리고 오너라. 그것을 하는 것은 너는 안 된다. 부인이 온 듯하니 이 일을 부인에게 시키거라. 너는 그때까지 구류장[86]에 들어 가게 될 것이다."

라고 말하고 하인을 불러서 김진사를 구류장에 넣도록 시켰다.

此の時李夫人は、ひとり旅館に在つて娘彩鳳のことばかり考へ惱んで
ゐたが、夫の歸りがあまりに遲いので人を賴んで樣子を調べさせると、
夫進士は許判書の邸で拘留されてゐるとのことであつたので、夫人は悲
しみ餘つて卒倒し、一時殆ど息も絶えたかと思はれた。宿の主人は驚い
て李夫人を介抱し、藥を飮ましてやつと息を吹きかへさした。

이때 이부인은 홀로 여관에서 딸 채봉에 대해서 생각하며 근심하
고 있었는데, 남편의 귀가가 너무나도 늦기에 사람에게 부탁하여 상
황을 살펴보게 했다. 그러자 남편 진사는 허판서 댁에 구류되어 있
다는 것이었기에 부인은 슬픈 나머지 졸도하여 한때 거의 숨이 끊어
지는 줄 알았다. 여관 주인은 놀라서 이부인을 간호하고 약을 마시
게 하여 겨우 숨이 돌아오게 했다.

李夫人は、
李『ああ彩鳳は何處へ行つた。彩鳳は居ないのか。』
と言つて泣く。宿の主人は、

---

86 구류장(拘留場) : 구류(죄인을 가두어 자유를 속박하는 일)에 처한 범인을 가두
어 두는 곳이다.

主『一體どうなさつたのです?』

といつて親切にきいて吳れるので、李夫人は有りし事ども一伍一什を物語つた。

主『それはお氣の毒なことです。それもこれも皆金があるからこそ出來たことですが、お話の樣子では御主人はちよツとお歸りになれますまい。といふのは、許判書はなかなか良くない人間です。此の術で能く人がひどい目にあはされるのです。少しも人間らしい同情心の無い人間ですから、金か娘御か、どちらか見せなければ納りませんね。』

이부인은,

이 "아아, 채봉은 어디로 갔단 말이냐? 채봉은 없느냐?"

고 울면서 말했다. 여관 주인은,

주 "도대체 어찌된 일입니까?"

라고 말하며 친절하게 들어 주었는데, 이부인은 있었던 일의 자초지종을 이야기했다.

주 "그것은 참 딱하네요. 그것도 이것도 모두 돈이 있기에 생긴 일입니다만, 이야기를 들어보니 주인은 어쩜 돌아오지 못할지도 모릅니다. 그렇게 말씀드리는 것은 허판서는 상당히 좋지 않은 인간입니다.[87] 이러한 방법으로 사람들이 자주 큰일을 당했다고 합니다. 인간다운 동정심이 조금도 없는 인간이므로 돈이나 딸이나 어느 것을 보여주지 않으면 끝나지 않을 것입니다."

---

87 원문에 여관주인의 허 판서에 대한 평가는 없다.

李夫人は、いとど涙を流しながら、

李『どうしませうね。金も出來ず娘も居ないとしたら、何うすればいいのでせう?』

主『打つちやつとけば、何時まででも御主人は歸ることができますまい。だが、娘御は或は平壤へ歸つて居られるかも知れませんから、一夜平壤へおいでになつては何うです?』

李夫人は實にもと思ひ、早速その日平壤に向つて出發した。

이부인은 더욱더 눈물을 흘리며,

이 "어떻게 합니까? 돈도 안 되고 딸도 없으니까 어떻게 하면 좋을까요?"

주 "내버려 두면 언제까지고 주인은 돌아올 수 없습니다. 하지만 딸은 어쩌면 평양에 돌아가 있는 지도 모르니 오늘 밤 평양으로 가시는 것은 어떨까요?"

이부인은 참으로 그럴지도 모른다고 생각하여 서둘러 그날 평양을 향해 출발했다.[88]

(九) 父は監禁、娘は賣身
(9) 아버지는 감금, 딸은 몸을 팜

---

[88] 원문에는 "(리부인) 주인에 말이당연ᄒᆞ오 그러ᄂᆞ로수가 업스니엇거케오빅여 리를 ᄂᆞ려갈수가잇소 어렵지마는 이거슬 존파라다가쥬시오 ᄒᆞ고 머리에 빈여를 ᄲᅢ여쥬니 식쥬인이 바다셔가지고 나가더니 파라다쥬거ᄂᆞᆯ 리부인이 바다가지고 평양으로 ᄂᆞ려가더라"라고 나온다. 이 부인이 패물을 팔아서 경비를 마련할 만큼 어려운 상황을 보여준다.

彩鳳は此の時平壤へ歸り、秋香の家に身を寄せて居た。父母が自分の行衛を兎や角と心配して居ることとは想つてゐたが、火賊のことなとは夢にも知らず、また父が許判書の許でさうした非道な苦しみを受けてゐようとは尚更思はなかつた。

채봉은 이때 평양으로 돌아와서 추향의 집에 기거하고 있었다. 부모가 자신의 행방을 이리저리 걱정하고 있을 것을 생각했지만 화적의 일은 꿈에도 알지 못하고, 또 아버지가 허판서 댁에서 그러한 도리에 어긋난 고통을 당하고 있을 것이라고는 더욱 생각도 하지 못했다.

元來平壤は色鄕の稱ある土地であつたが、かねて彩鳳の美人であり殊に書畵に巧みであることを聞いてゐた妓生の抱へ主たちは、彩鳳を抱へんとの下心で、時折秋香の家を尋ねて來た。彩鳳は之を嫌つて、ある日秋香の母にきいた。

彩『何故あういふ人がちよいちよい來るのです?』

母『お孃さんのお名前をきいて書畵を求めて來るのです。』

彩『隨分うるさいわねえ。それに閨中の處女が妓生の抱主に筆跡をやることはできないから、今後はきつぱりことはつて下さい。』

秋香の母はその通り抱主たちに斷つた。抱主たちは落膽しながらも、『あれだけの美人なら平壤第一の妓生になれるのに……』と、なかなかあきらめかねる樣子であつた。

원래 평양은 색향이라고 불리는 토지였는데 전부터 채봉이 미인이고 특히 서화에 뛰어나다는 것을 들은 기생 포주들은 채봉을 잡으려는 마음[89]에 이따금 추향의 집을 찾아 왔다. 채봉은 이것을 언짢게 생각하며 어느 날 추향의 어머니에게 물었다.

채 "어찌하여 저런 사람이 때때로 오는 것입니까?"

모 "아가씨의 이름을 듣고 서화를 구하러 온 것입니다."

채 "몹시 시끄럽구나. 게다가 규중[90]의 처녀가 기생 포주에게 필적을 주는 일은 있을 수 없으니 앞으로는 단호히 거절해 주세요."

추향의 어머니는 그대로 포주들을 거절했다. 포주들은 낙담하면서도,

"저렇게 미인이라면 평양 제일의 기생이 될 터인데……"

라고 좀처럼 포기하지 않는 모습이었다.[91]

李夫人は徒歩で、晝夜兼行して十日目に平壤へ着いた。

李『山も川も家も元のままの平壤であるのに、ああ我が身ばかりはこんなに變りはてたか。』

とて、みすぼらしい姿を眺めまはしつつ、秋香の家を先づ第一に尋ねた。此の時彩鳳は、秋香と二人で身の振り方を相談中であつたが、『秋香や、秋香や、』とよぶ李夫人の聲に、二人は喜んで出で迎へた。李夫人は彩鳳に氣が付かず、秋香に向ひ、

李『秋香や、お前の嬢や何處に居るか知らない?』

---

89 마음: 일본어 원문은 '下心'이다. 마음속 혹은 예전부터의 계획이라는 뜻이다 (松井簡治·上田万年編, 『大日本国語辞典』02, 金港堂書籍, 1916).

90 규중: 일본어 원문은 '閨中'이다. 침실 혹은 규방의 뜻이다(松井簡治·上田万年編, 『大日本国語辞典』02, 金港堂書籍, 1916).

91 원문에는 "평양바닥에늘 독보을ᄒ 깃다ᄒ고입에침이업시칭찬을ᄒ더라"고 되어 있다.

彩鳳は李夫人の手をとつて、

彩『お母さん、わたし此處ですよ。』

李夫人は彩鳳を抱きしめて泣きながら、

李『彩鳳や、よくまア無事でゐて呉れた。けれども何うしたらいいだらうねえ、私たちの家がこんなになつてしまふとは夢にも思つてゐなかつた。』

彩鳳は驚いて、

彩 『家がどうかしたんですか。私のために何か事件が起つたんですか?』

李夫人は彩鳳の手をとつたまま房へ入つて、

李『一體お前は何うしてここへ歸つたのだい?』

彩鳳は母の身装の變つてゐるのにはじめて氣がついて、

彩『お母さん、私のことは何うでもいいから、それは後で話しますから、先づお母さんの方から話して下さい。お父さんは今何處に居られますの?』

　　이부인은 걸어서 밤낮을 계속 하여 10일 째에 평양에 도착했다.

　　이 "산도 냇가도 집도 원래대로의 평양인데 아아, 내 몸만 이렇게 변하였구나."

　　라고 말하며 초라한 모습을 바라보며 우선 먼저 추향의 집을 찾아갔다. 이때 채봉은 추향과 둘이서 앞으로의 일에 대해서 의논 중이었는데,

　　"추향아, 추향아."

　　라고 부르는 이부인의 소리에 두 사람은 놀라 나와서 맞이했다.

이부인은 채봉은 알아차리지 못하고 추향을 향하여,

　이 "추향아, 너의 아가씨가 어디에 있는지 모르느냐?"

　채봉은 이부인의 손을 잡고,

　채 "어머니, 저 여기에 있습니다."

　이부인은 채봉을 껴안고 울면서,

　이 "채봉아, 이런, 잘도 무사히 있어 줬구나. 하지만 어떻게 하면 좋을지 우리 집이 이렇게 돼 버릴 줄은 꿈에도 몰랐다."

　채봉은 놀라서,

　채 "집이 어떻게 되었습니까? 저 때문에 무언가 사건이라도 일어난 것입니까?"

　이부인은 채봉의 손을 잡고 방으로 들어가서,

　이 "도대체 너는 어찌하여 이곳에 돌아왔느냐?"

　채봉은 어머니의 행색이 바뀐 것을 보고 비로소 알아채고,

　채 "어머니, 저에 대해서는 아무래도 상관없으니 그것은 나중에 말하겠습니다. 우선 어머니부터 말씀해 주십시오. 아버지는 지금 어디에 계십니까?"

　李夫人は大きく溜息をついて、涙ながらに彼の火賊に遭つたこと、父が許判書の邸に拘禁されてゐること語り、

　李『今となつては仕方がないから、これから一緒に京城へいつてお父樣を救ひ出してお呉れ。お前が往けないとすれば五千兩の金を持つて行かなければならないのだが……。』

　彩鳳は自分の平壤へ歸つて來た理由を手短かに語り、

　彩『私は死んでも京城へ往きたくありません。』

李『お前が往かなければお父さまは死んでしまいます。』

彩『私が往つたところで、また金を持つて來いと云はれたら何うします?』

李『それはさうぢやないの。許判書のいふには、金が出來なければ娘だけでもいゝつて。』

彩『ではその金を作りませう。』

李『お前に五千兩の金の工面が出來ますかい?』

彩『どうかして私、つくりますから、二三日待つてみて下さい。』

이부인은 크게 한숨을 쉬고 눈물 흘리면서 화적을 만난 일과 아버지가 허판서 댁에 구금된 것을 이야기하며,

"이렇게 된 이상 방법이 없으니 지금부터 함께 경성으로 가서 아버지를 구해 주렴. 네가 가지 않으면 오천 냥의 돈을 가지고 가지 않으면 안 된다만……"

채봉은 자신이 평양에 돌아오게 된 이유를 간단하게 이야기하면서,

채 "저는 죽어도 경성에 가고 싶지 않습니다."

이 "네가 가지 않으면 아버지는 죽고 만다."

채 "제가 갔는데 또 돈을 가지고 오라고 하면 어찌하실 것입니까?"

이 "그것은 그렇지가 않다. 허판서라는 사람은 돈이 안 되면 딸이라도 좋다고 했다."

채 "그럼 그 돈을 만듭시다."

이 "네가 오천 냥의 돈을 변통[92]할 수 있겠느냐?"

---

92 원문에는 "판비(辦備)"라고 되어 있다.

채 "어떻게든 해서 제가 만들 테니 이삼 일 기다려 주십시오."

言ひながら忽ち兩眼からハラハラと涙を流し、
彩『ああ悲しいことになつた。前世何の罪を犯したやら。昔は宋國の
陳春は百姓をいぢめた罰で後世に妓生になつたと聞いたが、私自身妓
生にならうとは夢にも思はなかつた。』
とて、秋香に向ひ、
彩『秋香や、お前のお母さんは何處へ往つたの?』
秋『母は鳳仙の家へいきました。』
彩『ちよつと呼んで來て頂戴。』

말하면서 갑자기 두 눈에서 뚝뚝 눈물을 흘리며,
채 "아, 슬픈 일이 벌어졌다. 전생에 무슨 죄를 저질렀단 말이냐?
옛날 송나라의 진춘은 백성을 괴롭힌 벌로 후생에 기생이 되었다 들
었는데, 내 자신도 기생이 되리라고는 꿈에도 생각지 못했다."
라고 말하며 추향을 향해,
채 "추향아, 너의 어머니는 어디에 갔느냐?"
추 "어머니는 봉선의 집에 갔습니다."
채 "좀 불러 와 주렴."

暫くして秋香の母が歸つた。李夫人を見て驚いて、
母『まア奥様、どうなさいました。』
李夫人は歎息して、
李『ちよつとの間に乞食になつてしまひました。』

秋香の母も事情をきいて驚いたが、やがて慰めの言葉をのこして次
の房へ往き、彩鳳に向ひ、

母『お孃樣、私をお喚びになつたのは何御用です?』

彩『實は、是非お賴みしたいことがあるの。』

母『何ういふことですか?』

彩『恥かしいことだが、此のからだを賣りたいと思ふの。一つ心配し
て下さいな。』

조금 있다가 추향의 어머니가 돌아왔다. 이부인을 보고 놀라서,

모 "이런 마님, 어찌된 일입니까?"

이부인은 탄식하며,

이 "잠깐 동안에 거지가 되어 버렸습니다."[93]

추향의 어머니도 사정을 듣고 놀랐지만 이윽고 위로의 말을 남기
고,[94] 다음 방으로 가서 채봉을 향하여,

모 "아가씨, 저를 부르신 것은 무슨 일 때문입니까?"

채 "실은 꼭 부탁하고 싶은 것이 있다."

모 "무슨 말씀이십니까?"

채 "부끄러운 일이다만 이 몸을 팔고자 생각한다. 좀 신경을 써 주
게나."

---

93 원문에는 "허 - 우리딕은 기동뿌리도 ᄒ나업시 졸디에 되얏스닛가 말이 안이나
오네."라고 되어 있다. 추향의 어머니가 이 부인에게 "마님"이라 부르고 이 부인
은 추향의 모를 하대한다.

94 원문에는 "그러나 오작시장ᄒ시깃슴닛가 ᄒ며 밧그로 나가 점심을 힉셔 드려
다 딕졉훈 후 취봉이 추향모를 바라보며 에그- 어멈은 나보담도 나이 - 나는 걱졍
중에 시장ᄒ실 싱각을 못ᄒ얏더니 그러나 어멈에게 쳥홀 말이잇스니 심을 좀
쓰랴나" 라고 되어 있다.

秋香の母も譯を聞いて氣の毒になり、且つ彩鳳の心根のいぢらしさ
に、種々思ひ返させようとしたが、彩鳳の決心はなかなかに堅く、容
易に飜さうとはしなかつた。秋香の母も仕方なく、

母『では、何とか話して見ませう。しかしお孃さんの御身分で妓生な
どになれるものですか。』

彩『私のやうな不仕合の者は、妓生になるのも前の世からの定まりご
とでせう。何にしても直ぐ金の入る處でなくてはならないから、早く
お世話をして下さい。』

母『それでは鳳仙の抱へ主にでも相談してみませう。』

　추향의 어머니도 연유를 듣고 딱하게 생각하고, 또 채봉의 갸륵한
마음[95]에 이리저리 생각을 바꾸게 하려고 했지만 좀처럼 채봉의 굳
은 결심은 쉽게 바뀌지를 않았다. 추향의 어머니는 하는 수 없이,

모 "그럼, 어떻게든 말을 해 보겠습니다. 그러나 아가씨의 신분으
로는 기생이 될 수 있겠습니까?"

채 "나와 같은 불행한 사람은 기생이 되는 것도 전생의 운명[96]일
것입니다. 어찌되었든 바로 돈이 들어오는 곳이 아니면 안 되니 서
둘러 살펴 주십시오."

모 "그렇다면 봉선 포주에게라도 가서 의논을 해 봐야겠습니다."

鳳仙と秋香との話を洩れ聽いた母夫人は、彩鳳に向ひ、

---

95 마음: 일본어 원문은 '心根'이다. 이는 마음속 혹은 마음씨라는 뜻이다(松井簡
治·上田万年編,『大日本国語辞典』02, 金港堂書籍、1916).
96 운명: 일본어 원문은 '定まり'다. 정해진 것 혹은 결정이라는 뜻이다(松井簡治·
上田万年編,『大日本国語辞典』02, 金港堂書籍, 1916).

李『お前の心持も分らないねえ。お前は宰相の妾になるよりも妓生の方がいいとお思ひ

のかい? 私はお前を妾にはさしても、妓生にはさせたくない。どうかもう一度ようく考へなほしてお吳れ。そして成る可くなら、一緒に京城へゆかう。さうればお父さんも喜ぶでせう。』

彩『私は妓生にはなつても、人の妾には斷じてなりません。』

母『お孃樣、今奧樣のおつしやる通り失張り京城へおいでになる方がお宜しでせうよ。』

彩『いいえ、私は死んでも平壤、生きても平壤、決して京城へは往きませんから。餘計なことを言はないで早くお世話して下さいよ。』

とて堅い決心を飜さうとしなかつた。李夫人や秋香の母は、彩鳳の深い心を知らないので、ただその思はくを怪んでゐたが、ひとり秋香のみは、彩鳳の心を察してそつと衣物の袖をぬらしてゐた。

봉선[97]과 추향의 이야기를 엿들은 모[98]부인은 채봉을 향하여,

이 "너의 마음도 모르겠구나. 너는 재상의 첩이 되는 것보다 기생이 좋다고 생각하느냐? 나는 너를 첩은 시켜도 기생을 시키고 싶지는 않다. 아무쪼록 한 번 잘 생각해 주거라. 그리고 가능한 한 같이 경성으로 가자. 그러면 아버지도 기뻐할 것이다."

채 "저는 기생은 되어도 남의 첩은 결코 될 수 없습니다."

모 "아가씨, 지금 마님이 하신 말씀대로 역시 경성으로 가시는 편

---

97 전후 문맥상 추향의 어머니를 봉선이라고 잘못 기록하였음.
98 번역본에는 '모부인'으로 되어 있으나 원문에 "리부인이 엽혜안져셔 이말듯고 분훈 성각이 드러가셔 최봉을 도라보며"라고 나온다. 정황상 추향의 어미가 아닌 '이 부인'으로 보아야 한다.

이 좋을 듯합니다.”

　채 “아니요, 저는 죽어도 평양, 살아도 평양, 결코 경성에는 가지 않을 것이니 쓸 데 없는 것을 말하지 말고 서둘러 살펴 주십시오.” 라고 굳은 결심을 바꾸려고 하지 않았다. 이부인과 추향의 어머니 는 채봉의 깊은 마음을 알지 못하기에 다만 그 속셈을 수상히 여겼지 만 홀로 추향이만은 채봉의 마음을 헤아리고 몰래 옷소매를 적셨다.

秋香の母は鳳仙の抱へ主に往つて此の事を話すと、抱主は大喜びで、

抱『それは本統ですか?』

母『何を私が嘘をいふものですか。』

抱『それで、お金はいくらといふンでせう。』

母『そこはお孃樣とぢかに相談して下さい。』

　　추향의 어머니가 봉선 포주[99]에게 가서 이 일을 이야기하자 포주 는 크게 기뻐하며,

　포 “그것은 정말입니까?”

　모 “제가 무슨 거짓을 말하겠습니까?”

　포 “그래서 그 돈은 얼마라고 합니까?”

　모 “그것은 아가씨와 직접 의논해 주십시오.”[100]

秋香の母は抱主を連れて彩鳳のところへ來た。

---

99 원문에는 ‘봉선모’로 나온다. ‘봉선모’는 봉선이라는 기생을 데리고 있는 포주 이다.

100 원문에는 “봉선이는 얼마에 팔랏소 그가량이겟지 (봉선모) 칠천량에 다려갓 소”라는 말이 뒷부분에 더해져 있다.

抱『お金はお幾らほどお入用なのですか。』

彩『六千兩ほど欲しいのですが何うでせう。』

抱『六千兩? 宜しうございます。』

彩『それも成るべく今日中に欲しいのです。』

　　　추향의 어머니는 포주를 데리고 채봉이 있는 곳으로 왔다.
　　　포 "돈은 얼마정도 필요합니까?"[101]
　　　채 "육천 냥 정도 원합니다만 어떻습니까?"
　　　포 "육천 냥이라고요?　좋습니다."
　　　채 "그것도 가능한 한 오늘 중으로 원합니다."

　抱主は直ぐ家に歸つて現金六千兩を彩鳳に渡し、李夫人との間に契
約書を作つた。李夫人は涙を拭き拭きして、ただ歎息をつくのみであ
つたが、彩鳳は抱主を歸してから母夫人に向ひ、

　彩『お母樣、どうぞもうこれきり私の事はお忘れになつて、早速京城
へいつてお父樣を

　一時も早く救ひ出して下さい。それから私は萬歳橋で燒けて死んで
しまつたといつて下さい。また此の金はみんなで五千五百兩ありま
す。五千兩はお父樣を救ひ出すための金、五百兩はお母樣の旅費で
す。どうか一日も早く二人連れで平壤へお歸り下さい。』

　　　포주는 바로 집으로 가서 현금 육천 냥을 채봉에게 건네주고 이부인

101　번역본의 공손한 태도와 달리 원문은 "(봉선모) 그리 드럿다 그러면 돈을얼마나
　　쥬랴"라고 물건을 사고파는 거래가 성사됨으로 나타난다.

과 사이에 계약서를 만들었다. 이부인은 눈물을 닦으며 다만 탄식을 할 뿐이었는데,[102] 채봉은 포주를 돌려보내고 나서 어머니를 향해,

채 "어머니, 아무쪼록 이것으로 저의 일은 잊으시고 서둘러 경성으로 가서 아버지를 하루라도 빨리 구해 주십시오. 그리고 저는 만세교(萬歲橋)에서 불에 타 죽어 버렸다고 말해 주십시오. 또 이 돈은 모두 오천 오백 냥입니다. 오천 냥은 아버지를 구하기 위한 돈이고, 오백 냥은 어머니의 여비입니다. 아무쪼록 하루라도 빨리 두 사람 같이 평양으로 돌아오십시오."[103]

李夫人は仕方なしに、正千五百兩の金を受け取つた。今となつては何といつても彩鳳の言葉に從ふ外はないので、此上はたゞ夫進士を救ひ出し、その上にて彩鳳の事をお談しようと、やつと心をきめて京城へ向つた。そてて許判書に五千兩の金を渡して金進士を赦して下さるやうにと賴んだが、慾張りの許判書は金だけ受取つて果川縣監は免官させ、その上約束の娘をよこさないとの口實で、いつかな進士を歸さうとはしない。李夫人は餘りの事に呆れ返り、ある家の一室を間借りして、やつと賃仕事をしてその日その日の口を糊しながら、寂しいつらい日を送るのであつた。

이부인은 하는 수 없이 오[104]천오백 냥의 돈을 받아 들었다. 이제

---

102 원문에는 "리부인은 흐어이가 업서ᄀ 속으로 조련복철에넌이 어더잇나 오냐 나는모로깃다."로 되어 있다.
103 번역본에는 없지만 원문에는 채봉이 따로 "오빅량은 너가 쓰깃소"라며 챙기는 돈이 있다.
104 일본어 원문에서 오천오백 냥에서 오(五)를 정(正)자로 잘못 표기함.

와서 뭐라고 해도 채봉의 말을 따를 수밖에 없었다. 이렇게 된 이상 그냥 진사를 구하고 그러고 나서 채봉의 일을 의논하자고 겨우 마음을 정하고 경성으로 향했다. 그리하여 허판서에게 오천 냥의 돈을 건네고 김진사를 풀어 달라고 부탁했는데 욕심 많은 허판서는 돈만 받아들고 과천현감이라는 벼슬에서 해임시켰다. 게다가 약속한 딸을 주지 않았다는 구실로 언제까지고 진사를 돌려보내려고 하지 않았다. 이부인은 너무나도 황당한 일에 어이가 없어서 어느 집의 한 방을 빌려서 겨우 삯일을 하며 그날그날 입에 풀칠하면서 쓸쓸한 날을 보내는 것이었다.

(十) ゆくりなくも靑樓に四つの瞳
(10) 뜻 밖에도 기생집에 네 개의 눈동자

彩鳳は其後抱主へ往つて先へ服装を更へ、妓生の名を松伊と稱した。これは貞節を意味するのであつた。妓生松伊の名が聞えると、彩鳳はもとより各方國の遊次郞が、吾れも吾れもと松伊を見に來た。稀なる美人といふことの外に、書畫の巧みであることが評判となつて、忽ち平壤第一の賣れ妓となり、松伊と關係を結ばうとして爭つて來る男の數はかぎりなかつた。

채봉은 그 후 포주에게 가서 우선 복장을 고쳐 입고 기생의 이름을 송이라고 했다. 그것은 정절을 의미하는 것이었다.[105] 기생 송이

---

105 원문에는 "속모르는 사람은 비우스며 흥 - 기싱이 절기란다무어신고"라는 기생의 정절을 비웃는 말도 있다.

의 이름이 들리자 채봉[106]은 말할 것도 없이 각 고을의 노는 남자들이 나도 나도 하고 송이를 보러 왔다. 드문 미인인 것 말고도 그림에 뛰어나다는 평판이 나서 갑자기 평양 제일의 잘 팔리는 기생이 되었다. 송이와 관계를 맺으려고 다투어 오는 남자의 수는 끝이 없었다.

が、松伊の彩鳳は、決して之に靡かうとはしなかつた。そして一つの不可議な問題を出した。それは先に姜弼成への答詩として與へた。
『勸君莫相陽臺夢 努力攻書入翰林』
を大書し、門の入口に貼り附けて、その傍に次のやうに朱書した。
それは答詩であるが、如何なる詩に對する答詩であるか。解つた人に此の身を任せる。

그런데 송이가 된 채봉은 결코 이에 순응하지 않았다. 그리고 한 가지 어려운 문제를 냈다. 그것은 먼저 강필성에 대한 답시였다.
"권군막상양대몽(勸君莫想陽臺夢) 노력공서입한림(努力攻書入翰林)"
을 크게 문 입구에 걸어 놓고 그 곁에 다음과 같이 붉은 글씨를 적었다.
이것은 답시(答詩)이지만 어떠한 시에 대한 답시인지를 알아맞히는 사람에게 이 몸을 맡기겠습니다.

多くの遊次郎は此の詩を見て首を傾けた。我こそは之を正解して、平壤一の美人をものにせんものと、種々腦漿を絞つたが、しかし此に

---

106 전후 문맥상 채봉은 오자인 듯하다.

正しい答案を與へるものは天下に唯一人の姜弼成を外にして在る筈も
なかつた。

　抱主は松伊が普通の妓生と遺ひ、男に身を任せないのを物足らずと
してゐたが、書通の數科だけでも相當多額の收入があつたので、決し
て之を虐待するなどのことはなく、一日も早く答案を持つて來る金持
の現はれんことを願つてゐた。

　　　많은 노는 남자들이 시를 보고 고개를 갸우뚱거렸지만 나야말로
　　이것을 바로 풀어서 평양 제일의 미인을 자기 것으로 하겠노라고 수
　　없이 궁리를 했다. 그러나 바른 답안을 가져 오는 사람은 하늘 아래
　　오직 한 사람 강필성을 제외하고 있을 리가 없었다.

　　　포주는 송이가 보통 기생과 달리 남자에게 몸을 맡기지 않는 것이
　　내심 마음에 들지 않았지만 편지의 수수료만이라도 상당히 큰 액수
　　의 수입이 되었기에 결코 이것을 학대하지는 않았다. 하루라도 빨리
　　답안을 가진 부자가 나타나기를 바랐다.

　姜弼成は、金進士が京城から歸り次第、彩鳳と結婚を許されるもの
と思つて、一日千秋の思ひで待つてゐると、意外にも進士が歸つて來
るなら家族をひきつれ家財をまとめて京城へ往つてしまつたので、さ
ながら氣抜けのやうに落膽し、人の心のあてにならぬを怨み歎きなが
ら、諦らめるともなく、彩鳳のことはあきらめてゐた。が、時折は彩
鳳からもらつた答詩を出しては當時のことを思ひ出し、その人戀しく
懐かしく快々として樂しからぬ日をおくつてゐたが、

　　강필성은 김진사가 경성에서 돌아오는 대로 채봉과 결혼을 허락
할 것이라고 생각하고 일일천추(一日千秋)의 마음으로 기다리고 있
었는데 뜻밖에도 진사가 돌아오자마자 가족을 데리고 집과 재물을
정리하여 경성으로 가 버렸기에 마치 정신 나간 사람처럼 낙담했다.
사람의 마음은 믿을 수 없는 것이라고 원망하고 한탄하면서 채봉의
일은 포기하고 있었다. 하지만 어느 날 채봉에게서 받은 답시를 꺼
내서는 당시의 일을 생각하며 그 사람을 연모하고 그리워하며 그리
유쾌하지도 즐겁지도 않은 날을 보내고 있었다.

　　ある日一人の友が來て、有名なる松伊のことを話し出し、その詩の
意味について弼成の意見を求めた。弼成は暫らく考へて、
　弼『どうも不思議だね。此は確かに彩鳳だが、これは何か仔細がある
にちがひない。一つ往つて見よう。』
　と心の中に呟きながら松伊の家にいつて見た。
　弼『此の問題は私が解りますから妓生に會はせて下さい。』

　　그러던 어느 날 한 사람이 와서 유명한 송이의 이야기를 하며 그
시의 의미에 대해서 의견을 구했다. 필성은 잠시 생각하다가,
　필 "아무래도 이상하구나. 이것은 분명히 채봉인데 이것은 무언
가 연유가 있음에 틀림없다. 한 번 가 보자."[107]
　라고 마음속으로 이야기하면서 송이의 집으로 가 봤다.
　필 "이 문제는 내가 풀겠으니 기생을 만나게 해 주십시오."

---

[107] 원문에는 "ᄒᆞ고 모르는 체 ᄒᆞ고 글세 아모리 싱각 ᄒᆞ야도 알 수 업네"라고 나온다.
필성은 다른 사람에게 속내를 발설하지 않고 조용히 혼자 찾아간다.

抱主は松伊の處へ來て、その旨を傳へると、松伊は大同門外の姜と聽いて忽ち恥かしさに顔を根めたが、ややあつて態々白々しい笑顔を作り、

彩『その人を案內して下さい。』

と言つて房を片づけた。抱主は、姜弼成を松伊の房へ案內した。互に見合はす顔と顔正に戀しいその人であるので、二人は暫し言葉も出でず、先立つものは涙ばかりであつた。姜弼成は、何を措いても先づ彩鳳の妓生になつた事の仔細をききたかつたが、榜らに抱主が控へてゐるので問ふこともならず、茫然として佇んでゐると、

　　포주는 송이가 있는 곳으로 와서 그 뜻을 전하였다. 송이는 대동
　문 밖 강이라고 듣자 갑자기 부끄러움에 얼굴을 붉혔지만 잠시 후 일
　부러 천연덕스러운 얼굴을 하고,
　　채 "그 사람을 안내해 주십시오."
　　라고 말하고 방을 정리했다. 포주는 강필성을 송이 방으로 안내했
　다. 서로 바라보는 얼굴과 얼굴은 연모하던 바로 그 사람이기에 두
　사람은 잠시 말도 못 하고 앞서는 것은 눈물뿐이었다.[108] 강필성은
　만사를 제쳐두고 채봉이 기생이 된 사정을 묻고 싶었지만 곁에 포주
　가 대기하고 있어서 묻지도 못하고 망연히 우두커니 서 있었다.

その樣子を見た抱主は、怪しみながら松伊に向ひ、

抱『此の方が詩の問題を解決しなさるさうだから、解るかどうか問う

---

108 원문에는 우는 장면이 아닌 "셔로 무식ᄒ야 한참 안졋다가 송이가 물어서 강필
　성이 문제를 푼다."로 되어 있다.

て見なさい。』

　今更問ふ必要もないのであつたが、抱主の手前さうも言へず、

　彩『それではその詩の出處を語つて御覽なさい。』

　と言ふ。姜弼成も態と知らぬ風をして、先にハンケチに書いた詩の意味を話し、それに對する答詩であるといふことを說明する。松伊は抱主に向ひ、此の人こそ眞の正解者であるとて、直ちに身を許すべき旨を告げ、料理一卓を準備させて、二人さし向ひに酒を酌んだ。

　彩『あなたは其後、私のことを何う思つてゐらしたか知れませんが、私はこんな賤しい妓生にはなつても、決して身體は穢して居りませんから、どうかそのつもりで、今夜はゆつくり私の妓生になつた譯をきいて下さい。』

　とて、身の成行をくわしく語つた。

　　그 모습을 본 포주[109]는 수상해 하면서 송이를 향해,

　　포 "이 분이 시의 문제를 해결하신다고 하니 푸는지 어떤지 물어보아라."

　　새삼스럽게 물어볼 필요도 없었지만 포주의 앞에서 그렇게 말하지도 못하고,

　　채 "그럼 그 시의 출처를 말해 보십시오."

　　라고 말했다. 강필성도 모르는 척하며 먼저 손수건에 적은 시의 의미를 이야기하며 그에 대한 답시라는 것을 설명했다. 송이는 포주를 향해 이 사람이야말로 진정한 정답자이기에 바로 몸을 맡기겠다

---

109 원문에는 기생어미가 하는 말이 없다.

는 뜻을 알렸다. 요리 한 상을 준비시키고[110] 두 사람은 서로 마주하
며 술을 마셨다.

채 "그대는 그 이후 저에 대해서 무엇을 생각하셨는지 모르겠습
니다만, 저는 이렇게 미천한 기생이 되기는 했지만 결코 몸을 더럽
히지 않았습니다. 그러니 아무쪼록 그런 줄 아시고 오늘 밤은 천천
히 제가 기생이 된 연유를 들어 주십시오."

라고 말하고 그렇게 된 사정[111]을 상세하게 이야기했다.

時は春三月、朧の月は東の窓に照りて、杜鵑の聲
が時々に聞える。松伊は姜弼成の手をとつて、

彩『前にも申しましたやうに、私は貞操だけは堅く守つてまゐりまし
たが、最早閨中の處女といふわけにはまゐりませんから、是非前約の
如くあなたの正妻にとは申しません。けれども私を憐れと思召すな
ら、何うぞ見捨てないで下さいまし。そして副室にてもして下さるな
ら、お情けは骨になつても忘れはいたしません。』

弼『いや、その心配は入りません。私に正妻があるとすれば、副室も
致方がないでせうけれど、幸ひにまだ結婚をしてゐないのですから、
是非あなたを前約通り正妻にしなければなりません。たゞ困つたこと
には、御承知の通り私は貧乏で、直ちにあなたをここから救ひ出すこ

---

110 원문에서는 "장국이나 작만 ᄒ시오."라고 말하는데 '장국'은 '간장으로 간을 하
여 끓인 국·전골'을 가리키는 말이다. 여기서는 평양을 배경으로 하니 평안도
음식중 하나인 소반만 한 큰 쟁반에 국수만 한 것을 사람의 수대로 벌여 놓고 쟁
반 한가운데에 편육을 담은 그릇을 들여 놓고는 둘러앉아서 먹는 요리에 해당
되는 것으로 추정된다.
111 그렇게 된 사정: 일본어 원문은 '成行'이다. 이는 그렇게 되어간다 혹은 그런 과
정을 뜻한다(松井簡治·上田万年編, 『大日本国語辞典』03, 金港堂書籍, 1917).

とができないのです。』

彩『正妻にして下さるなら私は今死んでも憾みはありません。それから此の魔窟をのがれるには私がうまくやりますから、御心配は入りません。』

かくて次第に夜も更けたので、二人は鴛鴦の仲睦まじく、枕を並べて寝に就いた。

때는 봄 3월 달은 어슴푸레 동쪽 창문을 비추고 두견의 소리가 때때로 들려왔다. 송이는 강필성의 손을 잡고,

채 "앞서도 말씀드렸듯이 저는 정절만큼은 굳게 지켜 왔습니다만, 이제는 규중(閨中)의 처녀라고는 말할 수 없기에 꼭 지난 번 혼약처럼 당신의 본처가 되겠다고 말하지는 못합니다. 하지만 저를 가엾게 여기신다면 아무쪼록 버리지 말아 주십시오. 그리고 소실이라도 시켜주신다면 은혜는 뼈가 되어도 잊지 않겠습니다."

필 "아니오, 그런 걱정은 필요 없습니다. 나에게 본처가 있다고 한다면 소실이라도 하는 수 없지만, 다행히 아직 결혼을 하지 않았기에 꼭 당신을 지난 번 혼약대로 본처로 삼지 않으면 안 됩니다. 다만 곤란한 것은 아시다시피 나는 가난하여 바로 당신을 여기에서 구할 수는 없습니다."

채 "본처로 해 주신다면 지금 죽어도 한이 없습니다. 그럼 이 사창굴에서 벗어나는 것은 제가 어떻게 잘해 보겠으니 걱정은 필요 없습니다."

이리하여 점점 밤도 깊었기에 두 사람은 원앙과 같이 사이좋게 베개를 나란히 하고 침소에 들었다.

翌る朝松伊は金三百兩を弼成に渡し、

彩『此のお金を歸りがけに抱主にやつておいて下さい。そしてあなた
は毎晩どうぞ來て下さい。』

と言つた。

最初抱主は、弼成のみすぼしい書生姿を見て、これでは餘り金にも
ならぬわいと失望してゐたが、三百兩といふ金を渡されて大に喜び、
大事に弼成をもてなした。その日以來、缺かさず弼成は松伊のもとを
訪ねたが、ある日一人の遊次郎が、是非松伊を取りもつて呉れといつ
て、頻りに抱主に強談判してゐるのを弼成は見た。弼成が歸つてあと
で、果して抱主はその事を松伊にすすめに來たが、松伊はまた三百圓
を抱主に手渡し、

彩『先程姜相公があと一ケ月續けるからといつて此の金を置いて行き
ました。どうぞ其の客は斷つて下さい。』

抱『ああさうか、では斷りませう。』

抱主は、そのまま口を嗽んで出ていつた。

다음 날 아침 송이는 돈 삼백 냥[112]을 필성에게 건네며,

채 "이 돈을 돌아가는 길에 포주에게 주십시오. 그리고 당신은 매
일 밤 아무쪼록 와 주십시오."

라고 말했다.

처음에 포주는 필성의 초라한 서생 차림을 보고 이것으로는 그다

---

112 원문에는 "돈 빅량을 너여"라고 되어 있다. 채봉은 처음 필성에게 자신이 가지
고 있었던 오백 냥 중에서 백 냥을 주어 포주에게 건네라고 했다. 그리고 그다음
에 포주가 다른 생각을 하자 다시 채봉이 필성이 준거라고 말하며 삼백 냥을 더
내놓는다.

지 돈이 되지 않을 것이라고 실망했지만 삼백 냥이라는 돈을 건네받고는 크게 기뻐하며 공손하게 필성을 대했다. 그날 밤 이후 빠짐없이 필성은 송이가 있는 곳을 방문했다. 그러던 어느 날 한 사람의 노는 남자가 꼭 송이를 주선해 달라고 계속해서 포주에게 강경하게 담판을 하는 것을 필성이 봤다. 필성이 돌아간 후에 과연 포주는 그 일을 송이에게 권하러 왔지만 송이는 또 이백 원[113]을 포주에게 건네며,

채 "방금 전 강상공이 앞으로 한 달간 계속해서 온다고 이 돈을 두고 갔습니다. 아무쪼록 그 손님은 거절해 주십시오."

포 "아아, 그런가. 그렇다면 거절해야지."

포주는 그대로 입을 닫고 나갔다.

(十一) 覆水盆にかへる

(11) 엎질러진 물을 되돌리다.

その頃平壤監司に新任された李輔國は、齡は八十餘の老齡で、朝野の間に頗る德望のある人であった。ある日公務の餘暇に松伊の書畵を見ようとて、松伊を別邸に呼び寄せた。李監司は松伊を見て、赤い頰に雪を欺く白い鬚を垂れ、

監『おお松伊が、能く來て吳れた。聞けばそなたは書畵が巧みださうな。一つ書をかいて見て吳れまいか。』

---

113 번역본 일본어는 '三百圓'으로 되어 있지만 '이백 원'으로 번역했다. 원문에서 이 부분은 "돈 삼빅량을"이라고 되어 있다. 돈의 단위가 엽전을 새는 단위인 '냥(兩)'과 1전(錢)의 100배로 1910년부터 1953년까지 한국에서 통용되었던 '원(圓)'의 단위가 혼동되어 있다.

그때 평양 감사에 새롭게 임명된 이보국(李輔國)은 나이는 80 정도
된 노령으로 조정에서 상당히 덕망이 있는 사람이었다. 어느 날 공
무를 보다가 짬을 내어서 송이의 그림을 보려고 송이를 별당에 불러
들였다. 이 감사는 송이를 보고 붉은 볼에 눈이라고 해도 속을 만한
하얀 수염을 드리우며,[114]

　감 "오라, 송이구나. 잘 와 주었다. 듣자하니 그대는 그림에 뛰어
나다고? 한번 그림을 그려 봐 주지 않겠느냐?"

さう言つて、奥から取りよせたのは南浦の硯、青黄の無心筆、白綾
雲花紙などである。松伊は一應辭退した後、さらばとて纖々たる玉手
に筆を取り、物の見事に書いてのけた。墨痕淋離、一字毎に珠玉の如
き光を放つてゐる。監司は暫く打ち眺めてゐたが、

　監『そなたの字と云ひ、その樣子と云ひ、決して身分の賤しい娘とは
思はれないが、何うしたことか妓生にはなつたか?』
と問ふ。

　그렇게 말하고 안에서 꺼내 온 것은 남포(南浦)의 벼루와 청황(青
黄)의 붓인 무심필, 백릉운화지(白綾雲花紙) 등이었다. 송이는 일단 물
러났지만 그렇다면 하고 섬섬옥수에 붓을 들고 그림을 훌륭하게 그
려냈다. 힘찬 필적 한자 한자가 옥구슬과 같은 빛을 발했다. 감사는
한동안 생각에 잠겨 바라보다가,

　감 "그대의 글자나 그 모습이나 결코 미천한 신분의 딸이라고는

---

114 원문에는 "붉은얼골에 빅슈를 어르만지며"로 되어 있다.

생각되지 않는구나. 어찌하여 기생이 되었느냐?"

고 물었다.

問はれた松伊は涙をこぼし、

松『よく問うて下さいました。如何にも私は生れながらの妓生ではご
ざいません。父の借金のために自ら身を賣つたのでございます。』

監『そなたは孝女だ。そなたのやうな立派な娘を魔窟に置くのは氣の
毒だ。どうだらうわしは老眼で役所の公文書を見るのに閉口してゐる
のぢやが、一つわしの祕書役になつてはくれまいか。』

질문을 받은 송이는 눈물을 흘리며,

송 "잘 물어 주셨습니다.[115] 과연 저는 태어날 때부터 기생은 아니
었습니다. 아버지가 빚을 져서 스스로 몸을 팔았던 것입니다."

감 "그대는 효녀로구나. 그대와 같은 훌륭한 딸을 사창굴에 두는
것은 안타까운 일이다. 어떠하냐? 나는 노안으로 관청의 공문서를 보
는 것이 아주 힘들다만, 한번 나의 비서[116]가 되어 보는 것은 어떠냐?"

松伊は聞いて飛び立つやうな嬉しさ、

松『私のやうな賤しいものを、それほどに思召して下さいますのは何
より難有うございなすが、たゞ困つたことには抱主の方へ大分借金が
ございまして。』

---

115 원문에는 없는 말이다.
116 원문에는 비서라는 말은 없다. "네마음을고정이가지고너앞셔젼후일을살펴
닉고ㅎ랴는냐"

監『それはわしが辨償してやる。何程あるか。』

松『六千兩ございます。』

李監司は早速抱主をよんで、六千兩の渡し、松伊を落籍した。

송이는 듣고 뛸 듯이 기뻐하며,

송 "저와 같이 미천한 것을 그렇게 생각해 주시는 것은 무엇보다도 감사합니다만, 다만 곤란한 것은 포주에게 상당한 빚이 있어서."

감 "그것은 내가 변상해 주겠다. 얼마 정도이냐?"

송 "육천 냥입니다."

이 감사는 바로 포주를 불러서 육천 냥을 건네고[117] 송이를 기생 명부에서 빼주었다.

爾來彩鳳は李監司の居所である別堂の越房に獨居して、公私の事務を執ることになり、始めて穢はしい魔窟から身を引くことができたのであるが、それにしても氣にかゝるのは父母のその後と姜弼成とであつた。

이후로 채봉은 이감사가 거주하는 별당의 월방(越房)에서 홀로 지내며 공사(公私)의 사무를 받들었다. 처음으로 더러운 사창굴[118]에서

---

117 원문에는 "본전이 륙천냥이올시다"라는 송이의 말에 이대감은 기생어미(포주)에게 "칠천량"을 주면서 "송이는니가불이고즉ㅎ야본전에쳔량을ㅎᄂ더주는거시니네마음이웃더ㅎ냐"라며 기생 어미가 자기의 뜻을 거절하지 못하게 한다.
118 원문에는 "기성을면ㅎ믄"이라고 되어 있다. 기생들의 등급은 1패(牌), 2패, 3패로 나누어져 있었다. 1패는 예능인으로, 2패는 그보다 낮으나(관가나 재상집에 출입) 3패에 해당되는 공창 등급보다는 높았다. 채봉이 이들 중 어디에 해당되는지 알지 못하는 상황에서 번역본에 나온 '사창굴'은 과한 표현이다.

몸을 뺄 수 있게 되었지만 그래도 마음에 쓰이는 것은 그 뒤로의 부모님의 일과 강필성의 일이었다.

姜弼成は少し用があつて、二日ばかり松伊を訪ねることができなかつた。三日目にいつてみると、松伊は李監司に落籍されて此處には居ないといふ。そこで弼成は。我が彩鳳のために魔窟から脱け出た仕合せを祝したが、さるにても李監司の內房とあつては容易に會ふ機會のないことを悲んだ。何とかして彩鳳に會ふ土風はないものかといろいろ心を碎いた揚句、遂に監營の吏房(書記)となつたが、しかし閨中に引込んでゐる彩鳳に會ふ機會とてはなかなか來なかつた。

강필성은 조금 일이 생겨서 이틀 정도 송이를 찾아오지 못했다. 3일 째에 가서 보니 송이는 이감사가 기생명부에서 빼주어 이곳에는 없다는 것이다. 이에 필성은 채봉이 사창에서 빠져나간 행복을 축복했지만 그것은 그렇다 치고 이감사의 내방이라고 하면 쉽게 만날 수 없는 것을 슬퍼했다. 어떻게든 해서 채봉을 만날 방법은 없는지 하고 이리저리 마음을 쓴 결과, 결국 감영의 이방(서기)이 되었다. 하지만 규중에 들어가 있는 채봉을 만날 기회는 좀처럼 오지 않았다.

彩鳳は別堂の越房で、日々公文書に目をさらしてゐたが、その中に見馴れた字體の
文書があつた。疑ふべくもない、それは姜弼成の字であつたから、不思議に思つて、ある李監司にきいた。
松『此の頃の公文書は字體が變りましたが、或は吏房が變つたのでご

ざいますか。』

　監『さうた、前のはやめて姜弼成といふ若い人が來てゐる。』

　彩鳳は初めて弼成が同じ官廳に來てゐることを知り、何うしたら一遍會へるだらうか。もう金のことができないなら手紙でもやる工夫はないかと、いろいろに思案をこらしたが、李監司に知れてはよくないと、自ら辛うじて思ひ諦らめ、僅に書體を見て慰めてゐたが、そのうちに半歳は夢のやうに過ぎてしまつた。

　　채봉은 별당의 월방에서 매일 공문서를 보기만 하고 있었는데, 그 중에 눈에 익숙한 글자의 문서가 있었다. 의심할 여지도 없이 그것은 강필성의 글자였기에 이상하게 생각하여 어느 날 이 감사에게 물었다.

　　송 "요즘 공문서의 글자가 바뀌었습니다만 혹 이방이 바뀐 것입니까?"

　　감 "그렇다. 전에 사람은 그만두고 강필성이라는 젊은 사람이 와 있다."

　　채봉은 비로소 필성이 같은 관청에 와 있다는 것을 알고 어떻게 한 번 만날 수 있을까? 이제 돈으로 어찌할 수 없다면 편지라도 보내는 방법은 없을까?[119] 하고 이리저리 궁리를 했지만 이감사가 알게 되면 좋을 것이 없다고 생각하여 홀로 가까스로 체념하고 간신히 서체를 보면서 위로하고 있었는데 그러는 동안에 반년이 꿈과 같이 지나가 버렸다.

---

119 '돈'과 '편지'로 만날 날을 궁리하는 것은 원문에 없다.

斯くして時は秋九月、滿月の夜に雁を聞いて、白綾の卷紙に「秋風感
別曲」と題して、すらすらと左の歌を書きつけた。

　　　이리하여 때는 가을 9월 보름날 밤에 기러기 소리를 듣고 백릉(희
고 얇은 비단)의 두루마리 종이에 '추풍감별곡'이라는 제목으로 거침
없이 다음과 같은 노래를 적기 시작했다.

秋風感別曲
昨夜吹きし風は金聲にさも似たり
紹枕冷やかに相思の夢よりさめ
竹窓を半ば開いて寂寞に坐すれば
萬里長空の夏雲散じて
千年江山の冷氣新たなり
心事悵然として物色亦態あり
庭樹を鳴らす風は離恨を奏する如く
野菊を結べる露は別淚を含むに似たり
殘柳南橋の春鶯は已に歸りて
素月東嶺の秋猿悲しく鳴く
君に別れて此心正に九廻の感あり
三春の行樂は今にして夢なりしか
紗窓の細雨二人が情をうるほし
三更の夜月私語るかほりして百年を約せしが
丹峯(杜丹峯)高く高く浿た(大同江)深し深し
誰かその崩れその涸るるを思はむや

추풍감별곡

어젯밤 불던 바람 금성(金聲)

차가운 베개에 상사몽(相思夢)에서 깨어

죽창(竹窓)을 반쯤 열고 적막히 앉아 있었더니

만리장공(萬里長空)에 하운(夏雲)이 흩어지고

천년강산에 차가운 기운 새로워라.

심사도 창연한데 물색(物色) 또한 보기 좋은 모습이다.

정원 나무에 우는 바람은 떨어지는 한(恨)을 알리는 듯

들의 국화에 맺힌 이슬은 이별의 눈물을 머금은 듯

잔류(殘柳) 남교(南郊)에 춘앵(春鶯)은 이미 돌아가고

동산 위 흰 달에 가을 원숭이가 슬피운다.

그대와 헤어지고 이 마음 참으로 슬프도다.

춘삼에 즐기던 일 이제 와서 꿈이던가.

사창(紗窓)에 가는 비 두 사람의 정을 적시네.

삼경(三更)을 밝히는 달 백년 살자던 굳은 언약

단봉(목단봉)이 높고 높고, 패수(浿水)가 깊고 깊어, 그 무너짐과 그 고갈됨을 누가 짐작하리.

良辰の魔多きは昔より之を聞けど

地邇人遐は造物自然の勢なり

秋風忽然として花叢を撓動し

雄蜂雌蝶哀然として散り別れたるにやたとへむ

秦帳の狐裘は盜むに途なく

金陵の鸚鵡は再び弄び難し

咫尺の東西千里となり望み見ること遠く
銀泪鵲の橋絶えて渡り行く路沓かなり
此身已に別に此心寧ろ忘るべきに
美はしの姿常に耳目にまぼろぎ
見ざれば病となり忘れざれば讐とぞなる
千愁萬恨滿ちては終によよとして泣くのみ
況や秋風萬恨を誘うて吹き
眼前の風物悉く愁の心をひく
風前の落葉草裡の禽蟲
心なく聞けば心なけれども
聲々皆我に涙の種なり
昔を懷ひ結ぼるる心心如何にして解くべき

양신(良辰)에 다마(多魔)함은 예로부터 있건만
지이(地邇)인하(人遐)는 조물(造物) 자연의 힘이다.
홀연히 이는 가을바람 화총(花叢)을 요동하니
웅봉(雄蜂)자접(雌蝶)이 애연히 흩어져 버렸다.
진장(秦帳)의 고구(孤裘)는 훔칠 방법이 없고
금릉(金陵)에 앵무새는 다시 희롱 어려워라.
지척(咫尺)이 동서천리(東西千里)가 되어 바라보는 것도 멀고
은하작교(銀河鵲橋)가 끊겼으니 건너 갈 길 아득하다.
이내 몸과 따로 이 마음 오히려 잊어야 하거늘.
아름다운 자태는 항상 이목에 눈부시고
보지 못하여 병이 되고 잊지 못하는 것이 한이어라.

천추(千秋)에 근심이 가득하여 끝끝내 울기만 할 뿐이다.

하물며 이는 추풍이 모든 한을 쓸어가니

바람 앞에 지는 잎과 풀 속에 우는 금충(禽蟲)이라.

무심히 들어 보면 마음은 없건만

소리 소리가 모두 나에게는 눈물의 씨앗이어라.

옛날을 그리워하는 마음 어찌하면 풀어질까.

童子よ酒酌め或は寛懷せん

滿ちこぼるるを呷り呷つて醉ひしれて後

夕陽山路乙密臺に登りゆけば

風光昔に異り萬物蕭然たり

綾羅の島衰柳蕭瑟として疎枝を垂れ

綿繡の奉花樹花落ちて霜葉飄搖たり

人情の變化口舌も言ひ難き哉

悄然としてはるかに眺めやれば

龍山の晩色我が暗き心の如く

馬灘の流れは蕩漾たること懷抱の如し

輸來門頭浮べる船よ何處にか向ふ

千里淚の海を渡りて君ある處に船とまりせん

城樓の晩景は見るに忍びず

噫嗟ひとり危欄に傍れば

風外鐘聲きこゆ何處の寺院ぞ

草鞋を拂ひ徐ろに起ちて

永明寺を訪ね寺僧に問ふ

131

人間の離別を造りし佛は何れの榻上にましますや

離恨涙もこれまた定まれる數なり

竹杖を曳いて浮碧樓に登れば

見渡す山々雲外に聳え

淸江の流は秋天と共に碧なり

やがてぞ出づる月の影、皎々として光を放ち

想思の涙を照すかと喜びしに

悲しや浮雲影を蔽ひぬ

아희야 술 부어라 아니면 마음이 놓이지 않는다.

잔 가득 부어 취하도록 먹은 후에

노을 지는 산길 을밀대(乙密臺)에 올라가니

풍광의 소리는 예와 달라 만물이 소연(蕭然)하다.

능라도(綾羅島) 쇠(衰)한 버들가지 소슬하고

금수봉(綿繡奉) 꽃나무에 꽃이 떨어져 상엽(霜葉)이 표불(瓢拂)하다.

인정이 변화한 것을 말하기 어려워라.

소연(悄然)히 눈을 들어 먼 곳을 살펴보니

용산의 늦은 밤 색깔은 어두운 나의 마음 같고

마탄(馬灘)의 흐름은 탕탕(蕩漾)함이 회포(懷抱)하는 듯하다.

수래문(輸來門)에 떠 있는 배는 어디를 향하는가.

천리 눈물바다를 건너 그대 있는 곳에 배는 멈추지 않고

성우(城樓)의 늦은 경치는 볼 수가 없어라.

홀로 한탄하며 높은 난간에 기대었더니

바람결에 종소리 들리니 어디 절인고.

초혜(草鞋)를 떨쳐 신고 서서히 일어서

영명사(永明寺) 찾아가서 중에게 묻는다.

인간의 이별을 만드신 부처는 어느 탁상에 앉았는고.

헤어진 한과 눈물도 이 또한 정해진 수이다.

죽장을 짚고 부벽루(浮碧樓) 올라 보니

내려다보이는 산들은 구름 밖으로 솟아 있고

청강(淸江)의 흐름은 추천(秋天)과 함께 푸르더라.

이윽고 나오는 달빛이 빛을 발하여

상사(想思)의 눈물을 비추는가 하고 반겼더니

슬픈 뜬구름이 빛을 덮어버렸네.

ああされど何事も造物の自然の勢なり

何時しか雲散り明るき光再び見ん

宋之間の明下篇を長詠しつつ徘徊するに

寒露霜風に醉ひし酒皆醒めたり

金樽を再び開き落葉を敷きて坐し

一盃一盃また一盃醉眼うたた朦朧として

進まぬ足をふみ起しゆくへ定めず巡りて

子と愛蓮堂に立寄りつ

芙蓉を手折り眺むれぱ

水に開ける姿こそ

われに打笑む君にも似たれ

草間に滴る露は我戀を奏する如く

兩々の白鷗は紅蓼を往きかへり

雙々の鴛鴦は綠水に浮き沈む

ああ此身彼の徵物に如かざる哉

倏然愁懷を洗つて白馬に鞭ち

ゆくへ定めず往かんとすれば

我馬玄黃して行路杳然たり

終に嘆息して草廬に歸りぬ

行く處として物色何ぞ心を亂すや

籬下の菊花壇內の丹楓

君と共なればこそ樂しくもあれ

戀々たる心却つて愁をぞひく

아아, 그래도 이 모든 것이 조물이 만든 자연의 힘이로다.

언제 구름 흩어져 밝은 빛을 다시 볼 것인가.

송지문(宋之問)의 명하편(明下篇)을 오래도록 읊으며 배회하니

한로(寒露) 상풍(霜風)에 취한 술 다 깨었다.

금준(金樽)을 다시 열고 낙엽을 깔고 낮아

일배일배(一杯一杯) 또 일배(一杯)에 술에 취해 몽롱해졌다.

나아가지 않는 발을 밀어 정하지 않은 길에 도착하여

아이와 함께 애련당(愛蓮塘) 들리었다.

부용을 꺾어들고 바라보노라니

물에 피어 있는 모습이야말로

나를 보고 웃는 그대를 닮았더라.

풀 사이로 떨어지는 이슬은 나의 사람을 연주하는 듯

양양백구(兩兩白鷗)는 홍요(紅蓼)를 왕래하고

쌍쌍 원앙(鴛鴦)은 녹수(綠水)에 부침이라.

아, 아, 이내 몸 가련함이 미물만 못하도다.

숙연히 근심을 씻어버리고 백마에 채를 얹어

갈 곳을 정하지 않고 가려고 하니

나의 말 어두운 빛 속에서 갈 곳이 묘연하더라.

마침내 탄식하며 초가집으로 돌아오니

간 곳 마다 물색 어찌 그리 심란한고.

울 밑에 핀 국화 담 안에는 단풍

그대와 함께라면 즐겁기도 하리만

연모하는 마음 오히려 근심만 깊어지네.

心なき歳月は流るるが如く

佳期は節を尋ねて九秋の晩となれり

枕頭の蟋蟀汝何故に吾を憎むや

落月曉夜須臾も休まず

長聲雞聲耿々として無數に鳴く

ああこの心何ぞ得堪へんや

村雞鳴かず夜まだ深し

霜風に驚ける鴻歷雲宵に高く飛び

嘾々たる長聲匹を呼んで悲しく鳴く

春風花月黃昏の杜鵑だに悲しきを

梧桐秋風、斷腸豈聞くに忍びんや

汝假令微物なれども思ひは我に同じかり

一幅の花箋心をこめし我が文を

月明紗窓君ある處に傳へよかし

木石にしも非ざる君應さに喜びなん

訣然たる離別こそ思へばいや深に悲しけれ

因緣無くして見る能はざるか有情にして然るか

因緣無くして何ぞ情あらんや

情なくして何ぞ戀あらんや

因緣なきに非らずまた情なきにあらねども

城內に住みながらなぞや相見る能はざる

吳水明月のゆふべ楚山雲雨のあした

語り盡せし彼の日此月よ皆恍然たる夢なり

盡くる厚きの懷ひをいだき戶を開いて眺むれば

浮雲心なくきれてはまた須くものを

君ある處もまた彼の雲の下なれど

ふたりが間よ如何なる弱れ隔つらん

漠々として望み見るだにはるかなり

置き處なき此心何處に往きてか靜めなむ

壁上の理を强ひてとり下ろし

鳳求一曲長く彈ずれば

餘音嫋々として怨むが如し

相如の古調は依然として存すれども

卓文君の淸き知音は深々として迹なし

ああ想思曲の四句は我が爲に作れる

心亂るる日の何ぞ暮るゝこと遲きや

宿鳥は巢を尋ねて群れて歸路を急ぎ

夜色は蒼茫として遠樹稀微たり

寂寞たる空房の内鬱寂として獨り坐し

如何に量りいかに思ふもただただ怨愁なり

くひて過去をわすれ未來をおはんとすれば

山外に山あり水外に水あり

九疑山雲の如く望むがままに渺然たり

長々たる秋夜いかにしてか明くるをまたん

耿々として流るる光は時を尋ねる螢火なり

いかにかして寝につき夢にだに逢はんとすれど

鴛鴦の枕裏寒く翡翠の衾冷くして

皓月殘樓夢成り難し

一柄の殘燭を朋とし轉輾寝ねず起坐し

金角嶺曉月を見五更なるを覺る

　　무정한 세월은 흘러가는 듯

　　가기(佳期)는 절(節)을 찾아 구추(九秋)의 밤이 되었다.

　　베개머리 우는 귀뚜라미 너는 어찌 나를 미워하느냐.

　　지는 달 새벽에 잠시도 쉬지를 않고

　　긴 소리 닭소리 경경(耿耿)히 끊임없이 울어

　　아, 아, 이 마음이야말로 깨닫지를 못하네.

　　촌계(村鷄) 울지 않고 밤도 아직 깊었으니

　　상풍(霜風)에 놀란 홍안(鴻雁) 운소(雲宵)에 높이 떠서

　　길게 우는 새 소리는 짝을 불러 슬피 우니

　　춘풍 화월(花月)은 황혼의 두견새도 슬픔을 느끼거늘

137

오동(梧桐) 추풍의 애끊는 마음 차마 어찌 들을 것인가.

네 설령 미물이나 생각은 나와 같을 것이다.

한 폭의 화전지(花箋)에 마음을 담은 나의 글을

밝은 달 사창(紗窓)에 그대 계신 곳 전하면 좋으련만.

목석도 아닌 그대도 응당 반기리라.

인연 없어 못 보는가, 유정하여 그리는가.

인연이 없었으면 어떻게 사랑이 있을 수가 있느냐.

인연이 없는 것도 아니고, 정이 없는 것도 아니건만

성(城) 안에 살면서 어찌 서로 보지를 못하는가.

오수(吳水) 밝은 달의 어젯밤과 초산(楚山) 운우(雲雨)하는 내일

다 말하지 못한 그날 밤 이 달이여, 모두 황홀한 꿈이어라.

다하지 못한 두터운 마음을 받고 문을 열어 바라보니

뜬구름은 무심하게 끊겼다 다시 잇네.

그대가 있는 곳도 또한 저 구름 아래건만.

둘 사이에 어떠한 것이 막혀 있기에

막막하게 바라보는 것이 오래 되었다.

둘 곳 없는 이내 마음 어디다가 두고 가라앉힐까.

벽면 위쪽 부분에 걸린 것을 억지로 내려놓고

봉구황(鳳求凰)한 곡조를 길게 뽑아내니

여음(餘音)이 길게 이어지는 것이 원망하는 듯

상여(相如)의 옛 곡조는 의연히 있다만

탁문군(卓文君)의 맑은 지음(知音)은 조용히 흔적도 없다.

아, 아, 상사곡(想思曲)의 사구(四句)는 나를 위해 만든 것이로구나.

갈수록 심란한 날을 지내기란 어찌 이리 길게 느껴지는가.

쓸쓸한 새는 둥지를 찾아서 무리를 지어 귀가를 서두르고

밤빛은 창망(滄茫)하여 먼 곳의 나무를 희미하게 비출 뿐이다.

적막한 빈 방에서 울적하게 홀로 앉아

아무리 헤아려보려 해도 다만 원망과 근심뿐이다.

과거를 잊고 미래를 맞이하려고 하면

산 밖에 산이고 물 밖에 물이로다.

구의산(九疑山) 구름처럼 바라보는 대로 아득하니

기나긴 가을 밤 어찌하여 밝아오기를 기다린단 말이냐.

환하게 흘러가는 빛은 때를 찾아오는 반딧불이어라.

어찌하여 잠에 들어 꿈에서는 만나고자 하나

원앙침(鴛鴦枕) 서리 차고 비취금(翡翠衾) 냉랭하여

효월(皓月) 잔루(殘樓)에 꿈 이루기 어려워라

일병(一柄) 잔촉(殘燭)을 벗 삼아 잠 못 들어 일어나 앉아

금각령(金角嶺) 새벽달에 오경인줄 깨달았다.

明天感動し鬼神意ありて

此生何れの日か君に更に逢はば

南橋の勁草もて月姥繩とし

春風秋月の下鏡の如くに對坐し

けふを昔に語りあひなん

山紫に水清きあたり

子坐午向數間の茅屋を構へ

石田を深く耕し草の實を食ふとも

百年とこしへに離れじと誓ひ……

相思に疲れたる身床頭に倚りけるに
ふとうたた寝の夢の枕戀しき君に相逢ひつ
悲懷交々至り別後の事も語り果さず
誰が家の玉笛で秋風に混りつつ
琅々たる長聲我を覺ましけり

밝은 하늘이 감동하고 귀신이 뜻이 있어

이생의 언제가 그대를 다시 만난다면

남교(南橋)의 경초(勁草)로 월로승(月姥繩) 다시 맺어

봄바람 가을 달 아래 거울 같이 마주앉아

오늘을 옛말 삼아 이야기하고 싶어라.

[120]산 좋고 물 맑은 곳에서

자좌오향(子坐午向)에 수간(數間)의 초옥을 지어

석전(石田)을 열심히 갈아 풀의 열매를 먹을지언정

백년이 다 하도록 떠나 살지 말자더니……[121]

상사(相思)로 피곤한 몸 베갯머리에 기대어

문득 선잠 꿈속에서 사모하는 그대와 서로 만나

비회(悲懷) 서로 이르러 헤어진 후의 이야기도 다 하지 못했는데

---

120 원문에는 있는 "빅년이다진토록 가이업시즐기다가 유즈징녀ㅎ고 한업시지낼 적에 인심이괴이ㅎ야 뉘라셔시비커든 츄풍오호져믄날에 금범을놉히다고 가다가아모더나"가 생략되었다.

121 원문에 있는 "다시금성각ㅎ니 쓸더업슨한별일셰 악슈환연맛나보와 적조진정ㅎ고지고 임리별ㅎ든날에 나는웃지못죽엇노 지쳔바다김혼물에 풍덩실ㅆ지련만 지금까지사라잇기는 부모와경든임만눌는지 찬텬도미워ㅎ고 조물에시기로다 셩음이귀에졍졍 불사이즈사ㅎ며 틱도가눈에암암 욕망이난망이라"가 생략되었다.

누군가의 집의 옥피리가 가을바람에 섞여 불어
처량하게 울리는 긴 소리가 나를 깨우는구나.

書き終つて繰り返し繰り返し讀んでゐるうち、感極まつて聲を出し
て泣いたが、やがて何時の間にやら机にもたれて、まどろむともなく
まどろんだ。すると忽ち姜弼成が、獨り空房に坐して自分の詩箋を取
り出し、讀んでは泣き讀んでは泣きする有樣を夢みた。彩鳳はたまら
ず飛んで往つて、弼成を抱きしめて聲をかぎりに泣いた。

다 적고 나서 반복해서 반복해서 읊조리는 사이에 감정에 복받쳐
서 소리를 내어 울었는데, 이윽고 언제부터인지 책상에 기대어 졸려
고 한 것은 아니지만 잠들어 버렸다. 그러자 갑자기 강필성이 홀로
빈 방에 앉아서 자신의 시전(詩箋)을 꺼내어 읽고는 울고 읽고는 우
는 모습을 꿈꿨다. 채봉은 참을 수 없어 날아가서 필성을 안아서 소
리를 힘껏 내며 울었다.

此方は李監司、老齡のこととて夜も十分眠りを爲されことが多い。
今宵も寢られぬままにさまざまの事を思ひめぐらしてゐると、忽ち彩
鳳の泣く聲がしたので、怪しみながら越房に往つてみると、南窓を開
いて机に凭りうたた寢をしてゐる樣子であるが机の上には何か書きつ
けたものがある。で、手にとつてつらつら讀んでみると、如何にも事
情がありさうなので、靜かに彩鳳をゆり起し、
　監『彩鳳や、わしはお前を餘所の娘だとは思つてゐないで、眞實我が
子のやうにしてゐるのに、何うしてお前はわしに隔てを置かうとする

141

のか。此の卷紙に書いてある文句を見れば、お前には深い事情のある
ことがわかるが、どうしてそれをわした打ち明けて言はないのか。今
夜は一つそれを聽かう。わしはお前のために惡るくはしない。』

　　이쪽에 있던 이 감사는 노령으로 밤에도 충분히 잠을 이루지 못하
는 것이 많았다. 오늘 밤도 잠들지 못한 채 여러 가지 일을 생각하고
있었는데, 갑자기 채봉이 우는 소리가 들렸기에 이상해하며 월방에
가보았다. 남창을 열어두고 책상에 기대어 잠들어 있는 모습이었는
데 책상 위에는 무언가 적은 것이 있었다. 그래서 손에 들어 잘 읽어
보니 깊은 사정이 있는 듯 하여 조용히 채봉을 일으켜,
　　감 "채봉아, 나는 너를 남의 집 딸이라고 생각하지 않고 참으로 내
딸처럼 대하고 있는데, 너는 왜 나에게 거리를 두려는 것이냐? 이 두
루마리 종이에 적혀 있는 문장을 보면 너에게는 깊은 사정이 있는 것
을 알 수 있는데, 왜 그것을 나에게 털어 놓지 않는 것이냐? 오늘밤은
어디 한 번 그것을 들어 보자. 나는 너에게 나쁘게 하지는 않는다."

　　彩鳳は恐れ入つた樣に躊躇してゐたが、漸くのこと父進士が京城に
行つて居ること姜弼成と婚約の身であるにかかはらず、父母は許判書
の妾にあることを勸めたこと、京城へ行く途中を脫け出して、父を助
けるために身を妓生に賣り、その間に姜弼成と邂逅して夫婦の契りを
固めたことなど、一々詳しく語つた。

　　채봉은 황송해 하는 듯 주저했지만 잠시 동안 아버지 진사가 경성
에 가 있었던 일과, 강필성과 혼약한 몸임에도 불구하고 부모는 허

판서의 첩이 되는 것을 권했던 일, 경성으로 가는 도중 도망쳤던 일, 아버지를 위해서 몸을 팔아 기생이 되었던 일, 그 사이에 강필성과 해후해서 부부의 인연을 맺었던 일 등 일일이 상세하게 이야기했다.

李監司は、彩鳳の涙をハンケチで拭いてやりながら、

監『お前は何といふ運の悪い娘だらう。もし私が早くこの事を知つたら、もつと都合よくしてやるのに。しかし今でも遅くはない。　先づ明日早く姜弼成に會はせて、それから父母とも會へるやうにして上げよう。安心してお休み。もしお前が許判書の妾になつてゐたら、今頃滅門を免れなかつたであらうのに。』

松『私を魔窟から救ひ出して下さつた御恩だけでも、生涯お報いすることができませんのに、その上にまた御心配をかけては何とも御禮の致しやうも御座いませんが、何分どうぞよろしく御願ひ申します。それにしても許判書は、その後何か悪いことでも致したのでございますか。』

監『許判書は反逆を謀議して滅門の禍を蒙り、家に出入した門客等も悉くそれぞれ處罰された。』

松『では私の父母は何う致しましたでせう。』

監『いや、お前の父母に心配はない。』

이 감사는 채봉의 눈물을 손수건으로 닦아 주면서,

감 "너는 어찌 이리 운이 나쁜 아이냐? 혹 내가 일찍 이 일을 알았더라면 더욱 사정이 좋았을 텐데. 그러나 지금이라도 늦지 않았다. 우선 내일 일찍 강필성을 만나게 해 주고, 그리고 부모님과도 만날 수 있도록 해 주겠다. 안심하고 자거라. 혹 네가 허판서의 첩이 되었더라면 지금쯤 멸문(滅門)[122]을 피하지는 못했을 것이다."

송 "저를 사창가에서 구해 주신 은혜만으로도 평생 갚지 못할 것인데, 게다가 또 걱정을 끼쳐 드려서 무엇이라고 감사를 드려야 할지 모르겠습니다. 아무쪼록 잘 부탁드립니다. 그건 그렇지만 허판서는 그 후 무언가 나쁜 일이라도 저지른 것입니까?"

감 "허판서는 반역을 도모하여 멸문의 화를 입고 집을 드나들었던 문객 등도 모두 각각 처벌받았다."

송 "그러면 제 부모는 어떻게 된 것입니까?"

감 "아니다, 네 부모는 걱정 없다."

李監司は我が居間に歸つて後、更にもう一度秋風感別曲を讀み返し、彩鳳の才華の愈々凡ならぬに驚いた。翌日早朝に弼成を呼び寄せ、

監『弼成、察するにお前は彩鳳に會はう爲めばかりに吏房になつたのだらう。わしは今日その彩鳳に會はしてやる。しかし今直ぐ夫婦になるといふことも許されぬから、對面だけにして、いづれ父母の歸りを待つて婚禮の式を擧げるがよい。』

とて、弼成と彩鳳とを對面させた。

이감사는 자신의 거실로 돌아간 후, 다시 한 번 추풍감별곡을 읽고 채봉의 재주가 보통이 아니라고 더욱 놀랐다. 다음 날 아침 필성을 불러서,

---

122 원문에는 "허가ㄱ 역모를 ㅎ다가 복쥬가되엿는데그집문긱등은귀양마련이되고족쳑은다화를면치못ㅎ엿나니라"와 같이 허 판서네 사정이 먼저 설명되어 있다.

감 "필성, 살펴보니 너는 채봉을 만나기 위해 이방이 된 것이었구
나. 내가 오늘 그 채봉을 만나게 해 주겠다. 그러나 지금 바로 부부가
되는 것은 허락할 수 없으니 대면만을 하고 언젠가 부모가 돌아오는
것을 기다려 혼례식을 치르는 것이 좋다."
라고 말하고 필성과 채봉을 대면시켰다.

許判書は反逆を謀議したために滅門の禍を蒙り、近親のもの悉くそ
れぞれ處罰された中に、ひとり金進士は何等の關係もなかつたけれど
も、多少の疑ひがあるといふので放免の時期が延びてゐた。李監司は
當局に向つて金進士の無實なる次第を辯明したので、金進士は直ちに
宥されて李夫人共々無事平壤へ歸つた。まづ秋香の家にいつて、彩鳳
の其後の樣子をきき、今は李監司に救はれて幸福に暮らしてゐること
を知つて、大に娘のために喜ぶと共に、深く自分等の不明を悔いた。
それから李監司の邸にいつて厚く御禮を述べ、芽出たく親子三人再會
して、互に嬉し涙を絞つた。李監司は彩鳳のために多額の婚費を支出
して、弼成と結婚させ、弼成もまた厚く監司の好意に報いて、漸次立
身出世をした。

허판서는 반역을 도모했기에 멸문의 화를 입고 가까운 친척 모두
는 각각 처벌되었는데, 김진사는 아무런 관계도 없었지만 다소 의혹
이 있다고 하여 방면의 시기가 연기되었다. 이감사는 당국에 가서 김
진사의 무고함[123]을 차례로 판명했기에 김진사는 곧 용서받고 이부

---

123 무고함: 일본어 원문은 '無實'이다. 실제가 아닌 것 혹은 죄가 없는데 죄가 있는
것처럼 만드는 것을 뜻한다(松井簡治・上田万年編, 『大日本国語辞典』04, 金港堂

인과 함께 무사히 평양으로 돌아왔다.[124] 우선 추향의 집으로 가서,
채봉의 그 후의 상황을 물었다. 지금은 이감사에게 구원을 받아
행복하게 살고 있다는 것을 알고 딸을 위해 매우 기뻐하며 자신들의
불민함을 깊이 반성했다. 그리고 이감사 댁에 가서 깊은 감사의 말
을 전하며 행복하게 부모와 자식 세 사람이 만나서 서로 기쁜 눈물을
흘렸다. 이감사는 채봉을 위해서 거액의 혼례비를 지출하여 필성과
결혼시키고,[125] 필성도 또한 감사의 두터운 호의에 보답하여 점차
입신출세를 했다.

書籍, 1919).

124 원문에는 이보다 상세하게 그 과정이 설명되어 있다. 김진사가 후회하는 대사
도 나와 있는데 "만일 치봉이ㄱ고집을안이셰고허ㄱ와결친ㅎ던들화를면치못
ㅎ얏스리니이런다힝이어더쏘잇쇼그러ㄴ아모리부녀지간이라도ㄴㄴ치봉이
볼낫피업소구료."라며 지난날 자신의 과오를 뉘우친다.

125 채봉 부모와 필성의 대면에서 "일변깃부나일변붓그러운마음이압셔" 김진사
가 필성에게 "늬가녀보기실로면란ㅎ다마는전ㅅ는다가운이요로부에망녕이
니마음에조금도미안이역이지마러라"라며 사과의 뜻이 나온다.

제2장

〈봉황금 일역본〉(1922)

盧承甲 譯, 白石重 閱, 『鮮滿叢書』 2~3, 自由討究社, 1922.

노승갑 역, 시라이시 시게루(白石重) 교열

┃해제┃

　〈봉황금(鳳凰琴)〉은 개화기 이후 중국소설 〈소지현나삼재합(蘇知縣羅衫再合)〉을 번안한 작품으로 소위 〈월봉기(月峰記)〉군 작품으로 검토된 〈강릉추월〉, 〈소운전〉, 〈월봉산기〉와 유사한 작품이다. 『선만총서』의 간행 경위를 적은 1권의 서문을 보면, 자유토구사가 〈봉황금〉을 번역한 개략이 잘 드러나 있다. 『조선도서해제』(1915/1919)와 참사관 분실에 소장하고 있던 서목을 토대로 실제 한국소설을 조사해보니, 번역에 부합하지 못한 작품들이 있어 자유토구사『선만총서』발간소설목록을 변경할 수밖에 없었던 사정을 먼저 이야기했다. 그리고 20편의 소설목록을 다시 산정해서 조선 종로의 서점에서 소설을 구입한 후 최종적으로 10편을 정했다고 그 발간 경위를 밝혀 놓았다. 실제로 〈봉황금〉의 저본을 보면 그들이 1920~22년 사이 구입한 회동서관에서 간행한 〈(창선감의)봉황금〉(1918)이라는 사실을 알 수

있다. 이러한 작품 선정은 총독부 참사관분실의 한국인 조력자
의 검수를 거친 것으로 한국의 소설이며 흥미성이 있는 작품의
추천을 요구한 결과물이었다.

┃참고문헌 ────────

육재용, 「월봉기의 이본 연구」, 서강대 박사학위논문, 1994.
전상욱, 「<월봉기>군 소설의 작품세계」, 연세대 석사학위논문, 1996.
서신혜, 「일제시대 일본인의 고서간행과 호소이 하지메의 활동」, 『온
　　지논총』 16, 2007.
박상현, 「제국일본과 번역 - 호소이 하지메의 조선 고소설 번역을 중심
　　으로」, 『일어일문학연구』 71, 2009.

상권

(一) 愛兒と別れて十六年
(1) 사랑하는 아이와 헤어져서 16년

孫のやうな聰明な少年

時は恰も明の皇帝が卽位してから二十三年、春も早や末つ方夏の初め
であつた。北京順天府新城白雲洞の松林の裡に、ささやかな前流を控え
た一軒の草庵があつた。家には年の頃六十にもならうかと思はれる白髮
皓々たる老夫人が唯獨り寂しく暮してゐたが、今日は又何の悲しみがあ
るのか、北窓に凭掛つて悄然松鶴山の彼方を見つめてゐたが、何時か眼
からは人知れずはらはらと窶れた顏に淚の落つるのを留め得なかつた。

折しもそよ<と吹き渡る風は、子規の聲を傳へるのだつた。

손자와 같이 총명한 소년

때는 마침 명나라 황제가 즉위한지 23년 봄도 어느덧 끝 무렵을
지나 여름이 시작되는 시기였다. 북경 순천부(順天府) 신성(新城)의
백운동(白雲洞) 송림리(松林裡)에 자그마한 시내를 끼고 한 채의 초가
집이 있었다. 집에는 나이 60 정도 되어 보이는 희끗희끗한 백발의
노부인이 오직 홀로 쓸쓸하게 살고 있었는데 오늘은 또 어떠한 슬픔
이 있는지 북쪽 창문에 기대어 기운 없이 송학산(松鶴山)을 바라보고
있었다. 그런데 어느 틈에 눈에서는 남모르게 뚝뚝 야윈 얼굴에 눈
물이 흐르는 것을 멈추지 못했다. 마침 그때 산들산들 불어오는 바
람이 두견새의 소리를 전하는 것이었다.

『噫、哀しい子規よ、噫、いぢらしい子規よ、蜀國の興亡も昨日今日
ではないのに、「歸蜀道不如歸」なぞとは何んと悲しい啼聲であらう
か、腸を斷つばかりだ、お前の啼聲が一人淋しく閨房に寝てゐる情人
の夢を、幾度醒ましたことであらうか。

妾が子供と遠く別れて斷腸消魂してゐることはお前もよく知つて居
るだらうに、お前は又啼く、風吹く朝、雨降る夕方に此の斷ち盡した
腸がお前の啼聲に戀々として消え去る樣な心持らだ。芳草の茂つて居
る山は何處にもあるのに、何んで東風に雨降る松鶴山にばかり啼い
て、妾の悲しみを挑むのか、年々歳々花相似、歳々年々人不同は妾を
云ふたので、春草年年綠、王胎歸不歸は我が子を云ふたのであらう。

何んにも知らぬ光陰は矢の如く去つて、妾の白髪は頻りに冥途の旅

を促すのに、憐れな我子の消息は更にない。噫!! 生きて居ては悲しい、死んでは恨みになる─』

　　"아아, 슬픈 두견새여, 아아, 애처로운 두견새여, 촉나라의 흥망도 어제 오늘이 아닐 진데 '귀촉도불여귀(歸蜀道不如歸)'라는 것은 이 얼마나 슬픈 울음소리인가? 창자가 끊어질 듯한 너의 울음소리가 홀로 쓸쓸하게 규방(閨房)에서 자고 있는 애인의 꿈을 몇 번이고 깨게 하였는지. 내가 자식과 멀리 헤어져서 창자가 끊어지는 슬픔으로 넋을 잃고 있는 것은 너도 익히 잘 알고 있을 것인데, 너는 또 우는구나. 바람 부는 아침, 비 내리는 저녁에 끊어질 듯한 마음이 너의 우는 소리에 생각에 잠기어 사라질 듯한 마음이다. 향기로운 풀로 우거진 산은 어디에도 있는 것인데 어찌하여 동쪽에서 부는 바람에 비 내리는 송학산에서만 울어 나의 슬픔을 더하게 하는 것인가? 세월이 흘러도 피는 꽃은 그대로인데 세월 따라 사람은 같지 않다는 것은 나를 말하는 것이고, 봄풀은 해마다 솟아나건만 인간은 한 번 가면 돌아오지를 않는다는 것은 자식을 말하는 것이로구나.[1] 아무 것도 모르는 시간은 화살과 같이 지나가고, 나의 백발은 계속해서 저승길[2]을 재촉하는데, 불쌍한 내 자식의 소식은 더더욱 없구나. 아아, 살아서는 쓸쓸하고 죽어서는 한이 될 것이다."

　夫人は相手もないのに、斯う歎いてゐたが、果ては泣き叫ぶのであ

---

1 상전벽해에서 '年年歲歲花相似 歲歲年年人不同'의 구를 부분 인용한 것이다.
2 저승길: 일본어 원문은 '冥途'다. '冥土'와 같은 뜻으로 망자의 영혼이 가는 곳이라는 뜻이다(松井簡治·上田万年編,『大日本国語辞典』04, 金港堂書籍, 1919).

つた松鶴山に巣籠る鶴も涙を含まずには居られなかつた。白雲洞深き愁雲はその雲行きを停むるであらう、況してやこれを聞く人々は同情の涙を拭ふに違もない。

　부인은 상대도 없는데 이렇게 한탄해 보다가 결국에는 울부짖는 것이었다. 송학산의 둥지에 틀어박혀 있는 학도 눈물을 머금지 않을 수 없었다. 백운동 깊은 곳에 근심스러운 구름이 그 움직임을 멈추는데 하물며 이것을 들은 사람들은 동정의 눈물을 닦을 겨를이 없었다.

　夫人は當時朝廷に名望の高かつた吏部尚書張令の令夫人であつたが、尚書が職を辭してからは新城の故郷に歸り松鶴山白雲洞に佗住居して、ひたすら山水を賞でで暮して來たが、不幸にも尚書と死別して以來は、幼兒の潤を唯一つの掌中の玉として晩年を送るのであつた。潤は生來穎悟だつた長じて年も早や十六になつたが、母には孝養を盡し學問も卓越して遠近の人々稱讚ぜざるものとてはなかつた。此年、保定府趙侍郎の令孃を娶つたが、趙氏亦窈窕、賢淑な德行を有して極めて孝養するので、良人に死別した夫人の胸に積み重つた愁傷も日に日に薄らざ行いて幸福に暮すやうになつた。

　부인은 당시 조정에서 명망이 높은 이부상서(吏部尙書) 장령의 영부인이었는데, 상서가 벼슬을 그만두고 나서는 고향인 신성으로 돌아와 송학산 백운동에서 초라하게 살고 있었다. 오로지 산수를 감상하며 살아 왔는데 불행하게도 상서와 사별한 이후로는 오직 어린 자

식 윤(潤)을 애지중지하며 노년을 보내고 있었다. 윤은 타고나기를
똑똑했는데 성장하여 어느 덧 나이가 열여섯이 되어서는 어머니에
게는 효도와 봉양을 다하고 학문도 탁월하니 멀고 가까운 곳의 사람
들이 칭찬하지 않는 자가 없었다. 이 해에 보정부(保定府) 조시랑의
영양(令孃)에게 장가를 들었는데 조씨 또한 아름답고 현숙(賢淑, 현명
하고 참함)한 덕행을 갖추었으며 효도와 봉양 지극하기에 남편과 사
별한 부인의 가슴에 쌓여 있던 슬픈 근심도 나날이 옅어지며 행복하
게 지내게 되었다.

潤は十八歳の年科擧に及第して官職翰林學士から大提學に陞進した。
その聰明な才能は朝廷の人々皆な賞讚し、門地の榮華は極まつたが、二
十歳の年湖南省長沙に凶作甚だしく、人民塗炭の苦に陥つたので、皇帝
は大いに宸襟を惱ませられて、誰か賢人を選拔して人民を鎭撫させやう
と思召された時朝廷の人々は張翰林の剛明正直なると智慧聰明なるとを
推薦して長沙太守に任命した。太守は幾度か上流して辭去して見たが允
るされず、嚴旨を下して不日出發するやうにとの命である。

윤은 18세가 되는 해에 과거에 급제하여 관직이 한림학사(翰林學
士)에서 대제학(大提學)으로 승진했다. 그 총명한 재능은 조정의 모든
사람들이 기리어 칭찬하니 가문의 영화는 끝이 없었다. 20세가 되는
해에 호남성(湖南省) 장사(長沙)에 흉작이 심하여 백성들이 도탄에 빠
졌기에 황제의 마음을 크게 괴롭게 했다. 누군가 현명한 사람을 선
발해서 민심을 가라앉게 하고자 생각했는데 조정의 사람들은 장
한림(張翰林)이 강명정직(剛·明·正直)하며 지혜롭고 총명하다고 추천

하여 장사의 태수(太守)에 임명했다. 태수는 몇 번인가 상소를 올려
사직해 보았지만 승낙하지 않고 엄지(嚴旨)[3]를 내려 며칠 안에 출발
하도록 하는 명을 내렸다.

太守は已むを得ず宅に歸つて母夫人にその事を話すと、夫人は
『丈夫立身して國家に身を捧げた以上は泰平の時は帷幄に出入して聖
德を補ひ、一旦緩急あらば心を竭くし、力を盡くして聖恩に答へるの
が臣子として當然なる義務ではないか、母の事情に拘泥して一時でも
皇命を脫れやうか。』

태수는 하는 수 없이 집으로 돌아와서 모부인(어머니)에게 그 일
을 이야기하자 부인(어머니)은,

"대장부가 입신하여 국가에 몸을 바친 이상은 태평한 때는 본영
에 들어가서 성덕을 돕고, 일단 어려운 일이 생기면 마음을 다하고
힘을 다하여 성은에 보답하는 것이 신하된 자로서 당연한 의무가 아
니겠느냐? 어머니의 사정에 사로잡혀서 한시라도 황명을 벗어나지
말거라."

とて、直ちに子婦趙氏を呼び寄せ、太子と共に任地に隨行すること
を命じた、太守夫婦はその不可なるを說いたが、夫人は一向に聞き容
れず、『妾は未だ健康です、又故郷に在つて、多數の婢僕がついて居る
から、何も心配はありません。』 とて、侍婢の蘭英を呼んで萬里の遠程

---

3 왕의 엄정한 교지.

に宿舍食事の爲め隨行することを命じ、直ぐ出發することを促した。

　　고 말하고, 바로 아들의 부인 조씨를 불러 태자와 함께 임지에 따
라갈 것을 명했다. 태수 부부는 그것은 불가하다고 말했지만, 부인
은 조금도 들으려고 하지 않고,
　　"나는 아직 건강하다. 또 고향에는 다수의 노복이 곁에 있으니 아
무 것도 걱정할 것이 없다."
　　라고 말하고, 계집종인 난영을 불러서 머나먼 거리에 잠자리와 식
사를 위해서 함께 따라갈 것을 명하며 바로 출발하도록 재촉했다.

　そこで太守夫婦も已むなく支度を整へて出發するやうになつたが、
母親を殘して遠方に立ち行く太守夫婦も、子を萬里の外に送る夫人
も、心には同じ心配があつたが、夫人には常一つ大きな心懸りがあつ
た、それは趙氏が姙娠してから丁度六ケ月目であつたので、子の淋し
さを慰めよとは勸めて見たものの、姙娠の身で萬里の長程を旅するの
は何うかと氣が氣でなかつた。

　　이에 태수 부부도 하는 수 없이 준비[4]를 하여 출발하게 되었는데,
어머니를 남겨두고 먼 길을 떠나가는 태수부부도 자식을 머나먼 거
리 밖으로 보내는 부인도 마음에는 같은 걱정이 있었다. 부인에게는
항상 한 가지 커다란 근심이 있었는데, 그것은 조씨가 임신한지 바
로 6개월째가 되는 것이었다. 자식의 쓸쓸함을 위로하고자 권해 보

---

4 준비: 일본어 원문은 '支度'다. 준비하는 것 혹은 미리 계획하는 것이라는 뜻이
다(松井簡治·上田万年編, 『大日本国語辞典』02, 金港堂書籍, 1916).

기는 했지만 임신한 몸으로 머나먼 거리를 여행한다는 것은 왠지 안
심할 수가 없었다.

太子は出發に際して路程記を母夫人に差上げた。その路程記に據る
と新城から高陽を經、永保湖を渡り、永平廣平を經て直隷省を通過
し、それから山東省の西、東溟、黃河水、河南省の開封府、陳州府、
光州府を經て湖北省廣州に着し、此處から鄱陽湖の上流を望んで武昌
に到り、舟で楊子口の上流である漢口、新灘、洪湖を通過すれば臨
湘、巴陵である。之れ卽ち洞庭湖の入口であつて、此の洞庭湖、七百
平湖、瀟湘江等を經て、婆娑江に着いて上陸すれば長沙府長沙縣に達
するのである。水陸併せて實に一萬二千三百里もあり、三ケ月を費さ
なければならぬ遠い旅路である。

태수는 출발하기에 이르러 노정기(路程記)[5]를 모부인에게 드렸다.
그 노정기에 의하면 신성에서 고양(高陽)을 지나 영보호(永保湖)를 건
너 영평(永平) 광평(廣平)을 지나 직례성(直隷省)을 통과하고, 그곳에
서 산동성의 서쪽 동명(東溟) 황하수(黃河水) 하남성의 개봉부(開封府)
진주부(陳州府) 광주부(光州府)를 지나 호북성 광주(廣州)에 도착하여,
이곳에서 파양호(鄱陽湖) 상류를 바라보며 무창(武昌)에 이르러 배로
양자구(楊子口)의 상류인 한구(漢口) 신탄(新灘) 홍호(洪湖)를 통과하
면 임상(臨湘) 파릉(巴陵)이다. 이것은 즉 동정호(洞庭湖)의 입구이며
이 동정호 칠백평호(七百平湖) 소상강(瀟湘江) 등을 지나서 파사강(婆

---

5 여행의 경로와 일정 등을 적은 기록.

婆江)에 도착해 육지에 오르면 장사부(府) 장사현(縣)에 도달하는 것
이다. 물과 육지를 합하면 실로 일만 이천 삼백 리에 달하며, 3개월
을 소비하지 않으면 안 되는 머나 먼 여행길이었다.

張夫人は子夫婦を長沙に送つてからは、食ふのも寢るのも忘れて、
路程記のみを前にして指を折り數へて便りを待つた。光陰に休みな
く、一ケ月經ち、二ケ月經つて、早や三ケ月になつた。
『今日あたりは赴任して明日は嬉しい音信を齎す使が長沙を出馬して
旅を急ぐことであらう。』
と氣をそはそはさせて待つてゐたが、焦れる程待つ便り遂に來なか
つたそして五月六月の光陰は何時の間にか經ち去つた。

장부인은 아들 부부를 장사(長沙)에 보낸 후로는 먹는 것도 자는
것도 잊고 노정기만을 앞에다 두고 손가락을 꼽으며 헤아리고는 연
락을 기다렸다. 시간의 흐름에 쉼 없이 1개월이 지나 2개월이 지나
어느덧 3개월이 됐다.
"오늘은 부임하여 내일은 기쁜 소식을 가져오는 심부름꾼이 장사
에서 말을 타고 나와서 여행을 서두를 것이야."
라고 몸을 들썩거리며 기다리고 있었는데, 초조해 하며 기다리던
소식은 끝내 오지 않았다. 그리고 5개월 6개월 세월은 어느덧 흘러
갔다.

門に倚り南方を眺めては今日は消息があるだらう、明日は手紙が來
やうと待つ身は、端の見る眼も氣の毒であつたが、もう斯うして半年

一年も經過し果て、今は既に三年を經たにも拘らず、依然として音沙汰はなかつた。皇帝痛く宸襟を惱ませられて使臣を派遣して探しては見たが、或は盜難に遭つたとか、或は暴風に漂流したとか云つて其の眞狀を確むることは出來なかつた。我子を愛すること他に比類なき張夫人の心は、何を以つて形容することが出來やうか。侍婢達を連れて孤々子々と涙の乾く暇もなく歎息のみに日を暮らす、然も今日迄命をつないで來たのは、幸にも何かの消息があらうかと云ふ僥倖心からであつた。長久の間ひたすらに待ちわびた夫人は、今はもう骨と皮ばかりに瘦せこけた。雨降る秋、風吹く春、花咲く朝、月照る夜には、悲しみの思出一層に增して、落淚の滂沱たるを禁じ得ない。―斯うして早や十五の星霜も空しく暮れ、十六年の春とはなつたが、太守からの便りはかりがねの羽の音すらもなかつた。

문에 기대어 남쪽을 바라보고는 오늘은 소식이 있을까? 내일은 편지가 올까? 하고 기다리는 몸은 보기에도 안타까웠다. 이리하여 벌써 반 년, 1년이 지나 이제는 이미 3년이 지났음에도 여전히 소식은 없었다. 황제는 걱정이 되어 신하를 파견하여 살펴보았지만 어떤 사람은 도둑을 만났다고 하고 어떤 사람은 폭풍에 표류했다고 하여 그 진상을 확인할 수가 없었다. 자신의 자식을 사랑하는 마음을 다른 사람에 비유할 수 없는 장부인의 마음은 무엇으로도 형용할 수가 없었다. 계집종들을 거느리고 외롭게 눈물이 마를 날 없이 탄식하며 날을 보냈다. 게다가 오늘날까지 목숨을 부지하여 온 것은 다행히도 무언가 소식이 있지 않을까 하는 요행심이 있었기 때문이었다. 긴 시간 동안 오로지 고대하고 있던 부인은 지금은 이미 뼈만 남을 정도

로 야위었다. 비 내리는 가을, 바람 부는 봄, 꽃이 피는 아침, 달이 비
치는 저녁에는, 슬픈 생각이 한층 더하여 세차게 떨어지는 눈물을
금할 수가 없었다. 이리하여 어느 덧 15년의 세월도 허무하게 지나
고 16년의 봄이 되었는데, 태수에게서 소식은 기러기의 깃털 소리조
차도 없었다.

今日は恰も亡き夫尙書の命日だ。夫人の悲しみは又そゞゐに新しく
湧き起り、夫の靈を慰めやうとて窓に凭れて悄然と坐つたが、松鶴山
より流れ込む悲しい子規の啼聲に刺戟されては、自問自答して歎くの
であつた。丁度その時侍婢の玉梅が入つて來て
『奧樣奧樣、或る公子が一匹の靑驢に乘り、一人の蒼頭を連れて、今
客間に參りましたが、年の頃は十六七位にもなりましよう、華麗な容
貌、怜悧な氣象は、ホンに宅も翰林樣の御幼時にそつくりでございま
すわ。』

오늘은 마침 죽은 남편 상서의 제사다. 부인의 슬픔은 또한 공연
히 새롭게 일어났다. 남편의 영혼을 위로하려고 창에 기대어 힘없이
앉아 있는데 송학산에서 흘러 들어온 슬픈 두견새의 울음소리에 자
극받아서는 자문자답하며 탄식하는 것이었다. 마침 그때 계집종인
옥매가 들어와서는,
"마님, 마님, 한 필의 청려(靑驢)⁶를 탄 어떤 공자(公子)가 하인 한
명을 거느리고 지금 객간(客間)에 왔습니다만 나이는 16-7정도로 화

---

6 푸른색의 나귀.

려한 용모에 영리한 기상(氣象)은 참으로 댁의 한림님의 어린 시절을 빼다 박았습니다."

夫人はこれを聞くと、暫く無言であつたが、軈て命じて云ふには、
『一度翰林の家を發つてからは、門前淋しく車馬の影が見えなかつたが今日案外にも御客の訪問とは―客室をよく掃除して親切に御饗應なさい。』

부인은 이것을 듣고 한 동안 말이 없었는데 머지않아 명하여 말하기를,
"일찍이 한림이 집을 떠나고 나서는 문 앞에 쓸쓸하게 수레와 말의 그림자가 보이지 않았는데 오늘 뜻밖에도 손님이 방문했구나. 객실을 깨끗하게 청소하여 친절하게 향응하여라"

此の氣品高き公子は、岳州首陽山の下、長壽村に居る馬鶴の子で、馬龍と云つた。年な十六で風采は杜牧之に比し、詩書百家の書に通ぜざるなく、丁度泰平科に應ずる爲め、多くの旅費を携帶して、一人の蒼頭と一匹の靑驢を連れて皇城に向つた。三ケ月目に途中の新城に來たり、松鶴山の子規の啼聲を聞き、白雲洞の景色などを眺めて居たが、何處からか風に連れて人の泣き聲がとぎれとぎれに聞えて來る、心なしに聞く身にも可憐なその泣聲に公子は胸を痛めた。彼れは自分を惡人の子だと思つて、切めて貧窮者や憐れな人々救ひ出して我父の罪滅ぼしたしやうと希つてゐたから、耳に聞ゆるものも、眼に見ゆるものも、未だ一つとして等閑に附したことはない。況んや今此の悲し

159

い泣聲を聞き入れては、なほざりに打ち捨てて去ることは出來ない。
そこで彼れは泣聲を尋ねて白雲洞松林の裡なる張尙書夫人の宅を訪づ
れたのであつた。

　　이 기품 있는 공자는 악주(岳州) 수양산(首陽山) 아래 장수촌(長壽
村)에 사는 마학의 아들로 마용이라고 했다. 나이는 16이고 풍채는
두목지(杜牧之)에 비슷하고, 시서백가(詩書百家)에 능통하지 않은 것
이 없었는데 마침 평태과(泰平科)에 응하기 위해 많은 여비를 지니고
하인 한 명과 한 필의 청려를 거느리고 황성(皇城)을 향하는 중이었
다. 3개월째에 이르러 도중에 신성에 왔다가 송학산의 두견새 울음
소리를 들으며 백운동의 경치를 바라보고 있었는데 어디에선가 바
람을 타고 사람 우는 소리가 띄엄띄엄 들려 왔다. 아무 생각 없이 듣
고 있어도 불쌍한 그 울음소리가 공자의 마음을 아프게 했다. 그는
자신을 악인(惡人)의 자식이라고 생각하여 가난한 자와 불쌍한 자들
을 구하여 자신 아버지의 죄를 없애고자 바랬기에 귀에 들리는 것도
눈에 보이는 것도 아직 어느 하나라도 등한시 한 적이 없다. 하물며
지금 이와 같이 슬픈 울음소리를 듣고 있노라니 더욱 방치할 수는 없
었다. 이에 그는 울음소리를 찾아서 백운동 송림리(松林裡)에 장상서
부인 댁을 방문한 것이었다.

　侍婢の案內で客間に這入つたが、慟哭の聲は未だに止まず、四邊を
見廻すと庭園は荒廢し、書架は塵埃を以つて埋もれてゐる。公子は直
ぐ男子の居ないことを直覺したが、何の爲めに泣くのであるか判じ兼
ねた。婢僕達の態度はこれが初對面の人に接するのかと思はれる程馴

れ馴れしく嬉しがつてゐる。軈て日も西山に没する頃となれば、鄭重
なる夕飯は運ばれた、公子はこれを喫した後ち侍婢に何か聞かうとし
たが、忽ち白い喪服を纏つた一人の侍婢が現れて、夫人からの招きを
告げた。

　계집종의 안내로 객간에 들어왔지만 통곡 소리는 아직 그치지 않
고 사방을 바라보니 정원은 황폐하고 서가는 티끌과 먼지가 쌓여 있
었다. 공자는 바로 남자가 없는 것을 깨달았는데 무슨 연유로 울고
있는 것인지는 알 수 없었다. 계집종과 사내종[7]들의 태도는 이것이
처음 대면하는 사람에게 접하는 것인가 하고 생각할 정도로 매우 정
답게 기뻐했다. 그럭저럭 해도 서산에 기울 무렵이 되어서 정중한
저녁이 운반되었다. 공자는 이것을 먹은 후에 계집종에게 무언가 물
어보려고 했지만 갑자기 흰 상복을 차려 입은 계집종 한 명이 나타나
서 부인의 초대를 전했다.

　一方夫人は侍婢に公子の應接を命じてから竊かにその心中に考へて
見た
　『彼の公子が何處の子孫であるかは知り難いが、婢僕の言に據ると我
子の容貌に髣髴すると云ふた。噫、嬉しいことだ。我子が此の世の中
に生存してゐないことは判り切つてゐる、再び相見ることは出來ない
ことだ、今では他人でもいい、我子に髣髴した人に會ふとは何と嬉し
い事であらう。』

---

7 계집종과 사내종: 일본어 원문은 '婢僕'이다. 하남 하녀 혹은 하인의 뜻을 나타
낸다(松井簡治·上田万年編,『大日本国語辞典』04, 金港堂書籍, 1919).

161

とて公子を招いたのである。

한편 부인은 계집종에게 공자의 응접을 명하고 나서 살짝 그 마음 속에서 생각해 봤다.

"저 공자가 뉘 집 자손인지는 알 수 없다만 계집종의 말에 의하며 내 자식의 용모와 비슷하다고 했다. 아아, 기쁜 일이구나. 내 자식이 이 세상에 생존해 있지 않은 것은 잘 알고 있다. 다시 마주 보는 것은 불가능하다. 지금에 와서는 다른 사람이라도 좋으니 내 자식과 비슷한 사람을 만나는 것은 이 얼마나 기쁜 일인가?"

라고 생각하며 공자를 부른 것이다.

公子は侍婢に導かれて、內堂に入つて來た。ことには白髮の老夫人が寢席に倚掛つてゐたが、欣々然として公子を迎へた、公子も亦再拜して端坐した。公子を眺めて見ると、成程婢僕の言葉は僞りではなかつた。餘りによく我子の面影を傳へてゐるので、親しさ、戀しさの餘り、涙が覺えず面を潤ほす、夫人は噎び返つた音聲で公子に向つて、

『貴公子は何處に住んで、誰れの後裔でいらつしやいますか、お年はお幾つでゐらつしやいますか。』

と失繼ざ早やに問ひ懸けた、

공자는 계집종에게 안내를 받으며 내당(內堂)으로 들어갔다. 거기에는 백발의 노부인이 침석(寢席)[8]에 기대어 있었는데 흔쾌히 공자를

---

8 누워서 자는 곳.

맞이했다. 공자도 또한 공손히 절을 하고 단정하게 앉았다. 공자를 바라보니 과연 사내종과 계집종의 말이 거짓이 아니었다. 너무나도 자기 자식의 얼굴 모습을 닮아 있기에 친숙함과 그리운 나머지 눈물이 얼굴을 적시었다. 부인은 목이 메는 울음소리로 공자를 향하여,

"귀공자는 어디에 사는 누구의 후예이십니까? 나이는 몇 살이십니까?"

라고 빠른 속도로 물었다.

公子は恭々しく、

『小童の姓名は馬龍でございます、年齡は十六歳で、宅は湖南省洞庭湖附近の岳州でございますが、素々賤家の子でありますが、身分不相應にも科舉に赴くものであります。こんな微賤な地方の一書生に拘らず、御欵待に預かり、尙お目に掛るのは實に恐縮千萬でございます。』

공자는 공손히,

"소자의 성명은 마용(馬龍)입니다. 연령은 16세로 집은 호남성(湖南省) 동정호(洞庭湖) 부근의 악주(岳州)입니다. 본래 천한 집의 자식입니다만 신분에 걸맞지 않게 과거를 보러 가는 길입니다. 이런 미천한 지방의 일개 서생임에도 관대하게 맞아 주시고 더욱이 만나 뵙게 된 것은 참으로 황송하기 그지없습니다."

公子の言語動作に依つて其の人の聰明と學識の優れたことは直ぐ解つた然し心中では大いに失望せざるを得なかつた。

夫人の考へでは、公子の容貌がこんなに迄我子に似て居り、年も十

163

六だとすれば、趙氏は姙娠六ケ月にして長沙に行つてから丁度今年は十六年目になる。不幸にも太守は死んで歸れないが、或は趙氏分娩にしその孫が生長して此處迄來たもの、自分の祖母であることを知ることが出來ないのではないかと思つたが、併し姓名を聞いて見れば、我が血屬とは思ひも當らぬ馬龍である。

공자의 언어와 행동에 그 사람의 총명함과 학식이 뛰어나다는 것을 바로 알 수 있었다. 하지만 마음속에서는 크게 실망하지 않을 수 없었다. 부인의 생각으로는 공자의 용모가 이렇게까지 자신의 자식과 닮아 있고 나이도 열여섯이라면 조씨가 임신 6개월에 장사 지방으로 가서 마침 올해 16년째가 되는데 불행하게도 태수는 죽어서 돌아오지 못하지만 어쩌면 조씨는 아이를 낳아서 그 손자가 성장하여 이곳까지 와서 자신이 할머니라는 것을 알 수 있지 않을까 하고 생각했다. 하지만 성명을 들어 보니 자신의 혈통과는 맞지 않는 마용인 것이다.

併し夫人の疑は尙も晴れず、更らに問ひ懸けた。
『御兩親は御健存でゐらつしやいますか? それから濟みませんけれど貴公子の誕生日は何時でせうか』
公子はそれに答へて
『小童の父は今生存してゐますが、母は小童を生むと間もなく死にましたので、小童は乳母の手に養育されたのでございます。それから生れた日は九月十五日でございます。』
夫人はこれを聞き終ると、無言で指を折つて何事かを考へてゐた

が、太い溜息を吐いて、

그러나 부인의 의심은 더욱 풀리지 않고 더욱 질문을 했다.

"양친은 건재하십니까? 그리고 죄송하지만 귀공자의 생일은 언제입니까?"

공자는 그것에 대답하며,

"소자의 아버지는 지금 생존해 있습니다만 어머니는 소자를 낳고 얼마 되지 않아 죽으셨기에 소자는 유모의 손에서 자라났습니다. 그리고 태어난 날은 9월 15일입니다."

부인은 이것을 듣고 나서 아무 말 없이 손가락을 접으며 무언가를 생각하다가 크게 한숨을 쉬며,

『此の家は吏部尚書張令の宅でありましたが、尚書が逝つてからといふものは、妾は子一人を頼りにしてゐたのです、それが今から十六年前の五月十四日のことです、長沙太守になつて妻の趙氏と一所に赴任しましたその時趙氏は姙娠六ケ月でした、妾は遠路無事に往還するのを晝夜神に祈つて居りましたが、一向に便りがないのです、それで皇帝からも屢々使臣を遣はされて探つては下さいましたが、或は漂流したとか、或は盗難に遭つたとか云つて確實なことは解りません、妾が今迄存命してゐたのも、實は幸にもいつかは子の便りを聞くことが出來やうとの望みがあつたからでしたが、長久に消息のないことから察すると、もうもう死んでしまつたのに違ひはありません、此の世に生きて居るものならば、孝行では人に劣らない我が子のことですから、母の門に倚つて斷腸消魂してゐるのを棄てて置く譯がないと思ひま

す。それだのに何の便りもない所を見ればもう絶望です、イツソ死ん
で了はふと考へてゐた所を、貴公子が御出でになつて下さいました。
我子が出立してからと云ふもの車馬の我家に着いたのは、後にも先に
貴公子が初めてゞあるばかりか婢僕の言ふ所に據れば、貴公子の容貌
が老身の子に生きうつしだといふことなので、矢も楯も堪まらず、失
體をも顧みずお招き申すに至つた次第です。それに今お目に懸つて見
れば、髣髴は愚か、全く瓜二つではありませんか、妾もうホントに死
んだ子が甦つて來たのではないかと悲喜交々起つて來ます。又、貴公
子は南方の御方であれば、或は我婦の産んだ子が遙るる祖母を尋ねて
來たのではないかと怪しみました。併し今御姓名をお伺ひすれば、馬
氏と云ひ、且つ又親御樣が生存しらるのには、妾としては失望しな
い譯にまゐりません。然し尙怪しいのは、貴公子の年齡が十六年九ケ
月でいらつしやるとすれば、老身の婦が今から十六年前の五月十三日
家を立つたので、若しかすると、その子は十六歳で九月になることで
す。此の廣い世の中には同年同月同日に生れた人も多いでせう、又容
貌が肖てゐる人も多いでせうが、こんなに迄一も二も肖てゐるといふ
のは洵に不思議ではございませんか。』

　"이 집은 이부상서 장령의 집입니다만 상서가 죽고 난 후로는 저
는 자식 한 명에게 의지했습니다. 그것이 지금으로부터 16년 전 5월
14일의 일입니다만, 장사 지방의 태수가 되어서 부인 조씨와 함께
부임했습니다. 그때 조씨는 임신 6개월이었습니다. 저는 먼 길을 무
사히 갔다가 돌아오기를 밤낮으로 신에게 기도하고 있었습니다만
전혀 소식이 없습니다. 그리하여 황제도 여러 번 사신을 보내어 살

펴는 주셨습니다만 어떤 사람은 표류했다고 하고 어떤 사람은 도둑을 만났다고 하며 확실한 것은 알 수 없습니다. 제가 지금까지 살아 있는 것도 실은 다행히도 언젠가는 자식 소식을 들을 수 있을 것이라는 희망이 있었기 때문입니다만 오래도록 소식이 없는 것을 보면 이미 죽어 버린 것이 틀림이 없습니다. 이 세상에 살아 있다면 효행으로는 남에게 뒤지지 않는 제 자식이기에 어머니가 문에 기대어 창자가 끊어질 듯한 슬픔으로 넋이 나가 있는 것을 버려 둘 리가 없다고 생각합니다. 게다가 아무런 소식이 없는 것을 보면 이미 절망입니다. 정말로 죽어 버렸다고 생각하고 있던 찰나에 귀공자가 와 주셨습니다. 제 자식이 떠난 이후로 수레와 말이 저희 집에 온 것은 지금까지 귀공자가 처음일 뿐만 아니라 계집종의 말에 의하면 귀공자의 용모가 늙은이의 아들을 꼭 빼닮았다고 하기에 도저히 참을 수가 없어서 실례를 무릅쓰고 초대를 하기에 이른 것입니다. 게다가 지금 만나 보니 비슷한 것은 물론 완전히 쌍둥이가 아닙니까? 저도 정말로 죽은 아들이 살아 돌아온 것이 아닌가 하고 슬픔과 기쁨이 교차합니다. 또한 귀공자는 남쪽 지역의 분이시라면, 어쩌면 저의 며느리가 낳은 아이가 멀리 있는 할머니를 찾아서 온 것이 아닌가 하고 의심했습니다. 하지만 지금 성명을 들으니 마씨라고 하고 또한 부모님이 생존해 있다는 것은 저로서는 실망하지 않을 수가 없습니다. 하지만 더욱 의심쩍은 것은 귀공자의 연령이 16년 9개월이라고 한다면 늙은이의 며느리가 지금으로부터 16년 전 5월 13일 집을 떠났기에 어쩌면 그 아이는 열여섯하고 9개월이 되는 것입니다. 이 넓은 세상에 같은 해 같은 달 같은 날에 태어난 사람도 많을 것이며 또한 용모가 닮아 있는 사람도 많겠지만 이렇게까지 이것저것 말할 것 없이 닮아 있는 것은 참으로 이상하지 않습니까?"

夫人がさう云ひながら涙をハラハラと流すのは見てゐられない程氣
の毒であつた。公子の胸は自然と昂ぶつて來た、五體は知らず知らず
戰慄して眞直ぐに夫人を見守ることも出來ない。無論、人の憐れを目
撃しては、同情の涙に暮れるのはこれが人としての情ではあるけれど
も、馬公子は胸躍らせつつ、恐ろしい身振りをして夫人に對すること
も出來ないのは何故であらうか――。

부인이 이렇게 말하면서 눈물을 뚝뚝 흘리는 것은 그냥 보고 있을
수 없을 정도로 딱했다. 공자의 마음은 자연스럽게 격앙되었다. 온
몸이 자신도 모르는 사이에 전율하여 부인을 바로 바라볼 수가 없었
다. 물론 남의 불쌍함을 목격하고 동정의 눈물로 눈앞이 캄캄해 지
는 것은 사람으로서의 정이기는 하지만 마공자의 가슴이 흥분하며
걱정스러운 몸짓으로 부인을 대하는 것조차 할 수 없는 것은 왜 그런
것일까?

馬公子は南方で有名な水賊馬鶴の子である、夫人の話を聞いて、公
子は心中に斯う思つた――我が父は船を江湖に浮べて人の財貨を奪取す
る惡人であつた、我が長じて人道の善惡を論じ死力を盡して諫めた爲
め、漸くその惡行を休めはしたものの、今尙時折はその惡行を試みる
樣にも見える。こんな無遠慮な惡行をやつて居た時に隨分と人の命を
奪つたであらう、若し太守一行が盜難に遭つたのが確かであれば、或
は我が父の害を蒙つたのかも知れない、萬一我が父が太守一行を殺害

したとすれば、私は卽ちその仇ではないか—公子はそれを思ひ出す
と、心痛ましくて、穴へでも這入り度い心持ちであつた。

　　마공자는 남쪽 지역에서 유명한 해적 마학(馬鶴)의 아들이었다.
부인의 이야기를 듣고 공자는 마음속으로 이렇게 생각했다. 자신의
아버지는 배를 강과 호수에 띄워서 사람들의 재화를 착취하는 나쁜
사람이었다. 자신이 성장해서 사람 도리의 선악을 논하며 죽을힘을
다하여 직언하여 [아버지의] 잘못을 고치게 했기에 한동안 그 악행
을 쉬고 있기는 하지만 지금도 이따금 그 악행을 시험 삼아 해보는
듯 보였다. 이런 거리낌 없는 악행을 행했을 때 사람의 목숨을 상당
히 빼앗았을 것이다. 어쩌면 태수 일행이 도둑을 만난 것이 분명하
다면 어쩌면 자신의 아버지가 해를 입혔을 지도 모르는 것이다. 만
일 자신의 아버지가 태수 일행을 살해했다고 하면 자신은 바로 그 원
수가 아닌가? 공자는 그것을 생각하니 마음이 아파서 구멍에라도
들어가고 싶은 심정이었다.

　　公子の觀察からすれば、その父は餘程の惡人であらうその惡人の父
に、此の樣な善人の子とは又伺うした天の運であらう、今日公子が張
夫人を訪づれたのは、慈悲の心から夫人に對する熱い同情の涙があつ
たからではないか。公子は父の惡行を痛切に怨んで一刻も忘れること
が出來ぬ。これが原因となつて、一つの堅い決心をしたのであつた。
卽ち廣く世界中を歩き廻つて困窮に迫つた人又は悲しみに泣く人を
ば、全部救ひ出して、父の罪滅ぼしの萬分の一にもしたいと。此の決
心が今日張夫人を尋ねて來た原因であつた。

공자의 관찰에 의하면 그 아버지는 상당한 악인이었다. 그 악인의
아버지에 이와 같은 선한 아들이라는 것은 또한 이 무슨 하늘의 운명
이란 말인가? 오늘 공자가 장부인을 방문한 것은 자비로운 마음에
서 부인을 대하는 따뜻한 동정의 눈물이 있었기 때문이 아닌가? 공
자는 아버지의 악행을 뼈에 사무치게 원망하며 한시라도 잊을 수가
없었다. 이것이 원인이 되어 한 가지 굳은 결심을 한 것이었다. 즉 널
리 세상을 돌아다니며 곤궁에 처한 사람 또는 슬픔에 우는 사람들을
전부 구하여 아버지의 죄를 속죄하는 마음으로 만분의 일이라도 갚고
싶다는 것이었다. 이 결심이 오늘 장부인을 찾아 오게 된 이유였다.

公子は恐懼して、わざと顔色を作つて謝まる。
『賤しい容貌が不思議にも令息に肖た爲め、尊貴な夫人の御心を傷け
たのは、如何にも恐れ入ることでございます、私は却つて御目に掛つ
たのを悔まずには居られません。』

공자는 황송해 하며 일부러 안색을 바꿔 사과했다.
"미천한 용모가 이상하게도 아드님과 닮은 탓에 존귀한 부인의
마음에 상처를 드린 것은 너무나도 죄송합니다. 저는 오히려 만나
뵙게 된 것을 후회하지 않을 수 없습니다."

夫人は漸く涙を拭いて、
『令晩は丁度尚書の命日です、公子が我が家を尋ねて參られたのも、
決して偶然なことではありますまい、靈明な尚書の魂が貴公子を案內

したのでありませうから、御苦勞ではありますけれども、御名文を以
つて、今晩は尙書の祭祀に御讀祝を御願申上げ度うございます。』

　　부인은 한동안 눈물을 흘리며,
　　"오늘밤 마침 상서의 제사입니다. 공자가 저희 집을 방문해 오신
것도 결코 우연은 아닐 것입니다. 영명(靈明)한 상서의 혼이 귀공자
를 안내한 것일 테니 수고스럽겠지만 명문으로 오늘밤은 상서의 제
사에 독문을 읽어 주셨으면 합니다."

　公子は快諾した。夫人は直ちに祭所へ出でで供物を列べ公子をして祝
文を讀ませ、自からも痛哭した、續いて婢僕寺も皆な痛哭した。その悲
しい泣聲には月色も光を失し、空曇り、松鶴山に睡つた鶴も夢から醒め
て淚を含み淸溪に流るる水でさへも嗚咽して情を寄するのであつた。況
してや人一倍の情緒を胸に秘めたる馬公子の愴懷は如何ばかりであつた
らう、湧き出つる悲しみの泉を抑えも敢えず、泣き崩れた。
　祭儀は斯うした眞摯な痛ましい情景に彩られて了つた。

　　공자는 흔쾌히 승낙했다. 부인은 바로 제사를 지내는 곳으로 나가
서 공물을 올리고 공자로 하여 축문을 읽게 했다. 스스로도 통곡하
고 이어서 사내종과 계집종들도 모두 통곡했다. 그 슬픈 울음소리에
달빛도 빛을 잃고 하늘은 어두워지며 송학산에서 자고 있던 학도 꿈
에서 깨어나서 눈물을 머금고 맑고 깨끗한 시내에 흐르는 물조차도
오열하며 진심을 보냈다. 하물며 다른 사람의 배가 되는 정서를 가
슴에 담고 있는 마공자의 슬픈 마음은 얼마나 크겠는가? 솟아나는

슬픈 샘물을 억누르지 못하고 쓰러져 울었다. 제사의 의식은 이렇게
진지하게 아픈 정경(情景)에 채색되었다.

(二) 此の琴は我家の琴と一對
(2) 이 금은 자기 집의 금과 한 쌍

我父は太守を殺した極惡人

その翌朝のこと、公子は暇を告げて、旅の途に就かんとする時、夫
人は押入れの裡から一つの琴を取出して公子に與へながら

『これは妾の子の愛したものです、子はもう還らず、琴は主人を失つ
たものになつて了ひました。此の琴を見る度每に何か訴へるやうな歎
くやうに思はれて、魂も亦消え去るやうに心痛ましくてなりません。
貴公子の容貌や才能がよく舊主人に似通つてゐるので、これを差上け
度いと存じます、ホンの印ばかりのものですけれど、何うか此の老身
の情懷を表する形見として御收取り下さい。』

자신의 아버지는 태수를 죽인 극악한 사람

그 다음 날 아침 공자가 작별을 고하고 여행길에 나서려는 때에
부인은 벽장 안에서 금(琴) 하나를 꺼내어 공자에게 주면서,

"이것은 저의 아들이 사랑한 것입니다. 아들은 이미 돌아오지 못
하니 금은 주인을 잃어버린 것이 되었습니다. 이 금을 볼 때마다 무
언가를 호소하는 듯이 탄식하는 것처럼 생각되어져 영혼도 또한 사
라질 듯이 마음이 너무 아픕니다. 귀공자의 용모와 재능이 예전의
주인과 많이 닮았기에 이것을 드리고 싶습니다. 정말 보잘 것 없는

것이지만 아무쪼록 이 늙은이의 마음을 나타내는 유품[9]으로서 받아 주십시오.”

公子は叩頭拜謝して恭しく受取つて見ると、これは又何うしたことか、驚いて顔色を變へた。

馬公子は少年書生であつたけれども、家に居つては熱心に琴を稽古したことがあつた旅行以來は寂しい旅舍の窓に明るい月など眺めた時は、いつも琴のことを思ひ出すのであつたから、今夫人から琴を貰ひ受ける事は何とも懷かしい、嬉しい。併し今は唯さうではない、此の琴は一つの驚異である! 公子は躍るやうな胸にジツと手をあてて靜かに考へて見る――一體此の琴はその體裁も構造も裝飾も我家の琴と毫も違つてはゐない、此の琴を造つた職人が一手に二個を作つて此の家と我家とにそれぞれ賣つたのか、然し兩家の相距ること萬里以上だ、そんなことのあらう筈もない。して見れば何であらうか。不思議なことには、我家の琴には玉凰の二字を彫つた玉の飾りを琴の眞中に付けてあるが、此れには金鳳の二字を彫つた金の飾りが付いてゐるではないか、先づこれを夫人に聞いて見やう――

공자는 머리를 조아려 사례하고 공손하게 받아 들고 보니, 이것은 또한 어찌된 일인가? 놀라서 안색이 변했다. 마공자는 소년 서생이기는 했지만 집에 있을 때는 열심히 금을 배운 적이 있었다. 여행을

---

9 유품: 일본어 원문은 ‘形見’이다. 돌아가신 아버지 또는 헤어진 사람 등을 생각하게 하는 물건을 뜻한다(松井簡治·上田万年編, 『大日本国語辞典』01, 金港堂書籍, 1915).

173

떠난 이후로 쓸쓸한 여관의 창에 밝은 달 등이 비출 때는 항상 금을
생각했기에 지금 부인으로부터 금을 받는 것은 너무나도 그립고 기
쁜 것이다. 하지만 지금은 그런 것이 아니다. 이 금은 경이로운 것이
었다! 공자는 뛰는 듯한 가슴에 가만히 손을 대며 조용히 생각해 봤
다. 도대체 이 금은 그 겉모양도 그렇고 구조도 장식도 자기 집의 금
과 조금도 다르지 않다. 이 금을 만든 장인이 혼자 두 개를 만들어서
이 집과 저 집으로 각각 판 것인가? 하지만 양가의 서로 떨어진 거리
는 만 리 이상이다. 그런 것은 있을 리가 없다. 그렇다고 한다면 무엇
인가? 이상한 것은 자기 집의 금에는 옥황이라는 두 글자를 새긴 옥
장식이 금의 한 가운데에 달려 있는데, 이것에는 금황이라는 두 글
자를 새긴 금장식이 붙어 있는 것이 아닌가? 우선 이것을 부인에게
물어 보려고 했다.

張夫人は公子を一目見てから、自分の子によく肖てゐるのを怪しむ
のに公子は張夫人の琴が我家の琴に似て居るのを怪しむのだつた。張
夫人の疑は公子が自分の血屬ではないかといふ疑であるけれども、公
子は自分は盜賊の子だ、若しかすると我が父が不幸にも張太守を殺害
してその琴まで奪ひ取つたのではないかとの疑がある。彼れが初めて
琴を見て驚いたのもこれが爲めであつた。
　公子は暫く默念として考へてゐたが、軈ておづおづと口を開き、
　『此の琴は何處でお買ひなさいましたか、それで金文字で金鳳と彫り
付けたのはどんな意味でございませうか。』

장부인은 공자를 한 번 보고나서 자신의 아들과 너무나 닮은 것을

이상하게 여겼는데, 공자는 장부인의 금이 자신의 집에 있는 금과 닮은 것을 이상하게 생각했다. 장부인의 의심은 공자가 자신의 혈속(血屬)이 아닌가 하는 의심이었지만, 공자는 자신은 도적의 아들로 어쩌면 자신의 아버지가 불행하게도 장태수를 살해하고 그 금까지 빼앗은 것이 아닌가 하는 의심이었다. 그가 처음으로 금을 보고 놀란 것도 이것 때문이었다. 공자는 한동안 묵념하고 생각해 보다가 이윽고 머뭇머뭇 입을 열고,

"이 금은 어디에서 사셨습니까? 그리고 금문자(金文字)로 금봉이라고 새겨 넣은 것은 어떠한 의미입니까?"

それを聞くと、夫人は深い溜息を吐きながら、

『我が子は琴が好きで長沙太守に赴任する以前に庭の梧桐を伐つて琴二個を造つたのですが、その體栽なり、裝飾なりが少しも違はないけれども、唯一つは音が雄大で恰も金鳳の啼くやうであるのに、もう一つはその音淸雅で恰も玉鳳の囀るのにも似てゐるので、その音に依つて雌雄の別をつけ、一つは金文字を彫り付けて金鳳とし、一つは玉字を彫り付けて玉鳳と名付けたのです。これが卽ち鳳凰琴です。それから金鳳琴丈けを家に殘して玉鳳琴は自から携へて長沙に出かけたのです。噫もう玉鳳琴も此の主人と共に此の世の中には殘つてゐないでせう。これは配を亡くした琴で、主人をも失つてしまつたのです、併し今貴公子に會つて新たに主人を得るやうになつた此の金鳳琴は、玉鳳琴の配を失くしても、返つて幸福なことでせう。』

그것을 듣자 부인은 깊은 한숨을 쉬면서,

"저의 아들은 금을 좋아해서 장사 태수로 부임하기 이전에 뜰에 오동나무를 베어서 금 두 개를 만들었습니다. 그 겉모양도 그렇고 장식도 그렇고 조금도 다르지는 않습니다만, 다만 하나는 소리가 웅대하여 마치 금황이 우는 것과 같은데, 또 다른 하나는 그 소리가 청아하여 마치 옥황이 지저귀는 것에 닮았기에 그 소리에 따라 자웅의 다름을 붙여 하나는 금 문자를 새겨 넣어 금봉이라고 하고, 하나는 옥자를 새겨 넣어 옥황이라고 이름 붙인 것입니다. 이것이 바로 봉황금(鳳凰琴)입니다. 그리고 금봉금만을 집에 남겨 두고, 옥황금(玉凰琴)은 자신이 가지고 장사로 떠난 것입니다. 아아, 이제는 옥황금도 이 주인과 함께 이 세상에는 남아 있지 않을 것이겠지요? 이것은 짝을 잃은 금으로 주인을 잃어버린 것입니다. 하지만 지금 귀공자를 만나서 새로운 주인을 얻게 된 이 금봉금은 옥황금이라는 짝을 잃어버려도 오히려 행복할 것입니다."

張夫人の此の答で、琴の歷史は馬公子にも判然した。實に我家にあつた琴は疑ひもなく此の家のものに違ひない。我父は必定長沙太守を殺した盜賊である、私は卽ち張夫人に對しては、萬代の仇ではないか、我父が常に口癖のやうに玉凰琴は我家の代々に傳來する珍物だと云つたが、今日張夫人の話を聞いて見ればこれ以上聞く必要もなく、又これ以上疑ふ事もない。玉凰の二字の意味に就いては父にも聞いて見たことがないではないが、別に何も意義はないと答へてゐたのだ。私もそれを怪しまなかつたのだが、張夫人の話を聞かなくては、誰も金鳳玉凰の深意を知ることは出來るものでない。

　장부인의 이러한 대답에 금의 역사는 마공자에게도 분명했다. 실은 자신의 집에 있는 금은 의심할 여지없이 이 집의 것임에 틀림없었다. 자신의 아버지는 필시 장사 태수를 살해한 도적인 것이다. 나는 바로 장부인에게는 만대(萬代)의 원수가 아닌가? 자신의 아버지가 항상 입버릇처럼 옥황금은 자신의 집안 대대로 전해져 온 진귀한 물건이라고 했지만, 오늘 장부인의 이야기를 듣고 보니 이 이상 들을 필요도 없고 또한 이 이상 의심할 여지도 없었다. 옥황이라는 두 글자의 의미에 대해서 아버지에게 물어 본 적이 없는 것은 아니지만 특별히 아무런 뜻이 없다는 대답이었다. 자신도 그것을 이상하다고 생각했지만 장부인의 이야기가 아니라면 누구도 금봉옥황의 깊은 뜻을 알 수 있는 것은 아니었다.

　馬公子は初めて琴を見るや、怪しみ且つ驚いたのであつたが、その怪しみが晴れると共に、太守を殺した惡人は自分の父であるといふことが歷然として判明したので、今はもう全く夫人の仇敵となつたのである。―噫父は財貨の爲めに貴い人命迄も害したのか、太守夫婦の殺される時、その慘澹たる光景は如何であつたらうか。殺害された魂の悲哀は、百年千年は愚か、萬年も十萬年も泯滅はすまい、張夫人の有樣を見てさへその恐ろしさは思はれるのに、父は何といふ非道なことを爲したものであらうか、その子孫となつて生れた自分は決して幸福を享くるものではない。それだのに張夫人は自分を仇とも知らずに却つて愛してくれる。その愛を享くる私の胸の苦しみは何んといふのであらう。

　　마공자는 처음 금을 보자마자 수상하고 또한 놀랐지만, 그 수상함
이 풀림과 동시에 태수를 살해한 악인은 자신의 아버지라는 것을 분
명히 알게 되었기에 지금은 이미 완전히 부인의 원수가 된 것이다.
아아, 아버지는 재화를 위해서 귀중한 사람의 목숨마저도 해친 것인
가? 태수부부가 살해될 때 그 참담한 광경은 어떠했단 말인가? 살해
된 영혼의 비애는 백 년 천 년은커녕 만 년도 십만 년도 사라지지 않
을 것이다. 장부인의 모습을 보기만 해도 그 무서움을 생각할 수 있
는데, 아버지는 이 얼마나 도리에 맞지 않는 것을 행했던 것인가? 그
자손이 되어 태어난 자신은 결코 행복을 누릴 수 있는 사람이 아니
다. 그러한데 장부인은 자신이 원수인지도 모르고 오히려 사랑해 주
었다. 그 사랑을 받은 자신의 가슴에 고통은 뭐라고 말할 수 없는 것
이었다.

　　併し私の容貌が張太守に肖てゐるとは又何うした縁であらうか。あ
あ成程解つた、我が父の罪惡餘りに重き爲め天は私をして張府に到り
父の罪を自白し、その場に身を殺して張夫人の仇を返させんとしたも
のではあるまいか。私の考へ通り、夫人の前に進んで、私は貴女の令
息を殺した盜賊の子であります、何うか私を殺して仇を仕返して下さ
いませ、さうして何うか九泉に泣く令息令婦の怨魂を慰めて下さいま
せと哀願するのは私の履むべき義務であるかも知れない。若しも自白
もせず、口を噤んで默然して歸つたならば、假へ夫人は御存知ないに
しても、天地神明は恐らく私の罪を容赦しないであらう。噫、馬龍は
何の罪あつて盜賊の子となつたのか、盜賊の子となつた以上は、寧ろ
心が惡く生れた方が安心が出來たであつたらうに、自分にはそれが出

來ないのだ。我父の惡行は既知の事實であるが、これ程惡るかつたと
は夢にも知らなかつた。假へ天が若し私を恕し給ふとも、私は父に代
つて夫人の前に死ななければならないのだ、私の良心は之れを私に命
ずるのだ!

　　하지만 자신의 용모가 장태수를 닮았다는 것은 또한 어떠한 인연
인가? 아아, 그렇구나. 알겠다. 자기 아버지의 죄악이 너무나도 무겁
기에 하늘은 자신으로 하여 장부(張府)에 이르러 아버지의 죄를 자백
하고 그 장소에서 몸을 해하여 장부인의 원수를 갚으려고 하는 것이
아닌가? 자신의 생각대로 부인 앞에 나아가서 자신은 댁의 아드님
을 살해한 도적의 자식입니다. 아무쪼록 자신을 죽여서 원수를 갚게
해 달라고, 그렇게 하여 구천에서 울고 있는 아드님 부부의 원혼을
위로해 달라고 애원하는 것은 자신이 해야 할 의무일지 모른다. 만
약 자백도 하지 않고 입을 다물고 잠자코 있다가 돌아간다면, 설령
부인은 모르신다고 하더라도 천지신명은 필시 자신의 죄를 용서하
지 않을 것이다. 아아, 마용은 무슨 죄가 있기에 도적의 자식이 되었
는가? 도적의 자식이 된 이상은 오히려 마음이 나쁘게 태어났다면
안심할 수 있었을 텐데 자신에게는 그것이 불가능하다. 자신의 아버
지의 악행은 이미 알고 있는 사실이었지만 이 정도로 나쁘다고는 꿈
에도 생각하지 못했다. 설령 하늘이 만약에 자신을 용서해 준다고
해도 자신은 아버지를 대신해서 부인 앞에서 죽지 않으면 안 되는 것
이다. 자신의 양심은 이것을 자신에게 명하는 것이다!

けれどもけれども、然し私一人が死んだ所で、太守の一行を殺した

179

罪を償ふことは到底出來るものではない、太守夫婦、蘭英、胎兒の四人も殺したのではないか、私一人は四回死んでも報讐にはならない。又今日此處で罪を自白して身を殺しても、それとは知らない父は後悔することなく惡行を繼續して太守一行を殺した以上の罪業を犯さぬとも限らぬ、寧ろ今日迄目擊した張家の悲景を一々父に說いてその心を入れ換へさせた後ち、太守の遺骨でも拾つて夫人の前に齎し、一切の罪を自白してから死ぬとしやうか、それでも決して晚くはあるまい、が何うしたものか――公子はさうした惱ましい煩悶に堪えなかつたが、

　　하지만, 하지만, 자신 하나가 죽는다고 해서 태수 일행을 죽인 죄를 갚는다는 것은 도저히 가능하지 않다. 태수부부, 영난, 어린 아이까지 네 명을 죽인 것이 아닌가? 자신 하나가 네 번 죽어도 복수를 하는 것은 안 된다. 또한 오늘 이곳에서 죄를 자백하고 몸을 죽여도 그렇다는 것을 모르는 아버지는 후회하지도 않고 계속해서 악행을 저지르고 태수 일행을 죽인 것 이상의 죄업을 저지르지 말라는 법은 없다. 오히려 오늘날까지 목격해 온 장가(張家)의 슬픈 광경을 일일이 아버지에게 설명하고 그 마음을 고쳐먹게 한 후에 태수의 유골이라도 주워 부인 앞에 가져와서 모든 죄를 자백하고 죽는 것으로 하자. 그렇게 해도 결코 늦지는 않을 것이다. 하지만 어찌된 일인가? 공자는 그러한 근심스러운 번민을 감당할 수 없었지만,

　軈がて夫人に向つて、
　『夫人よ、山よりも高い、海よりも深い恩愛を授けられたのは、實に有難く存じます、御膝下に居つて一生涯お慰め申上げたいとは存じま

すけれど、科擧の日も近づいて參りましたので、何うか御許し下さい
ませ。』とて金凰琴を旅具に仕舞つて立ち上る。

　　　이윽고 부인을 향하여,

　　　"부인, 산보다도 높고 바다보다도 깊은 은애(恩愛)를 받은 것은 실로
감사하게 생각합니다. 슬하에 있으면서 평생 위로해 드리고 싶다고 생
각하지만, 과거 날도 가까워 져 왔기에 아무쪼록 허락해 주십시오."

　　　라고 말하고, 금황금을 여행 짐에 넣어두고 길을 나섰다.

　張夫人は馬公子の手を取つて、感慨に堪えやらず、愴然と賴み入る
るには、

　『男と生れては、科擧に力を入れ、立身揚名した上は、上には聖恩に
報ひ、下に門戸を輝すのが男子たるものの本務であります、それに就
いては假へ一時と雖も、公子をお留め申すことは致しません。唯妾に
は貴公子を送ることは、何だか肉親の孫でも送るやうに、淋しい悲し
い心がして堪りません。何うか老身の哀れな事情をお察し下すつて、
皇城にお着きになりましたなら、御手紙など下され、御歸りにはきつ
とお立寄りなすつて下さい。』

　　　장부인은 마공자의 손을 잡고 감격하여 마음속에 사무치는 마음
을 감당하지 못하여 몹시 슬퍼하며 부탁하기를,

　　　"남자로 태어나 과거에 힘을 다하여 입신양명하는 것은 위로는
성은에 보답하는 것이며 아래로는 가문[10]을 빛나게 하는 것으로 남
자의 본분[11]입니다. 그것에 대해서는 설령 잠시라도 공자를 붙들려

181

고 하지는 않습니다. 다만 저는 귀공자를 보내는 것이 왠지 육신의
손자라도 보내는 것과 같이 외롭고 쓸쓸한 마음이 들어 참을 수가 없
습니다. 아무쪼록 늙은이의 불쌍한 사정을 잘 살펴 주셔서 황성에
도착하시면 편지 등을 주시고 돌아가실 때는 꼭 들려주십시오."

懇ろに賴む老夫人の眼には淚が一杯になつた。馬公子は家を立つて
から三四ケ月といふもの、淋しい一人ぽつちな旅を續けて來た、然し
今張夫人に逢つて見ると、眞に肉親の人も及ばぬ情を以つて厚遇して
くれる彼れは此の家を去るに忍びぬのだつた、若し出來ることなら
ば、久しくここに留まつて、晴れやかに琴でも彈じて老夫人の鬱を晴
らしてやりたかつた、然し今はそれも出來ない。

　　정성스럽게 부탁하는 노부인의 눈에는 눈물이 가득하였다. 마공
자는 집을 나서서 삼사 개월이 되도록 홀로 쓸쓸한 여행을 계속해 왔
다. 하지만 지금 장부인을 만나 보니 참으로 친 혈육의 사람도 미치
지 못하는 정으로 후한 대우를 해 주는 이 집을 떠나기가 참으로 힘
들었다. 만약에 가능하다면 오래도록 이곳에 머물면서 맑은 금이라
도 연주하면서 노부인의 울적함을 풀어 드리고 싶었다. 하지만 지금
은 그것도 할 수 없다.

張夫人の馬公子を送る淋しさは、嘗て太守夫婦を送つた時に劣らぬ

---

10 가문: 일본어 원문은 '門戶'다. 집의 입구 혹은 가문을 뜻한다(松井簡治·上田万
　　年編, 『大日本国語辞典』04, 金港堂書籍, 1919).
11 본문: 일본어 원문은 '本務'다. 이는 주요한 직무를 뜻한다(松井簡治·上田万年
　　編, 『大日本国語辞典』04, 金港堂書籍, 1919).

ものだつた。公子の乗つた靑驢が遠く林の影に見えなくなるまで悄然
として見送つた。公子も心千々に亂れて、胸も張り裂けんばかりであ
つた。張夫人へ引き返さうか、それとも家へ歸つて、父に改悛を迫る
としやうかと色々に考へて見たが、又考へ直して見た、三四ケ月も永
い間種々樣な難儀を甞め盡して遠い遙かな旅を續けて來たのは、全く
科擧に應ずる目的の爲めであつた、ここからはもう皇城も遠くはな
い、その遠くもない皇城を咫尺に控えながら、今更科擧の素志を投け
捨てて、おめおめと歸つて行くのも、餘りに女々しいことだ、

　　장부인이 마공자를 보내는 쓸쓸함은 일찍이 태수부부를 보낼 때
와 비교해도 뒤지지 않는 것이었다. 공자가 탄 청려가 멀리 숲의 그
림자에 보이지 않을 때까지 기운 없이 배웅했다. 공자도 마음이 어
수선하고 가슴이 갈기갈기 찢어질 듯만 했다. 장부인에게로 돌아갈
까? 아니면 집으로 돌아가서 아버지가 잘못을 뉘우치고 마음을 고
쳐먹게 하도록 할 것인가? 하고 여러모로 생각했지만 또한 생각을
고쳐먹었다. 삼사 개월이나 긴 시간동안 여러 고통을 겪으며 먼 길
여행을 계속해 온 것은 전부 과거에 응하려는 목적 때문이었다. 여
기에서는 황성도 이미 멀지 않다. 그 멀지 않은 황성을 지척에 두고
이제 와서 과거에 대한 소망[12]을 버리고 염치없이 돌아가는 것도 너
무나도 사내답지 못한 것이다.

いつそ皇城へ急がうと、日の暮るる知らず歩み、とある旅館に入

---

12 소망: 일본어 원문은 '素志'다. 이는 평소의 하고자 하는 뜻을 나타낸다(松井簡
治·上田万年編, 『大日本国語辞典』03, 金港堂書籍, 1917).

り、孤り燭火を友にして臥せつて見たが、寂莫な夜中に思出ばかり多
く眠れぬので、憂さ晴しに、張夫人から貫つて來た金鳳の琴を出して
彈いて見た。その音律は如何に雄大で、丁度九成の金鳳が啼いて、玉
凰を喚ぶやうな感じがする。公子は益々夫人の話の僞りのないのを信
じ、琴を休めてからも輾轉として寝られず苦しんでゐると早くも遠く
響く曉の鐘は明方を告ぐる。

　　이에 한층 더 황성으로의 길을 서둘렀는데 날이 저문 것도 알지
못하고 걸었다. 어느 한 여관에 들어가서 홀로 촛불을 벗 삼아 누워
보았는데 적막한 밤중에 이런 저런 생각이 많아 잠을 이루지 못했다.
우울한 마음을 떨쳐 버리려고 장부인에게서 받은 금봉금(金鳳琴)을
꺼내어 연주해 봤다. 그 음율이 너무나도 웅대하여 마치 구성(九成)
의 금봉이 울면서 옥황을 부르는 듯한 느낌이 들었다. 공자는 더욱
부인의 이야기에 거짓이 없음을 믿고 금 연주를 쉬면서 엎치락뒤치
락하면서 잠을 이루지 못하고 괴로워했다. 어느 덧 멀리서 들려오는
새벽 종소리는 날이 밝음을 알리었다.

　起き出でで又旅を續ける。斯うした夜を幾度か繰返し、軈て馬公子
は皇城に着いたのであつた。そこには儒者が四方から雲霞の如く集ま
つて來た。公子は具公達の家を旅舍として旅の疲勞を休めてゐたが、
過ぎし日の事など、彼れ此れと考へ巡らして來ると、科擧に應ずる氣
も失せんばかりであつたが、旅舍の主人と蒼頭の勸めで、是非なく試
驗場に入つた。皇帝には皇極殿に臨御あらせられ、堂々たる威風は四
邊を拂つて、滿座咳一つするものさへもない。軈て皇帝は自から試驗

の問題を掲げられた。馬公子は一目見ると、これは又意外、平常習ひ覺えた馴れ馴れしい問題であつたので、直ちに試驗紙を展べて暫し沈思默考の後ち徐ろに龍硯に墨を磨り、江庵の筆を執つて趙孟頫の筆法で走り書きに答案し終るや、いの一番に差上げた。

　일어나서 다시 여행을 계속했다. 이런 밤을 몇 번인가 반복하여 마침내 마공자는 황성에 도착한 것이다. 그곳에는 유생들이 사방에서 구름과 같이 모여들었다. 공자는 구공달의 집에서 숙박하기로 하고 여행의 피로를 쉬고 있었는데, 지난날의 일을 이리저리 생각해 보니 과거에 응할 마음도 사라질 듯했다. 하지만 여관 주인과 하인의 권유로 하는 수 없이 시험장에 들어갔다. 황제가 황극전(皇極殿)으로 왕림했는데 위풍당당함은 사방을 압도하여 모든 자리에 앉아 있는 사람들은 기침조차도 하지 않았다. 이윽고 황제는 스스로 시험 문제를 들어 올렸다. 마공자가 한 번 보았더니 이것은 또한 뜻밖의 것이었다. 평상시에 익혀서 익숙한 문제였기에 바로 시험지를 펼쳤다. 한동안 침묵하고 생각한 후에 천천히 용연(龍硯)에 먹을 갈고 강암(江庵)의 붓을 들고 조맹부의 필법으로 휘갈겨 쓰고 답안이 끝나자마자 첫 번째로 제출했다.

　皇帝は馬龍の文章を御覽になるや匆々に圈點を打たれて稱讚された。果然月桂冠は馬龍に歸した、答案は壁に掛けられた、馬龍、馬龍—と喚ぶ聲は皇極殿に響き渡る。かくて馬公子は皇帝に謁見を許さる段取となつたが、皇帝は大いに喜ばれて、『汝の文章を讀んで忠孝兼備の德を見拔いたが、今相對して見れば、容貌の英邁、これ程のもの

は、未だ嘗て會うたこともない、汝の如きを得たのは、寡人の仕合、國家の幸福ぢや。」[13]と仰せあつて、直ちに翰林學士を授けられ、御酒三杯と御前樂とを賜つた。

황제는 마용의 문장을 보고는 방점을 찍으며 칭찬했다. 과연 월계관은 마용에게로 돌아갔다. 답안은 벽에 걸리고 마용, 마용이라고 부르는 소리는 황극전에 울려 퍼졌다. 이리하여 마공자는 황제를 알현할 것을 허락받게 되었는데, 황제는 크게 기뻐하며,

"너의 문장을 읽고 충과 효를 겸비한 덕을 꿰뚫어 보았다. 지금 가까이에서 보니 용모가 영매(英邁)[14]함이 이 정도의 인물은 일찍이 만나본 적이 없다. 너와 같은 인물을 얻은 것은 과인의 행운이고 국가의 행복이지 않은가?"

라고 높이 평가하며 바로 한림학사를 임명하고 술 석 잔과 어전악(御前樂)을 하사했다.

翰林は肅拜して宮殿を謝してから身に紅袍白帶を纏ふて銀鞍の白馬に跨り靑蓋紅蓋を前に立たせて御賜花を手にして長安の大道を廻つた。滿城の士女、仰ぎ觀ては誰一人としてその威福兼備の風采を稱讚せざるはなかつた。三日間の遊街(新たに科擧に及第した者が先進者、親戚等か。歷訪すること)は濟んだ。公子は直ちに翰林院に歸つて、登科の始末を父に通告したが、もう一枚の手紙は新城の張夫人に宛てて書かれた。

---

13 인용부호 표기 오류다.
14 재주와 지혜가 출중하고 뛰어남.

한림은 공손히 절하고 궁전을 물러나서 몸에 홍포백대(紅袍白帶)
를 두르고 은으로 장식한 안장을 갖춘 백마에 올라타 청개홍개(靑蓋
紅蓋)를 앞에 세우고 어사화를 손에 쥐고 장안의 큰길을 돌았다. 만성
(滿城)의 백성들이 우러러 보고는 어느 누구 한 사람도 그 위복(威福)[15]
을 겸비한 풍채를 칭찬하지 않는 자가 없었다. 3일 간의 유가(遊街, 새
롭게 과거에 급제한 자가 선배 친척 등을 차례로 찾아보는 것)가 끝났다. 공
자는 바로 한림원으로 돌아와서 등과를 하게 된 자초지종을 아버지
에게 알렸는데, 또 하나의 편지는 신성의 장부인에게 적었다.

その文面には、
『光陰は矢の如く立ち去り、拜別以來早や一ケ月に相成申候處、益々
御淸穆に渡らせられ候や、晝夜敬慕に堪えず候、小生は無事皇城に
着、御蔭樣を以つて今回は科擧に及第し、尙其の上翰林學士にまで陞
任せられ候。之れ一に天恩の極まりなき爲めとは云へ全く御夫人の御
眷顧に依る事と奉存候。卽刻拜趨の上萬謝仕る筈には候得共、身已に
一身の私に趨く能はざる境涯と相成り、恐縮の至りに御座候。幸にも
歸省の機を得ば、先づ尊邸に拜趨仕度、終り臨んで御健康を奉祝上
候。敬白。

그 대강의 뜻은,
"광음은 화살과 같이 지나가 이별한지 어느 덧 한 달이 되어갑니
다만 더욱 건강하신지요? 밤낮으로 경모하는 마음을 감당할 수가

<hr>
15 위압(威壓)과 복덕(福德).

없습니다. 소생은 무사히 황성에 도착하여 덕분에 이번에 과거에 급
제했습니다. 더욱이 한림학사에 이르는 관직에 올랐습니다. 이것은
그지없는 천은(天恩) 덕분으로 전부 부인이 돌봐주신 덕분이라고 생
각합니다. 바로 찾아뵙고 받들어 모시는 것이 마땅하지만 일신의 사
사로움만을 생각할 수 없는 처지가 되어 황송하기 그지없습니다. 다
행히도 돌아가는 길에 기회를 얻어 우선 귀댁을 찾아뵙겠습니다. 마
지막으로 건강을 기원합니다. 경백(敬白)[16].

張夫人は此の手紙を讀むと非常に喜ばれ、直ち返事を認め、肉親の
孫の及第したやうに公子の來るのを鶴首して待つてゐる。斯くて翰林
の登科してから三ケ月經つた。

장부인은 이 편지를 읽고 상당히 기뻐하며 바로 답장을 적고 혈육
인 손자가 급제한 것과 같이 공자가 오는 것을 학수고대하고 기다리
고 있었다. 이리하여 한림이 과거에 급제한지 3개월이 지났다.

翰林の端雅剛明にして、聰明賢哲なる品性を以つて職務に忠實に、
よく忠道を盡すので、その名聲は全朝廷に轟くやうになつた。皇帝は
非常に寵愛せられて翰林の官職は鰻上りに昇進して、遂に禮部侍郎に
至つた。朝野に馬侍郎を知らぬものとてはなく、中には侍郎を自分の
女婿にしたいと爭つて緣談を申込んで來るものが多い。然し侍郎はこ
れに應ぜず、唯張府の事や、父の罪を思出して寸分と雖も世の中の榮

---

16 한문투의 편지 끝에 쓰는 표현.

譽に志なく、幾度も上疏して故郷に歸り親を養ひたいと辭職を希つた
が、皇帝は允るさず、翌年四月嚴旨を下して、侍郎は素と湖南の人で
あるから、必ずや南方の風俗に精通し、民情に通達するであらうと
て、今年湘南に不作甚だしく人民塗炭に陷つて居るが相距ること遠く
して聖恩の屆く由もない。されば爰に侍郎を湘南巡無使に任命して赴
任を命ずる。貪官を懲戒して惡徒を治め良民を救濟して以つて朕の憂
慮を退けよとの御旨であつたから、馬御史は早々に出發せねばならな
くなつた。

　한림은 단아하고 강명하며 총명하고 현철(賢哲)한 품성으로 직무
에 충실했다. 충성을 다하기에 그 명성은 전 조정에 울려 퍼지게 되
었다. 황제에게 상당한 총애를 받아 관직은 급격히 승진하여 마침내
예부시랑(禮部侍郞)에 이르렀다. 조정과 재야에 마시랑(馬侍郞)을 모
르는 사람이 없을 정도였다. 그 중에는 시랑을 자신의 사위로 삼고
자 앞 다투어 연담(緣談)을 신청해 오는 사람이 많았다. 하지만 시랑
은 이에 응하지 않고 오직 장부(張府)의 일과 아버지의 죄를 생각하
여 잠시라도 세상의 영예에 뜻을 두지 않았다. 몇 번이고 상소를 올
려 고향으로 돌아가 아버지를 봉양하고 싶다고 사직을 바랬지만, 황
제는 승낙하지 않고 이듬해 4월 엄지를 내렸다. 시랑은 원래 호남(湖
南) 사람이니 필시 남방의 풍속에 정통하고 민심에 통달했을 것이라
고 했다. 올해 상남(湘南)에 흉작이 심하여 백성들이 도탄에 빠져 있
지만 멀리 떨어져 있어 성은이 미칠 리가 없었다. 그리하여 이에 시
랑을 상남순무사(湘南巡無使)에 임명하여 부임을 명했다. 탐관을 징
계하고 악도를 다스려 선량한 백성을 구제하여 천자의 우려를 떨치

게 하라는 어지(御旨)였기에 마어사(馬御史)는 서둘러 출발하지 않으면 안됐다.

御史は愈々拜命した。繡衣や馬牌を拜愛し、皇帝に暇を乞ふて湖南に向ふこととなつた。出發に際し驛吏、驛卒を督勵して先に送り、自分は一人の隨行を連れ金鳳琴を携へて、數日目に新城に到着して、張夫人を訪づれた。それは丁度、曩に別れてから一ケ年程の後ちであつた。夫人は御史の手を取つて、涙を流して喜んだ。御史は科擧に及第したことから、今回御史の任務を帶びて湖南に向ふ一伍一什を物語つた。

어사는 더욱더 정중히 명을 받았다. 암행어사의 옷과 마패를 정중하게 받고 황제에게 이별을 고하고 호남을 향하게 되었다. 출발에 이르러 역리(驛吏)와 역졸을 독려하여 먼저 보내고 자신은 한 명의 수행을 거느리고 금봉금을 가지고 수일 째 되는 날에 신성에 도착해 장부인을 찾아갔다. 그때가 바로 지난 번 헤어지고부터 1년 정도 후였다. 부인은 어사의 손을 잡고 눈물을 흘리며 기뻐했다. 어사는 과거에 급제한 것과 이번에 어사의 임무를 맡아서 호남으로 향하게 되었다는 자초지종을 이야기했다.

夫人はこれを聞くと、忽ち悲色滿面に露はれ、御史に對して嘖ぶやうに哀願するには、
『今回御史が湖南に參られますのは、人民を疾苦から救ひ上げ善惡を辨別するのが御史たるの本務ではありませんか。何卒老身の憫れな事情を御察し下すつて、我が子が何處で何んな者に殺されたかを仔細に

御調べなすつて下さいませ、さうして、子の爲めに報讐して下さるな
らば、その御恩は草を分けても御返し致しませう。』

　부인은 이것을 듣고 갑자기 슬픈 기색이 얼굴 전체에 흐르며 어사
에게 목메어 애원하기를,
　"이번에 어사가 호남으로 가시는 것은 백성을 질고(疾苦)[17]에서 구
하고 선악을 판별하는 것이 어사의 본분이 아니십니까? 아무쪼록
늙은이의 딱한 사정을 살펴 주시어 제 자식이 어디에 어떠한 사람에
게 살해되었는지를 상세히 조사해 주시기를 바랍니다. 그렇게라도
해서 자식을 위해 복수를 해 주신다면, 그 은혜는 모든 방법을 다해
서라도 갚을 것입니다."

　斯う日はれると、御史の胸は堪まらなく苦しかつた、夫人を見つめ
ることも出來ぬ、穴があつたら這入りたい程であつた。彼れは熟々思
つた―御史の本務とは、それは善者を褒美して、惡者を懲罰するにあ
る。併しながら、今や他人の事は暫く措くとするも。先づ我父の罪を
論じなければならぬとは、何といふ因果であらうか、苟くも父の罪は
之れを隱して、他人の罪をのみ發くのは我が職務に忠なる道ではな
い、だが、今その罪を罰するならば、死を以つて論ずるも尙且つ輕い
ことてあらう。如何しやうか―罪人の子となつた自分は惡い、然らば
職を捨てやうか、けれども理由がない、口實がない、噫、忠ならんと
欲すれば、孝ならず、孝ならんと欲すれば忠ならず、吾が道谷れりと

---

17 병고(病苦).

191

日はなければならぬ。凡そ忠と孝とは互に引離して論ずることは出來
ぬ、忠孝を知らぬ人臣、人子は人類とは稱し難い。

　忠ばかりで孝を辨へぬならば、之れは盡孝とは曰へまい、然らば<我
れは如何すべきであらうか。

　　　이런 말을 듣고 나니 어사의 마음은 감당할 수 없을 정도로 고통
　　스러웠다. 부인을 바라보는 것도 할 수 없어 구멍이 있으면 들어가
　　고 싶을 정도였다. 그가 깊이 생각한 어사의 본분이라는 것은 그것
　　은 선한 사람을 포상하고 악한 사람을 징벌하는 것이었다. 하지만
　　지금은 다른 사람의 일은 잠시 놔두고 우선 자신의 아버지의 죄를 논
　　하지 않으면 안 되는 것인데, 이 무슨 인과란 말인가? 만약 아버지의
　　죄를 덮어두고 다른 사람의 죄를 들추어낸다면 자신의 직문에 충실
　　한 것이 아니다. 하지만 지금 그 죄를 벌한다면 죽음으로 논한다고
　　하더라도 또한 가벼운 것일 것이다. 어찌되었든 죄인의 자식이 된
　　자신이 나쁘다. 그렇다면 관직을 버릴까? 하지만 이유가 없다. 구실
　　이 없다. 아아, 충신이 되려고 바란다면 효가 아니고 효도를 하고자
　　하면 충이 아니니, 나의 길이 참으로 이러지도 못하고 저러지도 못
　　하는 일이라고 말할 수밖에 없다. 무릇 충과 효라는 것은 서로 떼어
　　놓고 말할 수 있는 것은 아니다. 충효를 모르는 신하와 사람은 사람
　　이라고 말하기 어렵다. 충만 있고 효를 갖추지 않으면 이것은 효를
　　다했다고 말할 수 없다. 그렇다면 나는 어찌하면 좋은 것인가?

　皇帝から惡者を罰せよと賜つた御言葉は、今も尙耳底深く殘つてゐ
るばかりではない、自分の職分としては、惡者を容恕することは出來

ないのだ然るに、惡者と云へば我父よりも惡者はあるまじく、罪と云
へば、太守一行を殺害した罪より重い罪はあるまい、これ程の大惡、
重罪を罰することなくして、我が責任を果すとは考へるさへ恐るべき
事だ。殊に、さうだ、我父の罪を論せざるのは、已に責任問題ではな
くて、實に皇上を欺くものだ、そんな大逆無道!それが出來やうか、さ
らばとて、父を殺すとは、ああ、そんな極惡不孝が又どうして—實に
馬龍の胸中は苦しい、而し馬龍は又考へた—初めの決心を實行するよ
り外に途はない、父を改心せしめて、自から職を辭するのだ、その
上、夫人の前に伏して自からが令息令婦を殺した仇であると罪を自白
して、その前に身を殺して犧牲とならう、それで及ばずながら辛くも
不忠不孝を免れ、夫人の遺恨を霽し、太守の怨魂を慰めることが出來
るであらう—と御史の決心は堅かつた。そこで、

　　황제가 악한 사람을 벌하라고 내리신 어명은 지금도 더욱 귓가에
깊이 남아 있을 뿐만 아니라 자신의 직분으로서 악한 자를 용서할 수
없다. 그럼에도 악한 자라고 한다면 자신의 아버지도 악한 자이고,
죄라고 한다면 태수 일행을 살해한 죄보다 무거운 죄는 없다. 이 정
도로 큰 악과 중죄를 벌하지 않고 자신의 책임을 다했다고 생각하는
것조차 무시무시한 일이다. 특히 그러하다. 자기 아버지의 죄를 논
하지 않는 것은 자신의 책임문제가 아니라 실로 황상(皇上)을 속이는
것이다. 그러한 대역무도(大逆無道)! 그것이 가능한 것인가? 그렇다
면 아버지를 죽이는 것은 아아, 그러한 흉악한 불효를 또 어찌할 것
인가? 실로 마용의 마음은 고통스러웠다. 하지만 마용은 또 생각했
다. 처음 먹었던 결심을 실행하는 수밖에 방법은 없다. 아버지의 마

음을 고쳐먹게 하고 스스로 관직에서 물러나 그런 후에 부인 앞에 엎
드려 자신이 아드님과 며느리를 죽인 원수라고 죄를 자백하고 그 앞
에서 몸을 죽여서 희생하자는 것이다. 그것으로 미치지는 않겠지만
다행히도 불충과 불효는 면할 수 있을 것이다. 부인의 유한(遺恨)과
태수의 원혼(怨魂)을 위로할 수 있을 것이라고 [생각한] 어사는 결심
을 굳혔다. 이에,

『小生は前にも決心致したことがありますが、今又御丁寧な御依賴に
預りましたことは、よく記憶いたします。そして必ず御夫人の仇が自
から御夫人の前に來て、その罪を自白し　慚死するやう取計らいますか
ら、何うか御安心なされて下さいませ。』
　それは實に御史の肺腑から出た眞實の言葉であつた、夫人は御史に
向つてひたすら感謝の辭を陳べるのみであつた。

　　"소생은 전에도 결심한 적이 있습니다만, 지금 또 정중한 의뢰를
받게 된 것을 잘 기억하겠습니다. 그리고 반드시 부인의 원수가 스
스로 부인 앞에 와서 그 죄를 자백하고 참사하도록 조처를 취할 테니
아무쪼록 안심하여 주십시오."
　　그것은 실로 어사의 진심에서 나온 진실 된 말이었다. 부인은 어
사를 향하여 한결같이 감사의 말을 이야기할 뿐이었다.

　翌朝御史は任地に向けて出發することとなつた。張夫人は淚るがら
に門前まで送り來たつて、
　『湖南は萬里も遠い所です。途中御障りもなく、無事に行つていらつ

しやい。』

と幾度ともなく繰返して、別れを惜んだ。

　　次 날 아침 어사는 임지를 향해 출발하게 되었다. 장부인은 눈
물을 흘리며 문 앞까지 배웅하러 와서는,
　　"호남은 만 리나 떨어진 곳입니다. 도중에 아무런 문제없이 무사
히 가십시오."
　　라고 몇 번이고 반복하여 이별을 고했다.

　　數月の後ちに御史一行は武昌を經て船で岳州に着いた、此處は湖南
の入口で臨湘、巴陵に船をつけて上陸すれば御史の宅も遠くはない。
公務の爲め眞直ぐには歸れず、父には手紙を出してから長沙其他の各
縣を巡察したが、その威名は湖南全地に轟き渡つた。官員の治績を調
べ、人民に對しては疾苦より救ひ出し、善惡の審判は、賞罰するに專
ら公平を以つてしたので、頌聲膾炙し、その敎化に浴して、山には盜
賊絶え、道路には遺失を拾はざるやうになつて、恰も窮巷に呻吟する
人民が陽春の世界に再會したやうに泰平無事を顯はし、人民は皆な頌
辭を作つて歌はざるはなかつた。

　　수개월 후 어사 일행은 무창(武昌)을 지나 배로 악주(岳州)에 도착
했다. 이곳은 호남의 임상(臨湘) 파릉(巴陵)으로 배를 이용하여 육지
에 오르면 어사의 집도 멀지는 않았다. 공무를 위해 바로 돌아가지
는 못하기에 아버지에게는 편지를 보낸 후, 장사와 그 밖의 각 현(縣)
을 순찰했다. 그 위세와 명성이 호남 전 지역에 울려 퍼졌다. 관원의

195

치적을 조사하고 백성에 대해서는 질고(疾苦)에서 구하고 선악의 심판으로 상과 벌을 주는 데 전적으로 공평했기에 칭송하는 소리가 널리 사람들의 입에 오르내렸다. 그 교화를 받아 산에는 도적이 사라지고 도로에는 분실물을 주울 일이 없게 되었다. 마치 뒷골목에서 신음하던 백성이 은혜로운 세상을 만난 듯 태평무사로 바뀌었다. 백성은 모두 공덕을 칭송하는 말을 만들어 노래하지 않을 수 없었다.

斯うしてゐる間に御史は內心に考へて見た。自分が家に歸るの日は卽ち父の罪に代つて死ななければならぬ日なのだ、男子として世に生れ齡二十にもならぬに草露と共に消え果ててしまつたならば、誰か此の世に馬龍といふものの居たことを認むるであらうか幸に御史の職を帶びたのだから、三四ケ月の間、命を借りて人民を塗炭の苦より救出し、善惡を賞罰し、以つて皇恩の萬分の一でも報ゆることが出來れば私の務は盡きるのだ、世に生れた形跡を遺し任務を果してからは身を殺して父の罪も贖ひ、張夫人の仇も報じ、太守一行の怨魂も慰めやうと心に誓つた。

그러는 사이에 어사는 내심 생각했다. 자신이 집으로 돌아가는 날은 바로 아버지의 죄를 대신해서 죽지 않으면 안 되는 날이다. 남자로 세상에 태어나 나이가 스물이 되지도 못하고 풀잎에 맺힌 이슬과 함께 사라져 버린다면 누가 이 세상에 용마라는 사람이 있었다는 것을 알아 줄 것인가? 다행히 어사의 관직을 가졌기에 삼사 개월 간의 목숨을 빌려서 백성들이 도탄에서 고생하는 것을 구하고 선악을 상하고 벌하여 이것으로 황제의 은혜에 만분의 일이라도 보답할 수 있다면 나의 직분은 다하는 것이다. 세상에 태어난 형적을 남기고 임무를 다한 후에는 몸을 죽여서 아버지의 죄를 면제받고 장부인의 원수도 갚고, 태수 일행의 원혼도 위로하자고 마음에 맹세했다.

(三) 運命に弄ばれた太守夫人
(3) 운명에 농락당한 태수부인

夫に死別し尼僧となり忘れ形見は路傍に棄てて

霜降る九月の秋も末つ方、冷たい風は楓を紅に染めなし、空に啼く雁の群は互に友を呼びながら南の方を指して飛んで來た。碧空に掛つた一輪の月は早や西天に傾きかけた。昨日まで靑々とした木の葉も、霜風にハラハラと彼方此方に散つて來る道を、一人の尼が一人の老尼を前にして、何をそんなに急ぐのか曉の冷たい風に、周章てて襟掻き合せながら、何がそんなに悲しいのか、時々歎息を吐き漏らすのであつた、洞庭洞に泊つた水鳥もその足音に驚き立つ。

남편과 사별한 후 비구니가 되고, 부모가 죽은 뒤에 남겨진 아이는 길가에 버려두고.

서리가 내리는 9월 가을도 끝 무렵, 차가운 바람은 단풍나무를 붉게 물들이고 하늘에서 울고 있는 기러기 무리들은 서로 친구를 부르며 남쪽을 가리키며 날아 왔다. 푸른 하늘에 걸린 둥근 달은 어느 덧 서쪽 하늘[18]에 걸려 있었다. 어제까지 푸르던 나뭇잎도 서리와 바람

---

18 서쪽 하늘: 일본어 원문은 '西天'이. 서쪽 하늘, 극락, 천축(天竺)의 뜻을 나타낸다(松井簡治·上田万年編, 『大日本国語辞典』02, 金港堂書籍, 1916).

197

에 뚝뚝 여기저기 흩어져 온 길을 비구니 한 사람이 늙은 여승을 앞세워 무엇을 그렇게 서두르는 것인지 새벽의 찬바람에 당황해 하며 옷깃을 여미며 무엇이 그렇게 슬픈 것인지 때때로 탄식을 하며 우는 것이었다. 동정동(洞庭洞)에 머무른 물새도 그 발걸음 소리에 놀라 일어섰다.

此の女僧は他人ではなかつた。北京順天府新城松鶴山白雲洞松林の中で涙の乾く暇もなく苦しんでゐる、張夫人のいとしの嫁御趙氏とその侍婢の蘭英とであつた。趙氏は世にも稀れな孝行者で、婦德を備へた婦人であつた、それが何故に故鄕に悲しむ母の在る知りながら、淋しい深山の中に釋迦の御弟子となつて思ひ焦してゐる母を顧みず、家君を何處かへ殘し、腹中に在つた兒を何處に棄てたのか、たつた侍婢一人を伴にして步くのは、何うしたことであらうか。

이 비구니는 다름 아니라, 북경 순천부 신성 송학산 백운동 송림에서 눈물이 마를 날 없이 고생하고 있던 장부인의 사랑스러운 며느리 조씨와 그 계집종인 난영(蘭英)이었다. 조씨는 세상에 드문 효행자로 부덕을 갖춘 부인이었다. 그것이 어찌하여 고향에서 슬퍼할 어머니가 있음을 알면서 쓸쓸한 깊은 산속에서 석가의 제자가 되어, 한결같이 그리워하는 어머니를 돌아보지 않고 남편을 어딘가에 남겨두고 배 속에 있던 아이를 어딘가에 버렸는지 오직 계집종 한 명만을 거느리고 걷는 것은 어찌된 일이란 말인가?

話は十七年前に返るが趙氏は夫太守に從つて旅を續け、三月目に武

昌に來たり、船で洞庭湖を通過する時、沿路に岳陽棲、姑蘇臺等を眺めつつ七百平湖湘江の入口である黃陵廟の下に着いたが、果然風波荒れ、進航も出來ないので、止むなく停船を命じて一夜をここに過すこととした。瀟湘江の雁は漠水を指して飛び來たり、湘水を照す秋夜の月は皎々として美くしい、蕭々と吹き散る風は帆筵を飜して客の懷鄕心を募るのであつた。太守は獨り故鄕に殘し參らせた母のことが思はれてならぬ、切めてもの慰みにもと玉鳳琴を取出して膝の上に載せ思鄕の曲を奏し、趙氏と蘭英とは悄然として船窓に凭れ、北斗星を指しながら故鄕の事を語り合つたのは其年の八月十八日の夜半であつた。

이야기는 17년 전으로 거슬러 올라간다. 조씨는 남편인 태수를 따라 여행을 계속했다. 3개월째에 무창(武昌)에 와서 배로 동정호(洞庭湖)를 통과할 때, 근처에 악양루(岳陽棲) 고소대(姑蘇臺) 등을 바라보며 칠백평호(七百平湖) 상강(湘江) 입구에 있는 황릉묘(黃陵廟) 아래에 도착했는데, 과연 바람과 파도가 거칠어 배가 나아가지도 못하기에 어쩔 수 없이 배를 멈추라고 명한 뒤 하룻밤을 이곳에서 지내기로 했다. 소상강(瀟湘江)의 기러기는 막수(漠水)를 가리키며 날아오기도 하고, 상수(湘水)를 비추는 가을밤의 달은 밝게 빛나며 아름다웠다. 쓸쓸히 불어오는 바람은 돛을 덮치어 나그네의 회향심(懷鄕心)을 불러 일으켰다. 태수는 홀로 고향에 두고 온 어머니의 일을 생각하지 않을 수 없었다. 적어도 위로가 되었으면 하고 옥봉금을 꺼내어 무릎 위에 올려 두고 고향을 생각하는 곡을 연주했다. 조씨와 난영 등은 기운 없이 배의 창문에 기대어 북두성을 가리키면서 서로 고향 이야기를 주고받았다. 그때가 그 해의 8월 18일 한

밤중[19]이었다.

折柄、湘江の入口に當る黃陵廟の東方から一艘の怪しげな小船が此
方を指して疾走して來る、十里の長江に往來する釣船でもなく、七百
平湖湘水に貨物を運ぶ運送船でもない、夜は正に五更だ、月明るく、
風淸い此の深更船は漸次太守の船に近寄つて來たが、果せるかなや、
數多の水賊は突進し來るなり、太守を水中に投け棄てて、趙氏や蘭英
を縛ばりつけ、旅具を浚つて狂風の如く逃げ失せたのであつた。趙氏
は此の突然の驚きに悲鳴を擧ぐる暇もない、霹靂にでも打たれた樣に
氣絶して了つた。戀々愛する我が夫を蒼波に投げ込まれ、軈ては魚腹
に葬らるゝ目擊しながらも手足を縛された悲しさに、跡を追ふて死ぬ
にも死なれぬ。さうして趙氏と蘭英の二人は盜賊に引づられて巫山十
二峰の附近九面洞の賊窟にと着いた。

마침 그때 상강의 입구에 해당하는 황릉묘 동쪽에서, 한 척의 수
상한 작은 배가 이쪽을 가리키며 질주해 오고 있었다. 10리 떨어진
장강(長江)을 왕래하는 낚싯배도 아니고 칠백평호(七百平湖) 상수에
화물을 운반하는 운송선도 아니었다. 밤은 정각 오경이고 달은 밝으
며 바람도 맑은 이 깊은 밤에 배가 점차 태수의 배 가까이에 왔는데,
역시 무수한 수적(水賊)이 돌진해 와서는 태수를 물속에 던져 버리고
조씨와 난영을 묶고는 여행 장비를 빼앗아서 광풍과 같이 달아난 것
이다. 조씨는 이 뜻밖의 놀라움에 비명을 지를 겨를도 없었다. 벼락

---

19 한밤중: 일본어 원문은 '夜半'이다. 한밤중이라는 뜻이다(棚橋一郎·林甕臣編,
『日本新辞林』, 三省堂, 1897).

이라도 맞은 듯 기절해 버렸다. 사랑하는 자신의 남편은 푸른 바다에 내던져져서 마침내 물에 빠져 죽었을 것이다. 보고 있으면서도 손발이 묶인 슬픔에 뒤를 쫓아 죽으려고 해도 죽을 수가 없었다. 이렇게 하여 조씨와 난영 두 사람은 도적에게 끌려가 무산(巫山) 십이봉(十二峰) 부근 구면동(九面洞)이라는 도둑들의 근거지에 도착했다.

二人は俘虜となつて一室に押し込められた上、一人の女がそれを監守して居るが、締りは嚴重で、例へ飛鳥も逃げられぬ。趙氏はもう覺悟を決めて、隙さへあるならば死なうと思つてゐたが、番人の嚴密な締りと蘭英が極力留めるので何うすることも出來ない、ちくちくと啼く蟲蟀の聲や、とぎれとぎれに聞ゆる雁の聲は婦人の心を衝動する。死んで潔き魂になり度い何うか我が命を速かに斷つて盗賊の辱めから遁れ度いと何かの機會ばかりを窺つて居たが、折しも室外に人の音聲が聞ゆる、ああ、盗賊めが貞操を弄ぶ爲めに來たのかと思ふと、氣が氣でない、手足は痺れて、千斤の鐵鎚にでも打たれたやうに五體が粟立つて來る。

두 사람은 포로가 되어 한 방에 갇히게 되었고, 여자 한 명이 그들을 감독하고 지켰다. 단속은 엄중하여 마치 나는 새도 도망갈 수 없을 정도였다. 조씨는 이미 각오를 정하고 기회가 있으면 죽으려고 생각했는데, 지키는 사람의 엄밀한 단속과 난영이 극구 말리기에 이러지도 저러지도 못했다. 벌레 우는 소리와 희미하게 들려오는 기러기 소리는 사람의 마음을 흔들었다. 죽어서 깨끗한 영혼이 되고 싶다고 아무쪼록 자신의 목숨을 빨리 끊어서 도적의 치욕으로부터 모

201

면하고 싶다고 어떤 기회만을 엿보고 있었는데, 때마침 방 밖에서
사람소리가 들려왔다. 아아, 도적들이 정조를 농락하러 왔는가 하고
생각하니 제정신이 아니었다. 손발은 저려오고 천근(千斤)이나 되는
철추(鐵鎚)에라도 맞은 듯 온 몸에 소름이 끼쳤다.

戸が靜かに開けられると、一人の男が這入つて來たが、案外にも恭
しく慇懃に口を切つて、
『私は盜賊の部下の權洪ですが、此處に居て番をしてゐる女は私の妻
の潘女といふものです、私は婦人の事を目撃して非常に可憐に思ひ、
何うかして救ひ上げやうと決心しましたので、わざわざ妻をして監守
せしめ、私は將軍馬鶴に天下の美人を得た祝賀の宴を開いて馬鶴や其
他の一同の者は酒に醉ひ倒れて、今は夢中でございます、何卒此時に
乘じて一刻も早く御逃げなさい。』
と親切に勸める。

문이 조용히 열리자 남자 한 명이 들어 왔는데 방 밖에서도 공손
하고 정중하게 말을 꺼내며,
"저는 도적의 부하 권홍(權洪)입니다만 이곳에서 지키고 있는 여
자는 저의 아내 반녀(潘女)라는 사람입니다. 저는 부인의 일을 목격
하고 상당히 불쌍히 생각하여 어떻게 해서든 구해드리려고 결심했
습니다. 그래서 일부러 아내로 하여 감독하고 지키도록 시켰습니다.
저는 장군인 마학을 위해 천하의 미인을 불러 축하의 자리를 열었습
니다. 마학과 그 다른 일동은 술에 취해 쓰러져 있으며 지금은 꿈속
에 있습니다. 아무쪼록 이때를 틈타 한시라도 빨리 도망가십시오."

라고 친절히 권했다.

　二人は地獄で釋迦に會つた樣な氣持ちがした。趙氏はたとへ逃げて
は見ても、已に夫に死別した以上、我が肉體の持ち行く場もなき身な
ればとは思つたが、兎も角賊窟を遁れて、操を全うするのは急務たと
信じて、權洪に隨つて窟を拔け出た。權洪は夫人に向つて、
　『これから三十里程行けば淸江と云ふ所がありますから、そこでお二
人は履物を拔ぎ捨てて、盜賊を罵る文を書き、共にその水際に置いて
溺死し樣子を見せるのです。又そこには南北に通ずる二つの路があり
ますが、北の道には漠口に流れ込む大江があり、又盜賊の家が近いの
で、北方の大路を捨てて、東南方の小路を御選びなさい。さうすれ
ば、途中旅人も少いだらうし、それから百里程行けばそこは大きな山
です、彼處にお出でなさい。』
　とて、懷中から金五十圓と紙筆墨等を與へながら、
　『此の金は盜賊のものではございません、元あなたのものを掠奪して
それを分けたのですから、何うか持つて行かれて旅費にでも御使用下
さいませ。それから、私の今敎へましたことは、必ずその通りになさ
いませさうしないと危うございますから。』
　とて、早く逃げろと催促した。二人は感謝の言葉を繰り返しながら
周章しく權洪に敎へられた道を辿つて逃げた。

　　두 사람은 지옥에서 석가를 만난 듯한 기분이었다. 조씨는 비록
도망간다고 하더라고 이미 남편과 사별한 이상 자신의 육신은 갈 곳
도 없는 몸이라고 생각했는데 어쨌든 도둑들의 근거지를 모면해서

정조를 지키는 것이 급선무라고 생각하여 권홍을 따라 소굴을 빠져 나갔다. 권홍은 부인을 향하여,

"지금부터 30리 정도 가면 청강(淸江)이라고 불리는 곳이 있으니 그곳에서 두 사람은 신발을 벗고 도적을 욕하는 글을 적고 함께 물에 들어가 익사한 듯한 모습을 보이시는 것입니다. 또한 그곳에는 남북 으로 통하는 두 갈래의 길이 있습니다만, 북쪽 길에는 막구(漠口)로 흐르는 큰 강이 있으며 또한 도적의 집이 가까우니 북쪽의 큰 길은 버리고, 동남쪽의 작은 길을 선택하십시오. 그렇게 하시면 도중에 나그네도 적을 것이고 그곳에서 100리 정도를 가면 거기는 커다란 산입니다. 그곳으로 가십시오."

라고 말하고 가슴에서 돈 50원(圓)과 지필묵등을 건네주면서,

"이 돈은 도적의 것이 아닙니다. 원래 당신의 것을 약탈하여 그것 을 나눈 것이니 아무쪼록 가지고 가서 여비에라도 사용해 주십시오. 그럼 제가 지금 가르쳐 드린 것을 반드시 그대로 하지 않으시면 위험 합니다."

라고 말하고 서둘러 도망가라고 재촉했다. 두 사람은 감사의 말을 반복하며 허둥대며 권홍이 가르쳐 준 길을 따라 도망갔다.

趙夫人は元來、保定府侍郎の一人娘に生れて、金玉の樣に育てら れ、一度張門に嫁入つてからも幸福に暮して、徒步としては、便所に 行つた位しかない婦人である。夜更け、月明るく、冷たい風は衣裳を 吹いてひらひらと飜り、彼處此處潺緩と流るる小流は悲しく聞へる。 險路を辿つて、疲れ果てた夫人は急に何か氣付いたもののやうに蘭英 の手を取つて、暫く無言であつたが、漸く口を開き、

『妾達が行けば何處へ行くの、生きてゐたつて何になるの、いつそのこと此處で死んだ方がよくはないの、ね……』

조부인은 원래 보정부(保定府) 시랑의 외동딸로 태어나 금옥과 같이 키워졌는데, 일단 장씨 가문에 며느리로 들어오고 나서는 행복하게 살면서 걷는 것이라면 화장실에 가는 것 정도밖에 없는 부인이었다. 밤이 깊어오고 달은 밝으며 차가운 바람이 불며 옷이 펄럭펄럭 거렸다. 이곳저곳에서 잔잔하게 흐르는 작은 냇물이 슬프게 들리었다. 험한 길을 따라가는 것에 힘들었던 부인은 갑자기 무언가를 생각해 낸 듯 난영의 손을 잡고 잠시 말이 없다가, 차차 말을 하기 시작하며,

"우리들이 가면 어디로 가겠느냐? 살아 있어 봤자 무엇을 하겠느냐? 차라리 이곳에서 죽는 것이 좋지 않겠느냐? 그렇지 않으냐……"

蘭英は周章てて禁止しながら、涙がてらに、

『小婢とても決して命を惜しみはいたしめせん、奥様のお供なら、いつだとて辭しはいたしません、けれども今死んだなら、仇は誰が報ゆるでありましよう、奥様、お早やまり下いますな、奥様のお腹に宿つていらつしやいます且那様のわすれがたみは如何せられますか、奥様が命を捨てられるなら、その御子様だつて、明るい世の光りも見ずにお亡くなりになるではございませんか、張家の御血統はもうたつた一人ですもの、何うか御體を大事になすつて、張氏の後嗣を續けられ、太守様の仇を復すやうに遊ばしませ。』

と夫人の手を取つて、懇ろに慰めるのであつた。

『言ふのは道理だが、靑春の女子ではないか、何處へ行つたとて、身

205

を置く場所とてもない、噫、蒼天よ、罪なき我等二人をお察し下さ
い。』
　と、趙氏は天を仰いで黙禱した。

　　난영은 당황해 하며 말리면서 눈물을 흘리며,
　　"소비(小婢)[20]로서도 결코 목숨을 버리는 것이 아깝지는 않습니다.
마님과 함께라면 언제라도 사양하지 않을 것입니다. 하지만 지금 죽
는다면 원수는 누가 갚아 줄 것입니까? 마님, 서두르지 마십시오. 마
님의 뱃속에 머물고 있는 주인어르신의 아기씨는 어찌하실 것입니
까? 부인이 목숨을 버리시면 그 아기씨도 밝은 세상의 빛을 보지도
못하고 죽게 되는 것이 아닙니까? 장씨 가문의 혈통은 이제 오직 한
사람뿐입니다. 아무쪼록 몸을 조심히 하셔서 장씨 가문이 후사를 이
을 수 있도록 태수 어르신의 원수를 갚을 수 있도록 해 주십시오."
　　라고 부인의 손을 잡고 간곡히 위로하는 것이었다.
　　"도리에 맞는 말이지만 청춘의 여자가 아닌가? 어디를 가든 몸을 둘
곳이 없다. 아아, 하늘이시여, 죄 없는 저희 두 사람을 살펴 주십시오."
　　라고 말하고 조씨는 하늘을 우러러 묵도했다.

　蘭英に促されて一步一步辿つては見たが脚はもう疲れ果てて寸步も
踏み出せぬ、辛くも蘭英に引きづられて、早や東方の白らむ頃淸江に
着いた。林を越して微かに見ゆる靑い水にはまだ明ゐい月が冴えて、
瑠璃の色を帶びてゐる。二人は勇氣をつけて林を拔け行くと直ぐ江畔

---

20 계집종이 자신을 낮춰 부르던 말.

に出た、そこで敎へられた通り履物を脫ぎ捨てて、水際に置き、又盜賊を罵る文を書いて同じ處に掛けてから、いそいそと東南方の路を取つたが、陽はもう輝き初めた。夫人は周章てて身を山中に隱した。然しもう二人の飢渴は極度に達してゐた、そこで蘭英は思案の末、顏面に泥を塗つて容貌を醜くし、人家を探して飯を乞ひ、夫人と共に食つては旅を續くるのであつた。斯くて晝間は山中に匿れ、夜に入つて路を辿る、その難儀と悲哀とは並大低のものではなかつた。形容枯稿して、斷腸消魂の極みであつた。

　난영이 재촉하여 한 걸음 한 걸음 따르는 가 보았지만 다리는 벌써 피곤해져서 조금도 내디딜 수가 없었다. 다행히도 난영이 이끌어서 어느 덧 동쪽이 밝아올 쯤에 청강(淸江)에 도착했다. 숲 너머로 희미하게 보이는 푸른 물에는 아직 밝은 달이 선명하고 유리(瑠璃)색[21]을 띠고 있었다. 두 사람은 용기를 내어 숲을 건너가니 바로 강변이었다. 이에 가르쳐 준 대로 신발을 벗어 물가에 두고, 또한 도적들을 욕하는 글을 적어서 같은 곳에 걸어 두고 신명나서 동남쪽의 길을 선택했는데, 해는 이미 빛나기 시작했다. 부인은 허둥대며 몸을 산속에 숨겼다. 하지만 이미 두 사람의 배고픔과 목마름은 극도에 달해있었다. 이에 난영은 생각한 끝에 얼굴에 흙을 묻히고 용모를 추하게 하여 인가를 찾아서 밥을 구걸하고, 두 사람은 함께 먹으며 여정을 계속해 간 것이다. 이리하여 낮에는 산속에 숨어 있고 밤에는 길을 따라가니 그 어려움과 슬픔은 보통이 아니었다. 형용은 초췌하게

---

21 거무스름한 푸른빛.

말라가고 창자가 끊어질 듯 넋이 나간 모습은 극도에 달했다.

　斯くて幾日かの後ちに或る大きな深山に着いた。高峯聳え立ち、彩雲棚引き、美妙幽閑なる山であつた。うねりうねりと續く小路を辿れば、谷から谷へ流るる清流は處々に瀧を成して、そよ風に一つ、二つと落つる木の葉が山の寂莫を破る位、男も尙その淋しさに寂凉の情に堪えぬであらうに、況して趙氏夫人等の身には却々の困苦であつた。聲悲しく鳴き叫ぶ猿は人の心思を搖り動かし、天涯に啼き去る雁の群は時々人膽を寒からしむ時、何處ともなく、風に傳はる梵鐘の聲微かに二つ……三つ……さうだ日暮れだと我點した夫人は胸の動悸するのを制へながら、いらいらしく蘭英に向ひ

　『梵鐘の聲を聞くからには、此の邊にお寺があるらしいわね、幸にも尼の僧舍でもあればいいが—。若しか男僧の寺だつたら、紫を脊負つて火に向ふのと同じではあるまいか。』

　蘭英はこれに答へて、

　『奧樣! でもね、佛は大慈大悲でゐられますわ、衆生を哀れむその心は何んで俗人のやうな無慈悲でございませうか。天が我等　助けやうとて、此處まで案内せられるのかも知れません。まあ行つて見やうちやございませんか。』

　이리하여 며칠이 지난 후 어떤 깊은 산에 도착했다. 높은 봉우리가 솟아 있으며 꽃구름이 길게 끼여 있는 아름답고 훌륭하며 조용하고 정숙한 산이었다. 굽이굽이 이어지는 작은 길을 따라가니 계곡에서 계곡으로 흐르는 청류는 곳곳에 폭포를 이루고 산들바람에 하나

둘 떨어지는 나뭇잎이 적막함을 깰 정도로 남자도 더욱 그 쓸쓸함에 적막한 마음을 참을 수 없을 듯한데 하물며 조씨 부인들에게는 상당히 어려운 일이었다. 쓸쓸히 울어대는 원숭이는 사람의 마음을 뒤흔들고 아득히 먼 곳으로 울며 떠나는 기러기는 때때로 사람의 간담을 서늘하게 했다. 이때 어디서라고도 할 것 없이 바람이 전하는 범종의 소리가 희미하게 둘······셋······그렇게 날이 저물었다고 스스로 시간을 헤아리던 부인은 가슴이 두근거리는 것을 억제하며 초조하게 난영을 향해,

"범종(梵鐘)의 소리가 들린다는 것은 이 근처에 절이 있는 듯하구나. 다행히도 비구니의 승사(僧舍)라면 좋으련만. 혹시 남자 스님의 절이라면 자줏빛을 짊어지고 불을 향하는 것과 마찬가지가 아니냐?"

난영은 이에 대답하며,

"마님! 하지만 부처님은 대자대비하십니다. 중생을 불쌍히 여기시는 그 마음이 어찌하여 속세 사람의 무자비와 같겠습니까? 하늘이 저희를 도우시려고 이곳까지 안내해 주신 것일지도 모릅니다. 어찌 되었든 가서 보지 않겠습니까?"

夫人もその言葉に勇氣づいて又歩き出した。暫くして沙門に着いて見と、入口の門には金文字の額を掛けてあつて、『香華山光德菴僧房(尼)』と書いてある。二人は狂喜して門内に這入つたが、二三の尼は此客を迎えながら

『まあ入らつしやいませ、何處からでございますか。』

と、愛想よく案內してくれる、二人は禮を云つて親切を謝しながら、

『有難う存じます、妾達は途に迷つて、何うすることも出來ませんで

したのを、佛樣の御助けで此の御寺まで參つたものでございます、仙
境を汚すのは恐れ入りますが、何卒御助け下さいませ、後生でござい
ます。』

　　　부인도 그 말에 용기를 얻어 다시 걷기 시작했다. 한참 있다가 사문
(沙門)에 도착해서 보니, 입구 문에는 금문자의 현판이 걸려 있었다.
　　　"향화산(香華山) 광덕암(光德菴) 승방(僧房, 비구니)"
　　　이라고 적혀 있었다. 두 사람은 미칠 듯이 기뻐하며 문 안으로 들
어가 보았는데 두세 명의 비구니가 객을 맞이하며,
　　　"이런, 어서 오십시오. 어디에서 오셨습니까?"
　　　라고 상냥하게 안내해 주었다. 두 사람은 예를 말하고 친절함에
감사해 하면서,
　　　"감사합니다. 저희들은 길을 잃고 어찌해야 될지를 몰랐는데 부
처님의 도움으로 이 절까지 오게 되었습니다. 선경(仙境)을 더럽히는
것은 황송합니다만 아무쪼록 도와주신다면 다시 태어나게 될 것입
니다."

　　尼僧等も非常に同情してくれたので、此の晩は寺に泊ることになつ
た、四十を越えた一人の尼は、夫人等の有樣をしげしげと見守つて居
たが、何處かに凡人でないことが解つたか、情深く慰め乍ら、懇ろに
事情を聞くので夫人も義理に迫つて、遭難の顛末を仔細に物語り、幸
に此の仙門に着いたことを感謝した。尼は夫人の爲めにも、蘭英の爲
めにも明け暮れその傍を離れず、眞心を込めて慰めてくれるのであつ
た。此の尼は性來慈悲の心深く佛道に通じた人で、哀れな人を隨分と

救出した慈悲同情の人なので、僧俗誰一人尊敬せぬものとてはなかつた水月大師その人で、人々からは水月菴水月菴と呼ばれ親しまれる德高き婦人であつた。

비구니들도 무척이나 동정하여 주었기에 이날 밤은 절에 머무르게 되었다. 40을 넘은 한 비구니가 부인들의 모습을 자세히 보고 있었는데 어딘가 평범한 사람은 아니라는 것을 알았는지 세심하게 위로하면서 극진히 사정을 물어보기에 부인도 도리에 이끌리어 조난을 당한 자초지종을 자세히 이야기하고 다행히 이 선문(仙門)에 도착한 것을 감사했다. 비구니는 부인을 위해서도 난영을 위해서도 밤이나 낮이나 그 곁을 떠나지 않고 진심을 다하여 위로해 주었다. 이 비구니는 본래 타고난 성질이 자비롭고 마음이 깊으며 불도에 통한 사람이었다. 불쌍한 사람을 상당히 구해준 자비롭고 동정이 많은 사람으로 승려와 속인들 누구 하나 존경하지 않는 사람이 없는 수월대사(水月大師) 바로 그 사람으로 사람들에게 수월암, 수월암이라고 불리며 친근하게 지내는 덕이 높은 부인이었다.

天の祐けか、神の救ひか、活佛水月菴に會つて、過分の慰撫を受けて來た夫人の肉身は別に心配なことはなかつた、精神上にも日々の敎を聞かされて、安堵の曙光も現はれて來た。その中に何にも知らない胎兒は、ずんずん大きくなつて九月十五日の夜半といなに、此の光德菴の一室に孤々の聲を擧げて此の世に生れ出でたのであつた。此時不思議にも産室に芳ばしき香充ち彩雲棚引いたと傳へられた。蘭英、水月菴二人の介抱に依つて取上げた兒は玉の樣な男の子であつた。

211

하늘이 도우신 것인가? 신이 구한 것인가? 살아 있는 부처 수월암을 만나서 과분한 위로를 받아 온 부인의 육신은 특별히 걱정할 것은 없었다. 정신적인 면에 있어서도 나날이 가르침을 받고 안도의 서광이 비쳤다. 그러던 중 아무 것도 모르는 태아는 쑥쑥 자라나서 9월 15일 한밤중에 이 광덕암(光德菴)의 한 방에서 외로운 소리를 내며 이 세상에 태어난 것이다. 이때 희한하게도 산실(産室)에 향기로운 향과 꽃구름이 길게 끼여 있었다고 한다. 난영과 수월암 두 사람의 간호로 받아낸 아이는 옥과 같은 모습을 한 남자아이였다.

趙氏が今が今まで命を繋いで來たのは、幸にも男子が生れたら胸に鬱積して居る恨みを晴らして見ようとの希望心からであつたが、望み通り男兒が生れた。趙氏はさぞ嬉しいことであらう。然し事實はさうではなかつた。夫人の胸は劍で抉ぐられるやうであつたのだ。それは趙氏の分娩した日から、寺内多くの尼僧の間には議論百出した――此の寺は尼寺と云へ俗客の出入多い所であるから、若し寺内で子供を生んだものがあるといふことを俗客が耳にしたならば、尼にも疑がかからぬとも限らない、そのやうな非難は困るから、此際、どう考へても子供を山へ棄てるか、さもなければ親子諸共追拂ふかしなければならぬ――といふのであつた。これには水月菴も獨りで反對する譯にも行かず閉口した。

조씨가 지금껏 목숨을 이어올 수 있었던 것은 다행히도 남자아이가 태어난다면 가슴에 쌓여있던 한을 풀어 줄 것이라는 희망이 있었기 때문인데 바라던 대로 남자아이가 태어났다. 조씨는 매우 기뻤을

것이다. 하지만 실은 그렇지 않았다. 부인의 가슴은 칼로 도려내는
듯했다. 그것은 조씨가 분만한 날부터 절 안의 많은 비구니들 사이
에서는 각양각색의 논의가 있었다. 이 절은 비구니 절이라고는 하나
속세의 사람들의 출입이 많은 곳이기에 만약 절 안에서 아이를 낳은
사람이 있다는 것이 속세의 사람들의 귀에 들어가기라도 한다면 비
구니들이 의심받지 않을 것이라고 단언할 수 없다. 그러한 비난은
곤란하기에 아무리 생각해도 이 기회에 아이를 산에다가 버리던 그
렇지 않으면 부모와 자식 모두 쫓아내지 않으면 안 된다는 것이었다.
이것에 대해서는 수월암도 홀로 반대할 수는 없었기에 입을 다물고
있었다.

今まで天幸萬苦を嘗めながら忍耐して來たのは、唯此の兒の爲めで
あつたに、今更無事に生れて來た可憐な兒を棄てることが出來やう
か、さりとて兒を連れて此の寺を出て行かうものなら、親子の命は朝
夕を俟たず危い。何うしたものであらうか―趙氏は玆まで考へて來る
と、氣が遠くなつて、前後も不覺に氣絶して了つた。蘭英や水月菴は
云ふに及ばず、他の尼僧達も狼狽周章して線香を立てて南無彌陀佛南
無彌陀佛と佛樣に祈るばかりで、手の出しやうもなく驚く。

지금까지 천신만고를 겪으면서 참아 왔던 것은 오직 이 아이를 위
해서였는데, 새삼스럽게 무사히 태어난 불쌍한 아이를 버릴 수 있을
것인가? 그렇지 않으면 아이를 데리고 이 절을 나간다면 부모와 자
식의 목숨은 새삼스럽게 말할 필요도 없이 위험하다. 어찌하면 좋을
지? 조씨는 여기까지 생각하니 정신이 아찔해 져서 의식을 잃어 버

213

렸다. 난영과 수월암이 말을 걸지도 못하고 다른 비구니들도 허둥지
둥 거리며 선향(線香)을 피우고 나무아미타불, 나무아미타불이라고
부처님에게 기원을 할 따름으로 손을 쓸 방법이 없이 놀랄 뿐이었다.

　暫くすると五色の雲が室內に遍滿し來たつて、芳香を放つのであつた
が、軈て佩玉の音が聞えたのに氣がついて夫人は思はず眼を開けて見る
と、そこには靑衣を着た一人の女童が夫人の前に進んで御辭儀をして、
『只今娘々から御招びになりました。』
夫人は女童に向つて、
『お前は誰なの、そして又娘々は何處にいらつしやるの。』
女童は答へて、
『おいでになれば自然御解りになりませう。』
とのみ答ふるので、夫人は女童に隨いて或處に着いたが、珠宮、貝闕
は雲宵に聳え立ち、殿閣は幾重にもなつて、琉璃の瓦、白玉の石段、珊
瑚の柱目も晦む壯麗善美、如何に見ても人間の世界とは思はれない。

　　잠시 있다가 오색의 구름이 실내에 널리 가득해지고 향기로운 향
이 퍼지며 이윽고 패옥(佩玉)^{22}의 소리가 들려오기에 정신을 차린 부
인이 무심결에 눈을 떠서 보니, 그곳에는 푸른 옷을 입은 여동 한 사
람이 부인 앞에 나아와 인사를 하며,
　"지금 낭랑이 부르십니다."
　부인은 여동^{23}을 향해,

22　왕(비)이 법복 혹은 문무백관이 조복(朝服)이나 제복을 입을 때 좌우로 늘여 차
던 장식.

"너는 누구냐? 그리고 낭랑은 어디에 계시느냐?"

여동은 대답하기를,

"오시면 자연히 아실 것입니다."

라고만 대답하기에 부인은 여동을 따라 어딘가로 도착했는데, 주궁패궐(珠宮貝闕)²⁴이 구름 사이에 솟아 있고, 전각(殿閣)은 여러 겹으로 이루어졌으며 유리로 만든 기와, 백옥으로 만든 석단(石段), 산호(珊瑚)로 만든 기둥 등은 눈이 부실 정도로 웅장하고 아름다웠다. 아무리 봐도 인간 세계라고는 생각할 수가 없었다.

女童は夫人に向つて、

『一寸お待ち下さい、お取次ぎ致しますから。』

と立ち去つた後ち、ひよつと內部を窺つて見ると、廣々とした庭に五色の旗幟や、その他の儀仗が、彼處にも此處にも立ち、その中には彩衣を着た數百の女子がずらりと列んで、仙樂を奏でゐる。夫人は女童の出て來るのを待つて、問ふて見ると、

『彼の御婦人達は古往今來の列侯公卿の夫人や名行淑德ある賢婦人でいらつしやいまして、每月一回宛は必ず娘々に謁見するのでございます。』

여동은 부인을 향해,

"잠시 기다려 주십시오. 연결해 드리겠습니다."

---

23 여동: 일본어 원문은 '女童'이다. 여자아이, 소녀, 가까이에서 식사준비를 하는 소녀의 뜻을 나타낸다(松井簡治·上田万年編,『大日本国語辞典』04, 金港堂書籍, 1919).

24 호화롭고 찬란한 궁궐.

215

라고 말하고 사라진 후에 불쑥 내부를 엿보았더니 넓디넓은 뜰에
오색의 깃발과 그 밖의 의장(儀仗)이 이곳저곳에 세워져 있었고, 그
중에는 울긋불긋한 아름다운 옷을 입은 수백 명의 여자가 길게 늘어
서 있었으며 선악(仙樂)을 연주하고 있었다. 부인이 여동이 나오는
것을 기다렸다가 물어 보니,

"저 부인들은 예로부터 지금까지 예후(列侯) 및 공경(公卿)의 부인과
덕망이 높은 현부인(賢婦人)들로 매달 한 번은 꼭 낭랑을 알현합니다."

暫くすると、一人の侍女が現はれて、婦人を案内する。夫人は導か
るるままに這入つて白玉の石段の下に立ち拜禮した。すると娘々は堂
上に昇ることを命じた。夫人は謙遜して恭しく辭したが、再度の命で
玉座の前に進んだ。羽衣雲裳を御召したなつた娘娘は玉座に端坐せら
れ、その左右には幾十の侍女が翠衣紅裳を着流して侍り、玉燈の火は
四邊を明明と照らし、芳香室内に充滿して、威儀嚴壯、萬古の聖妃で
あることは一目して解る。

잠시 있으니 시녀 한 명이 나타나서 부인을 안내했다. 부인은 인
도하는 대로 들어가서 백옥으로 만든 석단 아래에 서서 예를 갖추어
절했다. 그러자 아가씨들은 당상(堂上)에 올라 올 것을 명했다. 부인
은 겸손하고 공손하게 거절했지만 재차 명하기에 옥좌 앞으로 나아
갔다. 하의운상(羽衣雲裳)을 입은 낭랑은 옥좌에 홀로 앉아 있고 그
좌우에는 수십 명의 시녀가 취의홍상(翠衣紅裳)의 평상복 차림을 하
고 모시고 있었는데, 옥등(玉燈)의 불은 사방을 밝게 비추고 향기로
운 향이 실내에 가득했다. 위의(威儀) 엄장(嚴壯)함이 만고(萬古)의 성

비(聖妃)인 것을 한 눈에 알 수 있었다.

娘々は、

『貴女は妾を知つて居られるであらう。』

といとも鷹揚に尋ねた。夫人は恐れ入つて、

『妾は塵世の俗人でございまして、初めての御拜顔でございます。』

娘々は直ぐ言葉を續けて

『貴女は書籍を澤山讀まれたから、我等の名前は御存知でせう。我等二人は帝堯の娘であり、帝舜の妻であつたが、不幸にも大舜昌梧山に崩御せられました。悲しい悲しい我等二人は泣きまして、その血涙を湘江の竹林に濺いだが、その血痕が竹に染まつて瀟湘斑竹と云ふものが出來ました。それから後ち、涙多い人が居て、我等の爲めに有難くも此の江際に黄陵廟を建てて、我等の魂を慰めてくれたのです。我が二人が卽ち娥皇女英でございます。』

낭랑은, "그대는 나를 알고 있을 테지?"

라고 아주 느긋하게 물었다. 부인은 황송해 하며,

"저는 속세의 속인으로 처음 뵙습니다."

낭랑은 바로 말을 이으며,

"그대는 서적을 많이 읽었을 테니 우리들의 이름은 알고 있겠지요? 우리들 두 사람은 제요(帝堯)의 딸로 제순(帝舜)의 부인이었는데 불행히도 대순(大舜)께서 창오산(昌梧山)에서 붕어하셨습니다. 우리 두 사람이 슬프게 울어서 그 피눈물이 상강(湘江)의 대나무 숲에 흘러갔습니다만, 그 피의 흔적이 대나무에 물들어서 소상잔죽(瀟湘斑

竹)[25]이라는 것이 만들어졌습니다. 그 후에 눈물 많은 사람이 있어서
우리들을 위하여 감사하게도 이 강 가장자리에 황릉묘(黃陵廟)를 세
워서 우리들의 혼을 위로해 주었습니다. 우리 두 사람이 바로 아황
과 여영입니다."

趙氏は今更ながら驚いて立ち上り、

『妾は古書を繙く每に娘々の威德を仰慕して居たのでございますが、
今日賤しい身を以つて、娘娘の御榻前に謁見するとは、眞に夢かと存
じます。』娘々は

『今日貴女をお招きしたのは他でもありません、古來君子叔母はその
若い時には多く運命が惡い、それは益々その德を潤ほす爲めではあり
ますけれど、貴女はそれを知らず愚婦のやうに輕輕しく命を捨てよう
とするこれは甚だよくありません、公子を棄てるのは好ましくありま
せんが、公子を棄てなければ、親子の命は救はれませんよ、棄てて始
めて互に命を助けられ、後日相會ふ機會がありませう。必ず妾の今云
つた言葉を忘れないで下さい。』

조씨는 새삼스럽게 놀라 일어나서,

"저는 고서를 펴서 읽을 때마다 낭랑의 위덕을 우러러 사모하고
있었습니다만, 오늘 미천한 몸으로 낭랑의 앞에서 알현하게 된 것이
정말로 꿈인가 하고 생각합니다." 낭랑은,

"오늘 그대를 모신 것은 다름이 아니라 예로부터 군자와 숙모는

---

25 아롱무늬가 있는 대나무.

그 젊을 때에는 대체로 운명이 나쁩니다. 그것은 더욱더 그 덕이 빛이 나게 하기 위함이지만 그대는 그것을 모르고 어리석은 여인과 같이 경솔하게 목숨을 버리고자 하니 이것은 심히 좋지 않습니다. 공자를 버리는 것은 바람직하지 않습니다만, 부모와 자식의 목숨을 구할 수 있습니다. 버리고 난 후에야 서로 목숨을 구할 수 있을 것이고, 후일 서로 만날 기회가 있을 것입니다. 반드시 제가 지금 한 말을 잊지 말아 주십시오."

夫人は謝しながら、

『有難うございます、御仰せで判然悟ることが出來ました、妾の今の事情では誰一人たよりになるものも居りませんから、何卒侍女の列に入れて下さいませ。』

と賴み入れたが、娘々は微笑しながら、

『貴女の厄災は未だ盡きません、早く出て行かれて天命に從順した方が得です、さうすれば後日御史に遭ふ時機もあります、その時原情(事實か。具して陳情するもの)を御史に提出すれば、軈て家君の仇を報ずる時も來たり、今日お別れする公子とも會ふ時が來ませう、早く出ていらつしやい。』

と懇ろに勸められ、訓へられたので、夫人は娘々に暇乞して階段を下りやうとしたが、足をしくじつて倒れた。

부인은 감사해 하며,

"고맙습니다. 분부하신 말씀을 잘 알았습니다. 저의 지금의 사정으로는 누구 하나 의지할 사람이 없으니까, 아무쪼록 시녀로 맞이해 주십시오."

라고 부탁해 보았지만 낭랑은 미소 지으며,

"그대의 액운과 재앙은 아직 다하지 않았습니다. 어서 돌아가서 천명(天命)[26]을 따르는 편이 득이 될 것입니다. 그렇게 한다면 후일 어사를 만날 시기가 있을 것입니다. 그때 원청(原情, 사실을 갖추어서 진정하는 것)을 어사에게 제출한다면, 마침내 가장의 원수를 갚을 때가 올 것이며, 오늘 헤어진 공자와도 만날 때가 올 것입니다. 어서 돌아가십시오."

라고 정성껏 권유하며 인도했기에, 부인은 낭랑에게 작별을 고하며 계단을 내려가려고 했는데, 발을 헛디뎌 넘어졌다.

途端に驚いて目を醒すと、幸か不幸か南柯の一夢であつたが蘭英、水月菴の喜びは一方でない、夫人を抱き上げて食物を勸める、夫人は氣を靜かにして夢のことを考へて見れば、娘娘の音聲未だ耳底に殘り、娘娘の姿はアリアリと目前に髣髴するのであつた。

그 순간 눈을 떠 보니 행운인지 불행인지 남가일몽이었다. 그런데 난영과 수월암의 기쁨은 이만저만이 아니었다. 부인을 안아 올리며 음식을 권하자, 부인은 마음을 조용히 하며 꿈에서의 일을 생각해 보았다. 낭랑의 목소리가 아직 귓가에 남아 있고 낭랑의 모습은 뚜렷이 눈에 선했다.

---

26 천명: 일본어 원문은 '天命'이다. (棚橋一郎・林甕臣編, 『日本新辭林』, 三省堂, 1897).

此の近隣に湖江のあることや、黃陵廟のあることは判つてゐるが、彼の聖妃の敎へは何うしてこんなに歷々するのであらうか、娘娘の敎へには兒を棄ててこそ初めて親子二人の命が完全に保たれると云はれた、若しや一時の愛情に抱泥して娘娘の言葉に背けば、それこそ我子を見殺すのちやないか、いつそのこと別れるのに優ることはない、親として子を棄つるは忍び難いけれども、御史に原情を出せば、良人の仇も報ゐ、子にも再會の機會があると娘娘は申された、娘娘の言葉を信ずるの外はない―斯う思ひ巡らして、夫人は遂に公子を棄つることに決心した。

이 근처에 호강(湖江)이 있는 것과 황릉묘(黃陵廟)가 있는 것은 알고 있지만 그 성비(聖妃)의 가르침은 어찌하여 이렇게 선명한 것인가? 낭랑의 가르침에는 아이를 버려야 비로소 부모와 자식 두 사람의 목숨을 완전히 보존할 수 있다는 것인데, 만약 한 때의 애정에 구애되어 낭랑의 말을 등지게 된다면 그것이야말로 자신의 아이를 스스로 죽이게 되는 것이 아닌가? 잠시 헤어지는 것보다 좋은 방법은 없다. 부모로서 자식을 버린다는 것은 견디기 힘든 것이지만, 어사에게 원청(原情)[27]을 제출하면 남편의 원수도 갚을 수 있을 것이고 자식을 만날 기회가 있을 것이라고 한 낭랑의 말을 믿을 수밖에 방법이 없었다. 이렇게 생각을 하고 부인은 마침내 공자를 버리기로 결심했다.

---

27 억울한 사정을 하소연 함.

公子を抱き上げて、頰擦りして咽び入つたが、

『我が親子二人、何の罰あつてこんな悲境に陷つたのであらうか、幼いお前を棄つる妾も苦しいが、親を離れて行くお前はさぞ辛いとであらう、天祐神助に依つて幸にも情深い人に拾はれて、恙なく成長してから後日親子會合して父の仇を返して吳れよ。』

とて雨のやうに血淚潛々として降るのが、無心の稚兒の顏に花瓣の形を作るのであつた。

　　　공자를 안아 올려 뺨을 비비고 격하게 울었는데,

　　　"우리 부모와 자식 두 사람은 어떤 죄를 지었기에 이런 불행한 처지에 빠졌단 말인가? 어린 너를 버리는 나도 고통스럽다만, 부모를 떠나가야 하는 너야말로 힘들 것이다. 천우신조에 의해서 다행히도 정이 깊은 사람이 주워서 별 탈 없이 성장하여 후일 부모 자식이 한자리에서 만나다면 아버지의 원수를 갚아 주거라."

　　　고 비가 내리는 것과 같이 피눈물이 잠길 듯이 흘러내렸는데, 무심히 어린 아이의 얼굴에 꽃잎의 형태가 만들어 진 것이다.

夫人は硯を寄せて、嬰孩の生年月日を書き公子の懷中に入れて、金鳳釵を拔き羅紗に包み、更らにこれを嬰孩と共に布團に載せて、水月菴に渡しながら、

『此の子を香華山の麓の人通りの多い所へ棄てて下さい。』

夫人は又前權洪から貰つた金子五十兩をも水月菴に與へて、

『此の金をも小供の傍らに置いて、それから書置きをして小供を養つてくれることを賴み、そうして、その近所に隱れてゐて、誰かが拾つ

て行つをの見届けて下さい。』

と懇ろに賴んだ。

부인은 벼루를 가까이하여 젖먹이의 생년월일을 적고 공자의 가슴속에 넣어 두었다. 그리고 금봉채(金鳳釵)[28]를 뽑아서 나사(羅紗)[29]에 싸고 다시 이것을 젖먹이와 함께 이불에 올려놓고 수월암에게 건네면서,

"이 아이를 향화산(香華山) 기슭에 사람이 많이 지나다니는 곳에 버려 주십시오."

부인은 또한 이전에 권홍에게서 받은 금자(金子) 50냥(兩)도 수월암에게 건네며,

"이 돈도 소공(小供)의 곁에 놓아두시고 그리고 소공을 키워 달라는 부탁을 적은 쪽지를 적어 두시고 그 근처에서 숨어 보시면서 누가 주워 가는지를 지켜 봐 주십시오."

라고 극진히 부탁했다.

水月菴も親子の別れなければならぬ事情はよく承知してゐたが、今斯う夫人の決心を話されると、悲しい淚がこみ上げて來て止めやうもない。それから程なく、公子を抱いた水月菴は香華山の麓四ツ辻の大道に置き、傍らの藪に身を潛めて樣子を窺ふのであつた。

---

28 머리부분에 봉황의 모양을 새긴 금비녀.
29 나사: 일본어 원문은 '羅紗'다. 란어(蘭語)로 서양의 모포, 양모로 촘촘하게 짠것이라는 뜻이다(棚橋一郎·林甕臣編, 『日本新辞林』, 三省堂, 1897).

수월암도 부모와 자식이 헤어지지 않으면 안 되는 사정은 잘 알고 있었지만, 지금 이렇게 부인의 결심을 들으니 슬픈 눈물이 복받쳐서 멈추지를 않았다. 그리고 얼마 후 공자를 안은 수월암은 향화산 기슭 사거리 큰 길에 두고 곁에 있는 덤불에 몸을 숨기고 상태를 엿보는 것이었다.

蒼天も眞實に感應したか、恰も豫期した如うに、折しも馬蹄憂々として一人の紳士は彼方より走り來たつたが、目前の小兒を眺むるや、ヒラリと馬飛び降りて、小兒を抱き上げ、何とも曰はず、頬擦りしてゐたが、復た馬上豊かに乗り去つた。水月菴は胸のどよめきを禁じ得ず、天を仰いで公子の無事を祈り、南無彌陀佛南無彌陀佛と誦しながら、急ぎ歸り來て、夫人に一切を物語つた、夫人は新たな涙に袂を濡らしてそのまま泣き倒れた。

푸른 하늘도 참으로 감응했는지 마치 예견한 듯이 때마침 말굽이 스치는 소리와 함께 신사 한 명이 저 쪽에서 달려오는 것이었다. 눈앞의 어린 아이를 바라보더니 가뿐히 말에서 뛰어내려서 어린아이를 안고 아무 말도 하지 않고 뺨을 비비는 것이었다. 그리고 여유롭게 말을 타고 사라졌다. 수월암은 가슴이 뛰는 것을 금하지 못하고 하늘을 우러러 보며 공자가 무사하기를 기원했다. 나무아미타불, 나무아미타불을 외우면서 서둘러 돌아와서는 부인에게 모든 사실을 말했다. 부인은 다시 눈물을 흘리고 소매를 적시며 그대로 울며 쓰러졌다.

嗚呼、夫人の再び得難い命よりも貴い唯一人の子は生れて漸く七日目には已に親に別れて、香華山の大途上に空腹を訴へて泣いた、その哀れな嬰孩を拾ひ上げた人は果して誰であらうか、情探い慈善家であつたらうか。

否、否、彼れこそは、惡を知つて、善を辨へない獰惡無道の徒、殊に趙氏に取つては、千萬年の恨みであつて、公子をして俱に天を戴かざる仇となつてゐる、水賊の馬鶴であつたのだ!

　　오호라, 부인은 두 번 다시 얻기 어려운 목숨보다도 귀중한 하나뿐인 유일한 자식이 태어난 것도 잠시, 7일 째에 벌써 부모와 헤어져서 향화산 큰 길에서 배고픔을 호소하며 울었는데, 그 불쌍한 젖먹이를 주워간 사람은 과연 누구란 말인가? 정 많은 자선가인가? 아니다, 아니다. 그자야 말로 악을 알고 선을 분별하지 못하는 영악하고 무도한 무리, 특히 조씨에게는 천만년의 한으로 공자와 같은 하늘에 있을 수 없는 원수 도적인 마학이었던 것이다!

(四) 父の仇敵に拾はれて
(4) 아버지의 원수를 만나게 되어

今は南方御史の忘れ形見

　趙氏と蘭英とを掠奪した晩、馬鶴は權洪の計に欺かれて、したたか酒に醉ひつぶれて眠り込んでしまつた。その翌朝、權洪の妻潘女は周章しく馬鶴に報告した。

　『昨晩、夜の更くる迄守つて居りましたが、今朝の明方一寸睡る間に

225

二人の女が逃げ失せてございます、恐れ入りますが早く後を追つて捜して下さい。』

　馬鶴はこれを聞くと、怒髮天を衝き、直ちに數人の部下を連れて馬を驅つて疾風の如く淸江に着いた。淸江の際には二人の履物が置いてあつたがその傍を見ると馬鶴を罵る書置きがあつた。

　　임종 때 남방 어사가 남긴 유품
　　조씨와 난영들을 약탈한 밤, 마학은 권홍의 계획에 속아서 지나친 과음으로 곤드레만드레가 되어서 깊이 잠들어 버렸다. 그 다음날 권홍의 부인 반여는 허둥대며 마학에게 보고했다.
　　"지난밤 밤이 깊어질 때까지 지키고 있었습니다만, 오늘 아침 동틀 녘 잠깐 사이에 두 여인이 도망가 버렸습니다. 송구합니다만 어서 뒤를 좇아 찾으십시오."
　　마학은 이것을 듣고 노발대발하여, 바로 수 명의 부하를 거느리고 질풍과 같이 말을 달려 청강(淸江)에 도착했다. 청강 근처에는 두 사람의 신발이 놓여 있었는데, 그 곁을 보니 마학을 욕하는 쪽지가 있었다.

　その文面には
『無道なる盜賊よ、如何に天理に背くと雖も、妾等を侮辱するのか、妾は張尙書の婦、張太守の妻である、禽獸の如き汝盜賊よ、汝の侮辱を受くるよりは寧ろ此の水に溺死して潔き靈魂となつて玉皇前に進み、容恕すべからざる汝の罪を具申し、汝の重き罪を罰して貰う事にする。死に急ぐ爲め汝の罪は全部書き盡されないが、悔しくて悔しく

て齒軋りがするのだ。』

　その 글의 내용은,
　"무도한 도적이여, 아무리 천리(天理)를 거스른다고 해도 우리들을 모욕할 수 있을 소냐? 나는 장상서(張尙書)의 부인이고 장태수(張太守)의 아내이다. 금수와 같은 너희 도적들이여, 너희들의 모욕을 받느니 차라리 물에 빠져 익사해서 깨끗한 영혼이 되어 옥황(玉皇) 앞으로 나아가 용서할 수 없는 너의 죄를 고하고 너의 무거운 죄를 벌 받게 할 것이다. 서둘러 죽기에 너의 죄를 전부 쓰지 못한 것이 분하고 분해서 이를 갈 뿐이다."

　馬鶴は大いに憤つて、その屍體でも搜して腹癒せしやうとしたが、權洪に引き止められて兎も角も斷念したが、更らに考へて見ると、或は女の淺墓な惡計ではないかとて、部下を歸らし、自分獨り馬に乘じて偵察に出掛けた。權洪はオドオドしてゐる、然し疑心を起させてはならぬから、止めることも出來ず、唯馬鶴の向ふ道ばかり眺めてゐた。幸にも馬鶴は馬上で一寸思案したが、東南方の小途を採らず、北方の大路を指して馬に一鞭あてた。權洪はこれを眺めて息を吐いた。

　마학은 너무나도 분해서 그 시체라도 찾아서 분풀이를 하려고 했지만, 권홍이 말려서 어쨌든 단념했다. 하지만 다시 생각해 보니 어쩌면 여인의 얕고 나쁜 계략이 아닌가 하고 생각해서 부하를 돌려보내고 자신 홀로 말을 타고 정찰을 나섰다. 권홍은 주저주저했다. 하지만 의심을 사서는 안 되기에 말리지도 못하고 다만 마학이 향하는

227

길만을 바라보고 있었다. 다행히도 마학은 말 위에서 잠깐 생각했지만 동남쪽의 작을 길을 선택하지 않고 북쪽의 큰 길을 가리키며 말을 채찍질했다. 권홍은 그것을 바라보며 [안도의] 한숨을 쉬었다.

馬鶴は何處まで行つて探つても一向行方が判らないので、清江に溺死したものと觀念してしほしほと歸つて來た。
馬鶴は張太守を湘江に投げ込む時、二人の婦人の花容雪膚に恍惚とした。そして二人を何うにかして己が妻妾にしたいと思つたが、慾を果し得ないで、蒼波に失づたのを悔むのであつた。

마학은 멀리까지 가서 찾아보았지만 일행의 행방을 알 수 없었기에 청강에서 익사한 것이라고 체념하고 맥없이 돌아왔다.
마학은 장태수(張太守)를 상강(湘江)에 빠트릴 때, 부인 두 사람의 화용설부(花容雪膚)에 황홀해 했다. 그리고 두 사람을 어떻게 해서든 자신의 처첩으로 삼고자 생각했는데 욕심을 채우지 못하고 푸른 파도에 잃어버린 것을 분하게 여겼다.

悄然として立ち歸る時、香華山の麓を通りかかつたが、眼についたのが、公子の棄兒であつた、彼れは今までに樂しいことや、欲しいことは、思ふ儘にやつて來たが、唯一つ欲しいことで思ふやうに行かないのは子供であつた。そこで彼れは突嗟の間にも、此の兒を拾ひ上げ、乳母にでも育てさせれば、自分の子にならうと、馬から降りて見れば秀でた男子でもあり、傍に五十兩の金子も添へてあつたので、慾深い馬鶴は一層喜んで決心したのである。

기운 없이 풀이 죽어서 돌아올 때에 향화산의 기슭을 지나오는데
눈에 띈 것이 버려진 아이 공자였다. 그는 지금까지 즐거운 일과 원
하는 것을 생각하는 대로 해 왔지만, 다만 한 가지 원하는 것 중에서
생각대로 되지 않는 것이 자식이었다. 이에 그는 극히 짧은 시간에
이 아이를 주워 올려 유모에게 키우게 한다면 자신의 자식이 될 것이
라고 생각했다. 말에서 내려와서 보니 빼어난 용모의 남자아이였다.
곁에는 50냥이 함께 있었기에 욕심 많은 마학은 한층 기뻐하며 결심
한 것이다.

馬鶴は拾兒の養育を權洪夫婦に托した。夫婦は心優しき人々であつた
から、喜んで兒を受取つた。見れば襁褓の中に一個の金鳳釵が羅紗に包
まれて生年月日を記した紙片と共にある、夫婦は相談して此物は此の子
供に對する將來の證據であり、且つ人倫に對する二つとない貴い標信で
あるから馬鶴に見せず、保存しやうと、金鳳釵を深く藏置した。

마학은 주운 아이의 양육을 권홍 부부에게 맡겼다. 부부는 마음이
착한 사람들이었기에 기뻐하며 아이를 받아들였다. 보아하니 배내
옷[30] 속에는 금봉채 하나가 생년월일을 적은 종이쪽지와 함께 나사에
쌓여 있었다. 부부는 의논하여 이 물건은 이 아이에 대한 장래의 증거
가 되고 또한 인륜에게는 둘도 없이 귀중한 표신(標信)이기에 마학에
게 보여 주지 않고 보존하려고 금봉채를 깊은 곳에 보관해 두었다.

---

30 배내옷: 일본어 원문은 '襁褓'다. 어린아이를 감싸 안는 옷. 혹은 어린아이의 대
소변으로 옷을 더럽히지 않게 하기 위한 용도로 허리 아래에 두르는 것을 뜻한
다(松井簡治·上田万年編, 『大日本国語辞典』04, 金港堂書籍, 1919).

權洪夫婦は趙夫人と何の因緣あつて、夫人を助け、その子まで養ぶ
やうになつたのであらうか。權洪夫婦は公子を愛撫すること一方でな
く、兒を棄てた親を罵る程、夫れ丈け肉身にも優つて公子に對した。
公子は何の障りもなく日に月にずんずん成長した。姓は云ふまでもな
く馬氏であつたが名をば龍とつけた。乳母夫婦はこんな秀でた兒を極
惡人の馬鶴の子とするに忍びぬのであつたが、致方もなかつた。

　권홍 부부는 조부인(趙夫人)과 어떠한 인연이 있어서 부인을 돕고
그 자식마저 키우게 된 것이란 말인가? 권홍 부부는 공자를 사랑스
럽게 어루만지는 것뿐만 아니라 아이를 버린 부모를 나무라며 그만
큼 친자식 이상으로 공자를 대했다. 공자는 별다른 탈 없이 나날이
다달이 쑥쑥 성장했다. 성은 말할 것도 없이 마씨였는데 이름은 용
(龍)이라고 지었다. 유모 부부는 이렇게 빼어난 아이를 극악한 사람
마학의 자식이라고 하는 것을 참을 수 없었지만 어찌할 수 없었다.

一方趙夫人は蘭英と共に光德菴に逗留して居たが、忘れ難いのは家
君の仇と子の運命であつた。何時も淚の乾いた日とてはなく、泣き暮
してゐたが早やいつか三ケ月を經過した。

　한편 조부인은 난영과 함께 광덕암(光德菴)에 머물고 있었는데 잊
기 어려운 것은 남편(家君)의 원수와 자식의 운명이었다. 항상 눈물
이 마를 날이 없었다. 울며 지내는 날이 어느 덧 3개월을 지났다.

或る日のこと水月菴は夫人に向つて、

『此處は僧房と云へ、春になれば俗客が採藥の爲め澤山出入しますか
ら、婦人として永く滯在することは出來ない。これから洞庭君山に行
けば好いと思ふが、婦人の服装で行けるかしら。』
と案じるらしく問ふた。夫人は
『ほんとうに妾等二人が此の服装で山を下る時は又、何んな惡運が巡
つて來ないとも限りませんから、いつそのこと髪を斷つて、尼になつ
た方が得策だと思ひますが─。』

어느 날의 일이었는데, 수월암은 부인을 향해,
"이곳은 승방이라고는 하지만 봄이 되면 속세의 객들이 약초를
캐러 많이 출입합니다. 그러하니 부인은 오래 체재하지는 못할 것입
니다. 지금부터 동정군산(洞庭君山)에 가시는 것이 좋다고 생각합니
다만 부인의 복장으로 갈 수 있을까요?"
라고 염려가 되었는지 물었다. 부인은,
"정말 저희 두 사람이 이 복장으로 산을 내려가면 다시 어떠한 악
운을 만나지 않는다고 장담할 수 없습니다. 차라리 머리를 잘라서
비구니가 되는 편이 상책이라고 생각합니다만."

水月菴は憫然として
『ネ、今の貴女の境遇としては、さうしなければなりませんもの、然
し斷髪迄はどんなものでせう。』
と遺がに氣の毒の體であつたが夫人は、
『家君を水中に死別し、子息を路傍に棄てた不仕合の此の身が斷髪す
る位は何でもありませんわ。』

231

と、決心の色も堅く、右手に鋏を取上げ、左手に髮を摑んだ。蘭英
も相繼いで無言のまま同じやうに髮を摑んだ。二人の黑髮が床の上に
落ちた時、二人が二人とも、何とも云へぬ哀痛込み上げ、わつとばか
りに泣き伏した。

　　수월암은 가엾어 하며,
　　"그렇군요. 지금 그대의 경우로는 그렇게 할 수 밖에 없네요. 하지
만 머리를 자른다는 것이 무엇을 뜻하는지 아십니까?"
　　라고 말하면서 참으로 딱히 여겼는데 부인은,
　　"물에 빠진 남편과 사별하고 자식을 길가에 버려둔 불행한 이 몸
의 머리를 자르는 것 정도는 아무렇지도 않습니다."
　　라고 결심을 굳힌 듯 오른 손에 칼을 들고 왼 손으로 머리를 움켜
쥐었다. 난영도 곧이어 말없이 같이 머리를 쥐었다. 두 사람의 흑발
이 바닥 위에 떨어졌을 때, 두 사람은 둘 다 아무런 말도 하지 못하고
애통한 마음에 복받쳐서 엎드려 정신없이 울어댔다.

　斯くて夫人は水月菴の弟子となつて月精と號し、蘭英は夫人の弟子
となつて、愛雲とは名付けた。水月菴は若干かの自分の財産を携帶
し、月精、愛雲の新しい尼僧を連れて洞庭君山に向つて出發した。昨
日に變る袈裟掛けの姿に、手には六環杖を杖き、百八念珠を手頸に掛
けた姿は、知るも知らぬも淚の種であつた。

　　이리하여 부인은 수월암의 제자가 되어 월정이라고 불리고, 난영
은 부인의 제자가 되어 애운이라고 이름 붙였다. 수월암은 약간의

자기 재산을 휴대하고 월정과 애운이라는 새로운 비구니를 데리고
동정군산을 향해 출발했다. 어제부터 바뀐 엇매기 복장에 손에는 육
환장(六環杖)을 짚고 백팔염주를 간편하게 손에 쥔 모습은 알든 모르
든 눈물의 씨앗이었다.

十日程經て洞庭湖に着した。此處は太守と俱に遭難した思出多い處
だつた。二人は太守の魂魄を呼び叫んで泣入るのだつた。洞庭湖の水
も爲めに嗚咽したであらう、瀟湘江の鵲までも爲めに淚を含んだこと
であらう。兎も角供物を具へて太守の魂魄を慰め、それから黃陵廟に
到つた、殿宇は斑竹林の中に聳え、二妃の影帳は前に夢裡に見た時と
毫も違はない。再拜して敬意を表し、洞庭君山に到着して、慈惠菴を
重修して漸く此處に住む樣になつたのである。春風、秋雨皆な淚の種
となつて、胸一杯に積もる怨みは愈々募るのみであつた。一刻も早く
家君の仇を報ゐて、故鄕に歸つて姑に會ひたいと希つた。然るに復讐
も、子息の行方も更らに分らず、年年歲歲、暮を送り、正月を迎え
て、旣に君山に來てから早や十六年の星霜を經たのであつた。

열흘 정도 지나서 동정호(洞庭湖)에 도착했다. 이곳은 태수와 함께
조난한 추억이 많은 곳이었다. 두 사람은 태수의 혼백을 부르짖으면
서 격하게 울었다. 동정호의 물도 그들을 위해서 우는 것일 것이며
소상강(瀟湘江)의 까치들도 그들을 위해서 눈물을 머금었을 것이다.
어쨌든 공물을 갖추어서 태수의 혼백을 위로하고 그로부터 황릉묘
(黃陵廟)에 도착했다. 전우(殿宇)[31]는 반죽림(斑竹林) 속에 높이 솟아
있고, 두 비(妃)의 영정(影帳)은 전에 꿈속에서 보았을 때와 조금도 다

르지 않았다. 두 번 절하고 경의를 표하고 동정군산에 도착해서 자혜
암(慈惠菴)을 손질하여 고쳐서 한 동안 이곳에서 살게 되었던 것이다.
봄바람 가을비 모두 눈물의 씨앗이었고, 가슴 한 가득 쌓이는 원망은
더욱더 더해지기만 했다. 한 시라도 빨리 남편의 원수를 갚고 고향에
돌아가 시어머니와 만나고 싶다고 바랬다. 하지만 복수도 자식의 행
방도 더욱더 알 수 없이 연년세세(年年歲歲) 삶을 보내며 정월을 맞이
했는데 군산에 온 지도 어느 덧 16년의 세월이 흐른 것이다.

嗚呼趙氏夫人は長長しい此の歳月を送りながらも、娥皇女英の敎訓
を忘れなかつたのである。御史の來臨さへあればとて、自己の細密な
事情を漏れなく綴つた原情を豫備して、他方から來る尼さへあれば、
必ず御史のことを聞いてゐたのである。

오호라, 조씨 부인은 장황한 이 세월을 보내면서 아황과 여영의
교훈을 잊지 않았던 것이다. 어사가 왕림하기만 한다면 하고 자신의
사정을 상세히 빠짐없이 적은 원청(原情)을 미리 준비해 두었다. 다
른 지역에서 오는 비구니가 있기만 하면 반드시 어사에 대해서 물어
보는 것이었다.

所が一日長沙から來た尼があつて、皇帝から賢良な御史を差遣さ
れて人民を愛撫するといふことを傳へた。今まで命を永らへて來た
のは、專ら此の時の到來を待つてゐたのであるから、夫人の感喜は

---

31 신불(神佛)을 모신 집.

並大低ではない。直ぐと兼ねて用意の原情を懷中に、水月先生と愛
雲とを連れて慈惠菴を出で、いそいそと而も甲斐甲斐しく長沙に向
つた—

그런데 하루는 장사라는 곳에서 온 비구니가 있었는데, 황제가 덕
행을 갖춘 어사를 파견하여서 백성을 어루만지려고 한다는 것을 전
했다. 지금까지 목숨을 연명해 온 것은 오로지 이때가 오기만을 기
다렸기에 부인의 감희(感喜)[32]는 이만저만이 아니었다. 일찍이 준비
해 둔 원청을 바로 품속에 넣고 수월(水月) 선생과 애운(愛雲) 등과 함
께 신명나게 장사를 향했다.

彼れの胸にはもう家君の仇を果し得た樣に、子の消息を探り得た
樣に思はれながら—嬉しい心、悲しい思が交々一時に胸一杯に漲つ
て來る、一步一步溜息吐きつつ……泣きつ、笑ひつ、長沙へ、長沙
へ—。

그 마음에는 이미 남편의 원수를 갚은 듯 자식의 소식을 찾은 듯
그렇게 생각하면서 기쁜 마음 슬픈 생각이 번갈아 가슴 가득해져 왔
다. 한 걸음, 한 걸음, 한숨을 쉬면서……울면서 웃으면서 장사로, 장
사로.

---

32 감희(感喜): 일본어 원문에 표기되어 있는 '感喜'는 느끼고 기뻐한다는 뜻이다
(松井簡治·上田万年編, 『大日本国語辞典』01, 金港堂書籍, 1915).

하권

(一) 原訴狀を讀んで惱む御史
(1) 원소장을 읽고 고민하는 어사

訴人は踪跡を晦ました

馬御史は湖南に來てから、早や十ケ月にもなつたが、到る處惡風を一掃して良俗に換へ、塗炭に呻吟した人民を救助したので、御史の德を謳歌せざるものなく、時代は泰平無事なるを得た。然し、御史は一時一刻も安心は出來なかつた。考へて見ると――自分が湖南に着してからは惡者も澤山治めたが、凡そ我父より惡い罪人はなかつた。怨みも隨分雪いだが張太守程の無念さは恐らくはあるまい。此事を其儘葬つて露はさなければ天地神明は自分を容るさず九泉に泣いて居る太守一行の冤魂はさぞ私を怨むであらう。然し人の子となつて其の父の罪を暴露して、自から其れを治罪し處斷することが出來やうか。張夫人は自分の子息の爲め復讎して吳れよと賴んだ、私も快諾した、最初の自分の決心を實行して張夫人に自白しやうか。嗚呼、自分は御史の身分ではあるけれども、自から衷に愧ぢて世間に顔出しをするさへ伏面せな心地がするのに、父は鼻高々と逢ふ人每に自分のことを自慢する。父の舊罪のあらましを知る自分としては、空恐ろしい感がして、寢、安からず、食、甘からず、刻々に身をさいなまれるやうな懊惱を覺えるのであつた。

고소인은 종적을 감췄다.

마어사(馬御史)가 호남에 온지 어느덧 10개월이 되었는데 이곳저
곳의 악습[33]을 쓸어버리고 아름다운 풍속으로 바꿨으며 도탄에 빠
져 있던 백성들을 구조했기에 어사의 덕을 노래하지 않는 자가 없을
정도로 시대는 태평무사했다. 하지만 어사는 한시라도 안심할 수 없
었다. 생각해 보면 자신이 호남에 도착해서는 나쁜 자를 많이 다스
렸지만 자신의 아버지보다 나쁜 사람은 없었다. 원망도 꽤 풀어줬지
만 장태수(太守)만큼의 원통함은 필시 없을 것이다. 이 일을 그대로
묻어두고 드러내지 않는다면 천지신명은 자신을 용서하지 않을 것
이고 구천에서 울고 있을 태수 일행의 원혼은 틀림없이 자신을 원망
할 것이다. 하지만 사람의 자식이 되어 그 부모의 죄를 폭로하고 스
스로 그것의 죄를 다스려 벌을 주고 처단하는 것이 가능하단 말인
가? 장부인은 자신의 자식을 위해서 복수를 해 달라고 부탁했고 자
신도 흔쾌히 승낙했다. 처음에 마음먹은 자신의 결심을 실행해서 장
부인에게 자백을 할까? 오호라, 자신은 어사의 신분이기는 하지만
스스로 마음이 부끄러워 세상에 얼굴을 내미는 것조차 엎드려 얼굴
을 가리지 않으면 안 되는 그런 마음이 드는데, 아버지는 의기양양
하게 만나는 사람마다 자신의 일을 자랑한다. 아버지의 지난날의 죄
의 대강을 알고 있는 자신으로서는 두려운 마음이 들어 잠자리도 편
하지 않고 먹는 것도 즐기지 못하고 그때그때마다 자신을 책망하는
번뇌를 느끼는 것이었다.

　ところが或る日のこと一通の長い訴狀を差出したものがあつた。そ

---

33 악습: 일본어 원문은 '惡風'이다. 이는 인가 초목 등을 해하는 대풍(大風) 혹은 나
쁜 풍속을 뜻한다(松井簡治·上田万年編, 『大日本国語辞典』01, 金港堂書籍, 1915).

して其の内容といなのは、

洞庭君山慈惠菴の女僧月精及び愛雲は天に徹する怨を御史尚公前に謹言致します、何卒御採納下さいますやう、天に祈り地に禱つて居ります、小尼等は元よりの尼では御座いません、北京順天府張尚書の婦と其の侍婢で、十七年前の長沙太守張潤の妻及び其の侍婢でございます。

　그러던 어느 날의 일로 한 통의 긴 소장을 제출한 사람이 있었다. 그리고 그 내용이라는 것은,

　"동정군산 자혜암의 여승인 월정 및 애운은 하늘에 이르는 원한을 어사상공(御史尙公) 앞에 근언(謹言)합니다. 아무쪼록 받아들여 주시기를 하늘에 고하고 땅에 빕니다. 저희 비구니는 처음부터 비구니가 아니었습니다. 북경 순천부 장상서(尙書)의 부인과 그 계집종으로 17년 전 장사의 태수(太守) 장윤의 아내와 그 계집종입니다."

御史は此處まで讀んで悄ツとした。「どうした譯だらう、新城張夫人は其婦が、今は此世に亡きもの、必らず敢ない最後を遂げたものとして、予に復讎を呉れ呉れも賴んだ。予も我父が趙氏の婦人や其他の人を殺害したものとばかり思つて、父の罪を痛感してゐた。それで我が命を絶つても父の罪に代らねばならぬと決心した。處が趙氏婦人や其の侍婢が此世に生き殘つて居て、今日ここに訴狀を出すとは夢にも思はなかつた。どうも不思議なこともあればあるものだ」と續けて讀む。

　어사는 이 부분까지 읽고 두려워졌다.

　"어찌된 일인가? 신성의 장부인은 그 며느리가 지금은 이 세상에

없는 사람으로 필시 어이없는 최후를 맞이한 것으로 보고 나에게 복수를 해 달라고 거듭 부탁했다. 나도 나의 아버지가 조씨 부인과 그 밖의 사람들을 살해한 것이라고만 생각하고 아버지의 죄를 뼈저리게 느끼고 있었다. 이에 내가 목숨을 끊어서라도 아버지의 죄를 대신하지 않으면 안 된다고 결심했다. 그런데 조씨 부인과 그 계집종이 이 세상에 살아남아 있어 오늘 이렇게 소장을 제출할 줄은 꿈에도 몰랐다. 이런 불가사의한 일도 있구나."라고 생각하며 계속해서 읽었다.

今より十七年前のことでございます、家君が長沙太守となつて赴任する時、小尼は侍婢蘭英を連れて陪從し約三四ケ月を經て、漸やく武昌に到り船で洞庭湖を過ぎり湘江の入口に着いた時、不意に水賊船が顯はれて家君を滄波に投げ、小尼及び蘭英は縛しめの繩にかかつて賊窟に引き立てられたのです。

"지금으로부터 17년 전의 일입니다. 남편이 장사의 태수가 되어 부임할 시에, 저는 계집종인 난영을 거느리고 따라갔습니다만, 약 삼사 개월이 지나 드디어 무창(武昌)에 이르러 배로 동정호를 지나 상강(湘江)의 입구에 도착했습니다. 그때 뜻밖에 수적선(水賊船)이 나타나 남편을 넓은 바다에 던져버리고 저와 난영은 노끈으로 묶이는 신세가 되어 도적들의 소굴로 끌려가게 되었습니다."

此處まで讀んだが、恐ろしいものを見せ附けられるやうな、不安な思ひがしてならない。「若しや其時の水賊は我父ではなかつたか、我家に玉鳳琴のあることから觀れば、太守を殺したのはきつと我父だ、

否、それとも或は他の盗賊が、太守を殺し其の玉鳳琴を奪ひ取つて、
我父に賣つたのかも知れぬ」と、萬一を冀ふ僥倖心で更に訴狀を讀む。

여기까지 읽다가 무서운 것을 보게 된 것처럼 불안한 생각이 들어
서 참을 수 없었습니다.

"혹시 그때 수적(水賊)은 아버지가 아니었을까? 우리 아버지가 옥
황금을 가지고 있는 것을 보더라도 태수를 죽인 것은 필시 우리 아버
지이다. 아니 그렇지 않다면 혹시 다른 도적이 태수를 죽이고, 그 옥
황금을 빼앗아서 우리 아버지에게 판 것인지도 모른다."

라고 생각하며 만일을 바라는 요행심으로 다시 소장을 읽었다.

我等二人が盗賊に縛しめられた時は直ぐ死なうかとも思ひました
が、自由には死なれず、賊窟に囚はれて其晩こそどうにかして果てや
うと決心を致しました。處が天佑神助とも申しませうか、幸ひにも盗
賊の部下に一人の心直きものが居て、我等二人を哀れみ、賊の首魁の
醉ひしれた隙を見計らつて、密そかに小尼等を逃がして呉れました。

"저희 두 사람이 도적에게 붙잡혔을 때 바로 죽을까도 생각했습
니다만 마음대로 죽지 못하고 도적의 소굴에 갇히게 된 그날, 밤이
되면 어떻게든 하고 [죽을] 결심을 했습니다. 그런데 천우신조라고
말씀드릴 수 있을까요? 다행히도 도적의 부하 중에는 마음이 바른
사람이 한 사람 있어서 저희 두 사람을 불쌍히 여겨 도적의 우두머리
를 술에 취하게 한 틈을 타 몰래 저희들을 도망가게 해 주었습니다."

此處では感服した。盜賊の部下としては思ひやりのあるやり方だ。「こうした人物こそ何等かの方法で表彰して、人民の模範にしたいものだ。」と更に讀み續ける。

이 부분에서는 감복했다. 도적의 부하치고는 남을 생각하는 마음이 있는 자다.
"이러한 인물이야말로 어떠한 방법으로든 표창하여 백성의 모범으로 삼고 싶구나."라며 다시 계속 읽었다.

二人はそれから種種の艱難辛苦を嘗めて香華山德菴に身を隱しましたが、其時姙婦であつた小尼は九月十五日廣德菴で身二つになりました。それ以來事情に依つて已む無く其子を淚ながらも香華山の途中に棄てなければならない悲運に陷りました。

"두 사람은 그 후 갖은 고초를 겪으며 몹시 힘든 괴로움을 맛보며 향화산 덕암(德菴)에 그 몸을 숨겼습니다만, 그때 임신을 하고 있던 저는 9월 15일 광덕암(廣德菴)에서 해산을 하게 되었습니다. 그 이후로 사정이 있어서 어쩔 수 없이 그 자식을 눈물을 머금고 향화산 길 한가운데에 버리지 않으면 안 되는 슬픈 운명에 처하고 말았습니다."

ここまで讀んだ御史の胸は張り裂けんばかりであつた。顔には悲哀の色浮び、「襁褓乳兒を路傍に棄てた? 全體其兒の命はどうなつたらう!! 勿論死んだに違ひはない、十七年前九月十五日に分娩したと云つ

てある、若し其子が生きて居るとすれば予とは同年同月同日生れである。嗚呼可憐なこともあるものだ。」と次ぎを讀む。

여기까지 읽은 어사의 가슴은 메어터지기만 할 뿐이었습니다. 슬픔과 설움을 띄는 얼굴로,

"배내옷에 쌓인 젖먹이를 길가에 버렸다? 대체 그 아이의 목숨은 어떻게 되었단 말인가!! 물론 죽은 것임에 틀림없을 것이다. 17년 전 9월 15일에 분만했다고 했는데 혹 그 아이가 살아 있다고 한다면 나와는 동년 동월 동일 태어난 것이다. 이런 가련한 일도 있구나"

라고 말하며 다음을 읽었다.

其後小尼は蘭英と共に髮を截り尼となりまして、名を月精愛雲と改め、水月菴先生と共に同庭君山慈惠菴に來て、今日迄胸を焦しながら死ぬにも死なれず、露の命を續けて來たのは、家君の仇を報ひ愛兒に會ふ時の何時かは到るであらうと、ただそればかりを祈念したに外なりません。勿論子を棄てたのも、英陵廟の娥皇女英の二妃が、夢現の啓示に從ひましたので、愛兒を棄てなければ親子諸共、命を助かることは出來ないのみならず、後日御史に逢つて訴狀を出せば、家君の仇も報ひ子にも會ふ時があると云ふ御言葉があつたればこそでした。その御言葉は今も尙ほありありと耳に殘つて居ります。その爲め晝夜御史の御來光を待ちに待つて居た次第でございます。

"그 후 저는 난영과 함께 머리를 자르고 비구니가 되었습니다. 이름을 월정과 애운으로 고치고 수월암 선생님과 함께 동정군산의 자

혜암(慈惠菴)에 와서 오늘 날까지 마음을 졸이며 죽고 싶어도 죽지 못한 체 이슬과 같은 목숨을 이어온 것은 남편의 원수에게 복수하고 사랑하는 자식을 만나는 날이 언젠가는 올 것이라는 그저 그것만을 기도할 뿐 다른 뜻은 없습니다. 물론 자식을 버린 것도 영릉묘(英陵廟)의 아황과 여영 두 부인의 꿈속의 계시를 따랐기 때문입니다. 사랑하는 자식을 버리지 않으면 부모와 자식 모두 목숨을 구할 수가 없을 것이라는 것입니다. 뿐만 아니라 후일 어사를 만나서 소장을 제출하면 남편의 원수도 갚고 자식도 만날 수가 있을 것이라고 했습니다. 그 말씀은 지금도 생생히 귓전에 남아 있습니다. 그러한 이유로 밤낮으로 어사가 오실 날을 기다리고 기다렸던 것입니다."

此處まで讀んで見たが、殘り數行に過ぎない。然し未だ其の盜賊の住所姓名が出て來ないのでいそいそと其の次ざを讀んで見る。

家君を蒼波に投げ込み小尼等を掠奪した盜賊は、卽ち巫山十二峰の附近九曲洞に住む馬鶴であり、我が二人を助けて吳れた人は其の部下權洪でございます。

여기까지 읽어 봤지만 남은 것은 몇 줄에 지나지 않았다. 하지만 아직 그 도적의 주소와 성명이 나와 있지 않기에 부지런히 그 다음을 읽어 봤다.

"남편을 넓은 바다에 던지고 저희들을 약탈한 도적은 바로 무산 십이봉(十二峰) 부근 구곡동(九曲洞)에 살고 있는 마학이며, 저희 두 사람을 살려 준 사람은 그 부하 권홍입니다."

御史は俄かに目くるめき衝動を覺えて、殆んど失心に近い狀に落ちた。慌て手を胸に當てて考へて見たが—太守を殺し趙氏を奪つた馬鶴は卽ち我父であり、趙氏を助けた權洪は卽ち我が乳母夫妻である。今迄は只父を怪んだが今日は其の姓名を明記した訴狀にまで接した。これを如何に處分すれば好いか。我が乳母夫妻は自分の肉身を養育した恩人と計り思つたが、否運に陷つた趙氏を助けた慈悲深い夫婦であつたのか—こんなことを考へて一時は訴狀を調べるのも忘れて居たが、更に又訴狀を取り上げて目を通した。

　　어사는 갑자기 현기증이 나는 충동을 느끼며 거의 실성한 사람에 가까운 상태에 빠졌다. 곧 손을 가슴에 얹고 생각해 봤는데, '태수를 죽이고 조씨를 약탈한 마학은 바로 자신의 아버지이며, 조씨를 구한 권홍은 바로 자신의 유모 부부이다. 지금까지는 다만 아버지를 의심했지만 오늘 그 성명이 명기되어 있는 소장까지 접하게 되었다. 이것을 어떻게 처분한다면 좋단 말인가? 자신의 유모 부부는 자신의 육신을 길러준 은인이라고만 생각했는데 불운에 빠진 조씨를 도와준 자비로움이 깊은 부부였단 말인가?' 이러한 것을 생각하며 잠시 소장을 살펴보는 것도 잊고 있다가, 또 다시 소장을 집어 들고 살펴봤다.

明哲なる御史よ、どうか其の馬鶴を捕へて家君の仇を報ひ、權洪夫妻の恩を返して頂きたい。且つ何も知らない小尼の子を搜し出して一目逢はせて下さることを幾重にも御願申上げます。其子を棄てる時の證據としては、生年月日を書いたものを懷中に入れ、尙、小尼の金鳳釵を羅衫と其に小供の襁褓の中に入れて置きました。其の子を拾ひ去

つたのは確か或る乘馬客でございます。

と云ふ長い訴狀であつた。御史はそれを讀み終つて訴人である二人
を召したが二人何處へか行つて了つた後ちなので、人々を方々へ派し
て搜索して見たが一向其の行方が判らない。

"명철한 어사님, 어떻게든 그 마학을 붙잡아서 남편의 원수를 갚
고, 권홍 부부의 은혜에 보답하게 해 주십시오. 한편으로 아무것도
모르는 저의 자식을 찾아서 한 번이라도 만나게 해 주실 것을 바라옵
니다. 그 자식을 버렸을 때의 증거로는 생년월일을 적은 것을 가슴
속에 넣어 두었으며, 또한 저의 금봉 비녀를 얇은 비단 옷과 함께 배
내옷 안에 넣어 두었습니다. 그 자식을 주어 간 사람은 아마 말을 탄
객이었던 것 같습니다."

라는 긴 소장이었다. 어사는 그것을 다 읽고 난 후 고소인인 두 사
람을 불렀는데, 두 사람은 어딘가로 가 버린 후였다. 사람들을 곳곳
에 보내어 수색해 보았지만 그 행방을 전혀 알 수가 없었다.

御史はいらいらしてこんな怨み盡せぬ訴狀を上つて置きながら、暫
時とは云へ、其場を離れる譯はない。俄に病氣にでも罹つたのか、そ
れにしても二人とも同時に病氣に罹ることもあるまい。或は空腹に堪
えず何か食事にでも赴いたのか、それにしても餘り遲い。

と思つたが、二人の行衛を晦ました其の理由は直ぐに了解すること
が出來た。私は馬鶴の子だ。馬鶴の罪を罰せよと其子である自分に賴
んで安心の出來る筈はない。月精も初めは其間の事情を知らなかった
が、訴狀を出してから仔細を聞いて、いづれへか逃げ去つたに違ひな

い。嗚呼、月精よ、私は惡人の子だ、自からも其の惡は知つて居る。月精から云へば復讐を其仇に賴み出たのだ。私が馬鶴の子であることを聞いたときは如何に驚き如何に恐れたであらう。私の心理を知らない月精は、自分の捕はれるのを恐れて逃げたのだ。實に可憐なことをした。惡人の子皆な惡にして、善人の子皆な善なりとは云へない。私は惡人の子ではあるが決して惡意は持たない。私は月精の仇ではあるが彼女を幸福にさせたいと唯そればかりを念じて居る。然し、婦人は既に踪跡を晦まして終つた。噫!! 私が父の罪を痛切に悲しみ悶え、太守の敢なき最後を哀しみ、自から張府に進んで罪責を負ひ父に代つて死なうと決心までしたのを、月精はそれとは知らず、縮み上つて遠く逃げたに違ひない。力めて搜索をしなければならないが、私が探すと聞けば、月精は益々恐れ益々遠く逃げるであらう。然し義としても又理としても是非見附け出さねばならない。と、各府郡縣に命じ、千金の賞を懸けて月精を探すことになつた。

　어사는 초조해하며

"이러한 이루 말할 수 없는 원망의 소장을 올려 두고 잠시라고는 하지만 그 장소를 떠날 이유가 없질 않느냐? 갑자기 병이라도 났단 말인가? 그렇다고 하더라도 두 사람 다 동시에 병이 났을 리가 없다. 어쩌면 공복을 참을 수 없어서 무언가 식사라도 하러 갔단 말인가? 그렇다고 하더라도 너무 늦다고 생각했는데, 두 사람의 행방이 묘연해진 그 이유는 바로 알 수 있었다. 나는 마학의 아들이다. 마학의 죄를 벌하라고 그 아들인 자신에게 부탁하고 안심할 수가 없었던 것이다. 월정도 처음에는 그간의 사정을 몰랐지만, 소장을 제출하고 나서 자세한 사정을 듣고 어딘가로 도망간 것임에 틀림없다. 아이고, 월정이여, 나는 악인의 자식이다. 스스로도 그 악은 알고 있다. 월정의 입장에서 보면 복수를 그 원수에게 부탁한 것이다. 내가 마학의 아들이라는 것을 들었을 때는 얼마나 놀라고 얼마나 두려웠을까? 나의 마음을 알지 못하는 월정은 자신이 붙잡히는 것을 두려워하여 도망간 것이다. 실로 가련한 일을 해 버렸다. 악인의 자식은 모두 나쁘고, 선인의 자식은 모두 착하다고는 말할 수 없다. 나는 악인의 자식이기는 하지만 결코 나쁜 뜻을 가지고 있지 않다. 나는 월정의 원수이기는 하지만, 그녀를 행복하게 해 주고 싶다는 것 그것만을 생각하고 있다. 하지만 부인은 이미 종적을 감춰 버렸다. 아아!! 나의 아버지의 죄로 슬픔과 괴로움을 절실히 느끼며 태수의 덧없는 죽음을 불쌍히 여기고 스스로 장부(張府)로 나아가 잘못을 저지른 책임을 지고 아버지를 대신하여 죽으려고 결심했던 것을 월정은 그런 줄도 모르고 두려워서 멀리 도망간 것임에 틀림없다. 어떻게든 해서 수색을 하지 않으면 안 되지만 내가 찾는다는 것을 들으면 월정은 더욱 두려워하여 더 멀리 도망갈 것이다. 하지만 도리를 위해서라도 반드시 찾아 내지 않으면 안 된다"

라고 각 부와 군 그리고 현에 명하여 천금의 상금을 걸고 월정을 찾기로 했다.

(二) 便りなくなく落ち行く先は
(2) 연락도 없이 도망친 그곳은

死なばもろ共覺悟をきめて

月精は訴狀を出してから、今日此場で家君の仇を報ひ子息の生死を
確めることが出來るものとのみ勇み立つて御史の處分を待つたのであ
るが暫くすると水月菴が何處からか馳て來たつて『月精、月精、大變な
とになつた。』と月精の耳に口を當てて二三語何かささやいた。

　　함께 죽을 각오를 정하고
　　월정은 소장을 제출하고 나서 오늘 이곳에서 남편의 원수를 갚고
　자식의 생사를 확인할 수 있을 것이라고만 생각하고 분발하여 어사
　의 처분을 기다리고 있었는데, 잠시 있으니 수월암이 어디에선가 달
　려와서는,
　　"월정, 월정, 큰일 났소."
　　라고 월정의 귀에다가 입을 대고 무언가를 속삭였다.

月精は蒼くなつて、其場から周章てて逃げ出したが、水月菴を顧み
て『我々は普通の俗客と違つて、何處へ行つても此の扮裝が目立つ、寧
ろ晝間は他の家にでも身を匿して、夜になつて遁げなければならな
い。』と、うねうねした小路を辿つて或る小さやかな家に入つた。

　　월정은 창백해 져서 그 자리를 서둘러 도망쳤는데, 수월암을 돌아
　보며,
　　"우리들은 평범한 속객(俗客)과 달라서 어디를 가더라도 이 분장
　은 눈에 띄니 차라리 낮 시간은 다른 집에서 몸을 숨기고 밤에 도망
　가지 않으면 안 될 것 같소."
　　라고 말하며 구불구불한 작은 길을 따라 어는 조그마한 집에 들어갔다.

恰かも此の家には男氣なく、一人の老媼が留守居をして居た。月精はその老媼に向ひ、災難の仔細を語り懇ろに助けを求めた。哀れな行詰つた身の上や事情に貰ひ泣きした老媼は直ぐ快く受け入れて、靜かな一つの部屋へ月精の一行を隱くまつて呉れた。

마침 이 집에는 남자가 있는 기미는 보이지 않고 늙은 여자 한 명이 집을 지키고 있었다. 월정은 그 노파를 향해 뜻하지 않게 생긴 불행한 변고에 대해서 상세히 말하고 간절히 도움을 구했다. 불쌍하기 짝이 없는 신세와 사정을 듣고 눈물을 흘린 노파는 바로 흔쾌히 받아주고 조용한 방에다가 월정 일행을 숨겨줬다.

老婆は暫くして外から周章てて入りながら、『御史は今、人を方々派して隈なく貴女方を探して居るやうである、若し此の事が暴露しては我家まで大禍を蒙らなければならぬ。』と注意を與へた。

노파는 잠시 있다가, 밖에서 서둘러 들어오면서,
"어사는 지금 사람을 곳곳에 파견하여 미치지 않는 데가 없을 정도로 그대들을 찾고 있는 것 같소. 만약에 이곳이 폭로된다면 우리 집까지 큰 화를 입지 않으면 안 되오."
라고 주의를 주었다.

月精等は情けある老媼によつて命は助かつた。然し御史が初めから懸賞で探し求めたなら、これ程情け深い老媼も金錢に眼がくらんで月精を縛したかも解らない。然し、幸ひにも其の時期が遲れた。老婆の

249

言を傳へ聞いた月精等一行は、息を殺し聲を嚥んで身をひそめた。

　　월정 등은 정 많은 노파에 의해서 목숨을 구했다. 하지만 어사가 처음부터 상금을 걸고 찾았더라면 이 정도로 정 깊은 노파도 금전에는 눈이 뒤집혀서 월정을 묶었을지 모른다. 하지만 다행히도 그 시기가 늦었다. 노파의 말을 전해들은 월정 일행은 숨을 죽이고 소리를 삼키며 몸을 숨겼다.

　家君の仇を報じやうとして、却つて其の仇に捉へられやうとは何たる因果であらう。これ所謂宿虎の鼻を衝くとでも云はうか。乃至又薪を負つて火に向ふの類だつた。盜賊の子に其父の罪を罵る訴狀を出した、訴狀を讀んだ其子が、我々を容恕することは萬々ありやうがない。我れ我れがこの世に生き永らへて居ると知れば、草を分けても探し求めるに相違はない。我れ我れの命脉は早や斷たるべき日が來たのだ。如何に避けやうとて遁るる道はない、娥皇女英の託宣も當てにはならなかつた、羲妃の靈夢も信ずるには足らなかつた。御史の行政振り聞けば凶惡を罰し善良を賞する極めて公平なものであるとのこと、然し其父の惡、其父の罪に至つては全く知らないのか、假へそれを知るにしても、父の罪を摘發することは勿論出來ないであらう。生死は定まれる運命、富貴は自然に備はるものとは云へ、惡人の子として彼れ程顯達して少年科擧に及第し、其の盛名が朝野にまで轟くとは、天理も信じることはできない。因果も虛僞である。然し、御史が今まで自分の父の罪を知らなかつたにしても、今日は我が訴狀によつて明白になつた。それを知りながら黙過すれば天下の非難から免れることは

できない。子として父の罪を摘發し得ないことは怪まないけれども、我等を捕縛しようとするは其の罪父にも劣らない。嗚呼我等の悲運いよいよ絶頂に達し、仇方の勢ひは益々旺んである。思へば復讐は全く絶望の外はない。

　"남편의 원수를 갚으려고 하다가 오히려 그 원수에게 붙잡힐 뻔하게 된 것은 이 무슨 인과란 말이냐? 이것은 이른바 잠자는 호랑이의 코를 찌른 것이라고 할 수 있다. 혹은 땔나무를 지고 불을 향하는 것과 마찬가지이다. 도적의 아들에게 그 아버지의 죄를 벌하라는 소장을 제출했다. 소장을 읽은 그 아들이 우리들을 용서할 리가 없지 않느냐? 우리들이 이 세상에 살아 있다는 것을 알게 되면 온갖 방법을 동원하여 구석구석 샅샅이 찾아 나섬에 틀림없다. 우리들의 목숨은 어느덧 다할 날이 온 것이다. 아무리 피하려고 하더라도 도망갈 길이 없다. 아황과 여영의 탁선(託宣)³⁴도 믿을만한 것이 못 되었다. 희비의 영묘한 꿈도 믿을 수가 없었다. 어사가 정치를 하는 모습을 듣자하면 흉악을 벌하고 선량한 사람을 상함에 지극히 공평하다는 것인데, 하지만 그 아버지의 악과 그 아버지의 죄에 대해서는 전혀 모른단 말인가? 설령 그것을 안다고 하더라도 아버지의 죄를 적발하는 것은 물론 불가능하겠지? 생사는 운명으로 정해져 있고 부귀는 자연히 갖추어져 있는 것이라고는 하지만 악인의 자식으로서 그 정도로 입신출세하여 어린 나이에 과거에 급제하여 그 명성이 조정

---

34 탁선: 일본어 원문은 '託宣'이다. 신이 인간에게 내리거나 꿈 등에 나타나서 그 뜻을 알리는 것을 뜻한다(松井簡治·上田万年編, 『大日本国語辞典』03, 金港堂書籍, 1917).

과 재야에 이르기까지 울려 퍼지는 것을 보면 하늘의 이치도 믿을 것이 못 된다. 인과라는 것도 헛된 말이다. 하지만 어사가 지금까지 자기 아버지의 죄를 몰랐다고 하더라도 오늘은 나의 소장으로 인해 명백해 졌다. 그것을 알고도 묵과한다면 천하의 비난을 피할 수는 없을 것이다. 자식으로서 아버지의 죄를 적발하지 않는 것은 수상할 것도 없지만 우리들을 포박하려고 하는 것은 그 죄가 아버지에 뒤떨어지지 않는 것이 아닌가? 아이고, 우리들의 슬픈 운명이 드디어 절정에 이르고, 원수의 기세는 더욱 왕성해 졌다. 생각해 보니 복수는 완전히 절망이라고 해도 과언이 아니다."

と、薄暗い室に引き籠つて、無念の涙に日暮れを待つた。此の一日こそ殊に永く、三秋の歳月を送るやうだつた。日暮れ近く、雀は宿りを竹林にもとめ、巣に歸る鳥は雲際に啼き去つた。趙氏婦人の一行は主じの老媼に厚く禮を陳べて其の家を立ち退いた。水月先生は前に立ち、愛雲弟子は後ろに隨つて、あてもなく落ち延びるのであつた。月さへない暗い夜路、心せかるるまま倉皇として凸凹の路を、或時は步み誤まつては幾度となく躓きながら、逢ふ人每に物蔭に隱れ、そよとの風におびゑながら、さて行くべき先とても心當りなく、『何處へ行かう、洞庭君山には早や追手が着いたであらう、村へ出れば必ず浦へられる。』

라고 생각하며, 어두컴컴한 방에 틀어 박혀서 원통한 눈물로 날이 지기를 기다렸다. 오늘 하루야 말로 참으로 길어 3년의 시간을 보내는 것과 같았다. 날이 어두워지자 참새는 잠잘 곳을 찾아 대나무 숲

으로 향하고, 둥지로 돌아가는 새는 먼 하늘로 울며 떠났다. 조씨부
인 일행은 주인장 노파에게 깊이 감사의 예를 말하며 그 집을 떠났
다. 수월 선생이 앞서고 애운 제자는 뒤를 따르며 정처 없이 달아나
는 것이었다. 달도 없는 어두운 밤길 마음을 닫은 체, 황급히 구불구
불한 길을 어떨 때는 잘못 디뎌서 몇 번이고 넘어지면서 사람을 만날
때마다 그늘진 곳에 숨고 한 점의 바람에 놀라며 그렇게 어디로 가야
할지 몰라,

"어디로 갈까? 동정군산에는 이미 쫓아오는 사람들이 도착했겠
지? 마을을 나서면 필시 붙잡힐 것이다."

思案に餘つて居ると、不意に人聲が聞へた。一行は吃驚して、路傍
の木蔭に隱れ息を殺して縮まつて居た。其の聲が段々近寄つて來て話
がハツキリ聞へる。月精は千斤の鐵鎚に打据えられたやう身動きも出
來ず、耳を傾けたが、此の旅人が若し提灯でも持つて居るか、月の光
でもあつたなら、月精の一行は遁げる術もなく浦へられたかも知れな
かつた。併し全く心附かぬらしく旅人等は頻りに話し合つた。

라고 이리저리 생각하고 있었는데, 뜻밖에도 사람 소리가 들려왔
다. 일행은 깜짝 놀라서 길옆의 나무그늘에 숨어서 숨을 죽이며 두
려워하고 있었다. 그 소리가 점점 가까워져 와서 이야기가 명확히
들렸다. 월정은 천근이나 되는 철추로 맞은 듯이 몸을 움직이지도
못하고 귀를 기울였다. 이 여행객들이 혹시 등불이라도 들고 있던
가, 달빛이라도 있었다면 월정 일행은 도망갈 방법도 없이 붙잡힐지
도 몰랐다. 하지만 전혀 알아차리지 못한 듯 여행객들은 계속해서

253

이야기를 했다.

『巡撫御史の學識手腕には實に感心する。然しどう云ふ譯でそんなに
も月精一行を熱心に探すのか、多分其の尼達は大罪でも犯したのか、
そうでなければ顯賞までして探す譯がない、我輩も幸ひに月精を探し
出せば仕合せだ、然し御史の威令には山川草木も皆な慴伏せざるはな
いのに、月精とかいふ尼法師が、假りに天に昇り地にくぐるとも、逑
も遁げ了せることは出來まい。津々浦々にお布令が貼り出され、各府
各縣には嚴命を下してある。湖南全省にはまるで蜘蛛の巣のやうに警
戒の網が張られてある。何處へ行つても捕へられるには極つて居る―』

"각지를 돌아다니며 백성을 안심시키는 어사의 학식과 수완은 실
로 감탄스럽다. 하지만 어찌된 연유로 그렇게도 월정 일행을 열심히
찾는지 아마도 그 비구니들은 큰 죄라도 저지른 것이 아닌가? 그렇
지 않다면 상금을 걸기까지 해서 찾을 이유가 없다. 우리들이 다행
히 월정을 찾아낸다면 행복하겠다. 하지만 어사의 위엄이 있는 명령
이라면 산천초목도 모두 두려워 굴복하지 않을 수 없을 텐데, 월정
이라는 비구니 법사가 설령 하늘로 오르고 땅으로 빠져나간다고 하
더라도 도저히 도망가게 할 수는 없을 것이다. 방방곡곡에 포령이
붙어있고 각 부와 각 현에는 엄명이 내려져 있다. 호남의 모든 성(省)
에는 마치 거미줄과 같은 경계망이 펼쳐 있다. 어디를 가더라도 붙
잡히지 않고는 베길 수 없을 것이다."

話しは段々遠くなつて微かに聞へるばかりとなつた。木蔭に隱れ息

を殺して聞いて居た三人は眼を圓くした。噫!!　これからは何處へ行つても捕へられるのだ、その上で殺されるよりは寧ろ自から死んだ方が潔いかも知れぬ。―月精は又も思ひ餘つて自殺を計らうとしたが水月菴や愛雲に押止められた。我れ我れが今まで艱難辛苦を共にして來たのは、死なば諸共の覺悟である。今暫し時期を見て死んでも遅くはないと慰めたので、又してもとぼとぼと歩き出した。

이야기는 점점 멀어져 가서 희미하게 들릴 뿐이었다. 나무그늘에 숨어서 숨을 죽이고 듣고 있던 세 사람은 눈이 휘둥그레졌다. 아아!! 앞으로는 어디를 가더라도 붙잡힐 것이다. 그렇다면 죽임을 당하느니 차라리 스스로 죽는 것이 깨끗할지 모른다. 월정은 다시 생각다 못해 자살을 하려고 했는데, 수월암과 애운에게 저지당했다. 우리들이 지금까지 갖은 고초를 겪으며 몹시 힘들고 괴로운 시간을 함께 해 온 것은 모두 함께 죽자는 각오였던 것이라며 지금 잠시 시기를 보고 죽는다고 하더라도 늦지는 않다고 위로했기에, 또 다시 터벅터벅 걷기 시작했다.

(三) 義理の父として見れば
(3) 의붓아버지로 보면

法は儼として枉げられぬ
　一方御史は、月精の訟狀を繰返し繰返し讀んで居たが、御史の心中は波亂重疊名狀すべからざる混亂に落ちて行く―月精の踪迹は皆目知

255

れない。どうかして探し出すことは出來ないだらうか、私が月精に會つて新城張夫人の音信を傳へ、金鳳琴でも見せたら月精は如何に嬉しがるだらう。又あれ程思ひ焦れて居る張夫人に其婦を連れて行けば張夫人はどんなに喜ぶことであらう。我父の罪は自分が摘發しないでも何れは顯はれるには相違はない。其時こそは自分も張夫人の仇である。自分が仇の子であることが解れば、張夫人は前日彼れ程いとしがつて吳れたことや金鳳琴を與へたことを悔ゐて、尚書の祭祀に祝文を讀ましたことを痛憤することであらう。

　　법은 엄연히 미치지 않았다.
　　한편 어사는 월정의 송장을 반복하고 반복해서 읽고 있었는데 어사의 마음속에는 어지러운 마음이 거듭 겹쳐져서 형용하기 어려운 혼란에 빠져 들었다.
　　"월정의 종적은 전혀 짐작이 가지 않는다. 어떻게든 찾을 수는 없는 것인가? 내가 월정을 만나서 신성의 장부인 소식을 전하고 금봉금이라도 보여준다면 월정은 얼마나 기뻐할 것인가? 또한 그렇게 한 결같이 그리워하던 장부인에게 그 부인을 데리고 가면 장부인은 얼마나 기뻐할 것인가? 내 아버지의 죄는 자신이 적발하지 않더라도 언젠가는 드러남에 틀림없다. 그때야말로 자신도 장부인의 원수가 되는 것이다. 자신이 원수의 자식이라는 것을 알게 되면 장부인은 지난 날 그렇게 사랑해 주었던 것과 금봉금을 주었던 것을 후회하고, 또한 제사의 축문을 읽게 한 것을 뼈저리게 분해할 것이다.

　然し其時張夫人や婢僕の言つたところに依ると、私の容貌が張太守

に肖てゐるとのことだつた。又今日月精の訴狀を讀んで見れば、十七年前九月十五日に分娩したのは確かである。若しそうだとすると趙氏の棄てた子と私とは全く同日に生れたのだ。其の棄てられた嬰孩には金鳳釵の證據物がある、又棄てた場所は香華山の途であつたとすれば、或は其の附近の人に拾はれたのではないか知ら。我家が九曲洞にあつた時は、香華山とは百里餘りも隔つて居る。ただ怪しいことには、趙婦人の嬰孩と私とは其の誕生日の全く同日であるばかりか、私の容貌が張太守に似て居る一事である。いろいろ思ひ合はせて見ると、或は私が趙婦人の棄てたといふその嬰孩ではあるまいか。私はこれまで長じたが母親のことに就いては、ただ死んだと聞いた計りで、確かなことはいまだに知らないで居る。父親は私を愛するのか知らないけれども、父に對する溫情は私はあまり持たないと云つて能い。露骨に云へば乳母に對するより薄い、さうして私は、私自身の心の中で何時も不孝だと考へて己れを責めて居たのであつた。

　하지만 그때 장부인과 사내종 그리고 계집종이 말한 것에 의하면 나의 용모가 장태수와 닮았다는 것이다. 또한 오늘 월정의 소장을 읽어 보니 분명히 17년 전 9월 15일에 분만했다는 것이다. 만약 그렇다면 조씨가 버린 자식과 나는 완전히 같은 날에 태어난 것이다. 그 버려진 젖먹이에게는 금봉의 비녀라는 증거물이 있고 또한 버려진 장소는 향화산의 길이라고 한다면 어쩌면 그 부근의 사람이 주워 간 것일지도 모른다. 우리 집이 구곡동에 있을 때는 향화산과는 백리도 떨어져 있지 않았다. 다만 의심스러운 것은 조부인의 젖먹이와 나와는 그 생일이 완전히 동일할 뿐만 아니라 나의 용모가 장태수와 비슷

257

하다는 것이다. 이리저리 생각해 보니 어쩌면 내가 조부인이 버렸다
고 하는 젖먹이가 아닌가? 나는 지금까지 성장해 오면서 어머니에
대해서는 다만 죽었다고만 들었을 뿐 분명한 것은 지금까지 알지 못
한다. 아버지는 나를 사랑하는지 모르겠지만 아버지에 대한 온정은
나는 별로 갖고 있지 않다고 볼 수 있다. 노골적으로 말하자면 유모
에 대한 것보다도 얕다. 그리하여 나는 내 자신의 마음속에서 항상
불효라고 생각하고 자신을 책망했던 것이었다.

　いろいろの事柄を綜合して推察すると、或は趙氏が嬰孩を香華山の
麓に棄てた時、我父がそれを拾つて、乳母に賴んで養育したのではあ
るまいか趙氏の訴狀に依ると乘馬客が拾つて行つたと書いてある、父
は何時何處へ行くにしても馬に乘るのが常であつた、然らば父が確か
に私を拾つたのか……否、然らざる理由が一つある、一體嬰孩が道ば
たに棄てられて泣いて居る時、それを拾ひ上けるほどの人は必ず慈善
深い仁愛の心に當んだ人でなければならぬ。我父が何時も馬に乘るの
は事實であるが、慈愛の心とては露ほども有たぬ類のない惡人であ
る。長者でも何でも、塵か芥の樣に無造作に殺して了ふのが常であ
る。嬰孩の泣くのは姑く措いて、譬へ死に頻したものを目のあたりに
見ても其れを顧みやうともしない。之に由つて觀れば、私の今までの
考へ千にも萬にも當らないのだ―と起つたり坐つたり苛ら荷らと思案
に暮れたが、フト思ひ附いたのは、趙氏が子を捨てる時、金鳳釵を親
子の標にしたことである。

　여러 가지 사정을 종합해서 짐작해 보니 어쩌면 조씨가 젖먹이

를 향화산 기슭에 버렸을 때, 나의 아버지가 그것을 주워서 유모에
게 부탁하여 기른 것이 아닌가? 조씨의 소장에 의하면 말을 탄 객이
주워 갔다고 적혀 있었다. 아버지는 언제 어디를 가더라도 말을 타
는 것이 일반적이었다. 그렇다면 틀림없이 아버지가 나를 주은 것
인가……아니, 그렇지 않을 이유가 한 가지 있다. 원래 젖먹이가 길
가에 버려져서 울고 있을 때, 그것을 주울 정도의 사람은 필시 자비
로운 마음이 깊고 자애로운 마음에 해당하는 사람이 아니면 안 된
다. 우리 아버지가 항상 말을 타는 것은 사실이지만 자애로운 마음
이라고는 이슬만큼도 가지고 있지 않은 악인이다. 윗사람이든 무
엇이든 티끌이나 먼지와 같이 아무렇지도 않게 죽여 버리는 것이
일반적이다. 젖먹이가 우는 것은 그대로 둘 것이며 설령 죽음에 이
른 것을 목격하더라도 그것을 돌아보려고도 하지 않을 것이다. 이
러한 이유로 본다면 내가 지금까지 생각한 것은 천에도 만에도 이
르지 않는 것이다."

라고 생각하며 일어섰다가 앉았다가 안절부절 못하며 생각에 빠
져 있었는데, 문득 기억해 낸 것은 조씨가 아이를 버렸을 때 금봉의
비녀를 부모와 자식의 증표로 해 두었다는 것이다.

もしや私が趙婦人の子であるとすれば必ず其の標があるだらうし、
其の標のあるかないかは乳母に聞けば直ぐに解ることである。乳母に
聞くのも面目ないが、然し、胸一杯の此の疑惑を解き除かなければ一
寸の間も凝つとはして居られない。
　我が乳母、權洪夫妻の優しい心は、平常から知つては居る、今この
訴狀に書かれて居る何よりの標のことを聞いたとしても、乳母夫妻

は、決して私を欺くことはないと思ふ。併し、乳母が趙婦人の金鳳釵
を取出して明らかにこれであると答へたとすると、我が父たる馬鶴は
私と何んな關係を生ずるだらうか、云ふまでもなく私に取つては實父
張太守を殺害した仇である。其時私はどんな措置を取つたらいいの
か。―斯う考へて來ると、眼は冴へ渡つて、頭は彌が上にも痛み、終
夜輾々としてまどろみもせず一夜を惱み明すのであつた。

　　"만약에 내가 조부인의 자식이라면 반드시 그 증표가 있을 것이
고 그 증표가 있는지 없는지는 유모에게 물으면 바로 알 수 있을 것
이다. 유모에게 묻는 것도 면목이 없지만 하지만 가슴 가득 이러한
의혹이 풀리지 않는다면 잠시라도 집중을 할 수가 없을 것이다. 나
의 유모 권홍 부부의 착한 마음은 평소부터 알고 있다. 지금 이 소장
에 적혀 있는 중요한 증표에 대해서 물어 본다고 하더라도 유모 부부
는 결코 나를 속이지는 않을 것이라고 생각한다. 하지만 유모가 조
부의 금봉비녀를 꺼내어 분명히 이것이라고 대답한다고 하면 우리
아버지인 마학은 나와 어떠한 관계를 형성하게 되는 것인가? 말할
것도 없이 나에게는 생부인 장태수를 살해한 원수이다. 그때 나는
어떠한 죄를 취하면 좋은 것인가?"
　　이렇게 생각할수록 눈은 싸늘하게 맑아지고 머리는 더욱더 아프
며 하룻밤 동안 이리저리 뒤척거리며 잠시도 자지 못하고 하룻밤을
고민으로 지새웠다.

(四) 深夜の密話に素性を知る
(4) 깊은 밤 비밀스러운 이야기에 태생을 알게 됨

さても見上げた盗賊の部下

翌朝露まだしげき頃――一頭の馬を驅り御史は一人いそいそと岳州首陽山の麓、永壽寺の古鄕を指して急いだ。數日の後ち家に到着すると、馬鶴は御史を見て喜んで手を取り欣び傳へる、續いて乳母夫妻、其他の婢僕が次から次へと賀意を表した。

아무튼 도적의 훌륭한 부하

다음 날 아침 아직 이슬이 가득한 무렵, 말 한 필을 몰고 어사는 홀로 부지런히 악주(岳州) 수양산(首陽山)의 기슭 고향인 영수사(永壽寺)를 향해 서둘렀다. 수일 후 집에 도착하자, 마학은 어사를 보고 기뻐서 손을 잡아 기쁨을 전했다. 이어서 유모 부부와 그 밖의 계집종과 사내종들이 계속해서 축하의 뜻을 나타냈다.

御史の父に對するさらでだに溫かならざる情は、一層薄らいで行くのを覺えた。と同時に、乳母夫妻に對する懷かしみは益々加はつた。御史の心は今いふべからざる煩悶に胸さわぎが絶えぬ。一夜が來た。――馬鶴は傍らに御史を呼んで、科擧に及第したこと、皇城の模樣、拜命の仔細などを細々と聞いた。御史は父の問ひに應へながらも、眼に付くのは部屋の一隅に置いてある玉風琴である。しげしげとその琴を打眺めては、疑惑の雲が幾萬重となく胸に湧く。斯くて夜は更けて五更となつた、父馬鶴は、睡氣を催ふしたらしく、物語りを休めて寢室

261

に入つた。

　そ렇지 않아도 어사의 아버지에 대한 따뜻하지 않은 정이 한층 엷어졌음을 알 수 있었다. 그리고 동시에 유모 부부에 대한 마음은 더욱 더해갔다. 어사의 마음은 지금 뭐라고 말할 수 없는 번민에 두근거리는 마음이 멈추지를 않았다. 밤이 되었다. 마학은 어사를 곁으로 불러서 과거에 급제한 것과 황성의 모습에 대해서 그리고 관직에 임명된 것 등을 상세히 물었다. 어사는 아버지의 물음에 대답하면서도, 눈에 들어오는 것은 방 한 켠에 있는 옥황금이었다. 찬찬히 그 금을 바라보고는 의혹의 구름이 겹겹이 덮여 가슴속에 솟아올랐다. 이리하여 밤은 더욱 깊어져서 오경(五更)이 되었다. 아버지 마학은 잠이 온 듯 이야기를 쉬고 침실로 들어갔다.

　御史は物思ひに沈みながら靜かに乳母の部屋に入つて行つた。
　乳母夫妻は恭しく御史を迎えた。御史は低音で、而かも謙遜つた態度となり、
　『御二人は實に見上げた善行をなさいました。これまで隨分と多勢の人命を助けになつた、その優しい慈愛の心を思ふと、何と云ひやうもありせん。』

　어사는 깊은 생각에 빠져서 조용히 유모의 방으로 들어갔다.
　유모 부부는 공손히 어사를 맞이했다. 어사는 낮은 소리로 게다가 겸손한 태도로,
　"두 사람은 실로 훌륭한 선행을 했습니다. 지금까지 상당히 많은

사람들의 목숨을 구한 그 아름답고 자애로운 마음을 생각하니 뭐라고 드릴 말씀이 없습니다."

權洪夫妻は、始めは何事やら判らず、狐につままれたやうであつたが、扨て考へて見れば、我々夫婦は盜賊の部下でこそあれ、無益の殺生は好まない、これまでとても、出來得る限り人命を救つた。倂し今の御史の云ふのは一體誰のことだらうか。
と思つて、
『私共二人は人の御恩は隨分と受けて居りますけれど、まだ誰一人にでも惠みを施したことはございません、それで今の御話は一向に解り兼ねますが……』

권홍 부부는 처음에는 무슨 말인지 알지 못하고 여우에 홀린 듯했지만, 하지만 생각해 보면,
"우리 부부는 도적의 부하이기는 하지만 무익한 살생은 좋아하지 않았다. 지금까지 할 수 있는 한 많은 사람의 목숨을 구했다. 하지만 지금 어사가 말하는 것은 도대체 누구를 말하는 것인가?"
라고 생각하고,
"저희 두 사람은 사람의 은혜를 상당히 받아 왔습니다만 아직 누구 한 사람에게도 은혜를 베푼 적은 없습니다. 그래서 지금의 이야기는 전혀 알 수가 없습니다만……"

御史は顔色を和らげ調子も優しく乳母に向ひ、
『今から云へば十七年前、父は湘江の黃陵廟の下で、長沙太守を殺害

263

し、其の婦人趙氏や侍婢蘭英を家に監囚した時、其の二人の命を助け
て逃がしたのは確か御二人でせう、それが恩惠でなくて何んでござい
ませうか。』

어사는 안색을 부드럽게 하고 말투도 상냥하게 유모를 향해,

"지금으로부터 17년 전 아버지가 상강의 황릉묘 아래에서 장사
의 태수를 살해하고 그 부인 조씨와 계집종 난영을 집에 가두었을
때, 그 두 사람의 목숨을 도와서 도망가게 한 것은 분명히 두 사람이
지요? 그것이 은혜가 아니고 무엇이란 말입니까?"

夫婦は御史の此の一語を聞いて意外の感に打たれた。趙氏二人を助け
た時は、我が夫婦二人と趙氏の外に誰知るまいと思ひきや、其の事柄が
何處から御史の耳に入ったのかと空恐ろしくもなった。此事が若しも御
史の父馬鶴に洩れたとすれば、夫婦の命は鴻毛より輕く、その場で殺さ
れるに相違はない。と何よりもそれが先に立って、御史に對し、

『それは一向に覺のないこと、私共は人の命など助けたことはござい
ません。何かのお間違ひではありませんか。』

부부는 어사의 이 한 마디를 듣고 이상한 생각이 들었다.
'조씨 두 사람을 구했을 때는 우리 부부 두 사람과 조씨 말고는 누
구도 알지 못하는데.'
라는 생각이 들자, 그러한 사정이 어디에서 어사의 귀에 들어간
것인가 하고 두려워졌다. 만약에 이 일이 어사의 아버지 마학에게
발각되기라도 한다면 부부의 목숨은 기러기의 털보다도 가볍게 그

자리에서 살해당할 것임에 틀림없다. 그러한 생각이 무엇보다도 먼저 들어서 어사에게,

"그것은 전혀 기억이 없습니다. 저희들은 사람의 목숨 등을 구한 적이 없습니다. 무언가 잘못 알고 계신 것이 아닙니까?"

夫婦の恁うした返事を聞いて、御史は直ちに懷中から趙氏の訴狀を取出して二人の前に展ろげ、

『お二人とも能く此の訴狀を讀んで御覽なさい、恩人權洪に助けられたと立派に書いてあります。』

부부의 이런 대답을 듣고 어사는 바로 가슴 속에서 조씨의 소장을 꺼내어 두 사람 앞에 펼치고는,

"두 사람이 소장을 잘 읽어 보십시오. 은인 권홍에게 구원을 받았다고 어엿이 적혀 있습니다."

夫婦は考へ直して見た。

「事爰に至つては事實を隱し立てしても何の甲斐もない。それに御史其の人も實は馬鶴の肉親の子ではない、事實ありのままを打明けて、金鳳釵の證據を示し、馬鶴とは何の血族の關係もないとを明らかにすれば、御史に對して我れ我れが趙氏を助けたことも、表立つての罪となることもあるまい。」

と、趙氏を助けた一伍一什を語りながらも、御史の氣色を窺つて見たが、却つて趙氏に同情するらしい風情、やがてのことに感に堪えなかつたと見へ、御史は夫婦の手を取つて謝した。

부부는 고쳐 생각해 봤다.

'일이 여기에 이르러서는 사실을 숨긴다고 하더라도 아무런 도움도 안 된다. 게다가 어사의 그 사람됨은 실로 마학의 친 혈육이 아니다. 있는 대로의 사실을 털어놓고 금봉의 비녀를 증거로 제시하여 마학과는 어떠한 혈족 관계도 아니라는 것을 밝히기만 한다면 우리들이 조씨를 구한 것이 어사의 입장에서 문제시되는 죄는 아닐 것이다.'

라고 생각하고 조씨를 구한 자초지종을 이야기하면서도 어사의 안색을 살펴봤는데 [어사는] 오히려 조씨를 동정하는 모습이었다. 앞으로의 일에 대해 감정을 참을 수 없는 듯 어사는 부부의 손을 잡고 감사해 했다.

軈て御史は話頭を轉じて、

『お二人とも能く服藏なく有りのままを御返事下さいました。それでどうぞ大事な大事な人の道を、此上とも踏み外づさぬやう、正しい倫理を守つて下さい、といふのは、是非伺ひたいことが一つあるのです、それは私達親子は肉親の親子でせうか、それとも又父は他人の子を貰つて養育したのでせうか、之れが私の知り度い處です。』

이윽고 어사는 화제를 바꿔,

"두 사람 모두 숨김없이 있는 그대로를 잘 대답해 주셨습니다. 그리고 아무쪼록 중요한 사람의 도를 앞으로도 벗어나지 않도록 바른 윤리를 지켜 주십시오. 이렇게 말하는 것은 다름 아니라 꼭 물어보고 싶은 것이 한 가지 있습니다. 그것은 저희 부자는 친 혈육입니까? 혹은 아버지는 다른 사람의 아이를 받아서 양육한 것입니까? 이것이 제가 알고 싶은 바입니다."

權洪夫婦の考へも、そこにあつた。今、打明けやうとする矢先、却つて御史に先手を打たれた。乳母が口を切つて、

『御尤もでございます、御尋ねまでもなく申上げたいと思つて居ました、あなた樣は馬鶴の肉親の子ではありません、實は今までお隱し申して居たことは恐れ入りますが、實を申せば十七年前、香華山の麓に棄られた嬰孩を拾つたのがあなた樣でございます。其時の證據としては生年月日を書いた紙片と、金鳳釵がありましたが、其の紙片は馬鶴に見せ、金鳳釵は今まで私が藏つて置きました、私共夫婦がそれを今日まで秘密にしましたのは、親子の情愛に關はるやうなことになつても如何あらうかと、申し上げずに居りました。何卒惡しからず御諒解を御願ひ致します、又この訴狀を讀んで見れば、あなた樣は趙夫人の御子息で居らつしやりはしないかと存じますが如何でございませうか。』

と、深く藏してあつた羅衿に包んだ金鳳釵を取り出して御史に渡した。

권홍 부부의 생각도 거기에 있었다. 지금 털어 놓으려고 하던 차, 오히려 어사에게 선수를 빼앗겼다. 유모가 입을 열고,

"지당하신 말씀이십니다. 묻지 않으셔도 말씀 드리려고 했습니다. 그대는 마학의 친 혈육이 아닙니다. 지금까지 숨겨둔 것은 죄송합니다만 사실을 말씀드리자면 17년 전 향화산 기슭에 버려져서 주워진 젖먹이가 그대입니다. 이때의 증거로는 생년월일이 적힌 쪽지와 금봉의 비녀가 있습니다만, 그 쪽지는 마학에게 보이고 금봉의 비녀는 지금까지 제가 보관하고 있었습니다. 저희들 부부가 그것을

지금까지 비밀로 한 것은 부모 자식 간의 따뜻한 사랑에 관계되는 것
이 된다면 어떡하나 해서 [마학에게] 말씀드리지 않고 있었습니다.
아무쪼록 나쁘게 생각하지 마시고 양해를 부탁드립니다. 또한 소장
을 읽어 보니 그대는 조부인의 아드님이 아닌가 하고 생각합니다만
어떠하십니까?"
　　라고 말하며, 깊이 숨겨 두었던 얇은 비단에 쌓인 금봉의 비녀를
꺼내어 어사에게 건넸다.

　其の金鳳釵を受け取つた御史の手は顫へて居た。胸は早鐘のやうに
高鳴る。ああ、案の定そうだつた。夢でもない、幻でもない、やつぱ
り思つた通りであつたのかと暫しは口も利けなかつたが、軈て黙禮し
て感謝の意を表した後ち、
　『其時湖江で水中に投げ込まれたといふ張太守は私の父親に相違あり
ません。貴女から助けられた趙氏は取りも直さず私の母親です、お二人
は何の縁あつてか、母親の一命を助け下すつた上に私までも育て上げて
下すつた。此の深い深い御恩は何でお返し申上げたら能いでせう。』
　言葉も終らず聲を嚥んですすり泣いた。それから張府で金鳳琴を見
て我家の玉凰琴を怪しんだことや、趙氏が訴狀を出してから踪跡を晦
ました一伍一什を話し、尚ほ乳母夫婦に此事に就いては他人に對し口
を嚥むことを吳れ吳れも賴んだ。

　　그 금봉의 비녀를 받아 든 어사의 손은 떨고 있었다. 가슴은 경종
이 울리는 듯 고동쳤다. 아아, 아니나 다를까 정말 그랬다. 꿈도 아니
고 환상도 아니다. 역시 생각한 대로였구나 하고 한 동안 말을 잇지

못하다가, 이윽고 묵례(默禮)로 감사의 뜻을 표한 후에,

"그때의 호강에서 물속에 던져진 장태수는 제 아버지임에 틀림없습니다. 그대로부터 구원을 받은 조씨는 즉 제 어머니입니다. 두 사람은 어떠한 인연이 있어서인지, 어머니의 목숨을 구하고 저까지도 키워주셨습니다. 이 깊은 은혜는 어떻게 갚아야 할지를 모르겠습니다."

말을 끝내지도 못하고, 소리를 삼키며 흐느껴 울었다. 그리고 장부(張府)에서 금봉금을 보고 자신의 집에 있는 옥봉금을 수상하게 여긴 것 하며, 조씨가 소장을 제출하고부터 종적을 감춘 것까지 자초지종을 이야기하며, 또한 유모 부부에게 이 일에 대해서는 다른 사람들에게 입을 닫고 있을 것을 거듭 부탁했다.

(五) 捕繩を懸けられてまで威張る
(5) 포승줄에 묶여서도 잘난 체 하다.

得意の絶頂から失望の奈落へ

一夜の内に御史の胸に積り積つた疑心は氷雪のやうに解けて了つた。然し、折角尋ねて來た母親を失つたことや、不倶戴天の仇とは知らず、今日まで馬鶴に父として事へたことが悔まれてならない。そこで翌朝、御史は岳州府に對し何か命令を發した。

마음먹은 대로 되던 절정에서 실망의 나락

하룻밤 사이에 어사의 마음에 쌓이고 쌓였던 의심은 눈이 녹듯이 풀렸다. 하지만 일부러 찾아온 어머니를 잃은 것이며 불구대천(不倶戴天)의 원수인지도 모르고 오늘날까지 마학을 아버지로 섬겨 왔던

것이 너무 후회가 되었다. 이에 다음날 어사는 악주부(岳州府)에 무
언가 명령을 내렸다.

　昨夜權洪の部屋に於いて如何なる事實の起つて居たかは夢にも知ら
ず、御史となつた子の權威を笠に思ふまま人民の膏血を吸つて見やう
と企圖んで居る馬鶴の耳に其のことが聞へたら、馬鶴の憤怒はいかば
かりであつたらう。諺にも『虎を飼つて其身が喰はれた』といふ通り、
三人の命は鴻毛にも等しかつたかも知れぬ。

　　지난밤 권홍의 방에서 어떠한 사실이 일어나고 있었는지 꿈에도
모르고 어사가 된 자식의 권위를 우산으로 삼아 백성의 고혈(膏血)[35]
을 빨아먹으려고 하는 계획을 세우고 있던 마학의 귀에 그러한 것이
들린다면 마학의 분노는 어떠할까? 속담에도
　　"호랑이를 키우다가, 그 자신이 잡아먹혔다"
　　라고 하듯이 세 사람의 목숨은 기러기의 털이나 마찬가지일지 모
른다.

　馬鶴が初め香華山で捨兒を拾つたのも、其の實これを哀れむ心から
ではなく、全く己れの利の爲めからであつた。然し御史の本質は、
代々忠臣孝子の續出する家柄の子孫であるのみならず、仁慈、聰明を
兼ね、馬鶴の惡行に對しては己れ死力を盡して諫めた。馬鶴の態度は
變つた、己れの子ではあるが、其の忠告直言には、まともに楯突くこ

---

35 기름과 피라는 뜻으로 고생하여 얻은 재물을 가리키는 표현.

とができず、表面には恰も改心の風を裝つて居たが、其實、相も變らず惡行を續けた。今度御史を科擧に送り其の登第を壽ほいだのも、御史の威權を笠に、思ふさま惡計を進めやうとの下ごころからであつた。結果は思つた通りに行つた、馬鶴は益々傲慢專縱、全く傍若舞人である。

마학이 처음 향화산에서 버려진 아이를 주운 것도 사실 이것을 불쌍하게 여긴 마음에서가 아니라 오로지 자신의 이익을 위해서였다. 하지만 어사의 본성은 대대로 충신과 효자가 끊이지 않는 가문의 자손일 뿐만 아니라 인자와 총명을 두루 갖췄기에 마학의 악행에 대해서는 스스로 사력을 다하여 제지하여 마학의 태도는 변했다. 자신의 자식이기는 하지만 그 충고와 직언에는 제대로 저항하지 못하고 겉으로는 마치 마음을 고쳐먹은 듯한 모습을 보이고 있지만 사실 변함없이 악행을 계속해 왔다. 이번에 어사를 과거에 보내어 그 과거 급제를 축하하는 것도 어사의 권위를 우산으로 하여 마음껏 나쁜 계획을 진행하려는 저의[36]가 있었다. 결과는 생각대로 되었다. 마학은 더욱더 오만방자하고 완전히 방약무인해졌다.

然るに御史は家に歸つた其の翌日、室內に引籠つて馬鶴に姿も見せない。馬鶴は斯う思つた。

彼れは自分を實父と思つて居るかどうかは分らないが兎に角從來は朝夕問安の禮を缺いたことなく、いつも孝行を盡して來た。それだの

---

36 저의: 일본어 원문은 '下ごころ'다. 마음속 혹은 예전부터의 계획이라는 뜻이다(松井簡治·上田万年編, 『大日本国語辞典』02, 金港堂書籍, 1916).

271

に今日は一向姿を見せない、或は高官になつたので高ぶるやうになつたのか、それとも數ケ月間の路に疲れて病氣にでもなつたのか。

하지만 어사는 집에 돌아온 다음날 방안에 틀어박혀서 마학에게는 모습도 보이질 않았다. 마학은 이렇게 생각했다. 그가 자신을 친아버지라고 생각하고 있는지 어떤지는 모르지만, 어쨌든 여태껏 아침저녁으로 문안의 예를 빠트린 적이 없이 항상 효행을 다해 왔다. 그럼에도 오늘은 전혀 그 모습을 보이질 않는다. 어쩌면 고관이 되었기에 거만해진 것인가? 혹은 수개월 간의 여정에 피곤해서 병이라도 난 것인가?

御史が、實父の仇に復讐しやうと岳州府に訓令して、遠からず己が頭上に霹靂のはためくを夢にも知らない。日は暮れかかつて夕陽はあかあかと照り榮え、彩雲は首陽山の麓に棚引いて紅娟の幕でも張つたやうに見へる。折しも彼方の山麓から十數名の者が長壽村に向つてやつて來る。馬鶴の家の構造は普通家屋と違つて一番高い處に建てられ、馬鶴の居る部屋は首陽山の眞正面に向つて居るので道行く者は一人殘らず手に取るやうに分る。此の家の建て方も專ら馬鶴の意志に由つた。彼れも己れ自身の罪は知つて居る。官兵、捕吏の來た時の用意に拔目はない。夜は奧深い寢室に入り、晝は前路に心を配ることを忘れなかつた。

어사가 친아버지의 원수에게 복수하려고 악주부에 명령을 내렸기에 머지않아 자신의 머리 위에 벼락이 내리리라고는 꿈에도 몰랐다. 날이 저물자 석양이 붉게 물들어 내리비치고 채운(彩雲)은 수양 산 기슭에 길게 끼여서 홍연(紅娟)의 막이라도 친 것 같이 보였다. 때 마침 저쪽의 산기슭에서 수십 명의 사람이 장수 마을을 향해 오고 있 었다. 마학의 집의 구조는 보통 가옥과는 달리 가장 높은 곳에 세워 져 있고 마학이 있는 방은 수양산을 바로 정면으로 보게끔 향하고 있 었기에 길을 가는 사람은 한 사람도 빠짐없이 손바닥 보듯이 훤하게 알 수 있다. 이 집이 세워진 방법도 모두 마학의 뜻에 따른 것이었다. 그도 자기 자신의 죄는 알고 있는 것이다. 관병과 포리(捕吏)가 왔을 때의 준비에 빈틈이 없었다. 밤에는 깊은 침실로 들어가고, 낮에는 앞길에 주의를 기울이는 것을 잊지 않았다.

今も、遙かの途上を眺めて居ると怪しい人數が眼に入つた。然し、 今は御史の父である、少しも恐れるとはない。その人數が段々近寄つ て我家を指して進んで來ることも判つたが、これはきつと、驛卒達 が、其の大將たる御史に敬意を表しに來たものであらうと、意氣揚々と して動きもしなかつた。一團の人達は何の躊躇するところもなく、家内 に入つて、馬鶴の部屋を圍んで了つた。何の苦もなく馬鶴を捕縛した。 馬鶴は恐れる氣色もなく、憤怒の聲を荒らげて彼等を叱咤した。

지금도 아득히 멀리 떨어진 길을 바라보고 있었는데 수상한 사람 들이 눈에 뜨였다. 하지만 지금은 어사의 아버지이다. 조금도 두려워 할 것이 없다. 그 사람들이 점점 가까이 와서 자신의 집을 가리키며 나 아오는 것도 알았지만 이것은 필시 역졸들이 그들의 대장인 어사에게 경의를 표하러 온 것이라고 의기양양하게 미동도 하지 않았다. 한 무

리의 사람들은 주저하지 않고 집안으로 들어와서 마학의 방을 둘러싸
버렸다. 어떠한 고생도 하지 않고 마학을 포박했다. 마학은 두려워하
는 기색도 없이 분노로 소리를 거칠게 내며 그들을 질타했다.

『俺は現在湖南御史の父だ、湖南御史は卽ち我が子である。御前達は
岳州府の捕吏ではないか、賤しい捕吏の身分で俺をどうしやうといふ
のだ。見ろ、今に酷い目に逢はして遣る。』
　そして聲高に御史を呼び、此等無法の惡徒を追ツ拂つて呉れと叫ん
だ。

　　"나는 현재 호남 어사의 아버지다. 호남 어사는 바로 내 자식이다.
　　너희들은 악주부의 포리가 아니냐? 미천한 포리의 신분으로 나를
　　어찌하려는 것이냐? 이것 보거라, 당장 혼이 날 줄 알아라."
　　그리고 소리 높여 어사를 불러 이러한 무례하고 난폭한 악도들을
　　쫓아달라고 소리 질렀다.

　御史は悠々と其場に來た、頰には冷たい笑みさへ上つて居たが、軈
て儼然威容を正して、叱咤一番『騷ぐことはない、下に居れ。』
　馬鶴は魂を潰した。
『罪業は、人之れ假すとも、天之れを容るさず、人汝を罪せずとも
天は必ず罰するであらう。馬鶴よ、汝は予を怨むに先だつて汝の罪を
汝自から考へて見よ。天に愧ぢぬか。』
　捕吏に向つて『此の馬鶴を岳州府に連れ行き嚴囚せよ』と命じた。湖
南全省を左右する勸力を有し且つ其の名望の高い御史の命令なのだか

ら、今は一刻の猶豫もなく、馬鶴は手枷頸枷を篏められて岳州府に引ツ立てられた。

어사는 유유히 그 장소로 왔다. 볼에는 차가운 미소마저 띠고 있었는데 이윽고 엄숙하고 위엄 있는 모습으로 바로잡고는 한 차례 질타하며,

"소란 피울 것은 없다. 아래에 있거라."

마학은 혼이 달아났다.

"죄업은 사람이 이것을 용서하려고 해도 하늘이 이것을 용서하지 않는다. 사람이 너를 벌하지 않는다고 하더라도 하늘은 반드시 벌할 것이다. 마학, 너는 나를 원망하기에 앞서 너의 죄를 너 스스로 생각해 보거라. 하늘에 부끄럽지 않느냐?"

포리를 향해서,

"이 마학을 악주부에 데리고 가서 엄히 가두어라."

고 명했다. 호남의 모든 성(省)을 좌우하는 권력을 가지고 또한 그 명망이 높은 어사의 명령이기에 지금은 조금의 망설임도 없이 마학의 손에 수갑을 채우고 목에 형틀을 채워서 악주부로 끌고 갔다.

(六) 水中の冤魂1を吊ふ

(6) 물속의 원혼을 조문하다.

母の行衛を追ふてさすらふ

御史は、馬鶴を岳州府に拿去してから、玉鳳琴のみを殘して、其家や家具を全部燒き拂ひ、權洪夫婦と共に長壽村を去つた。其日から姓

275

を張氏に復し名を眞と改めた。又其の一伍一什を具して皇帝に上奏
し、尚ほ手簡に委細を認めて新城張夫人に送つた。

　어머니의 행방을 좇아 방랑하다.
　어사는 마학을 붙잡아서 악주부로 보낸 후, 옥황금만을 남기고 그
집과 가구를 전부 불태우고 권홍 부부와 함께 장수 마을을 떠났다.
그날부터 성을 장씨로 회복하고 이름을 진(眞)이라고 고쳤다. 또한
그 자초지종을 갖춰 황제에게 아뢰고 더욱 편지에 상세한 내용을 적
어서 신성의 장부인에게 보냈다.

　御史と乳母夫婦の三人は長沙に向つたが、此處よりは湘江も遠くな
いので、水中に敢なき最後を遂げた父の孤魂を慰めやうと岳州に到
り、供物を備へ、躬から祭文を作つて、白服を纏ゐ、白冠を戴き、白
馬に乘つて湘江に着いた。御史に陪從して來た附近の太守や縣令など
も多いが、これを聞いて觀覽に來る人民は或は水路より或は陸地より
雲集して、黃陵廟の近所は人の山を築いた。

　어사와 유모 부부 세 사람은 장사를 향했는데 이곳에서는 상강도
멀지 않았기에 물속에서 덧없는 죽음을 맞이한 아버지의 외로운 혼
을 위로하고자 악주에 이르러 공물을 갖추고 몸소 제문(祭文)을 지어
서 흰옷을 걸치고 백관(白冠)을 쓰고 백마에 올라타서 상강으로 갔
다. 어사를 모시고 온 인근의 태수와 현령 등도 많았지만 이것을 듣
고 보러 온 백성은 어쩌면 수로보다도 어쩌면 육지보다도 운집하여
황릉묘 근처는 사람으로 산을 쌓았다.

岳州府使は執事となり、常德府使は香爐を捧げて居る。御史は儼然として式場に進み、香を立て、四拜した後ち祝文を朗讀した。其の祝文に曰く、惟ふに、歲次は丁丑冬十月十三日辛亥の朔、不孝、遺腹子眞、敢へて父の靈前に昭告す。

　악주부사(岳州府使)는 집사(執事)가 되고 상덕부사(常德府使)는 향료(香爐)를 받들고 있었다. 어사는 엄숙하고 위엄 있게 식장으로 나와서는 향을 피우고 네 번 절한 후에 축문을 낭독했다. 그 축문에서 말하기를 생각건대 세차(歲次)[37]는 정축(丁丑) 겨울 10월 13일 신해(辛亥) 초하루 불효 유복자 진(眞) 감히 아버지의 영전에 삼가 고합니다.

嗚呼、我父、皇恩に浴せられ國家に信任せられて長沙に赴任する途中、湘江に到り無道なる惡賊に遭難して悲しくも魚腹に葬らる、可憐なる我母、萬死に一生を得て艱苦つぶさに嘗め盡し、小子を分娩す、夢裡の二妃の敎へに依りて棄てられたる小子は、乳母權洪の恩澤により十七年間の養育を受け、今は湖南御史に任命されたり。偶ま母の訴狀を讀み、父の水中に溺死せられたるを知るや、小子の悲哀一方ならず、人間諸罪の中、久しく父の孤魂を水中に弔ふことをなさざりし小子の如く重きはあらざらむ。父を殺害したる馬鶴は、之を縛して岳州に嚴囚し、母を救へる乳母夫婦と共に今此地を過ぎるに當り、虔んで父の孤魂を慰め奉る。平日父の愛せられたる玉凰琴、金鳳琴ここにあ

---

37 간지(干支)에 따라 정한 해의 차례.

り、母の躬から書し玉へる訴狀亦ここにあり。嗚呼我が父の魂魄よ、
菲薄なる供物と雖も之れを享け、怨恨を散じて樂土に往き玉はんこと
を布ひ奉る。

　　"오호라, 나의 아버지, 황은을 받고 국가에 신임 받아 장사(長沙)
로 부임하던 도중, 상강에 이르러 무도한 악적(惡賊)을 만나 슬프게
도 물고기 배에 장사를 지냈습니다. 가련한 어머니, 만사(萬死) 일생
(一生)하여 온갖 고난을 겪으시고 소자(小子)를 낳으셨지만 꿈속의
두 비(妃)의 가르침에 의해 버려진 소자는 유모 권홍의 은혜와 덕택
으로 17년간 양육 받아 지금은 호남 어사로 임명되었습니다. 우연히
어머니의 소장을 읽고 아버지가 물속에 빠져 죽었음을 알게 되어
소자의 슬픔은 매우 큽니다. 인간의 여러 죄 가운데 오래도록 물속
에 계신 아버지의 외로운 혼을 조문하지 않은 소자와 같은 무거운
죄는 살아갈 수 없을 것입니다. 아버지를 살해한 마학은 이것을 붙
잡아서 악주에 엄히 가두고, 어머니를 구해 준 유모 부부와 함께 지
금 이곳을 지나게 되면서 삼가 아버지의 외로운 혼을 위로하여 받
들고자 합니다. 평소에 아버지가 사랑하신 옥황금과 금봉금이 여
기에 있습니다. 어머니가 몸소 적으신 소장 또한 여기에 있습니다.
오호라, 우리 아버지의 혼백이여, 변변치 못한 공물이기는 하지만
이것으로 제사를 올립니다. 원한을 풀어놓으시고 낙원으로 가시기
를 바랍니다."

　御史は、感慨胸に溢れ、祭文を讀み終るに及ばず大聲で痛哭した。
慘たる此場の光景、日月、光を失ひ、鳥も涙を含み、洞庭湖の水も鳴

咽せんばかり、觀る者袖を濕らさぬはなかつた。

어사는 복받치는 감정이 가슴에 가득하여 제문을 다 읽지도 못하고 큰 소리로 통곡했다. 참혹한 이곳의 광경은 해와 달도 빛을 잃고, 새도 눈물을 머금으니, 동정호의 물도 오열하기만 할 뿐 보는 사람들 모두 소매를 적시지 않는 자가 없었다.

祭祀は濟んだ。御史は岳州府使に對して馬鶴の嚴囚を依囑し、乳母夫婦と共に長沙に到着した。『いづれを訪ねて母に會はうか』 と色々に思案をめぐらした末、乳母夫妻は長沙府に殘し、己れ一人、湖南全省の津々浦々を步き廻ることにした。或は琴を彈じて、俗にいふかどづけの姿に扮したり、又探勝の客となつて、寺と云ふ寺、僧と云ふ僧は殘らず訪問し、母の消息を探つたが、遂に其の踪跡は知る由がなかつた。御史は力を落して『噫!! 愈々絶望か』と溜息を漏さずには居られなかつた。

제사는 끝났다. 어사는 악주부사에게 마학을 엄격하게 가둘 것을 당부하고 유모 부부와 함께 장사에 도착했다.

"어느 쪽을 방문하면 어머니를 만날 수 있을까?"

하고 이리저리 생각을 한 끝에, 유모 부부는 장사부에 남겨 두고 자신 혼자만 호남의 모든 성(省)의 방방곡곡을 돌아다녀 보기로 했다. 혹은 금을 연주하며 속된 말로 걸립패[38]의 복장을 해 보기도 하

---

38 걸립패: 일본어 원문은 'かどづけ'다. 이는 남의 집 문 앞에 서서 음곡(音曲)을 연주하면서 금전을 구걸하는 것 혹은 그런 사람을 뜻한다(松井簡治·上田万年編,

고, 또한 경치 좋은 곳을 찾아다니는 객이 되어 절이라고 하는 절은
모두 스님이라고 하는 스님은 남김없이 방문했지만 어머니의 소식
을 찾을 수가 없었다. 마침내 그 종적을 알 방법이 없었다. 어사는 낙
심하여,

"아! 마침내 절망인가?"

라고 탄식을 하지 않고는 있을 수가 없었다.

(七) 朝陽樓上に琴を彈ず

(7) 조양루위에서 금을 연주하다.

ゑにしを結ぶ鳳凰琴

ところが或る日のこと湖南の極く南端に當る桂陽府桂陽州といふ所に
着いた。日が暮れたので旅宿を尋ねたが、村人の云ふところによると、
「此の附近には旅宿はない、これから十里程行けば、町も賑やかであ
り旅宿もある。然し今日は日が暮れたので行かれまい、彼處に見える
峰が鳳凰山で其の山麓の幽邃な村を鳳鳴洞と云ふ。村に朝陽樓といふ
がある、樓の主人を蘇之賢といふ、蘇之賢は貿易の爲め湖北を往復し
たが、何十萬と云ふ財産を作り、後ち朝陽樓を建てて、附近の靑年を
集めて敎育して居るが、蘇氏は思ひやりの深い人丈けに此處を通る旅
客は皆なその家に厄介になる。又朝陽樓の師儒は學識も卓越して居て
李白を壓倒すると云はれる程の有名な學者だしするので、四方から
態々先生を訪ねて來るものも多い、何時も朝陽樓は賑やかである。」

─────────
『大日本国語辞典』01, 金港堂書籍, 1915).

인연을 맺어주는 봉황금

그러던 어느 날의 일로 호남의 가장 남쪽에 해당하는 계양부(桂陽
府) 계양주(桂陽州)라고 불리는 곳에 도착했다. 날이 저물었기에 여관
을 찾았지만 마을 사람들이 말하는 것에 의하면,

"이 부근에는 여관은 없소. 앞으로 10리 정도 가면 마을도 번화하
고 여관도 있을 것이오. 하지만 오늘은 날이 저물었기에 갈 수도 없
겠구려. 저곳에 보이는 봉우리가 봉황산으로 그 산기슭의 깊고 고요
한 마을을 봉명동(鳳鳴洞)이라고 하오. 마을에 조양루(朝陽樓)라고 하
는 곳이 있는데, 이곳의 주인은 소지현이라고 하오. 소지현은 무역
을 하며 호북(湖北)을 왕래하는데 몇 십 만이나 되는 재산을 만들고
그 후에 조양루를 지어서 부근의 청년들을 모아서 교육을 하고 있소.
소씨는 배려심이 깊은 사람이기에 이곳을 지나는 여객은 모두 그 집
의 신세를 지오. 또한 조양루의 유생은 학식도 탁월하여 이백을 압
도할 정도로 유명한 학자이기에 사방에서 선생을 찾아오는 이가 많
소. 언제든지 조양류는 떠들썩하오."

と問ひもしないことを諄々と言ひ聞かせた。御史は之れを聞いて一
度行つて見やうと思ひ其の村人と別れ、鳳鳴洞を尋ねて行つた。到り
見れば景色が幽閑である計りでなく、村の中央には一つの樓閣聳え朝
陽樓と云ふ額が掛かつて居る。講堂を尋ねてそこの師儒に會ひ、一晩
の投宿を願つた。主も師儒も言下に快諾した。

라고 묻지도 않은 것을 반복해서 들려줬다. 어사는 이것을 듣고
한번 가 보자고 생각하고, 그 마을 사람과 헤어져서 봉명동을 찾아

갔다. 도착해 보니 경치가 유한(幽閑)할 뿐만 아니라 마을의 중앙에
는 하나의 누각이 솟아 있고 조양루라는 현판이 걸려 있었다. 강당
을 찾아가 그곳의 유생을 만나고 하룻밤 투숙을 부탁했다. 주인도
유생도 한 마디에 흔쾌히 승낙했다.

『貴客は何方の御方で今、いづれから御出ででしたか。』
『私は、もと北京の者ですが、都合で古鄕を離れ、諸所方々を廻り歩
く者でございます。琴には幾分心得がありますのでそれに衣食を托し
て居ります、偶ま御主人や先生の御芳名を伺つて御訪ね致した次第で
ざいます。』

"귀객은 어디의 누구이시며, 지금 어디에서 오셨습니까?"
"저는 원래 북경의 사람입니다만, 사정이 있어서 고향을 떠나 이
곳저곳을 돌아다니고 있습니다. 금에는 어느 정도 소양이 있어 그것
에 의식을 맡기고 있습니다만 우연히 주인과 선생의 높은 명성을 듣
고 방문하게 되었습니다."

主人や並み居る靑年達は、御史の琴客たるを聞くや、一夜の樂みを
求めやうと喜んで見へたが、單り壁に倚り掛つた師儒のみは暫らく無
言で居た躰て、四邊にも分るほどの溜息を吐いて御史に向ひ
『尊客の古鄕が北京であれば、何の郡で御芳名は何んと仰つしやる。』

주인과 모여 있던 청년들은 어사가 금을 연주하는 객이라고 듣고
하룻밤의 즐거움을 얻을 수 있다는 것에 기뻐했는데 홀로 벽에 기대

어 있던 유생만은 한동안 말이 없다가 마침내 주변이 들릴 정도로 한 숨을 쉬며 어사를 향해,

"존객(尊客)의 고향이 북경이라면 어느 군(郡)이며 성함은 무엇이 라고 합니까?"

御史は考へた。住所は祖母の住所を云はうか、若し又姓名を張眞と 名乘れば己れの身分が人に知れていけない、姓は母の姓をつけ名を文 と變へて、

『小生は北京順天府新城に住んで居ますが姓名は趙文でございます。』

어사는 생각했다. 주소는 할머니의 주소를 말할까? 하지만 혹 성 명을 장진이라고 하면 자신의 신분이 사람들에게 알려지게 되는 것 이다. 그것은 안 되는 것이다. 성은 어머니의 성을 붙이고 이름을 문 (文)이라고 바꿔서,

"소생은 북경 순천부 신성에 살고 있습니다만, 성명은 조문이라 고 합니다."

師儒は之れを聞くと又も溜息をいて

『おお、そればお懷かしい。私も元は北京順天府の者で、姓名は張運 肇といひます。偶然にも此處まで來て、遂に古鄕にも歸らず詑しくこ うしてここに歲月を送つて居ます。何をいふにも古鄕へは萬里懸絶、 それに或る間違ひから片輪になりましたから、死ぬ前に古鄕に歸ると は出來ないだらうと諦らめて居ます。業が未だ盡きないと見へて、頑 固な此命に引きづられながらこうやつて生きて居ますが、昔歲干か習

ひ覺えた薄弱な學問で靑年諸君の御相手をして居るやうな次第、噫!!
古鄕の消息は今では全く絶えて終ひ、小雨に花咲く春は思ひに惱まし
く、そよ風に木の葉ちる淋しい秋には殊に悲しく、斷腸消魂に勝えま
せんが、案外にも今日こうして古鄕の人に相逢ふとが出來ました。古
の詩人は、千里他鄕に故人と逢ふと云つたが、我々は萬里他鄕に故人
に逢つたのです、何ともお懐かしく思ひます。』

　　유생은 이것을 듣고 다시 한숨을 쉬며,

　　"이런, 반갑습니다. 저도 원래는 북경 순천부의 사람으로 성명은
장운봉(張運肇)이라고 합니다. 우연히도 이곳까지 와서 마침내 고향
에도 돌아가지 못하고 쓸쓸하게 이렇게 이곳에서 세월을 보내고 있
습니다. 무엇보다도 고향은 멀리 떨어져 있고 게다가 어떠한 사고로
장애인이 되었기에 죽기 전에 고향에 돌아갈 수는 없을 것이라고 포
기하고 있습니다. 업보가 아직 다하지 않은 것이라고 보고 완고한
이 목숨에 이끌리면서 이렇게 살아가고 있습니다만, 예전에 배웠던
박약한 학문으로 청년들을 상대로 일을 하고 있습니다. 아!! 고향의
소식은 지금은 완전히 끊기어서 가랑비에 꽃이 피는 봄이 되면 생각
에 괴로워지고, 산들바람에 나무가 떨어지는 쓸쓸한 가을에는 특히
슬픔이 더하여 창자가 끊어질 듯한 슬픔을 견딜 수가 없습니다만,
뜻밖에 이렇게 고향 사람을 만나게 되었습니다. 옛 시인은 천리 타
향에서 고향 사람을 만난다고 하지만 우리들은 만리타향에서 고향
사람을 만났습니다. 참으로 반갑습니다."

御史は師儒の言を聞いて、その樣子を窺ふと、年齡は四十近く、容貌は端雅であるが、愁色面に溢れ、一脚短くして跛を引く。然し本籍が順天であり、姓が張氏であれば、我れとは勿論親戚には違ひない。否、さうでない理由もある、私が新城に住つた時、祖母の御話には我が家には近親とては一人もないと言はれた。我家は、北京では有名な家柄である。若し私が張夫人の孫だと打明けたのでは、此人の實情を探ることは出來ない。當分私の身分を顯はさずに居ねばならぬ。

어사는 유생의 말을 듣고 그 모습을 살펴보니, 연령은 40 가까이 되어 보이고 용모는 단아하지만 얼굴에 수심이 가득차고 한쪽 다리가 짧아 다리를 절었다. 하지만 본적이 순천이고 성이 장씨라면 자신과는 물론 친척임에 틀림없다. 아니 그렇지 않을 이유도 있다. 자신이 신성에 갔을 때, 할머니의 말씀에 의하면 집에는 가까운 친척이라고는 한 사람도 없다고 했다. 자신의 집은 북경에서는 유명한 집안이다. 혹 자신이 장부인의 손자라는 것을 털어 놓아서는 이 사람의 실제 상황을 살필 수가 없을 것이다. 당분간 자신의 신분을 드러내지 말고 있지 않으면 안 된다.

師儒は御史に向ひ、馴々しく膝を進め、色々なことを聞いた。
『尊客は何時順天府を御立ちになりましたか。それから新城松鶴山を御存じでせうね。』
御史も師儒の擧動を訝かしく思ひ始めた。─で、問はれたこと以外ににに色々な事柄を附け加へて答へる。
『順天府を立つたのは一年ほど前のことでした。それから松鶴山と云

へば其麓には有名な宰相張尙書の御屋敷があるでせう、北京の者で張
尙書をらぬ者なく、張尙書を知つて居る者は必らず其の松鶴山を知つ
て居るでせう。』
　忽ち師儒の眼は涙ぐんだ。首をかしげ手巾を出して涙を拭く、

　　　유생은 어사를 향해 매우 정답게 다가앉아서 이런 저런 것을 물었다.
　　　"존객은 언제 순천부를 떠나셨습니까? 그리고 신성 송학산을 아
십니까?"
　　　어사도 유생의 거동을 이상히 여기기 시작했다. 그리하여 물어보
는 것 외에 여러 가지 내용을 덧붙여서 대답했다.
　　　"순천부를 떠난 것은 1년 정도 전입니다. 그리고 송학산이라고 하
면 그 산기슭에 유명한 재상 장상서의 가옥이 있지 않습니까? 북경
사람으로 장상서를 모르는 사람은 없습니다. 장상서를 아는 사람이
라면 반드시 그 송학산을 알고 있을 것입니다."
　　　갑자기 유생의 눈에는 눈물이 고였다. 고개를 숙이고 손수건을 꺼
내어 눈물을 닦았다.

　御史は益々疑心が深くなつた。
　「先生は我家と何かの關係がある樣だ、さうでないと我家の事を聞い
て彼れほど悲しむ譯がない—、姓は張氏と云つた、若しや我が近親で
あれば必ず鳳凰琴を知つてゐるだらう。琴を見せたら我家との關係
の有無が直ぐ解るに違ひない。」

　　　어사는 더욱 의심이 깊어갔다.

"선생은 우리 집과 무슨 관계가 있는 듯하다. 그렇지 않고는 우리 집에 대한 이야기를 듣고 저렇게 슬퍼할 이유가 없다. 성은 장씨라고 했다. 만약에 우리의 가까운 친척이라면 반드시 봉황금을 알 것이다. 금을 보여준다면 우리 집과의 관계에 대한 유무를 바로 알 수 있음에 틀림없다."

軈て日も暮れて、夕餉を了つた御史は、琴を取出し膝に載せ、皆なに向つて、

『承はりますと此處に鳳凰山と云ふ山があり、地名も鳳鳴洞であり、其上朝陽樓があるでせう、私の持つて居る琴は斯の山、斯の村とゆかりの深い名を有つて居ます、私の技が拙いのですが、一度彈かして頂きますから、どうぞ御高評を願ひます。』

挨拶を述へて一曲を彈いた。

이윽고 날이 저물어 저녁식사를 끝낸 어사는 금을 꺼내어 무릎 위에 올려놓고 모두를 향해,

"들기로는 이곳에 봉황산이라는 산이 있어 지명도 봉명동이고 게다가 조양루가 있다지요? 제가 가지고 있는 금은 이 산과 이 마을과 깊은 인연이 있는 이름을 가지고 있습니다. 저의 솜씨가 서투릅니다만, 한번 연주를 들려드리고자 합니다. 아무쪼록 고평(高評)을 부탁드립니다."

인사말을 하고 한 곡을 연주했다.

其の音は泣くが如く、怨むが如く、慕ふが如く、訴ふるが如く、聞

く者をして心神恍惚たらしめた。御史の彈いたその曲は王昭君の出塞
曲でもなく、鍾子期の峨洋曲でもなく、鳳凰曲、白雪調でもなく、父
母に別れ子に別れて萬里遠國に腸を斷つ孤客の心思を衝動せずには描
かぬ悲愴な調子のものであつた。この調子に耳傾けて並み居る人々
は、その何曲たるかを知る由もなく、單に其の音色が雄大で、恰かも
昭々九成に金鳳啼いて、朝陽雲宵の玉凰を喚ぶ樣にしか聞へない。皆
なは之れが鳳凰曲であらうか、何んであらうか、貴客の手腕は實に奇
妙だ、如何にすれば彼んな音を出せるのか、丸で鳳鳴洞朝陽樓で金鳳
玉凰が互に舞ふやうな氣持がする、鳳鳴洞には實に適當な琴だ』と褒め
てやす計りであつた。

그 소리는 우는 듯, 원망하는 듯, 그리워하는 듯, 하소연하는 듯, 듣
는 사람으로 하여 정신을 황홀하게 했다. 어사가 연주한 그 곡은 왕소
군(王昭君)의 출새곡(出塞曲)도 아니고, 종자기의 아양곡(峨洋曲)도 아
니고, 봉황곡(鳳凰曲) 백설조(白雪調)도 아닌 부모와 헤어지고 자식과
헤어져 만 리 먼 곳에서 창자가 끊어질 듯한 외로운 객의 심리를 흔들
지 않고는 못 베기는 슬프고 마음 아픈 가락의 노래였다. 이 가락에
귀를 기울이며 줄지어 앉아 있던 사람들은 그것이 무슨 노래인지도
모르면서 단지 그 음색의 웅대함이 마치 쓸쓸한 구성(九成)에 금봉(金
鳳)이 우는 것처럼, 조양(朝陽), 운소(雲宵)의 옥황(玉凰)을 부르는 것처
럼 들릴 뿐이었다. 모두는 이것이 봉황곡이든 무엇이든 귀객의 솜씨
는 실로 기묘하다며 어떻게 하면 그러한 소리를 내는 것인가 하고 마
치 봉명동 조양루에서 금봉과 옥황이 서로 춤을 추는 듯한 기분이 들
었다며 봉명동에 실로 적절한 금이라며 극구 칭찬할 뿐이었다.

然し師儒一人だけは愀然として、

『嗚呼此の調子よ、昔、漢の時代に蔡邕の娘文姫が匈奴の亂に遭つて胡地の捕子となつたが、そこで子を産んだ。其の後ち曹孟德に助けられて古鄕に歸るに際し、其子に別れながら作つた悲しい調子である。此の世の中には親に別れ子に別れた人が一人二人ぢやない、私も其の一人だ。親に生別して今日まで辛い歲月を送つて來た、何んたる悲痛な調子であらう。』

とて淚を流した。一座皆な師儒の高見に佩服すると共に悽慘な同情の色が面々に浮んで來た。

　　　하지만 유생 한 명만은 근심에 잠기어,

　　　"오호라, 이 가락이라는 것은 옛날 한나라 시대에 채옹(蔡邕)의 딸 문희(文姬)가 흉노(匈奴)의 난을 만나서 오랑캐 땅에 붙잡히는 신세가 되었는데 거기에서 아이를 낳고 그 후에 조맹덕(曹孟德)에게 구원받아 고향으로 돌아가던 길에 그 아들과 헤어지면서 만든 슬픈 가락인 것이다. 이 세상에는 부모와 헤어지고 자식과 헤어진 사람이 한두 사람이 아니다. 나도 그 중의 한 사람이다. 부모와 생이별을 하고 오늘날까지 힘든 시간을 보내고 있다. 이 얼마나 비통한 가락인가?"

　　　라고 말하며 눈물을 흘렸다. 앉아 있던 모두는 유생의 고견(高見)에 탄복함과 동시에 처참한 동정의 빛을 얼굴에 띄웠다.

御史は一層怪しみを深くし、琴を推して師儒の前に置きながら、

『先生の高秀なる御器量には實に感服致しました。今日先生に會ふことになつたのは私に取つて無上の幸福でございます。何卒高明な御手

腕を惜まず一つお聞かせ下さいまし。』

　　어사는 한층 의심스러운 마음이 깊어져서 금을 옮기어 유생 앞에
두면서,
　　"선생의 높고 뛰어난 기량에 실로 감복했습니다. 오늘 선생님을
만나게 된 것은 저에게 더할 나위 없는 행복입니다. 아무쪼록 고명
한 능력을 아까워하지 마시고 한번 들려주십시오."

　師儒は己むなく其の琴を受けた。この瞬間アツと飛び上る程に驚い
て、まるで失心した人のやう—
　御史は前日張府で金鳳琴を見た時、非常に驚いたが、師儒は亦今日
この金鳳琴を見て飛び上る程に驚いた。聰明なる御史の疑は絶頂に達
した。

　　유생은 하는 수 없이 그 금을 받았다. 그 순간 이런 하며 펄쩍 뛰어
오를 정도로 놀라며 마치 실신한 사람처럼
　　어사가 지난 날 장부에서 금봉금을 보았을 때 몹시 놀랐는데 유생
도 또한 오늘 이 금봉금을 보고 펄쩍 뛰어오를 정도로 놀랐다. 총명
한 어사의 의심은 절정에 다다랐다.

　師儒は今尙ほ失心の體から覺めぬ、琴は受取つたが手が動かない。
暫くの間はぼんやりと坐つてゐたが、御史に向ひ慇懃な言葉で聞くの
であつた。
　『御宅は或は新城張尙書の御宅と御親類にでもなるのぢやありません

か。此琴は日常見馴れたものでございます。』

　　유생은 지금 더욱 실신한 몸에서 깨어나지 못하고 금을 받아 든
손이 움직이질 않았다. 한동안 멍하니 앉아 있다가 어사를 향해 정
중한 말로 물어 보는 것이었다.
　　"댁은 혹시 신성의 장상서 댁과 친척 관계이지 않습니까? 이 금은
평소에 자주 보아 오던 것입니다."

　御史は師儒の擧動に細心の注意をしながら、
『私は張尙書のお隣り住んで居ますが、張夫人から肉親の子も及ばぬ
ほど可愛がつて頂きました、そして此琴を頂戴したのでございます。』

　　어사는 유생의 거동을 세심히 주의하여 보면서,
　　"저는 장상서의 이웃에 살고 있습니다만, 장부인에게서 친 혈육
인 자식에게도 미치지 않을 정도로 사랑을 받아왔습니다. 그리고 이
금을 받은 것입니다."

　師儒は急き込んで聲を顫はしながら、
『老夫人はまだ生きてお居でででせうか、今も達者でいらつしやいませ
うか。』
　と言葉も終らずに噎び返つた。此の光景を見て居た一同は皆な眼を
圓くした。

　　유생은 몹시 떨리는 목소리로,

291

"노부인(老夫人)은 아직 살아 계시는지요? 지금도 건강하신지요?"

라고 말이 끝나기도 전에 목이 메었다. 이 광경을 보고 있던 모두

는 눈이 휘둥그레졌다.

御史は內心斯う考へた。

「この人はきつと張夫人の親類であらう、左もなければ一方ならず祖母の惠に浴した人であらう、兎も角仔細を質して見やう。』

乃で、

『張夫人は其の息夫婦が長沙太守に往つたきり今年十何年になつても歸らず、消息さへ全く絶え、晝夜其の子息夫婦のことばかり思ひ暮して溜息と淚に歲月を送つていらつしやいますが、白髮は皓々となり、體は瘦切つて、其の哀れなことは實に目も當てられぬ程でございます。』

어사는 마음속으로 이렇게 생각했다.

"이 사람은 필시 장부인의 친척일 것이다. 그렇지 않다면 할머니

로부터 커다란 은혜를 입은 사람일 것이다. 어쨌든 자세한 사정을

물어 보자."

이에,

"장부인은 그 아들 부부가 장사의 태수로 간 이후로 올해 십 몇 년

이 되었는데도 돌아오지 않고 소식조차도 전혀 없어 밤낮으로 그 아

들 부부의 일만을 생각하고 지내며 한숨과 눈물로 세월을 보내고 계

십니다만 백발이 밝게 빛나고 몸은 몹시 수척한지라 그 불쌍함은 실

로 도저히 볼 수 없을 정도입니다."

師儒は聲を放つて泣き出した。

御史は今まで師儒の問ひに答へてばかり居て師儒の張夫人に對する
關係は一つも聞かなかつた。然し、今、此狀を見てはたゞの緣者と
か、普通の恩惠に浴した人と思はれない。如何しても張夫人の子、趙
氏の家君でなければなるまいと思はれる。然し太守が馬鶴の爲めに水
中へ投げられて死んだことは、趙氏の目擊した所だ。其の事實は訴狀
に依つて明瞭である。湘江の怨魂となつたのは爭ふことの出來ない確
實なる事實だ。

유생은 소리를 내어 울기 시작했다.

어사는 지금까지 유생의 질문에 답하기만 할 뿐 유생과 장부인의
관계에 대해서는 하나도 묻지 않았다. 하지만, 지금 이 상황을 보면
그냥 연고[39]가 있는 사람이라든지 그저 은혜를 입은 사람이라고만
생각할 수가 없었다. [전후 사정을 고려해보면] 어떤 일이 있어도 장
부인의 아들 조씨의 남편이지 않으면 안 된다고 생각되었다. 하지만
태수가 마학 때문에 물속에 빠져서 죽은 것은 조씨가 목격한 바이다.
그 사실은 소장에서도 명료하다. 상강의 원귀가 된 것은 논의할 수
없는 명확한 사실이다.

御史は此時偶然何か思ひ出した。それは張夫人に會つた時己れの容貌
が太守に酷似するとのことであつた。そこで師儒の顔を熟視した、見れ
ば凝ふ方なき父である。倒れた師儒を抱き上げて御史は口を切つた。

---

39 연고: 일본어 원문은 '緣者'다. 이는 연고관계가 있는 사람 혹은 친척이 되는 사
람을 뜻한다(松井簡治·上田万年編, 『大日本国語辞典』01, 金港堂書籍, 1915).

『先生確かりして下さい、私から先生にお聞きしたいとがございます、何うか先生、腹藏なくお聞かせ下さい、先生は新城張夫人とどんな關係でいらつしやいますか。』

　어사는 이때 우연히 무언가를 생각해 냈다. 그것은 장부인을 만났을 때 자신의 용모가 태수와 매우 닮았다는 것이었다. 이에 유생의 얼굴을 자세히 눈여겨봤다. 살펴보니 의심할 수 없는 아버지였다. 쓰러진 유생을 안아 올리고 어사는 말을 꺼냈다.
　"선생 확인해 주십시오. 제가 선생에게 물어 보고 싶은 것이 있습니다. 아무쪼록 선생은 숨김없이 들려주십시오. 선생은 신성의 장부인과는 어떠한 관계이십니까?"

師儒は漏を拭きつつ、
『私は卽ち張夫人の子です、其時の長沙太守長潤です。』
やつと之れだけで他の事は云へない。生きて居る母親を探しに廻る御史が死んだ父に再會するとは夢想以外だ。

　유생은 눈물을 닦으며,
　"저는 바로 장부인의 아들입니다. 그때 장사의 태수인 장윤입니다."
　간신히 이것만을 이야기한 뒤 다른 것은 말하지를 못했다. 살아 있는 어머니를 찾아다니던 어사가 죽은 아버지를 만나리라고는 꿈에도 생각지 못했다.

御史は師儒のこの言を聞くと同時に茫然となり、父の前に伏し倒れ

て、わツと泣き出した。が、顫へる聲で

『小子の本名は趙文ではありません、實は趙氏の腹中に居た張眞で、現今の湖南御史でございます。』

師儒は夢幻の境を彷徨ふ心地、囈言のやうに『ああ、ああ』と云つたが御史の手を握り占め、

『之れは何んと云ふ不思議なことであらう、早く其の始末を聞かして呉れないか。』

어사는 유생의 말을 듣고 동시에 망연해져서 아버지 앞에 엎드려 쓰러져서 와 하고 울기 시작했다. 하지만 떨리는 목소리로,

"소자의 본명은 조문이 아닙니다. 실은 조씨의 배 속에 있던 장진으로 지금 호남 어사입니다."

유생은 꿈과 환상의 경계를 방황하는 마음으로, 헛소리를 하듯,

"아아, 아아."

라고 말하며 어사의 손을 잡으면서,

"이 무슨 불가사의한 일이란 말인가? 어서 그 자초지종을 들려주지 않겠느냐?"

御史は嬉し涙に暮れな１がら、今までの大略を話した。師儒は初めて御史の己れの子たることを知つた。御史の頭に取り縋り噎び泣きながら、

『妻の腹中に居た御前が、早やこんなに生長したか、御前の母は生きて居るか死んだのか、丸で夢のやうではないか。』

と狂せるが如く、醉へるが如き其の有樣は、實に形容のしかたもない。

어사는 기쁨의 눈물을 흘리면서 지금까지의 대략을 이야기했다. 유생은 처음으로 어사가 자신의 자식이라는 것을 알았다. 어사의 머리에 매달려서 목메어 울면서,

"부인의 배 속에 있던 네가 어느덧 이렇게 성장을 했단 말이냐? 너의 어머니는 살아 있느냐? 죽었느냐? 마치 꿈과 같지 않느냐?"

하고 미친 듯 정신을 빼앗긴 듯한 그 모습은 실로 이루 말할 수가 없었다.

之れを見て居た主人や靑年達は其の一什伍什を聞いて袖を濕ほさぬものはなかった。況んや御史父子の心情は如何であつたらうか。水中に死んで此世に居る筈のない我父、其時妻の腹中に居て此世に出やうとは思はなかつた我子が今日この場で邂逅するとは實に夢想以外である。

이것을 보고 있던 주인과 청년들은 그 자초지종을 듣고 소매를 적시지 않는 자가 없었다. 하물며 어사 부자(父子)의 심정은 오죽한 것일까? 물속에서 죽어서 이 세상에 있을 리가 없는 자신의 아버지 그때 아내의 배속에 있어 이 세상에 나왔을 것이라고 생각지 못했던 자신의 자식이 오늘 이 장소에서 해후하리라고는 실로 꿈에도 생각지 못했던 것이다.

嗚呼、今まで思つても見なかつた御史親子が此處で逢つたのも專ら金鳳琴の力である。若し此琴がなかつたら、此れは一時鳳鳴洞を通り去る一人の旅人、彼れは靑年達に授業する一人の師儒に過ぎなかつたのだ。有難い、此の金鳳琴よ、御史は張府で此の金鳳琴を見て、己が

家の玉鳳琴と比較し、それにより復讐も出來、母の此世に生きて居る
のも知る樣になつたが、今日又親子に邂逅したのも專ら此の金鳳琴の
御蔭であつた。

오호라, 지금까지 생각지도 못했던 어사의 아버지와 자식이 이
곳에서 만나게 된 것도 모두 금봉금의 힘이다. 만약에 이 금이 없었
더라면, 자신은 잠시 봉명동을 지나가는 여행객, 그는 청년들에게
수업하는 한 사람의 유생에 지나지 않았을 것이다. 감사한 일이다.
이 금봉금이여, 어사는 장부에서 이 금봉금을 보고 자신의 집의 옥
황금과 비교하게 되고, 그로 인해 복수도 하게 되고 어머니가 이 세
상에 살아 계시다는 것을 알게 되었는데, 오늘 다시 아버지와 자식
이 해후하게 된 것도 모두 이 금봉금 덕분이었다.

父子二人は泣けるだけ泣いた、張潤は其母や妻のことを思ふて泣
き、御史は母や祖母を思ふばかりでなく、十七年の永い間も仇とは知
らず馬鶴を父どして事へたことや、其他の事、萬感胸中に充ちて泣き
泣いた。

부자 두 사람은 울 수 있을 만큼 울었다. 장윤은 그 어머니와 아내
의 일을 생각하며 울고, 어사는 17년의 긴 시간 동안 원수인 줄도 모
르고 마학을 아버지로 섬겨왔던 것과 그 밖의 일로 온갖 생각이 가슴
속에 가득 차 울고 울었다.

御史は父に對し自分の乳母に養育されたることを始めとして、水賊

297

馬鶴を肉親の親と思つて事へ、姓名までも馬龍と名付けたことや、科
擧に赴く途中張府に寄つて金鳳琴を拜領したこと、科擧に及第して湖
南御史に成つて月精の訴狀により乳母から金鳳釵の證據を得て馬鶴を囚
へ、今は母親を探し廻る一什伍什を語り、太守は自分が盜賊に遭つて水
中に投げられたが、幸ひにも此家の主人蘇之賢に助けられて、此處に逗
留して居ることや、水に落ちた時脚を折つて步行の自由を失ひ、遂に其
まゝ故鄕に歸へられずここに永の歲月を消したことを語り、

　어사는 아버지에게 자신이 유모에게 길러진 것을 시작으로 도적
마학을 친 혈육의 부모라고 생각하고 섬겼던 일, 성명까지도 마용이
라고 붙여졌던 것, 과거에 나가는 도중 장부에 들려서 금봉금을 감
사히 받은 일, 과거에 급제하고 호남 어사가 되어 월정으로부터 받
은 소장에 의해 유모로부터 증거물인 금봉의 비녀를 얻고 마학을 가
둔 일, 지금은 어머니를 찾아 돌아다니고 있는 자초지종을 이야기했
다. 태수는 자신이 도적을 만나서 물속에 버려졌지만 다행히도 이
집의 주인 소지현에게 구원받아 이곳에서 머물고 있는 것과 물에 빠
졌을 때 부러져서 보행의 자유를 잃어버린 것, 결국 그대로 고향에
돌아가지 못하고 이곳에서 긴 세월을 보내고 있는 것을 이야기했다.

　猶ほ言葉を續けて主人は私を助けた計りでなく、今までの衣食まで
も惠んだ、其恩は實に鴻大である。私が此處へ來てから復讐を計劃し
たが、盜賊の居住や姓名が解らないのみか、私の此の悲運を一般に發
表するのは人民に對して面目がない、姓名を改めて雲樵とした。雲の
字を附けた理由は私の故鄕は白雲洞にある、名を喚ぶ時每に故鄕を思

出さうとしたのだ。然し今此の訴狀を讀んで見ると私の難儀は却つて些細なものだ。御前の母は千辛萬苦を嘗めた上にも髮を斷つて尼にまで成つたのが、實に慘酷なことである。それから私の樣な薄命な者の爲め訴狀を提出したが、御史が馬鶴の子馬龍と知つて踪跡を晦ましたとあつては其の所在を知るのも困難である……然し馬鶴の囚はれた事が一般に傳へられれば尋ねて來ぬとも限らない。と、くさぐさの話に時の移るのも知らなかつた。

더욱 말을 이어가며,

"주인은 나를 구해 줬을 뿐만 아니라 오늘날까지 의식까지도 베풀어 줬기에 그 은혜는 실로 크다. 내가 이곳에 와서부터 복수를 계획했지만 도적이 거주하는 곳과 성명을 알 수 없을 뿐만 아니라 나의 이러한 슬픈 운명을 모두에게 말하는 것은 백성들에 대해 면목이 없어 성명을 고쳐 운초(雲樵)라고 했다. 운(雲)이라는 글자를 붙인 이유는 내 고향인 백운동(白雲洞)에 있어 이름을 부를 때마다 고향을 생각하려고 한 것이다. 하지만 지금 이 소장을 읽어 보니 내가 한 고생은 오히려 사소한 것이로구나. 너의 어머니는 천신만고를 겪었을 뿐만 아니라 머리를 잘라 비구니가 되기까지 했는데 참으로 참혹한 일이로다. 나와 같이 기구한 운명을 가진 자를 위해 소장을 제출했는데 어사가 마학의 아들 마용이라는 것을 알고 종적을 감췄다는 것은 그 소재를 아는 것이 곤란할 것이다……하지만 마학이 갇힌 것이 모두에게 전해진다면 찾아오지 말라는 법도 없을 것이다."

라고 여러 가지 이야기에 시간이 가는 줄도 몰랐다.

御史は翌日桂陽太守に依賴して、鳳鳴洞蘇之賢の宅に喜ばしい祝宴を開いた。それと聞いて祝賀に來る列國の太守、縣令は道路に連續した。御史は其の一伍一什を皇帝に上奏し、主人に對しては千金を以つて謝意を表した。かくて御史は父親を連れて鳳鳴洞を立つこととなつた。張太守と蘇之賢とは十七年間の交友である、立ち去る張太守や見送る主人の心情は實に兄弟も啻ならぬ。蘇之賢及び何百名の弟子皆な先を爭つて遠方まで見送つた。

어사는 다음날 계양의 태수에게 의뢰하여 봉명동 소지현의 댁에서 기쁨의 축하연을 열었다. 그것을 듣고 축하하러 온 여러 고을의 태수와 현령이 길에 줄을 이었다. 어사는 그 자초지종을 황제에게 아뢰고 주인에 대해서는 천금(千金)으로 감사의 마음을 표했다. 이리하여 어사는 아버지를 모시고 봉명동을 떠나게 되었다. 장태수와 소지현은 17년간의 친구였다. 떠나가는 장태수와 떠나보내는 주인의 심정은 실로 형제 그 이상이었다. 소지현과 더불어 몇 백 명의 제자 모두 앞을 다투어서 먼 곳까지 배웅했다.

御史の親子は鳳鳴洞を喜びと共に立つたが又一つ氣に掛るのは母のことである。天祐か神助か死んだ父には會つたけれども生きて居る母を尋ねることが出來ない。仇を捕へ父に會つたことは喜ばしいが、何處へ往けば母に會ふことが出來るであらう。己れの子とは知らず仇とばかり思つて行方を晦まし弱い胸を痛めて居る母を思ふと、片時も凝つとして居られない、苛ら苛らしながら長沙に向つた。

어사부자는 기뻐하며 봉명동을 떠났지만, 또한 한 가지 걱정되는
것은 어머니였다. 천우인지 신조인지 죽은 아버지는 만났지만 살아
있다는 어머니를 찾을 수가 없다. 원수를 잡고 아버지를 만난 것은
기쁘지만 어디로 가면 어머니를 만날 수 있는 것인지? 자신의 자식
이라고는 생각지도 못하고 원수라고만 생각하여 행방을 감춰버리
고 약한 가슴에 아파하고 있을 어머니를 생각하면 한시라도 지체할
수가 없었기에 안절부절 못하면서 장사를 향했다.

(八) 絕對絕命の靑石驛
(8) 절대절명의 청석역

私は死んで之れは夢か知ら

其後月精一行は晝は山に匿れ、夜は途を急ぎ其の難澁と飢渴迚も名
狀することはできぬ。湖南境內は何處へ行つても危險なので寧ろ廣東
地方を安全だと思ひ、長沙から廣東に向ふのであつたが、或日のこ
と、荊州靑石驛に差し懸り大道を見棄てて小徑を辿つて急いだが、後
ろの方に人の足音がするので、驚いて振り向いて見ると、丈の九尺も
あらうといふ壯漢が追ひかけて來る。月精の胸は動悸が昂ぶる、ああ
運命も早や盡きたかと思ふ瞬間彼れは追付いた。月精一行は周章てて
手を合はせ、會釋をして南無阿彌陀佛と念佛を唱へながら路傍に下つ
た。彼れは足を停めたが、最後に居る月精に近寄つた。月精は霹靂に
打たれた樣に頭が重くなつた。枯木の樣に立つて居るばかりだが他の
二人は手を合はせて哀願する。

『世の中の富貴は實に漂へる雲の樣なものでございます。一時の富貴

を顧みないで可憐なこの三人の命を助け下さいませ。後生ですから、
どうぞ—』

　나는 죽었고 이것은 꿈일까?
　그 후 수개 월 월정 일행은 낮에는 산에 숨고 밤에는 길을 서둘렀
는데, 그 고생과 그 배고픔과 목마름은 도저히 뭐라고 형언할 수 없
었다. 호남 경계 내는 어디를 가더라도 위험하기에 오히려 광동(廣
東) 지방이 안전하다고 생각해 장사에서 광동을 향하고 있었다. 그
런데 어느 날의 일로 형주(荊州) 청석역(靑石驛)에 다다라서 큰 길을
버리고 작은 길을 따라 서둘렀는데, 뒤에서 사람의 발소리가 들리기
에 놀라서 돌아보니 길이가 9척이나 되어 보이는 건장한 남자가 좇
아오고 있는 것이었다. 월정은 두근거리는 가슴에 흥분되었다. 아
아, 운명도 어느덧 다했다고 생각하던 순간 그가 따라붙었다. 월정
일행은 당황하여 손을 모으고 불경의 뜻을 해석하여 나무아비타불
이라고 염불을 외우면서 길 양쪽 옆으로 내려갔다. 그가 걸음을 멈
추었는데 끝에 있는 월정에게 다가왔다. 월정은 벼락을 맞은 듯 머
리가 무거워졌다. 고목처럼 서 있기만 했는데, 다른 두 사람은 손을
모아서 애원했다.
　"세상의 부귀는 실로 떠다니는 구름과 같은 것입니다. 한때의 부
귀를 돌아보지 말고 가련한 이 세 사람의 목숨을 살려주십시오. 후
세가 있으니까 아무쪼록"
　그는 귀를 기울이려고 하지도 않고, 그 자리에서 월정의 팔을 잡
아당겨 청석역을 가리키며 가려고 하는 것이었다.

彼れは耳を假さうともせず、矢庭に月精の腕を引張つて靑石驛を指して行かうとするのだつた。

月精一行は長沙を立つてから一時一刻と云へども心を安んじたことはない。九死に一生を得て湖南の境內を脱け出やうと、脚の疲れも構はず、懸命に急ぎ急いで漸やくのことで荊州に着いた。此處から桂陽州さへ無事に通過すれば湖南は完全に脱出するのだ。早くこの危険な地域を遁れたいと焦つたが、又此の悲境に陷つて了つた。一行は只管らに放たれんことを乞をふたが、御史の多額な賞金に目が眩んだのか、如何なる言を以つて哀願しても一向に聞き入れず、月精だけは堅く執らへて手放さない。一行は三人も居るけれど、虎の樣な彼れの腕力に抵抗することが出來ないのみならず三人は御史の犯罪人だ、假へ腕力が立勝つて居たとしても手向ふことを憚る。只だ哀願するのみである。

월정 일행은 장사를 떠나고부터 매 순간이라고 해도 좋을 정도로 안심한 적이 없다. 아홉 번 죽을 고비에 한 번 생을 얻어 호남의 경내를 벗어나려고 다리의 피곤함도 상관하지 않고 열심히 서두르고 서둘러 드디어 형주에 도착했다. 이곳에서 계양주만 무사히 통과한다면 호남을 완전히 탈출하는 것이다. 어서 이 위험한 지역에서 도망치고 싶다고 서둘렀는데 다시 이러한 슬픈 지경에 빠져 버렸다. 일행은 오로지 달아나게 해 줄 것을 빌었는데, 어사가 내건 다액의 상금에 눈이 휘둥그레졌는지 어떠한 말로 애원해도 전혀 들으려고 하지 않고 월정만은 꽉 붙잡고 놓아주지를 않았다. 일행이 세 사람이나 되었는데도 호랑이와 같은 그의 팔 힘에 저항할 수 없을 뿐만 아

니라 세 사람은 어사에게 있어서 범죄인이었다. 설령 팔 힘이 세다
고 하더라도 반항하는 것을 두려워했다. 다만 애원할 뿐이었다.

月精を引張り其の千辭萬言の哀願も顧みず、靑石驛に引立て行く
は、此の界隈にかくれもない東哲と云ふ惡漢であつた。御史の懸賞の
事は聞きもしないで、ただ月精の雪膚花容に見惚れ、獸慾を滿たさう
との心から月精を捉へたのである。

　　월정을 잡아끌고 그 천사만언(千辭萬言)의 애원도 돌아보지 않고
청석역으로 활기차게 가는 것은 이 일대에 널리 알려진 동철(東哲)이
라고 하는 악한(惡漢)이었다. 어사가 상금을 내건 것에 대해서는 듣
지도 않았지만, 다만 월정의 눈 같은 피부와 꽃 같은 용모에 홀딱 반
하여 금수와 같은 욕심을 채우려는 마음에서 월정을 붙잡은 것이다.

東哲ひそかに思へらく、自分は今三十を越して未だに妻がない、天
祐とや云はむ、今日こそは天下の美人にめぐり遭つた、昨夕は賭錢に
損をしたが賭博で負けたればこそ早朝から此の途を通ることができ
た。そして此の世にも珍らしい獲物があつた。一も二も皆な賭博の御
蔭だと得意になり、一生の望みでも貫徹した樣に喜んだ。

　　동철은 남 몰래 생각했는데 자신은 지금 30을 넘었는데도 아직 아
내가 없다. 하늘이 도운 것일까? 오늘이야말로 천하의 미인을 만나
게 되었다. 어제 저녁은 돈 내기에서 손해를 보았다만, 도박에서 졌
기에 오늘 아침 이 길을 지날 수 있었던 것이다. 그리고 이 세상에 보

기 드문 사냥감이 있었다. 이것도 저것도 모두 도박을 한 덕분이라
고 득의양양해 져서 일생의 바람이라도 관철한 듯 기뻐했다.

　此時、案外にも靑石驛から走つて來て、『東哲よ、其處で待つて居ろ』
と聲高々叫んだものがある。あれ程傍若無人であつた東哲は、其の聲
を聞くとガツカリ力を落した。月精を摑んで居た手は自然に放たれ
た、そして茫然道傍に突つ立つて口を噤み、其人を待つ樣子、東哲が
反抗もせず落膽する樣子を見た一行は、やや眉を開いた。

　　이때 뜻밖에도 청석역에서 달려와서,
　　"동철, 그곳에서 기다리게나."
　　라고 소리 높이 외치는 자가 있었다. 그렇게 방약무인하던 동철은
　　그 소리를 듣고 낙담했다. 월정을 붙잡고 있던 손은 자연스럽게 풀
　　었다. 그리고 멍하니 길가에 우뚝 서서 입을 다물었다. 그 사람을 기
　　다리는 모습, 동철의 저항하지도 않고 낙담하는 모습을 본 일행은
　　조금은 안심을 했다.

　東哲を呼び留めたのは他でもなく靑石驛長であつた。此の驛長は御
史の傳令を聞き、仕合よく月精を探し出せば、重賞を得られると北臾
笑み、我手に捉へくれんと思ふ矢先、宿直からの歸り路に案外にも東
哲が女僧を拉し行く見て、必定月精に相違はない。獨りで賞金をせし
めるつもりで、まだ御史の傳令を秘めてあるが、彼奴何處からか傳令
のことを知つて女僧を引張つて行くのか知ら? 兎に角、一度聞いて見や
う、と、東哲を呼び留めたのだつた。

305

　동철을 불러 세운 것은 다름 아닌 청석역장(靑石驛長)이었다. 이 역
장은 어사의 전령(傳令)을 듣고 때마침 월정을 찾기만 하면 큰 포상
을 얻을 수 있을 것이라고 싱글벙글 웃으며 자기 손으로 잡으려고 하
던 차였다. 숙직을 하고 돌아가던 길에 뜻밖에도 동철이 여승을 붙
잡아 가는 것을 보고 필시 월정이 틀림없다고 생각했다. 혼자 상금
을 가로챌 속셈으로 아직 어사의 전령(傳令)을 숨기고 있었는데 그가
어떻게 어디에서 전령에 대해서 알아서 여승(女僧)을 잡아끌고 가는
것인지 어쨌든 한번 물어나 보자고 동철을 불러 세운 것이었다.

　此村は元來驛村であつたが、此村に住むものは一人でも驛長に逆ら
う者は居ない。東哲は猫の前の鼠のやうに恐れ恐れ腰を屈めて、挨拶し
た。驛長は返事もしないで傲然胸を反らしたまま女僧を捉へ行く理由を
質問した。東哲は恭々しく『小人が松汀里から歸る途中彼の女僧に遭ひ
ましたが……その何で、エへへ、御覽の通り標緻も能し、まだそう年增
といふでもなし、その何で……、小人も年は三十以上なつて未だ御存じ
の獨り者であり……どうぞ小人の事情に御同情下さいまして―』

　이 마을은 원래 역촌(驛村)이었는데 이 마을에 사는 사람은 한 사
람도 역장을 거역하는 자가 없다. 동철은 고양이 앞에 쥐처럼 두려
워하며 허리를 굽혀서 인사했다. 역장은 대답도 하지 않고 가슴을
뒤로 젖힌 채로 여승을 붙잡아 가는 이유를 물었다. 동철은 공손하
게,
　"소인이 송정리(松汀里)에서 돌아가는 도중에 저 여승을 만났습니
다만…… 그게, 에, 보시다시피 얼굴 생김새도 좋고 아직 그렇게 나

이든 스님도 아니고 그게…… 소인도 나이는 서른 이상이 되었는데
아직 아시다시피 혼자 몸이기에…… 아무쪼록 소인의 사정에 동정
해 주십시오."

東哲の云ふ所を聞いて、月精の胸はどれ程騷いだであらう。毛骨寒
慄、思はず悚ツと打顫つたが、驛長はそれには耳も借さず、

『御前達は月精愛雲の一行ではないか。』

月精等は圖星を指された。何んと答へたら好いだらう。ヘタと當惑
した往けば往くほど進めば進むほど險峻な悲運ばかりが向つて來る。
東哲の恥辱を遁れたのがこの人の御蔭と思つたら、今度は我々の名前
まで指しての詰問である。これは確かに我が實情を知つて居るものに
違ひはあるまい、御史の探偵に遭つたのだ、我れ我れが實情を匿して
此の人を瞞着してもそれを信ずるものではない。古來から降り投じた
る者は殺さずといふ。寧ろ乞ふより術はないと觀念して、

동철이 말하는 것을 듣고 월정의 가슴은 얼마나 뛰었을까? 털과
뼈가 오싹함을 느껴 엉겁결에 두려움에 떨었는데, 역장은 그런 것은
듣지도 않고,

"너희들은 월정과 애운 일행이 아닌가?"

월정 등은 정곡을 찔렸다. 뭐라고 대답해야 좋단 말이냐? 섣불리
당혹해 하면 할수록 나아가면 나아갈수록 험준한 슬픈 운명만이 다
가온다. 동철에게서 치욕을 모면한 것이 이 사람의 덕택이라고 생각
했더니, 이번에는 자신들의 이름마저 가리키며 문책하는 것이다. 이
것은 분명히 자신의 실정을 알고 있는 것임에 틀림없다. 어사의 탐

307

정을 만난 것이다. 자신들이 실정을 숨기고 이 사람을 번민하게 하
더라도, 그것을 믿을 자가 아니다. 예로부터 항복하는 자는 죽이지
않는다고 한다. 오히려 비는 것 말고는 방법이 없다고 체념하고,

『湖南御史から我等を捕へる者には千金を賞與するとしてありますけ
れも、夢の樣なこの世の中に、浮雲の樣なその富貴を顧みないで我れ
ノ三人の命をお助け下さいませ、後世ですから何卒御願ひ致します。』
　と切りに哀願したが、驛長はけらけらと打ち笑ひ、
『御前達の事情は至極哀れではあるが、併し國家の罪人ではないか、
私としてお前等を容赦することは出來ないよ。』

　　"호남 어사가 우리들을 잡는 자에게는 천금을 내린다고 합니다
만, 꿈과 같은 이 세상에 뜬구름과 같은 그러한 부귀를 돌아보지 말
고 우리들 세 사람의 목숨을 살려주십시오. 후세가 있으니까 아무쪼
록 부탁드립니다."
　　라고 끊임없이 애원했지만 역장은 깔깔 웃으면서,
　　"너희들의 사정은 지극히 불쌍하다만 국가의 죄인이 아니더냐? 나
로서는 너희들을 용서할 수가 없다."

　驛長の此の言が終るか終らぬかに御史の行列が只つた今靑石驛へ着
したと云ふ通知が來た。御史の到着を聞いた月精一行の胸中は如何で
あらう、斯うなつては遁るるに路はない、自殺を企てても及ばない、
願つても無益だ、只だ互に手を取つて確然と握り占めながら涙はハラ
ハラと地に落つる。

『もう仕方はない、盗賊の手に死ななければなりません。天地は我れ
我れを棄て、神明も我れ我れを惡むか、娥皇女英も我れ我れを欺いた
のでした。

月精は、血を略く思ひで悵う云つた。

　역장의 말이 채 다 끝나기도 전에 어사의 행렬이 지금 막 청석역
에 도착했다는 통지가 왔다. 어사의 도착을 들은 월정 일행의 마음
속은 어떠했을까? 이렇게 된 이상 도망갈 방법은 없다. 자살을 기도
하려고 해도 당할 수가 없다. 부탁해도 무익하다. 다만 서로 손을 꽉
잡으며 눈물을 뚝뚝 땅에 흘릴 뿐이었다.

　"이제 방법이 없다. 도적의 손에 죽지 않으면 안 된다. 천지가 우
리들을 버리고 신명이 우리들을 해하려고 하는 것이냐? 아황과 여
영도 우리들을 속인 것이었다."

월정은 피를 토하는 심정으로 이렇게 말했다.

　すると、蹄音憂々、御史の行列は早や此處まで來た。驛長は御史の
前へ進み出た。

『小人が月精を捕へて今此處に待たして居るのでございます。』

　父に會つて母を探さうと焦る御史や、子に會つて妻のことを思出し
胸一杯に憂慮する太守は、驛長の此言を聞き、もう嬉しくて嬉しく
て、馬より落ちるのも覺えず一行の前へ進んだ。

　그러자 말발굽 소리 딸가닥 거리며 어사의 행렬은 어느덧 이곳까
지 왔다. 역장은 어사 앞으로 나아갔다.

"소인이 월정을 잡아서 지금 이곳에서 기다리고 있던 중입니다."

아버지를 만나고 어머니를 찾으려고 조급해 하던 어사와, 아들을
만나고 아내의 일을 생각하며 근심과 걱정으로 가슴 가득했던 태수
는, 역장의 이 말을 듣고 너무나 기쁘고 기뻐서 말에서 떨어지는 것
도 느끼지 못하고 일행 앞으로 나아갔다.

苛ら苛らと轎を催促して、隻脚のまま婦人の前へ至つた太守は、ひ
しと趙氏に取り縋つて涙を流し、
『おお夫人、私を、私を、私は湘江の蒼波に死んだ張潤―と、香華山
に棄てられた子が、此處へ來たのです。』

달각달각 가마를 재촉하여 한 쪽 다리인 채로 부인 앞에 이른 태
수는 조씨에게 꽉 매달려 눈물을 흘리며,
"아아, 부인, 나를, 나를, 나는 상강의 넓은 바다에서 죽은 장윤이
며 향화산에 버려졌던 아이가 이곳에 왔습니다."

もう命を助かることは出來ないと、霹靂にでも打たれた樣に昏倒し
て居た月精等は微かに聞ゆる張潤と言ふ言葉!、家君に別れてから十七
年は經過したけれども、片時忘れたことのないその懐かしい音聲に甦
つた。尙又一生の怨みの的となつて居る我子の來たことを聞き夢では
ないかと頭を擧げて四邊を見廻した。長人した子の顏は見覺えがない
が、直ぐ眼に付くのは我が家君である。混雜する大衆の中をも打忘れ
て家君の頸に縋りついたが、遂に其儘其場に卒倒して了つた。

이제 목숨을 구할 수는 없다고 벼락이라도 맞은 듯 기절해 있던 월정 등에게 희미하게 들리는 장윤이라고 말하는 소리! 남편과 헤어지고 17년이 지나도 잠시[40]도 잊은 적이 없던 그 그리운 목소리가 되살아났다. 또한 일생의 한이 되었던 자신의 자식이 왔다는 것을 듣고 꿈이 아닌가 하고 머리를 들어 사방을 둘러봤다. 장성한 아이의 얼굴은 본 적이 없지만 바로 눈에 들어온 것은 자신의 남편이었다. 혼잡한 대중 속이라는 것도 완전히 잊고 남편의 목에 매달렸는데, 마침내 그대로 그 자리에서 졸도해 버렸다. 어사는 놀라서 가슴속에 있던 약을 물에 풀어서 조씨의 입에 떨어트렸다. 잠시 있으니 영약의 효험이 있었던 것일까 드디어 정신을 회복했다.

夫人は更に張太守に縋り付き痛哭しながら、

『生きて御出でになつたのでございませうか、死なれた魂でいらつしやいませうか。湘南で亡くなられたあなたに此處で御目に掛るとは、屹度妾が死んで、夢を見てるのではございますまいか。夢にしても嬉しく、魂魄に會つたにしても喜ばしうございす。微かに聞きますと香華山の麓に棄てた伜が來て居ると云はれましたが其れは本當でございませうが、若しそれが夢であつたら何時までも覺めない樣に─』

狂せるが如く、醉へるが如く、泣き崩れた。

부인은 다시 장태수에게 매달려 통곡하면서,

"살아오신 것입니까? 돌아가신 혼이십니까? 상남에서 돌아가신

---

40 잠시: 일본어 원문은 '片時'다. 한 때의 반, 얼마간의 시간, 잠시 동안이라는 뜻이다(松井簡治·上田万年編, 『大日本国語辞典』01, 金港堂書籍, 1915).

당신을 이곳에서 만나게 될 줄이야. 필시 첩이 죽어서 꿈을 꾸고 있
는 것이 아닙니까? 꿈이라도 기쁩니다. 혼백을 만난 것이라도 기쁩
니다. 희미하게 들었습니다만 향화산 기슭에 버렸던 아들이 와 있다
고 들었습니다만, 그것은 정말입니까? 혹 그것이 꿈이라면 언제까
지나 깨지 않도록"

미친 듯이 취한 듯이 몸부림치며 울었다.

御史は母の前へ進み痛哭堪えやらず、

『香華山の麓に棄てられたのは小子でございます、さうして現今の湖
南御史、前日馬龍と名乗つた張眞でございますよ。』

夫人を始め、水月菴、愛雲の三人は同時にばらばらと近寄り、御史
に縋り、

『之れは本當のことでせうか。ウソではございませんか?』

と嬉し涙に暮れながらも、其の餘りの意外を怪しむのである。

어사는 어머니 앞에 나아가 통곡을 참을 수 없었다.

"향화산 기슭에 버려졌던 것은 소자입니다. 그리하여 지금은 호
남어사이며 지난날 마용이라고 불리었던 장진입니다."

부인을 비롯하여 수월암, 애운 세 사람은 동시에 제각각 가까이
와서 어사에게 매달려,

"이것이 정말입니까? 거짓말이 아닙니까?"

라고 기쁨의 눈물을 흘리면서도 그 너무나도 뜻밖의 일에 의심스
러웠다.

御史は直ちに荷物から羅衫に包まれた金鳳釵を取り出し、母に捧げながら、

『お母あさん、之れを御覽下されば御解りになるでせう。』

趙夫人は羅衫や金鳳釵を見て初めて確實な事が解つた、疑雲は一時に晴れた!

『御前は確かに香華山に棄てた我子だ、嗚呼惡かつた、母として御前を棄てた私の罪を許してお呉れ。生れ落ちたばかりの嬰孩を誰の手に助けられて、こんなに成長し、こんなに顯達しましたか。それから顏も知らない筈の御父樣とは何處で御逢ひになつたのか。』

と一方に御史の手を取り、一方には家君の手を取つて胸に積り積つた悲しみや懷しさが一時に湧き起つてそれを制する事も出來ず、恥しいことも打忘れて痛哭する有樣には周圍の人々も袖を濡らさぬはなかつた。

어사는 바로 짐 속에서 얇은 비단 옷에 쌓인 금봉의 비녀를 꺼내어 어머니에게 바치면서,

"어머니, 이것을 보시면 아시겠지요?"

조부인은 얇은 비단옷과 금봉의 비녀를 보고 비로소 확실한 것을 알았다. 의심스러운 점은 한꺼번에 풀렸다!

"너는 분명히 향화산에 버린 우리 아이구나. 오호라, 내가 나빴다. 어머니로서 너를 버린 나의 죄를 용서해 주거라. 갓 태어난 젖먹이가 누구의 도움을 받아서 이렇게 성장하여 이렇게 입신출세했습니까? 그리고 얼굴도 알 리가 없는 아버지와는 어디에서 만났습니까?"

라고 말하며, 한편으로는 어사의 손을 잡고 한편으로는 남편의 손

을 잡고 가슴에 쌓이고 쌓였던 슬픔과 그리움이 한꺼번에 용솟아 올라 그것을 억제하지 못하고 부끄러운 것도 잊은 채 통곡하는 모습에 주위 사람들도 소매를 적시지 않는 자가 없었다.

蘭英は太守に縋つて悲しみ嬉しがる其の樣子は趙氏に劣らず、淚に暮れた。太守は右には夫人の手を取り左には

『蘭英よ、蘭英よ、彼程の難儀をよくも辛棒して吳れた、御前でなかつたら夫人も今迄生きて居る筈がなかつた―』

とこれ亦感慨無量である。

난영이 태수에게 매달려서 슬퍼하며 기뻐하는 그 모습은 조씨 못지않게 통곡했다. 태수는 오른쪽에는 부인의 손을 잡고 왼쪽에는,

"난영아, 난영아, 그런 고생을 잘도 참아주었다. 네가 없었더라면 부인도 지금까지 살아 있을 수가 없었을 것이다."

라고 말하며, 이 또한 감개무량이었다.

御史や太守は夫人や蘭英が斷髮して尼となつた樣子を見て益々悲しんだ。十七年間の長久の歲月を思ひ焦れて、漸やく今日此場で邂逅した親子、夫婦、主從恩人の五人の嬉しい悲しい其の泣き聲は靑石驛全村にひゞばかり、陪從して來た守令方伯慶びを以つて慰め、其夜は靑石驛官舍に宿ることにした。夜遲くまで各自の悽慘な歷史を語る時、折々泣き噎ぶ聲が窓を漏れて聞こえた。

어사와 태수는 부인과 난영이 머리를 자르고 비구니가 된 모습을

보고 더욱 슬펐다. 17년간의 오랜 세월을 한결같이 그리워하며 드디어 오늘 이곳에서 해후한 부모와 자식, 부부, 주종과 은인의 다섯 사람의 기쁨과 슬픔의 그 울음소리는 청석역 전 마을에 울려져 퍼졌다. 뿐만 아니라 따라온 모든 수령과 방백(方伯)들이 축하하고 위로하며 그날 밤은 청석역 관사에서 머물기로 했다. 밤늦게까지 각자의 처참한 역사를 이야기 할 때, 이따금 울부짖는 소리가 창문에 새어 들려왔다.

『[41]婦人は御史が新城に往つた時祖母に逢つたと聞くと、一層悲しみ、又馬鶴を囚へたと聞くや乳母夫妻に對する感謝を述べながら、『私も權洪の夫妻二人がなかつたら、もう死んでゐたらうに。』 と其時の情況を思ひ出しては縮み上り、又水月菴の助けを蒙つて救ひ上げられたことや、娥皇女英の夢教に依つて乳兒を棄てたことや、訴狀を出してから驚いて逃げたことを話した。御史や太守は水月菴に對して頻りに感謝した。

　부인은 어사가 신성에 갔을 때 할머니를 만났던 것을 듣고 한층 슬퍼하고, 또한 마학을 옥에 가두었다는 것과 유모 부부에 대한 감사를 이야기하며,

　"나도 권홍 부부 두 사람이 없었더라면 이미 죽었을 것이다."

　라며 그때의 정황을 떠올리며 움츠러들었다. 또한 수월암의 도움을 받아 살아난 것과 아황과 여영의 꿈속의 가르침에 의해 젖먹이를

---

41 전후 문맥상 잘못된 인용부호이다.

버린 것, 소장을 제출하고 나서 놀라서 도망갔던 일을 이야기했다. 어사와 태수는 수월암에 거듭 감사했다.

五人の今迄經過して來た其の悲劇は實に多樣で、一年二年では迚も全部を語り盡すことの出來るものではないのに、此の一晩中に皆な話さうとして、互に顏を見合はせながら、或は前後を顚倒し、或は順序を換へ、思ひ出すまゝに語り合ふのだつた。

지금까지 지내온 다섯 사람의 그 비극은 실로 다양하여 일이 년으로는 도저히 다 말할 수가 없는 것이었다. 그런데도 이 하룻밤에 모두 이야기하려는 듯 서로 얼굴을 마주보면서 혹은 전후의 차례를 바꾸거나 혹은 순서를 바꿔가며 생각나는 대로 서로 이야기하는 것이었다.

今晩は案外短いやうに思ふ。趙夫人が新城を立つてから、今日で十七年になるが、此んなに夜の明け易いのを感じたことは始めてである。金鷄は情なくも彼方此方で羽ばたきをして夜の明けるを知らせる、皆な其れを知らぬでもないが、寢ることも忘れて或は金鳳琴を撫で、或は娥皇女英の神明に感服し、或は東哲に捕へられたのが却つて仕合せだつた、然し其時東哲が驛長に哀願したことを思出せば悚つとする。若し御史の行列が遲く着いたなら、自殺でもしただらうなど語り合ひ、我が子とは知らず、仇とばかり思つて周章てて逃げたことを思ひ出しては顏見合はして笑はずにゐられなかつた。

오늘 밤은 뜻밖에 짧다고 생각했다. 조부인이 신성을 떠나고부터 오늘에 이르기까지 17년이 되었는데 이렇게 밤이 쉬 밝아 오는 것을 느낀 것은 처음이었다. 금계(金鷄)[42]는 무정하게 여기저기서 날개 짓을 하며 밤이 밝아 왔음을 알렸다. 모두 그것을 모르는 것도 아니었지만, 자는 것도 잊고 혹은 금봉금을 어루만지며, 혹은 아황과 여영의 신명에 감복하며, 혹은 동철에게 붙잡혔던 것이 오히려 다행이었다고 생각했다. 하지만 그때 동철이 역장에게 애원했던 것을 떠올리면 끔찍했다. 혹 어사행렬이 늦게 도착했다면 자살이라도 했을 것이라고 이야기하면서 자신의 자식인 줄도 모르고 원수라고만 생각하고 당황하여 도망갔던 것을 떠올리고는 서로 얼굴을 맞대고 웃지 않을 수 없었다.

(九) 恩威兼併情理周匝の御史の審判
(9) 은혜와 위엄을 겸하여 인정과 도리를 두루 지닌 어사의 심판

馬鶴前非を悔ゐて泣く

　翌朝御史は荊州に依賴して祝宴を催ほした、各國の守令は左右にずらりと居列び、見物の民衆は際限もなく連續した。淸歌妙曲は樂の音と共に高く空までもひびき、之れを觀るものは誰とて喜ばぬはなかつた。

　　마학은 지난날의 죄를 후회하고 울다

---

42 꿩과에 속한 새.

다음 날 어사는 형주(荊州)에 위탁하여 축연을 열었다. 각 고을의 수령은 좌우에 즐비하게 앉아 있고, 구경하는 백성들은 한없이 끝이 지 않고 이어졌다. 청가묘곡(淸歌妙曲)은 노래 소리와 함께 높이 하늘에까지 울려 퍼지고 이것을 보는 사람 어느 하나 기뻐하지 않는 자가 없었다.

御史は時々杯を捧げて父母に勸め、又金鳳琴を彈いては父母の心を慰めた。三日の大燕遊が濟んでから、靑石驛に紀念碑を建て、親子の邂逅した目出度いことを永久に紀念した。

어사는 때때로 잔을 들어 부모에게 권하고 다시 금봉금을 연주하여 부모의 마음을 위로했다. 3일 동안 치러진 대연유(大燕遊)가 끝나고 나서 청석역에 기념비를 세우고 부모와 자식이 해후한 경사스러운 일을 영원히 기념했다.

靑石驛を立つに際して驛長と東哲を呼び付け先づ東哲に向ひ、
『御前は惡心を抱いて婦人を驚かした、その罪を云へば刑殺を妥當とするが、汝が居なかつたら親子の邂逅も覺束なかつた。此點で放免する。今後は心を入れ換へて善事を務めるが好い。定業につく資金にもと、特に五百兩を取らする。』
と金五百兩を下與し、又驛長に對しては禮意を述べて千金を賞與した。二人は心に恥ぢ入つて、御史の鴻大な恩德に感泣した。斯くて轎を雇つて父母、水月菴、蘭英を乘せ、御史は靑驢馬に乘つて靑石驛を出發した。御史の得意や思ふべしである。

청석역을 떠날 때는 역장과 동철을 불러서 먼저 동철을 향해,

"너는 나쁜 마음을 품고 부인을 놀라게 했다. 그 죄를 말하자면 사형이 타당하지만 네가 없었다면 부모와 자식의 해후도 가망이 없었을 것이다. 이점으로 방면하겠다. 앞으로는 마음을 고쳐먹고 선한 일에 힘쓰는 것이 좋을 것이다. 일정한 직업을 구하기 위한 자금으로 특별히 500냥을 내리겠다."

라고 말하며, 돈 500냥을 내려 주고 또한 역장에 예로써 경의를 표하며 천금을 상으로 내렸다. 두 사람은 부끄러운 마음이 들어 어사의 큰 은덕에 감격하여 울었다. 이리하여 가마를 고용하여 부모와 수월암 난영을 태우고 어사는 청려마(靑驢馬)에 올라타 청석역을 출발했다. 어사의 뜻대로 생각대로였다.

數日を費やして長沙に着き、一同は先づ乳母を尋ねて、厚く感謝の意を表し、中にも趙氏と蘭英は前日の恩を思ひ出して、權洪夫妻に對して禮意を述べた。

御史は父母に邂逅したことや其他の一什五什を皇帝に上奏し、又新城張夫人に手紙を送つた。

かくて湖南一省は、奸凶を剿滅して民心静□に歸し、天下太平を壽ほぐに至つたのは、專ら御史の力であるが、張御史は己れの任務を完全に果たし了ふせたのみか、父母を探し得たのはこれ亦國家の御蔭であると皇帝に對し、天に向つて深い深く祈りと感謝を捧げた。

수일이 지난 후, 장사에 도착한 일동은 먼저 유모를 찾아가 깊은 감사의 뜻을 표했다. 그 중에서도 조씨와 난영은 지난날의 은혜를

떠올리며 권홍 부부에 대해 예로써 경의를 표했다.

어사는 부모와 해후한 것과 그 밖의 자초지종을 황제에게 아뢰고 다시 신성 장부인에게 편지를 보냈다. 이리하여 호남 모든 성(省)의 간사하고 흉악한 무리를 소멸하여 민심을 진정시키고 천하태평을 축하하기에 이르게 된 것은 모두 어사의 힘이었는데, 장어사(張御史)는 자신의 임무를 완전히 완료했을 뿐만 아니라 부모를 찾을 수 있었던 것은 이 또한 국가 덕분이라고 황제에게 그리고 하늘을 향해 깊이 깊이 기도하고 감사를 올렸다.

御史の一行五人は、驛卒に擁されて岳州に着いた。そこで御史は馬鶴を引き出して訊問に取り懸つた。

『人は誰でも孝悌忠信の善性、道德に對する良心を稟賦されぬ者はない。

汝も良心は有つて居らう、然るに天意に忤つて惡行を恣にし、張太守を湘江に投げ、趙氏夫人や蘭英を擒囚した。一命を殺すも大惡である、況んや三人を亡きものとしやうとたくらんだ。私は他人ではない…前日汝に殺された張太守の子…汝の家に囚はれた趙夫人の子、……前日香華山に棄てられたのを汝が拾つて潘姓女に養育を托した其の人、…かつては汝を肉親の親とばかり思つて居た馬龍である。神明照覽、天を欺くことはできぬ。天の惡事を聞く恰かも雷鳴の如く、神の惡事を見る恰かも電光の如しとは古人も云つてある。惡は必らず罰せられ善は必らず獎めらる。頭うべを擧げて見よ、湘江で汝に害された父も此處に居り、汝の禽囚となつて淸江に投身した母や蘭英も此處に居り、前日汝の部下であつた權洪夫妻卽ち我が恩人も此處に居

る。我母を助けた水月菴も亦此處に居るぞヨ。汝は皆な死に失せたと
ばかり思ひ込んだ人々も今日は無事に斯く一堂に邂逅するを得た。然
るに汝の末路如何。今や光明なる天地から暗黑なる獄中に囚はれの身
となつた。天神の善惡に對する賞罰は斯樣に分明である。汝の罪を論
ずれば此場で刑殺しても尙ほ餘りあるが、幸ひにも父母は一命を助か
り、又予を襁褓の中に拾ひ上げて今日まで養育したる心根に免じて此
場で刑殺することは致さぬ。然し汝は旣に皇帝に上奏した重罪犯人で
ある、聖旨を待つより外はないが、其間丈けでも今までの過を悔ゐ
て、良心を入れ換へ、本然の人間に立還れ。聖上より嚴旨を下されて
死刑に處罰せられるにあたつても、汝の爲め誠心誠意を以つて取りな
し、出來ることならば御赦免を願ひ出づるであらう。』

　　어사일행 다섯은 역졸의 호위를 받으며 악주(岳州)에 도착했다.
이에 어사는 마학을 끌어내어 문책을 하기 시작했다.
　　"사람은 누구라도 부모에 대한 효도, 형제간의 우애, 임금에 대한
충성, 친구와의 신의와 같은 착한 성품과 도덕에 대한 양심을 선천
적으로 타고나지 않은 자가 없다. 너도 양심은 있을 것이다. 그럼에
도 하늘의 뜻을 거슬러 악행을 저지르고 장태수를 상강에 던지고 조
씨 부인과 난영을 사로잡아 가두었다. 한 사람의 목숨을 죽이는 것
도 큰 악이거늘 하물며 세 사람을 죽이려고 계획했다. 나는 남이 아
니다. 지난날 너에게 죽임을 당한 장태수의 자식…너의 집에 갇혀 있
던 조씨 부인의 자식…지난날 향화산에 버려졌던 것을 네가 주워서
반(潘)씨 성을 가진 여인에게 양육하게 맡긴 그 사람…일찍이 너를
친 혈육의 아버지라고만 생각하고 있던 마용이다. 천지신명이 살펴

보고 계시다. 하늘을 속일 수 없다. 하늘이 나쁜 일을 들을 때면 마치 천둥소리와 같이 들리고, 신이 나쁜 일을 볼 때면 마치 번갯불과 같이 보인다고 옛사람들은 말한다. 악은 반드시 벌 받고 선은 반드시 칭찬 받을 것이다. 머리를 들어 보아라. 상강에서 너에게 살해당한 아버지도 이곳에 있고, 너에게 사로잡혀 갇혀 있다가 청강(淸江)에 몸을 던진 어머니와 난영도 이곳에 있으며, 지난 날 너의 부하였던 권홍 부부 즉 나의 은인도 이곳에 있다. 나의 어머니를 도와준 수월암도 역시 이곳에 있다. 네가 모두 죽여 버렸다고 생각했던 사람들도 오늘은 무사히 이렇게 한자리에서 해후를 하게 되었다. 그런데 너의 말로는 어떠하냐? 이제는 밝고 환한 천지에서 어둡고 캄캄한 옥중에 갇힌 신세가 되었다. 천신(天神)[43]의 선악에 대한 상벌은 이와 같이 분명하다. 너의 죄를 논한다면 이 자리에서 사형을 해도 부족한 점이 있지만 다행히 부모는 목숨을 구원받았고 또한 배내옷 속에 있는 나를 주워 오늘날까지 양육해 준 마음씨를 용서하여 이 자리에서 형살(刑殺)하지는 않겠다. 하지만 너는 이미 황제에게 아뢴 중죄 범인이기에 그 [황제의] 뜻을 기다리는 수밖에 방법이 없다. 그 사이에라도 지금까지의 죄를 뉘우치고 좋은 마음으로 바꿔 본연의 인간으로 돌아 오거라. 성상(聖上)에게서 엄지(嚴旨)가 내려와 사형으로 처벌하게 되더라도 너를 위해 성심성의를 다해 중재하여 가능한 사면을 부탁드리고자 한다."

御史の恩威兼ね併せた言葉には、凶惡なる盜賊馬鶴も感佩せざるを

---

43 천신: 하늘의 신이라는 뜻이다(松井簡治·上田万年編, 『大日本 国語辞典』03, 金港堂書籍, 1917).

得ない。垂頭れて居た馬鶴は涙を流して、

『小人はたとへ千斬萬戮されましても尙ほ其罪の餘りある罪人でござ
います。考へて見れば此場で死ぬのが、當然でありますが、只だ伏刑
するのみでは魂も安心は出來ません。慈悲の御心を以つて、寬大に御
處分下さいますならば、御言葉を服膺して前非を後悔し、善人となつ
て前日の罪惡を報謝したいと存じます。』

어사의 은혜와 위엄을 두루 갖춘 말에는 흉악한 도적 마학도 감복
하지 않을 수 없었다. 머리를 숙이고 있던 마학은 눈물을 흘리며,

"소인은 설령 천참만륙(千斬萬戮)을 당하더라도 더욱 그 남은 죄가
있는 죄인입니다. 생각해 보면 이 자리에서 죽는 것이 당연합니다만
그냥 복형(伏刑)하는 것만으로는 영혼도 안심할 수 없습니다. 자비의
마음으로 관대하게 처분해 주신다면 말씀을 마음에 새겨 잊지 않고
앞서 저지른 과오를 후회하며 착한 사람이 되어 지난날의 죄악을 보
답하고자 합니다."

そこで御史は更に馬鶴を獄に入れ、府使に命じ朝廷の訓令を待つや
うにして、皇城を指して出發した。湘江に到り、前日父の招魂祭を擧
行したことを語り、太守も前日此水に投げられたが蘇之賢に助けられ
たことを話し黃陵廟に入り二妃の靈を祭つた。それから洞庭君山に着
き、暫らく休憩して往事を語つたが、此處からは懷かしい古鄕新城を
指して旅を急いだ。

이에 어사는 다시 마학을 감옥에 넣고 부사에게 명하여 조정의 훈

령을 기다리게 하고 황성을 향해 출발했다. 상강에 이르러서는 지난 날 아버지의 초혼제(招魂祭)를 거행했던 것을 말했다. 태수도 지난날 이 물에 빠졌지만 소지현에게 구원받았던 것을 이야기하며 황릉묘에 들어가서 두 비(妃)의 영혼에게 제사지냈다. 그리고 동정군산에 도착해서 잠시 휴식을 취하며 지난 일을 이야기했는데, 이곳에서부터는 그리운 고향 신성을 향해 여정을 서둘렀다.

(一○) 張夫人の眉十七年して開く

(10) 장부인은 17년 만에 안심했다.

二通の手簡は天外よりの好音

新城張夫人は御史を湖南に送つて以來肉親に劣らぬ愛を抱いて其の消息のみを待つた。尚ほ一つ御史に對する希望は、御史の聰明な才能に依つて我子の仇を捕へることは出來まいかといふことであつたが、

두 통의 편지는 뜻밖의 좋은 소식

신성 장부인은 어사를 호남에 보낸 이후, 친 혈육 못지않은 사랑을 품고 그 소식만을 기다렸다. 더욱 한 가지 어사에 대한 희망은 어사의 총명한 재능으로 자신의 자식의 원수를 잡을 수 있지 않을까 하는 것이었다.

或日湖南から一通の手紙が屆いた。馬御史は實に信義をよく守る人だと思ひ、其の表面を見れば「北京順天府新城白雲洞張尙書宅」と書き、其の後面には湖南御史張眞と書いてある。夫人は封を切る前に考へて見

た、張眞と云ふと誰だらう、湖南御史は馬龍であるのに同じ湖南に御史が二人も居る譯はない、兎に角内容を檢めやうと封を切つた。

그런데 어느 날 호남에서 한 통의 편지가 왔다. 마어사(馬御史)는 실로 신의를 잘 지키는 사람이라고 생각하여 그 표면을 보니, '북경 순천부 신성 백운동 장상서의 댁'이라고 적혀 있고, 그 뒷면에는 호남상서(湖南御史) 장진이라고 적혀 있었다. 부인은 봉투를 열기 전에 생각해 봤다. 장진이라고 하면 누구인가? 호남어사는 마용인데 같은 호남에 어사가 두 사람이나 있을 리가 없지 않느냐? 어쨌든 내용을 살펴보려고 봉투를 열었다.

第一行に「祖母樣に上書す」とある。張夫人は眼を圓くして驚いた、之れは訝かしい、妾に對して祖母と書くのは誰だらう、殊に湖南御史になる樣な孫は居ない。次を讀んで見なければと手紙を擴げながら其の仔細を讀む。奴婢達も湖南から手紙の着いたことを聞いて、太守樣が湖南に往つてからは十七年間に手紙の來たの之れが始めである。或は喜ばしい消息でも傳へて來たのかと夫人を圍んで夫人の氣色を探りながら耳を傾ける。

첫 번째 행에는 '할머님 전상서'라고 적혀 있었다. 장부인은 눈이 휘둥그레지게 놀랐다. 이것은 수상하다. 나에게 할머니라고 적는 것은 누구인가? 특히 호남어사가 될 만한 손자는 없다. 다음을 읽어 보지 않으면 하고 편지를 펼쳐서 그 자세한 내용을 읽었다. 사내종과 계집종들도 호남에서 편지가 왔다는 것을 듣고는 태수 어르신이 호

325

남으로 간 이후로 17년간 편지가 온 것은 이것이 처음 있는 일이었기에 혹 기쁜 소식이라도 온 것이 아닌가 하고 부인을 둘러싸고 부인의 안색을 살피면서 귀를 기울였다.

夫人が初め二三行ばかりの時候挨拶を讀む時は、ただ訝かしいとのみ思つたが、四五行讀み續けると、
前日の馬龍は今日の張眞でございます。前日は祖母樣に向つて小生と申したが今は趙夫人の子、張夫人の孫でございます。

부인이 처음 이삼 행까지 계절 인사를 읽을 때까지는 그냥 수상하다고 생각했는데 사오 행 계속 읽으니,
"지난날의 마용은 오늘날 장진입니다. 지난날은 할머님을 향해 소생이라고 말씀드렸습니다만, 지금은 조부인의 자식, 장부인의 손자입니다."

此處まで讀んだ夫人の眼からははらはらと涙が落ちた。此の有樣を見て居る婢僕等は譯が判らない。
奧樣奧樣、少し音讀して聞かして下さいませんか、太守樣が御歸りでございませうか。
夫人はそれに應ふる暇もなく噎び返つて諸手で涙を拭いたが、更に手紙を讀む、

여기까지 읽은 부인의 눈에서는 뚝뚝 눈물이 흘렀다. 이와 같은 것을 보고 있던 사내종과 계집종 등은 영문을 몰랐다.

"마님, 마님, 조금 소리 내어 들려주시지 않겠습니까? 태수 어르신이 돌아오시는 것입니까?"

부인은 이에 대답할 여유도 없이 목이 메어 양손으로 눈물을 닦았는데 다시 편지를 읽었다.

父長沙太守は水賊馬鶴の難に遭つて湘江で死んだのでございます。母趙氏は賊の囚はれとなつて居ましたが、或る恩人に助けられて其後幾干もなく分娩しました。處が、或る悲しい事情から産んだ子を棄てねばならなくなりました。棄てられた此の孫は、幸か不幸か父を殺した仇馬鶴の手に拾はれ其の子となつて了ひました。ところが今度御史となり、行政する事數月にして、母の訴狀により乳母の證據を尋ねて、趙氏の子たるを悟り、馬鶴は岳州に嚴囚し、只今は母の踪跡を探つて居るのでございます。母も己れの子たるを知らず、馬鶴の子だとばかり思つて何處へか姿を隱したのでございませう、母親を探り子第、古郷に歸つて祖母樣に拜趨する心組でございます。

"아버지 장사 태수는 도적 마학의 난(難)을 만나서 상강에서 돌아가셨습니다. 어머니 조씨는 도적에게 갇혀 있었지만 어떤 은인에게 구원받았습니다. 그 후 얼마 안 있어 해산했습니다. 하지만 어떤 슬픈 사정이 있어서 낳은 자식을 버리지 않으면 안 되었습니다. 버려진 이 손자는 다행인지 불행인지 아버지를 죽인 원수 마학의 손에 의해 주워져 그 아들로 양육되어졌습니다. 그런데 이번에 어사가 되어 행정을 보는데 수 개월이 되었을 때 어머니의 소장에 의해 유모가 보관하고 있던 증거를 찾고 조씨의 자식이라는 것을 깨달았습니다. 마

327

학은 악주에 엄히 가두고 지금은 어머니의 종적을 찾고 있습니다. 어머니도 자신의 자식이라는 것을 모르고 마학의 자식이라고만 생각하고 어딘가로 모습을 감추셨습니다. 어머니를 찾는 대로 고향으로 돌아가서 할머님을 찾아뵙고자 하는 마음입니다."

手紙の要點のみ摘んで讀んだ夫人は、一時は聲を放つて痛哭したが、更に其の手紙を取り上げ再三讀んで見ながら、奴婢達にも聞かせた。奴婢達も一喜一憂とは此事だとて張夫人を慰めた。夫人は皆なに向ひ前日の思出を語る。

『骨肉は爭はれぬもの、御史に逢つた時、どうしても他人のやうな氣がしなかつた。我子が死んだことは前から斷念して居たけれど湘江で死んだとは初めて聞いた、噫!! 可憐さうな。』

と悲懷に堪へざる面持だつた。

편지의 요점만을 골라서 읽은 부인은 잠시 소리를 내어 통곡했는데 다시 그 편지를 들고 재삼 읽어보고 나서 사내종과 계집종들에게도 들려줬다. 사내종과 계집종들도 기쁨과 근심이 번갈아 일어난다는 것은 이것을 말하는 것이라고 장부인을 위로했다. 부인은 모두를 향해 지난날의 추억을 이야기했다.

"혈육의 옳고 그름을 따지어 말하지 않더라도 어사를 만났을 때 아무리 하여도 남과 같은 마음은 들지 않았다. 내 자식이 죽은 것은 전부터 단념하고 있었지만 상강에서 죽었다는 것은 처음 들었다. 아!! 불쌍한 것."

라고 말하며 슬픈 마음을 참을 수 없는 표정이었다.

此れからは趙氏の親子を待ち焦れて居た數旬を經ると第二信が屆い
た。夫人は周章てゝ封を切ると、お喜び下さい、湘江で馬鶴に殺され
たと思つた父君には、金鳳琴の爲めに桂陽府で親子相逢ふことが出來
ました。それから訴狀を出して踪跡を隱くした母趙氏及び蘭英は荊州
で探し出しました。母を助けた權洪夫妻や水月菴も一所に居ります。
一日一刻も早く參上致したく、旅を急ぎます、四月三日祖父の命日前
に古鄕へ着く豫定でございます。何卒祖母樣に御心配なく御健康に居
らせられますやう、遙かにお祈り申上げます。とある。

그런 후 조씨와 그 자식을 애타게 기다리며 여러 날을 보내고 있
을 때, 두 번째 편지가 도착했다. 부인이 허둥지둥 봉투를 열어보니,
"기뻐하십시오. 상강에서 마학에 의해 살해되었다고 생각했던
아버님은 금봉금으로 인해 계양주에서 부모와 자식이 서로 만날 수
있었습니다. 그리고 소장을 제출하고 종적을 감춘 어머니 조씨 및
난영은 형주에서 찾았습니다. 어머니를 도와준 권홍 부부와 수월암
도 함께 있습니다. 한시라도 빨리 찾아뵙고자 여정을 서두르겠습니
다. 4월 3일 할아버지의 제사 전에 고향에 도착할 예정입니다. 아무
쪼록 할머님 걱정하지 마시고 건강하게 계시도록 멀리서 기원 드립
니다."라는 것이다.

夫人は此の手紙を讀んだが、其の喜びは譬ふるに物なく、奴僕と共
に嬉し淚に暮れて、指折りながら四月十三日のみを待つた。
夫人が初め太守を送つて淚ながら待ち焦れた時の歲月も永かつた
が、今日からは一層日の暮れるのが遲いやうに思はれ、寢るのも食ふ

も忘れて、只だ歳月の遲いのを歎息した。

이 편지를 읽은 부인의 그 기쁨은 어디에도 비유할 바가 없었다. 사내종들과 함께 기쁨의 눈물을 흘리며 손꼽아서 4월 13일만을 기다렸다.

부인이 처음 태수를 보내고 눈물 흘리며 애타게 기다리던 시간도 길었지만 오늘부터는 한층 날이 가는 것이 더디게 생각되어져 자는 것도 먹는 것도 잊고 다만 세월의 흐름이 늦는 것만을 탄식했다.

(一一) 新城の故鄕に錦まばゆく
(11)신성의 고향으로 금의환향

一門の榮華ここに極まる

皇帝よりも御史の上疏を御覽になり歡迎の御意を表され、御名代の使臣も張府に着いた。保定府趙侍郎も其の夫人と共に來て居た。

今日からは張尙書の宅には、車馬連續して、絶えず笑ひ聲が漏れて、忽ち樂天地と化した。此れ恰かも雪山に埋もれた草木が陽春に逢つた樣なものだ。

일문의 영화는 이에 극에 달하다.

황제도 어사의 상소를 보고 환영의 뜻을 나타내며 대신하여 보낸 사신도 도착했다. 보정부(保定府) 조시랑도 그 부인도 함께 왔다.

오늘부터 장상서 댁에는 수레와 말이 끊이지 않고 웃음소리가 끊임없이 넘쳐났다. 갑자기 낙원으로 바뀌었다. 이것은 마치 눈 덮인

산에 묻혀 있던 초목이 따뜻한 봄날을 맞이한 듯하였다.

四月十三日來た。御史一行が入城の日である!、白雲洞は俄かに賑や
かになつた、或は馬或は轎或は徒步で迎えに出る人や、觀覽に來た
人々は野に山にむらがつて居る。と、彩畫を畫いた高樓る居た人が、
南を指して叫をだ『御史の行列が彼處に見へる。』とその聲はやがて傳は
り傳はつて松鶴山も崩れんばかり。

4월 13일이 왔다. 어사일행이 입성하는 날이다! 백운동은 갑자기
떠들썩해 졌다. 어떤 이는 말을, 어떤 이는 가마를, 어떤 이는 걸어서
마중을 가는 사람과 구경하러 온 사람들로 들에도 산에도 사람들이
군집해 있었다. 그러자 채색화가 그려진 높은 누각에 있던 사람이
남쪽을 향해 소리쳤다.
"어사의 행렬이 저쪽에 보인다."
라는 그 소리가 어느덧 전해지고 전해져서 송학산이 무너질듯했다.

先頭には御史が馬に乘つて案內役を承はり、張太守夫婦は多人數に
擁護された。此れを眺めて居る張夫人や其の奴婢の喜びは云ふまでも
ないが、傍觀者の歡聲が、亦高い。斯樣に着くものと迎ふるものは
段々近寄つて遂に逢着した。此れ十七年後の邂逅である! 嬉し淚に暮れ
て、或は縋り付き、或は手を取つて獻歡流涕する有樣には白雲洞の山
川草木も感に打たれたであらう。就中張夫人の恨懷は一層痛烈だつ
た。張府に着いた時は日はもう暮れかかつた。

선두에는 어사가 말을 타 안내 역할을 맡았고, 장태수 부부는 많은 사람들의 옹호를 받았다. 이것을 바라보던 장부인과 그 노비의 기쁨은 말할 것도 없고, 옆에서 구경하던 사람들의 탄성이 또한 높았다. 그와 같이 도착하는 사람과 마중나간 사람은 점점 가까워져서 드디어 서로 봉착했다. 이것은 17년이 지난 후의 해후인 것이다! 기쁨의 눈물을 흘리고, 어떤 이는 매달려서 어떤 이는 손을 잡고 흐느껴 눈물을 흘리는 모습에는 백운동의 산천초목도 감동을 받았을 것이다. 그중에서도 장부인의 쓸쓸한 생각과 정은 한층 통렬했다. 장부에 도착했을 때는 날도 이미 어두워져 갔다.

二三日經つて張府には祝賀の大燕遊が催ほされた。親戚緣者を始め附近各府縣郡の守令皆な來たり集まり、高雅なる音樂や、淸楚な歌曲の裡に歡喜を交換して時の移るのも知らなかつた。

이삼일 지나서 장부에서는 축하의 대연유(大燕遊)가 열렸다. 신성의 친척을 시작으로 인근의 각 부, 현, 군의 수령은 모두 모였고 고상하고 우아한 음악과 청초한 가곡으로 마을은 서로 환희를 주고받으며 시간가는 줄 몰랐다.

前日張夫人は松鶴山の子規や、鶯の啼き聲を聞いて恨懷に堪えず、年々其の時候になると幾たびか子規の聲を恨み鶯の聲を歎息した。然し今日になつては子規の聲も樂しく聞こへ鶯の聲も可愛いい、

지난날 장부인은 송학산의 두견새와 꾀꼬리의 울음소리를 듣고 쓸

쓸한 생각과 정을 참을 수 없었는데, 매년 그 시기가 되면 더 많은 두견
새의 소리를 원망하고 꾀꼬리의 소리에 탄식했다. 하지만 오늘에 이
르러서는 두견새의 소리도 즐겁게 들리고 꾀꼬리의 소리도 귀엽다.

五日間の目出度い祝宴は濟んだ。御史父子は使臣に隨ふて皇城に至
り、天子に謁見した。天子は二人の手を取つて、暫らくの間は御眼を
潤ほされた。朝廷皆な太守親子の爲め祝宴を催ほして慰めた。天子は
優渥なる聖旨を下されて、張潤を兵部尚書に、張眞を順天府使にそれ
ぞれ昇職せられた

5일간의 경사스러운 축연이 끝났다. 어사 부자(父子)는 사신을 따
라 황성에 들어가 천자를 알현했다. 천자는 두 사람의 손을 잡고 한
동안 눈을 적셨다. 조정의 모두는 태수 부모와 자식을 위해 축연을
베풀어 위로했다. 천자는 후한 성지(聖旨)를 내려 장윤을 병부상서
(兵部尚書)에, 장진을 순천부사(順天府使)로 각각 직위를 올려줬다.

尚書父子は其の皇恩に感淚を流した。そして張眞から權洪夫妻や水
月菴の恩惠を奏達したので、天子は權洪を召されて其志を激賞した上
官職まで授けられ、段々昇進して湖南刺史に赴任し、水月菴にも加資
を授け、張夫人の傍らに居て一生を安樂に暮らす樣になつた。

또한 상서 부자는 그 황은에 감격하여 눈물을 흘렸다. 그리고 장
진은 권홍 부부와 수월암의 은혜를 말씀 드렸기에, 천자는 권홍을
불러서 그 뜻을 극찬한 후에 관직을 내려 주었는데 점점 승진하여 호

333

남자사(湖南刺史)로 부임하였다. 수월암에게도 품계를 올려주어 장 부인 곁에서 일생을 안락하게 살도록 했다.

順天府張眞は未だ配匹はなかつたので天子躬から媒介に立たせられ、吏部尙書鄭公烈の令愛を娶らしめた。

鄭小姐の窈窕たる姿態や、賢明なる淑德には朝廷皆な感歎し、稱揭 讚美して措かなかつた。絶代佳人と一世英傑とが婚禮を擧げて、目出 度房火燭に會合したが其喜びは比類がなかつた。

순천부 장진은 아직 배필이 없었기에 천자 스스로가 주선[44]을 하 여 이부상서(吏部尙書) 정공렬(鄭公烈)의 영애(令愛)와 장가들게 했다.

정소저의 아름답고 우아한 자태와 현명하고 정숙하고 단아한 미 덕에는 조정의 모두가 감탄하고 그 아름다움을 칭송하는 것을 그만 두지 않았다. 절대가인(絶代佳人)과 당대의 영걸(英傑)이 혼례를 올리 고 경사스럽게 화촉을 밝히는데 그 기쁨은 비할 바가 없었다.

天子は馬鶴の罪を非常に憤慨せられ。死を以つて論罪すると申され たが順天府使は懇切に上奏して其罪を容赦せんニを哀願した。天下も 府使の德行に感服せられて馬鶴を遠く流配した。

천자(天子)[45]는 마학의 죄를 상당히 분개했다. 죽음으로 죄를 논하

---

44 주선: 일본어 원문은 '媒介'다. 쌍방의 사이를 주도하는 것 혹은 쌍방의 사이를 맺어주는 것을 뜻한다(松井簡治·上田万年編,『大日本国語辞典』04, 金港堂書籍, 1919).

45 천자: 천하의 주인 혹은 일국의 군주의 존칭을 뜻한다(棚橋一郎·林甕臣編,『日

겠다고 말했지만 순천부사는 간절하게 아뢰어 그 죄를 용서할 것을
애원했다. 천하도 부사의 덕행에 감복하여 마학을 멀리 유배시켰다.

張夫人趙夫人及び趙侍郎乃至侍婢蘭英に至るまでそれぞれ職牒を賜
ひ、又尙書の願ひに依りて蘇之賢を桂陽太守に任命した。此れを以つ
て張氏の門戶は榮華を盡して代々極まりなき幸福を享受した。

　장부인과 조부인 및 조시랑과 계집종 난영에 이르기까지 각각 직
첩(職牒)⁴⁶을 하사하고, 또한 상서의 바람대로 소지현을 계양의 태수
로 임명했다. 이것으로 장씨 문벌은 영화를 다하고 대대로 더할 나
위 없는 행복을 누렸다.

　本新辞林』, 三省堂, 1897).
46 조정에서 내리는 벼슬아치의 임명(任命) 사령서.

제3장

자유토구사의 〈운영전 일역본〉(1923)

細井肇 譯述, 『鮮滿叢書』11, 自由討究社, 1923.

호소이 하지메(細井肇) 역술(譯述)

▌해제 ▌

　　호소이 하지메가 역술한 <운영전 일역본>은 『주영편(晝永編)』,
『오백년기담(五百年奇譚)』과 함께 『선만총서』마지막 11권(1923.
8.)에 수록되어 있다. 본래 <운영전>은 창작 연대를 알 수 없는
저자 미상의 한문소설로 20세기 이전 필사본의 형태로 유통되
던 작품이었다. 자유토구사의 고소설 번역작품과 같이 두주(頭
註)를 통해 장(章)이 나눠져 있다. 일본인 독자층을 위해 고유명
사나 어려운 한자에 번역자가 해설을 붙인 대목이 있다. 또한
원전에 대한 번역을 생략할 경우, 그 생략 내용을 설명해주는
모습도 보인다. <운영전 일역본>과 관련된 별도의 서문이 없지
만 <운영전>은 『조선도서해제』(1919)에 수록되어 있으며 『통속
조선문고』간행 예정 도서목록에 포함되어 있는 점을 감안한다
면 서울 종로의 서적상에서 구입하지 않고도 그들이 충분히 입

수할 있는 고소설작품이었던 것으로 보인다. 또한 번역작업을 한국인의 도움 없이 호소이 개인이 담당했던 모습을 보면 그 저본은 한문본이었던 것으로 추정된다. 또한 〈운영전 일역본〉이 구활자본『연정 운영전』의 저본이 된 사실은 당시 일본어와 한국어 사이의 번역 관계가 그만큼 투명했던 점을 잘 보여준다.

┃ 참고문헌 ┄┄┄┄┄┄┄┄┄

허찬, 「1920년대 〈운영전〉의 여러 양상 - 일역본 〈운영전〉과 한글본 〈연정 운영전〉, 영화 〈운영전-총희〉의 관계를 중심으로」, 『열상고전연구』 33, 2013.

一 壽聖宮(安平大君の邸跡)
1. 수성궁(안평대군의 저택)

世宗朝に、權威烈日の八大君があつた。其中でも、安平大君瑢は、門閥、閱歷はもとより、人物器局特にすぐれて、八大君中の首位を占め、居然たる大勢力であつた。その舊邸を壽聖宮といふ。長安(この長安は漢陽、今の京城のこと、丁若鏞は其著雅言覺非において此種用字の誤りを指摘して居る)の西、仁王山の下にある。山川秀靈、あだかも龍盤虎踞せるごとく、社稷はその南に、景福はその東に位置し、仁王山の一脉は逶迤として壽聖宮に臨み、さまで高しといふではないが、ここに登臨して俯瞰すれば、滿城の第宅、市井の通衢、歷々指すべく、あだかも絲を列ね、花を分けたるごとく、東を望めば、宮闕縹緲として、復道橫たはり、空には雲烟みどりをたたえ、朝夕の眺め、眞

337

に所謂絶勝の地である。

　ひと頃は、酒徒、射伴、歌兒、笛童、さては騒人墨客、三春紅花の時、九秋丹楓の節、日としてここに登臨悠遊せざるなく、風に吟じ月に咏じ、嘯玩歸るを忘るるが常であつた。

　세종조에 권위가 막강한 여덟 대군이 있었다. 그 중에서도 안평대군(安平大君)인 용(瑢)은 문벌과 이력은 말할 것도 없이 특히 도량이 뛰어나 여덟 대군 중에서 수위를 차지하며 별 어려움 없이 큰 세력을 이루었다. 그 옛 저택을 수성궁(壽聖宮)이라고 부르는데 장안(이 장안은 한양, 지금의 경성을 가리키며, 정약용은 그 저서 아언각비(雅言覺非)에서 이런 종류의 잘못됨을 지적하고 있다)의 서쪽 인왕산(仁王山) 아래에 있었다. 산천(山川)의 빼어남은 마치 용반호거(龍盤虎踞)와 같으며 사직(社稷)은 남쪽으로 경복(景福)은 그 동쪽에 위치하였다. 인왕산의 일맥은 구불구불 이어져 수성궁에 이르며 그다지 높다고는 말할 수 없으나 이곳에 올라가 내려다보면 만성(滿城)의 제택(第宅)과 시정(市井)의 거리를 역력히 가리킬 수 있으니 마치 실을 나란히 하여 꽃을 가르는 듯하였다. 동쪽을 바라보면 궁궐이 어렴풋하게 보이며 복도가 가로놓여 있었다. 하늘에는 구름과 안개가 가득 차 있어, 아침저녁의 경치는 참으로 절경의 지역이라고 부를 만하였다.

　한때는 술꾼들과 활꾼들, 노래하는 소년들과 피리 부는 아이들, 소인묵객(騒人墨客)이 삼월의 꽃이 한창인 때와 구월의 단풍이 만발할 때 그 위에 올라 바람을 읊고 달을 노래하지 않은 날이 없고 휘파람 불고 경치를 즐기느라 돌아가는 것도 잊었다.

二 濁醪一壺の醉
2. 탁주 한 병에 취함

　青坡の士人に柳泳といふがあつた。かねがね、遊意禁じ難きものあつたが、何分にも、零落の身の、纏ふべき綺羅とてもなく、蓬頭垢面そのままでは、徒らに遊客の笑ひ取るばかりと、差控えて居たが、萬曆辛丑春三月(今より五百二年前)旣望、遊意そぞろに抑え難く、濁醪一壺を沽ふて、妻なく子なく板木なき獨り者の心やすさ、獨り飄々乎として宮門を入つて行つた。看る限りの者は、柳の身すぼらしさを指笑せざるはなかつた。柳は面伏せな心地しながらも、無聊のままやがて後園に入り、高きに登つて四望すれば、あらたに兵火の餘を經て、長安の宮闕　滿城の華屋、廢頹を極めて往時の盛觀をしのぶよすがもなく、ただ見る壞垣斷瓦、野草の所嫌はず滋生せるこそ、見る眼に云ふばかりなくいたましいものであつた。ひとり、東廊の數間のみは歸然として存した。柳は萬古盛衰のあとを感懷しながらも、步して西園に入れば、泉石幽邃のところ、百卉叢芊、その影、澄潭に落ち、滿地の落花人跡到らず、微風一たび起れば香氣馥郁として生ず。柳は獨り巖上に座して徐ろに東坡の『我上朝元春半老、滿地落花無人掃』の句を口吟みながら、佩び來たつた酒壺を解いて、一杯、一杯、又一杯、遂に全く傾け盡して、巖邊の石に頭を支へながら、ウトウトと、我れ知らず深い眠りに落ちた。やがて滿身の冷氣にフト眼さめたが、此時すでに遊客散じ去つて山月夢の如く、風につれて一條の軟語を聞く。怪しみ見れば、そこには思ひも懸けぬ少年と絶色の二人の姿。

　　청성(青城)의 선비로 유영(柳泳)이라고 불리는 자가 있었다. 전부터 구경하고자 하는 마음을 금할 길이 없었으나 뭐라고 해도 몰락한 몸으로 걸칠 만한 옷도 없이 흐트러진 머리와 때 묻은 얼굴로는 남의 웃음을 받게 될 것이라며 삼가고 있었는데, 만력(萬曆) 신축(辛丑) 봄 음력 3월(지금으로부터 502년 전) 16일 구경하고자 하는 마음을 억누르지 못하여, 탁주 한 병을 들고 아내도 없고 자식도 없고 명패도 없는 독신자의 편한 마음으로 홀로 훌훌 궁문을 들어갔다. 보는 사람들은 유영의 초라한 모습을 가리키며 웃지 않는 자가 없었다. 유영은 무료하고 부끄러운 마음을 견디지 못하여, 이윽고 후원으로 들어가서 높은 곳에 올라 사면을 바라보았는데, 전쟁을 막 지난 때라 장안(長安) 궁궐과 만성의 모든 집들이 무너지고 쓰러짐이 극에 달하여 지난날의 성대한 구경거리를 그리워할 만한 실마리도 없이 그저 보이는 것은 무너진 담과 깨어진 기와와 장소를 가리지 않고 번식한 들풀로 보는 이로 하여 아무런 말도 하지 못하게 하는 애처로운 모습이었다. 다만 동편에 수간 행각이 남아 있었다. 유영이 만고성쇠의 자취를 더듬어 생각하며 서원으로 걸어 들어갔더니 천석(泉石)이 깊고 고요하며 백초가 번잡하고 무성했다. 그 그림자는 맑은 물에 비치었고 떨어진 꽃잎은 땅에 가득했으니, 사람의 흔적이 없음을 알 수 있었다. 미풍이 한차례 일자 그윽한 향기가 났다. 유영은 홀로 바위 위에 앉아 천천히 서동파의 "아상조원(我上朝元) 춘반노(春半老), 만지낙화(滿地落花) 무인소(無人掃)"라는 글을 읊조리며 가져온 탁주 한 병을 풀어놓고 한 잔, 한 잔, 또 한 잔 마침내 전부 부어 마시고는 바위 가장자리에 머리를 지탱하면서 자신도 모르게 꾸벅꾸벅 깊은 잠에 빠졌다. 이윽고 온 몸에 차가운 기운이 들어 문득 잠에서 깨었지만, 이때 이미 유객(遊客)은 떠나가고 산위에 뜬 달은 꿈과 같이 한 줄기 말소리가 바람을 따라 들렸다. 괴이하게 여겨 살펴보았더니, 그곳에는 생각지도 못한 소년과 절세미인 두 사람의 모습이 있었다.

三 傾蓋あだかも舊の如し
3. 처음 만나 친함이 마치 친구와 같다

柳生はよろこびに勝えず、一揖して問ふた。
『秀才はいづれの人お懷かしく存ずる。』
と、少年はほほえんで
『古人の申された、傾盖あだかも舊の如しとは、このことでせう。』
二人は早や旣に、十年の知己の如く、絶色と共に鼎坐して、心のびやかに語らんとする。女が低聲に小者を呼ぶと、聲に應じて林中から二人の又鬟が顯はれた。
『今夕の邂逅は故人の處、それに期せざる佳客にお目に懸かる、このやうな宵こそ、寂寥のままには過ごされぬ。酒饌の用意して、筆と硯とも持つておいで。』
二人の又鬟は、仰せ畏こんで去つたが、少頃すると、まめやかに立働いて、琉璃樽に紫霞酒を盛り、珍果奇饌を銀盤に列ね、白玉盞で酒を酌ぎ、頻りと柳にすすめるのであつた。その酒味希品、實に世の常のものでない。酒三行、女は口づから新詞を呼んでいふ。

유생은 기쁨을 금할 길 없어 가볍게 인사하며 말했다.

"수재는 어떠한 사람이기에 친근하게 느껴집니다."

라고 말하자 소년은 빙긋이 웃으며,

"옛날 사람들이 말한 것처럼 마치 오래 전부터 알고 있었던 사람처럼 친하다고 하는 것은 이것을 말하는 것이겠지요."

두 사람은 어느덧 벌써 10년 지기처럼, 절세미인과 함께 둘러 앉아 느긋하게 이야기를 나누고자 했다. 여인이 낮은 소리로 하인[1]을 부르니, 소리에 답하여 숲 속에서 두 명의 계집종이 나타났다.

"오늘 저녁에 옛 사람과 놀던 곳에서의 뜻하지 않은 만남은 기약치 않는 아름다운 객을 만난 것이다. 오늘밤은 적적하고 고요하게 보낼 수 없구나. 주찬(酒饌)을 준비하고 붓과 벼루 또한 가져 오너라."

두 명의 계집종은 명령을 받들고 사라졌는데, 잠시 후 분주히 움직이며 유리준(琉璃樽)에 자하주(紫霞酒)를 담고 은반(銀盤)에 진과(珍菓) 성찬(盛饌)을 차리고 백옥잔(白玉盞)에 술을 따라 계속하여 유(柳)에게 권했다. 그 드문 술 맛은 실로 이 세상의 것이 아니었다. 술 몇 잔을 마시니 여인은 시를 읊조리며 말했다.

重々、深きところ、故人にわかる
天緣未だ絶えずして、見みゆるに因なし
雲となり雨となり、夢、眞にあらず
幾番春を傷む、繁華の辰
消盡す、往事、すでに塵となる
空しく、今人をして、淚、巾を沾ほさしむ

---

1 하인: 일본어 원문은 '小者'다. 하인을 뜻한다(棚橋一郎·林甕臣編,『日本新辞林』, 三省堂, 1897).

깊고 깊은 곳에서 옛 사람을 이별하였나니
하늘의 인연 미진한데 만날 수가 없구나.
구름이 되고 비가 되어 즐김이 꿈속 같은데
몇 번이나 변화한 계절 봄을 상해 왔는가.
이미 다 지나간 일 티끌이 되었건만
공연히 사람으로 하여금 눈물을 수건에 가득케 하였구나.

辭畢つて、歔欷飮泣、珠淚滂沱たるものがある。柳生は起つて拜した。

『僕は、綿繡の腹ではなけれど、早くから儒業を修めて文墨の功を知る。今、この詞の格調を見れば、淸高の趣はあれど、悲涼いふべからざる情を含む、今夜の會、月色は晝のやうに遍ねく、風は淸く、心もすがすがしい。相對して悲泣さるるには何か仔細が無くてはならぬ。旣に盃を交はして情義早くも感孚しながら、名乘りもなさらず、又その懷抱をも語られぬのは、いぶかしい。』

恁う云つて、柳生は先づみづから名乘りをあげ、强ゐて少年に要めた。

少年は歎息して

『名をお應へしないのは、別に譯があつてのこと、强ゐてのお訊ねに、申上げてもよいが、話せばなかなかに長い。』

と、愁然として思ひ入つた。そして、重い唇でボツリボツリと語り始めたのが恁うだ。

말을 다하고 희희탄식하며 흐르는 눈물이 얼굴에 진주가 구르는 듯하였다. 유생(柳生)은 일어나서 절했다.

"내 비록 양가의 집에서 태어난 몸은 아니나 일찍부터 유업을 일삼아 문필의 공(功)을 알고 있거늘. 지금 이 가사의 격조를 보니 맑고 뛰어나기는 하나 시상이 슬퍼 매우 괴이하구려. 오늘밤은 월색이 낮과 같고 맑은 바람에 마음도 상쾌한데 서로 마주하여 슬피 우는 것은 무언가 연유가 있는 것이 아닌가? 이미 술잔을 주고받으며 인정과 의리가 깊어졌으나 서로 이름을 알지 못하고 그 회포도 풀지 못하고 있으니 또한 의심할만하구려."

이렇게 말하고 유생은 먼저 스스로 이름을 말하고 억지로 소년에게 요구했다.

소년은 탄식하며,

"이름을 말하지 않은 것은 달리 연유가 있어서 그러한 것인데 억지로 물으신다면 말씀을 드려도 좋습니다만 말을 하자면 매우 길어집니다."

라고 수심을 띤 얼굴로 깊이 생각했다. 그리고 무거운 입술로 조금씩, 조금씩 말하기 시작한 것이 이와 같았다.

四 雲英、綠珠、宋玉
4. 운영, 연주, 송옥

少年は、姓を金と呼んだ。十歳にして既に詩文に長じ、其名學堂に表はれ、十四歳進士第一名の榮冠を贏ち得て、一時金進士をもつて稱せられた。年少俠氣、志慮浩蕩としてみづから抑ゆるに難く、遂に此の女の爲めに不孝の子となつた天地間の一罪人—みづから名を告げな

かつたも、そうした次第からであるが、此女は、雲英と呼びかれの傍
らに居るのは、一人を綠珠、他を宋玉といふ。みな、安平大君の宮女
であつた。一少年は語り來たつて感慨に勝えざるもののやうである。
雲英を顧みて、

『早や星霜移ること幾たび、その時の事、御身こそ暗んじて居やう。』

雲英は、それ又憮然として

『この怨み、永はに忘るる時とてはございませぬ。』

とて、語り出たその頃の思ひ出を、少年が傍らにあつて闕漏を補ひ
ながら筆を把つて書いたのが次の一篇である。

　　소년은 성을 김이라고 불렀다. 10세에 이미 시문이 뛰어나 학당
(學堂)에 이름을 알리고, 14세에 진사(進士)[2] 제일의 영예를 얻으니
일시에 김진사라 불렸다. 나이 어린 호협한 기상으로 호탕함을 스스
로 억누르지 못하고 결국은 이 여인을 위해서 불효자가 된 천지간의
죄인이었다. 스스로 이름을 알리지 못한 것도 그러한 연유에서였는
데, 이 여인은 운영(雲英)이라고 부르며 그의 옆에 있는 한 사람은 연
주(綠珠), 다른 한 사람은 송옥(宋玉)이라고 불렀다. 모두 안평대군의
궁녀였다.

　　소년은 말을 하다가 마음속에 깊이 사무친 듯했다. 운영을 돌아보며,

　　"어느덧 세월이 여러 번 바뀌었는데 그때의 일을 그대는 기억하
고 있는가?"

　　운영은 이 또한 아연실색하며,

---

2 진사: 중국에서 인재등용시험에 급제한 제 3급의 사람을 지칭한다(松井簡治·上
田万年編,『大日本国語辞典』02, 金港堂書籍, 1916).

"이 원한을 오래도록 잊은 적이 없습니다."

라고 했다. 그때의 일들을 말하기 시작하자 옆에서 소년이 빠진 부분을 보충하면서 붓을 들어 적은 것이 다음의 한 편이다.

五 盟詩壇の秀才、花の如き宮女
5. 맹시단의 수재 꽃과 같은 궁녀

莊憲大王の八大君中、安平大君は、最も英□だつた。上の寵遇比肩する者なく、賞賜無數、田民財貨も有り餘るほどで、諸ろの御殿をしつらへたる中に、壽聖宮といふは、安平大君が出居した十三歳の時からの私宮である。安平大君は、その頃、儒業をもつてみづから任じ、夜は讀書、晝は書隷にいそしみ、いまだかつて一刻といへども放過しなかつた。一時文人才士、咸くその門に萃まり、その長短を較べて、時に論講曉に及ぶことすらあつた。安平大君は、尤も筆法に工みで、一國に鳴つた。文廟(世宗のこと)在邸の時、いつも集賢殿に諸學士を會して、安平大君の筆法を論じ、中國の王逸には及ばずとも、趙の松雪には下るまじと稱賞したほどだつた。安平大君は、思索にふさはしい閑靜なところに精舍數十間をしつらへ、匪懈堂と名づけ、その側らに一壇を設けて詩壇と稱へ、一時の文章巨筆、みなその壇に萃まつた。文章では三間(通俗朝鮮文庫第十二輯李朝の文臣に小傳あり參照)が首位、筆法では崔(同上)と孝(同上)とがすぐれては居たけれど、迚も安平大君のそれには及ばなかつた。

장헌대왕(莊憲大王)의 여덟 대군 중 안평대군은 가장 영특했다. 임금의 사랑을 견줄 만한 자가 없었는데 상으로 하사하신 무수한 전민(田民)과 재화가 넘쳐날 정도였다. 많은 궁을 장만했는데 그 중에 하나 수성궁(壽聖宮)이라고 하는 것은 안평대군이 출거한 13세 때부터 지내온 사궁(私宮)이었다. 안평대군은 그 무렵 유업으로 스스로에게 일을 맡기고 밤에는 독서, 낮에는 서예에 힘썼다. 아직껏 일각이라도 헛되이 보낸 적이 없었다. 한 시대의 문인 재사(才士)들이 다 그 문(門)에 모여서 그 장단을 비교하고 새벽까지 담론을 한 적도 있었다. 안평대군은 필법이 가장 뛰어나 일국에 이름을 날렸는데, 문묘(세종을 가리킴)가 세자로 있을 때에 항상 집현전의 학사를 만나서 안평대군의 필법을 논하기를 중국의 왕일(王逸)에게는 미치지 못하겠지만 조나라의 송설(松雪)에는 뒤지지 않는다고 칭찬할 정도였다. 안평대군은 사색하기에 적당한 한적한 곳에 정사(精舍) 수 십간을 짓고 비해당(匪懈堂)이라고 이름 지었다. 또한 그 옆에 한 단을 구축하여 시단(詩壇)을 마련했는데 당대의 문장과 거필들이 모두 그 시단에 모였다. 문장으로는 삼문(통속조선문고 제 십이 편 이조 문신 전기를 참조)이 으뜸이고 필법으로는 최(상동)와 효(상동)[3]가 뛰어났지만 도저히 안평대군의 재주에는 미치지 못했다.

或日のこと、安平大君醉に乘じて諸侍女を呼んでいふ。

天の才を降す、男に豊かで女に嗇なるべき謂はれはない。汝等も勉めて見よ。とのこと。乃で年少にして姿容のうるはしい十人をすぐって、先づ諺解小學の讀誦を授けて後ち、中庸、論語、孟子、詩傳通史

---

3 최(상동)와 효(상동) : 호소이가 세종 때의 문신이자 서예가 최흥효(崔興孝)란 인물명을 몰라 저지른 오역이다.

など、悉く之を敎へ、李、杜などの唐音数百首を抄んでこれに敎へ、
五年ならずして、みな才を成し、安平大君の眼前で、卽座に作詩し
て、その高下を論じてはすぐれたるものに賞を賜はるなど、勸奬につ
とめたので卓犖の氣象は大君に及ばずとも、音律の清雅、筆法の婉熟
は、優に盛唐詩人の藩籬を窺ふに足るほどどなつた。十人の名は小
玉、芙蓉、飛瓊、翡翠、玉女、金蓮、銀蟾、紫鸞、寶蓮、雲英、—そ
の雲英が妾です。—大君の十人に對する鍾愛はなみなみならず、常に
宮中に銷し、外間と接語せしめず、日として文士と酒杯戰を試みざる
はなきに、かつて一たびも侍女を近づけしめず、秘藏の上にも秘藏し
て、嚴重に云ひ渡されたことは、『侍女一たび門を出づれば死罪、門外
の人が宮人の名を知つても其罪は同じく死に當る。』といふのでした。

　어느 날 안평대군이 술에 취해서 여러 시녀들을 불러 말하기를,
"하늘이 재주를 내리심에 남자에게는 풍부하게 하고 여자에게는 적
게 하지는 않았을 것이다. 너희들도 힘써서 공부하여라."
　는 것이었다. 그리하여 나이가 어리고 용모가 아름다운 10명을
골라서 가르쳤다. 우선『언해소학(諺解小學)』을 암송하게 한 후에,
『중용』,『논어』,『맹자』,『시전(詩傳)』,『통사(通史)』등 모두 가르치고
이백과 두보 등의 당음(唐音)의 시 수백 수를 뽑아서 이것을 가르치
니 5년도 되지 않아서 모두 재주를 이루었다. 안평대군의 눈앞에서
바로 시를 짓게 하고 그 높고 낮음을 가리어 뛰어난 자에게는 상을
내리는 등 권하고 장려했기에 탁월한 기상이 안평대군에는 미치지
못하더라도 음률(音律)의 청아함과 필법의 완숙함은 당나라 시인의
울타리[4]를 엿볼 만큼 충분할 정도였다. 10명의 이름은 소옥(小玉), 부

용(芙蓉), 비경(翡翠), 비취(翡翠), 옥녀(玉女), 금련(金蓮), 은섬(銀蟾), 자란(紫鸞), 보련(寶蓮), 운영(雲英)이었다. -그 운영이 저입니다.- 대군이 10명을 대하는 사랑은 보통이 아니었기에 항상 궁중에 가두어 외간(外間)과의 말을 접하게 하지도 못하게 했다. 날마다 문사(文士)들과 주배전(酒杯戰)을 하지 않는 날이 없었지만, 일찍이 한 번도 시녀들을 가까이 있지 못하게 했다. 아끼어 숨겨 놓는 것도 이보다 더 할 수는 없었는데 엄중하게 말하기를,

"시녀들이 한 번이라도 문을 나선다면 그 죄는 죽어 마땅하고 문밖의 사람이 궁인의 이름을 알기라도 한다면 그 죄 또한 죽어 마땅하다."

라고 말하는 것이었다.

六 誰を思ふぞと痛いひと言
6. 누구를 생각하느냐는 아픈 한 마디

一日、大君が妾等を召して、今日は文士某々と酒汲み交はした、その時一脉の青煙が宮樹から起つて城葉を籠め山麓をめぐつた。それを材題に一詩を試みよとの御意。

하루는 대군이 첩들을 불러서,

"오늘은 문사(文士)[5] 아무와 술을 나누었는데, 그때 한 줄기 파란 연기가 궁중의 나무에서 일어나 성을 둘러싸고 산기슭으로 날아갔

---

4 울타리: 일본어 원문은 '藩籬'다. 대나무울타리 혹은 왕실의 수호라는 뜻이다(松井簡治·上田万年編, 『大日本国語辞典』04, 金港堂書籍, 1919).
5 문사: 문필에 종사하는 사람, 문장가라는 뜻이다(松井簡治·上田万年編, 『大日本国語辞典』04, 金港堂書籍, 1919).

다. 그것을 제목으로 하여 시 한 수를 짓도록 하여라.”
　라고 했다.

年順に先づ小玉から上つた。
綠煙、ほそきこと、織るに似たり
風に隨ふて、半ば、門に入る
依微として、深く、また淺し
おぼえず、黃昏に近きを

　나이순으로 우선 소옥이 올렸다.
　연기에 인연하여 가는 비단실 같이
　바람을 따라 비스듬히 문으로 들어와
　흐릿하게 깊었다가 다시 엷어지더니
　어느덧 황혼이 가까운 것을.

アトの九人も次いで製進した。芙蓉の詩は
空を飛んで、はるかに、雨を帶ぶ
地に落ちて、また、雲となる
夕べに近く、山、光り暗し
幽思、まさに、君を夢む

　남은 아홉 사람도 계속하여 글을 지어 나아갔습니다. 부용의 시는,
　하늘로 날아가 멀리서 비를 몰아와
　땅으로 떨어졌다가 다시 구름이 되었다.

저녁이 가까워 산 빛은 어두웠는데
그윽한 생각은 다름 아닌 그대를 꿈꾼다.

翡翠の詩は

覆花の蜂、勢を失し

籠竹の鳥、未だ巢くはず

黄昏、小雨を成し

窓外、蕭々を聽く

비취의 시는,
꽃 속의 벌은 갈 길을 잃고
통속에 새는 아직도 깃에 들지 못하였으니
어두운 밤은 가는 비가 되어
창밖의 소슬한 소리가 들리는구나.

玉女の詩は

日を蔽ふの輕紈、細く

山に横はる翠帶、長し

微風、吹いて、漸やく散じ

なほ濕ほす、小池塘

옥녀의 시는,
해를 가리는 얇은 깁은 가늘고
산 옆으로 빗긴 푸른 띠는 길드라

가는 바람이 불어 점점 사라지니
아직 마르지 아니한 작은 연못이여라.

金蓮の詩は
山下、寒煙、つもり
橫に飛ぶ、宮樹の邊
風吹いて、身定まらず
斜日蒼天に滿つ

　금련의 시는,
　산 밑에 찬 연기가 쌓이고
　비스듬히 나는 궁의 나무 가는
　바람이 불어 몸을 가누지 못 하여라
　넘어가는 해는 창천(蒼天)에 가득하도다.

銀蟾の詩は
山谷、しばしば、陰起り
池臺、綠影流る
飛歸、覽るに處なく
荷葉、露珠を留む

　은섬의 시는,
　산골에 이따금 그늘을 지우고
　못가에 푸른 그림자가 흘러가니

날아서 돌아가 보니 볼 곳이 없고
연잎의 이슬에 구슬이 담겨 있어라.

飛瓊の詩は

小杏、眼を成し難く

孤篁、獨り、靑を保つ

輕陰、暫らく、重なり

日暮、又、黃氏

비경의 시는,

작은 은행으로 눈알을 만들기 어려워라

외로운 대피리는 홀로 푸름을 보전하고 있구나.

가벼운 그늘이 잠시 무거워라

해기 저무니 또 황혼이 되리라.

紫鸞の詩は

卑、洞門に向つて、暗く

橫に、高樹を、連ねて低し

須臾にして、忽ち、飛去す

西岳と、前溪と

자란의 시는,

낮은 동문(洞門)을 향하여도 어둡고

옆에 높은 나무를 이어서 낮게 하니

참다 못 하여 홀연히 날아가더라.
서쪽 산과 앞 냇가로

妾(雲英)の詩は
遠きを望めば、靑煙細し
佳人、紈を織るを罷む
風に臨んで、ひとり、怊悵す
飛去して、巫山に、落つ

　첩(운영)의 시는,
　멀리 바라보니 푸른 연기가 가늘고
　아름다운 사람은 깁 짜기를 마치고
　바람을 대하여 홀로 슬퍼하노라
　날아가서 무산(巫山)에 떨어지리라.

寶蓮の詩は
短壑、靑陰の裡
長安水氣の中
能く、世人をして、上らしめば
忽ち、翠珠宮をなさむ

　보련의 시는,
　짧은 굴 푸른 그늘 속
　장안(長安)의 물 기운 속에서

능히 세상 사람을 오르게 하며
홀연히 취주궁(翠珠宮)이 되리로다.

といふのであつた。大君は一通り眼を通して、驚いていふ
『晩唐の詩に比しても、伯仲する。謹甫(通俗朝鮮文庫第 二卷參照)以
下では執鞭はできまい。』
と、再三吟咏、いづれ高下を知らぬ態であつたが、やや久ふして、
『芙蓉の詩に、君を夢むとあるは、甚だ能い。翡翠の詩は前に比して
騷雅である。小玉の詩は飄逸、末句に隱々たる趣がある。先づ此の二
詩が、魁に居らう。』との御意、

　　라고 말하는 것이었다. 대군은 한 번 훑어보고는 놀라서 말씀하셨다.
　　"당나라의 시에 비교해도 우열을 가리기가 힘들 것이다. 근보(통
속조선문고 제2권을 참조) 이하는 채찍을 잡지 못 할 것이다."
　　라고 재삼 읊조리며 높고 낮음을 정하지 못 했는데 한참 후에,
　　"부용의 시에 그대를 꿈꾼다는 것은 매우 잘했다. 비취의 시는 앞
의 것과 비교하면 이소경의 아취가 있구나. 소옥의 시는 태평하고 마
지막 구에는 은근한 멋이 있다. 우선 이 두 시를 제일로 정할 것이다."
　　라는 생각을 말했다.

更に
『初めは優劣を辨じなかったが、再三玩讀してみると、紫鸞の詩は深
遠なところがある、覺えず人をして嗟嘆せしめずには措かぬ。其餘も
みな淸好な出来栄えだが、ひとり、雲英の詩は、怊悵、人を思ふの意

355

が顕れて居る。全體誰の上を思ふのか、訊問すべきではあるが、其才にめでで姑らく捨てて置く。』

とのこと、妾は即下に庭に伏して泣いてお對へした。

『辞を遣る時、偶然に発しましたるもの、決して他意はございませぬ、主君のお疑を蒙』りましては、妾、萬死なほ。』

『可矣、々々』

とて座を賜はつた後ち

『深く咎めるではないが、詩は性情に出で、掩ひ匿すことはできぬものなのだ。マア、これはこれで能い。』

とて何處となう痛い一言を仰せられて後ち、綵帛十端を十人に分賜された。

大君は、かつて素ぶりにだも、妾に心ある風情を示し賜はなかつたが、宮女は、みな、大君が妾に思召のあるもののやう、前々から噂し合つて居た。

　　　　그리고 다시 말하기를,

　　　　"처음에는 우열을 말하지 않았으나 재삼 해석해 보니, 자란의 시는 심원한 곳이 있구나. 모르는 사이에 사람에게 한숨지으며 탄식하지 않을 수 없게 만드는구나. 그리고 나머지도 모두 맑고 좋은 글이지만, 한 사람 운영의 시는 슬퍼하며 누군가를 생각하는 마음이 나타나 있구나. 도대체 누구를 생각하는 것이지 심문하여 마땅하지만 그 재주가 뛰어나서 그대로 두는 것이다."

　　　라는 것이었다. 첩은 즉시 뜰에 뛰어내려 엎드려 울면서 대답했다.

　　　"시를 지을 적에 우연히 나온 것으로 결코 다른 뜻은 없었습니다.

주군의 의혹을 받으니 소첩은 만 번 죽어도 마땅합니다.”

“가하다. 가하다.”

라고 말하고 자리를 준 후에,

“크게 나무라는 것은 아니지만, 시는 성정(性情)에서 나와 억지로 숨기지 못하는 것이다. 아무튼 이것은 이것으로 좋다.”

라고 어딘가 아픈 한 마디를 내린 후에 채백(綵帛) 열 필을 꺼내 10명에게 나누어 주었다. 대군은 일찍이 어떠한 기색도 하지 않고 첩(운영)에게 마음이 있는 기색[6]을 나타내지는 않았지만, 전부터 궁녀 모두는 대군이 첩에게 마음이 있는 것처럼 서로 이야기했다.

七 上に御思召があつてぢやろ
7. 대군에게 마음이 있는 것이다.

御前を退いてから、洞房 (洞房の用字の妥當ならざること、雅言覺非にも見ゆ、譯者註)に燭をかかげ、七寶の書案に唐律一卷を置いて、古人宮怨の詩を評し合つた。妾は、ひとり、屛風に倚つて、悄然として、泥塑の人のやう、口を噤んだままで居ると、小玉が妾に輕い口で

『晝の賦烟の詩で、君樣のお疑ひ、屹度それが氣になつて、黙つてのぢやろ、それとも、君樣の思召が、一夕、錦衾の歡にあると見て、喜びをつつんで、そのやうにお澄ましか。』

面白いことのやうに、戲れかかる。妾は、袿を歛めて、

---

6 기색: 일본어 원문은 '風情'이다. 멋, 정취, 기색과 같은 뜻을 나타내거나 혹은 그와 같은 의미를 낮추어서 칭할 때 사용한다(棚橋一郎・林甕臣編, 『日本新辞林』, 三省堂, 1897).

『妾は今一首得たいと、苦索の最中、晝間の事など、考へても居りませんに─。』

銀蟾は直ぐ

『でも少々可笑しい程に、妾が試めしの課題を出しませう、題は『窓外葡萄架』、七言四句で咏んで見て下され。』

といふ。妾は直ぐに、みなの猜み疑ひを釋かうとして

어전(御前)을 물러나서 동방(洞房)이라는 글자는 타당하지 않다.『아언각비(雅言覺非)』를 참고. 일본어 역자 주)에 촛불을 내걸고 칠보서안(七寶書案)에 당률(唐律)한 권을 두고 고인(古人) 궁원(宮怨)의 시를 서로 평했다. 첩은 홀로 병풍에 기대어 초연히 흙 인형과 같이 입을 다문 채로 앉아 있었는데, 소옥이 첩에게 아무렇지도 않게,

"낮에 부연시(賦烟詩)로 대군의 의심을 받아 아마도 그것이 신경이 쓰여 잠자코 있는 것이냐? 아니면 대군의 생각이 하룻밤 비단이불 속의 환락에 있는 것을 보고 기쁨을 담아서 그런 척 하는 것이냐?"

재미있는 듯 장난치는 것이었다. 첩은 옷깃을 여미고,

"첩은 지금 한 수를 얻고자 깊이 사색하던 중이었을 뿐 낮의 일 등은 생각지도 않았습니다."

은섬은 바로,

"하지만 조금 가소롭군요. 첩이 시험 삼아 과제를 내 보겠습니다. '창외포도(窓外葡萄)'라는 제목으로 칠언사구(七言四口)의 시를 지어 보십시오."

라는 것이다. 첩은 바로 모두의 시기와 의심을 풀고자 하여,

蜿蜒たる藤草、龍の行くに似たり

翠葉、陰を成し、すべて有情

暑日の嚴威、能く徹照し

靑天の寒影、半ば虛明

糸を抽いて、檻を攀づ、意を留むるがごとく

果を結んで、珠を垂れ、誠を效さんと欲す

若し、他日を待たば、應さに變化すべし

たまたま、雲雨に乘じて、三淸に上る

구불구불 넝쿨은 용이 기어가는 것 같고

푸른 잎 그늘을 이루니 모든 것이 유정하구나.

더운 날에도 위엄은 능히 비치고

맑은 하늘엔 찬 그림자가 절반은 밝아라.

덩굴이 뻗어 난간을 감음은 뜻을 머물러 둠이오.

열매를 맺어 구슬을 드리움은 정성을 본받고자 함이라.

만약 다른 날을 기다려 변화를 부린다면

응당 비구름 타고 삼청(三淸)에 오르리라.

と咏んだ。

小玉は激賞措かなかつたが、紫鸞は、皮肉に打ち笑んで

『そう小玉どののやうにほめそやしても、雲英どのの、眞の心はどうだか分りませぬ。文字こそ婉曲ながら、何となく、飛騰の態が見へますに。』

意地の惡い、ほかの衆も、面白い事にして、紫鸞の評を確言だと云

ひはやし、疑ひはまだ釋けずに了つた。

　　　　と、吟じた。

　　　소옥은 격찬을 아끼지 않았는데 자란은 빈정거리며 비웃고는,

　　　"그렇게 소옥님과 같이 칭찬한다고 하더라도 운영의 진심이 무엇
인지 알 수가 없습니다. 글은 참으로 완곡하나 어딘지 모르게 비등
(飛騰)하는 모습이 보이니."

　　　심술궂은 다른 무리들도 장난스럽게 자란의 평이 옳다고 말하기
에 의심은 아직 풀지 못하고 끝났다.

八　成三問の炯眼
8. 성삼문의 빛나는 눈

　その翌朝である。門外に車馬駢闐の聲を聞いたが、やがて、當代の
所謂一流の文人才士が訪づれた。大君は是等の衆賓を東閣に迎え入れ
た上で、妾等が昨日試みた賦烟の詩を示すのであつた。滿座大驚、
口々に

　『これは意外、今日復び盛君の音調を見る、迚も我等の及ぶ所でな
い、その至寶、いづれより得玉ひしか。』

　と、褒めそやした。大君はほほえみながら

　『サア、誰の作か、童僕が街上で得て來たもの、一向に見當も附きか
ねる─』

　　　그 다음 날 아침이었다. 문밖에서 요란한 수레 소리가 들리더니

이윽고 이른바 당대 일류의 문인 재사(才士)들이 찾아왔다. 대군은 이들 손님들을 동각(東閣)에서 맞이한 후에, 첩 등이 어제 지은 부연시(賦烟詩)를 보여 주는 것이었다. 자리에 앉은 많은 사람들이 크게 놀라 서로 말하기를,

"이것은 뜻밖입니다. 오늘 다시 성당(盛唐) 시절의 음조(音調)를 보았습니다. 도저히 저희들은 따라가지를 못하겠습니다. 이 지극히 진귀한 보배를 어디서 얻으셨습니까?"

라고 극찬을 했다. 대군은 미소를 지으며,

"글쎄요, 누구의 작품인지, 하인[7]이 길가에서 주워 온 것이기에 조금도 추측할 수가 없습니다."

大君の戯れとは心附かず、衆賓も、其のあまりの佳作に、誰の試みとも判じ兼ねて居たが、成三問丈けは、眼が高かつた。

『前朝から今日まで大凡六百餘年、東國に詩名を馳せた者は尠くないが、みな雅味に乏しいか、浮藻なところがあるかして、音律に合はず性情を失したのが多い。此の詩の風格といひ、思想といひ、少しも塵世の態が無い。それは、キツと俗人に接しない深宮の人々が、晝夜吟誦しておのづから心に得たものらしい。』

とて、風に臨んで獨り怊悵は人を思慕するの意、風吟いておのづから定まらずは節を保ち難い態、孤篁獨り靑を保つは貞節を守るの意、幽思君を夢みるは、向君の誠、荷葉露珠を留む、西岳と前溪は、天上神仙にあらざれば此の形容を得難しなど、それぞれに評し去つて後ち

---

7 하인: 일본어 원문은 '童僕'이다. 남자아이 하인을 뜻한다(松井簡治·上田万年編, 『大日本国語辞典』03, 金港堂書籍, 1917).

『薫陶の氣像ほぼ相同じいのは、進賜(大君に對する敬稱 譯者註)の宮中に此の十仙人を養はれてあるに相違ない、若しそうとすれば一度お目に懸りたいものです。』

大君は、內心に、至極の說とうなづきながら、わざとらしく

『ハツハツハツ、世間では謹甫(成三問の雅號)の鑑識をもてはやして居るが、アテになつたものではない。折角だが、宮內には誰もそうした人物は居ない。』

と笑ひに打消した。窗隙から、之を聞いて居たものは、みな成三問の卓見に佩服せざるはなかつた。

대군의 장난을 깨닫지 못하던 많은 손님들도 너무나 아름다운 작품에 누가 지었는지 알지 못하고 있었는데 성삼문만은 눈이 높았다. "고려조에서 지금까지 600여 년 간 시로 우리나라에 이름을 떨친 자는 그 수를 헤아릴 수 없습니다. 이는 모두 정취가 부족하거나 부조(浮藻)한 부분이 있거나 해서 음률이 맞지 않고 성정(性情)을 잃은 것이 많습니다. 이 시의 풍격이라고 한다면 사상이라고 할까 조금도 속세의 모습이 없습니다. 이것은 필시 속인과 접한 적이 없는 깊은 궁중의 사람들이 밤낮으로 시를 암송하여 스스로 그 정서를 얻은 것인 듯합니다."

라고 말하며 바람을 쐬며 홀로 슬퍼한다는 구절에는 님을 사모한다는 뜻이 있고, 바람이 불어 스스로 안정하지 못한다는 구절에는 마음을 지키기 어렵다는 뜻이 있으며, 외로운 대숲이 홀로 푸른빛을 보존한다는 구절에는 정절을 지키려는 뜻이 있고, 그윽한 그리움이 대군을 향한다는 구절에는 대군을 향하는 정성이 있으며, 연잎에는 구슬 같은 이슬이 머문다와 서쪽의 산과 앞 시내라고 한 구절에는 천상(天上)의 신선(神仙)이 아니면 이 같은 형용을 얻지 못한다는 등 각각에 대해 평을 내린 후에,

"훌륭한 솜씨와 기상은 크게 보면 거의 모두 같습니다. 진사는(대군에 대한 경칭으로 역자 주) 궁중에서 이 열 명의 신선을 두고 양성하고 있음에 틀림없습니다. 혹시 그러하시다면 한 번 만나보고 싶습니다."

대군은 내심 지극한 설명이라고 납득했지만 일부러,

"하하하, 세상에서는 근보(성삼문의 아호)의 감식(鑑識)[8]을 입을 모아 칭찬하지만, 다 믿을 수 있는 것은 아니다. 어쨌든 궁 안에는 그러한 인물은 전혀 없다."

라고 웃으며 부정했다. 창틈으로 이것을 듣고 있던 자는 모두 성삼문의 뛰어난 견해에 탄복하지 않는 자가 없었다.

九 皓たる美少年
9. 빛나는 미소년

その夜、紫鷲は、懇ろに妾を慰めて、

『何か悶えがあるのではなからうか、あまりと云へば、日増しに衰へが眼に立ちます、女子とうまれて嫁を願はぬものはない、何より術ないのは、情を許した人に會へぬことです、かくさず妾に丈け話しては下さらぬか。』

감식: 분별하여 아는 것이라는 뜻이다(松井簡治・上田万年編, 『大日本国語辞典』 01, 金港堂書籍, 1915).

と、心底からの悃愊に、妾もやる瀨ない思ひの一端を打明けた。

　　그날 밤 자란은 정성스럽게 첩을 위로하며,

　　"무언가 걱정이 있는 것이 아니냐? 나날이 수척해 지는 것이 너무나도 눈에 띄는구나. 여자로 태어나서 시집가고 싶지 않은 사람은 아무도 없다. 아무래도 어쩔 수 없는 것은 정을 허락한 사람을 만나지 못하는 것이다. 숨기지 말고 첩에게만은 말해 주지 않겠느냐?"

　　고 마음속 깊은 곳으로부터의 진실함에 첩도 울적한 마음에 한 면을 터놓았다.

それは上年秋菊初めて開き、紅葉新たにしぼむ頃のこと、大君がひとり書堂にましまして揮毫の折、妾は墨を磨り、縑を張つて傍らに侍した。大君は四韻十首を寫されたのであつたが、その時、小童の取次によれば、年少儒生の金進士といふが、お目に懸りたいとのこと、大君は快く座に引いた。見れば布衣革帶、趣り進んで階をのぼること鳥の翼を舒べたやう、堂々たる丈夫兒、やがて席に着いて座定まれば、儀容神仙中の人のごとく、大君は一見して心を傾け、ただちに席をうつして對座された。進士は席を避けて拜謝していふ

　『始めて馨咳に拜接して恐縮に存じます。』

　『御名前は夙にも聞き及んで居ました、ようこそ、サア、お樂に。』

　　지난 가을 국화꽃이 피기 시작하고 단풍이 떨어지기 시작할 때, 대군이 홀로 서당에 앉아 글씨를 쓰고 있을 무렵, 첩은 옆에서 모시면서 먹을 갈고 비단을 펼치고 있었다. 대군은 사운(四韻) 십 수를 베껴 쓰고 계셨는데, 그때 동자의 중개에 의하면 나이 어린 유생 김진 사라고 하는 자가 만나 뵙고 싶다는 것이었다. 대군은 흔쾌히 자리 에 모시게 했다. 보아하니 베옷을 입고 가죽 띠를 맨 선비로 서둘러 계단을 올라오는 것이 새가 날개를 펼치는 듯 했다. 당당한 대장부 가 이윽고 자리에 좌정했는데, 얼굴과 거동은 신선 세계의 사람과 같았다. 대군은 한 번 보고는 마음을 열고 바로 자리를 옮겨 마주 앉 았다. 진사는 자리를 피하여 절하고 사과하며 말하기를,

"처음 만나 뵙고 인사를 올리게 되어 황송하기 이를 데 없습니다."

"이름은 익히 들어 왔습니다. 잘 오셨습니다. 자 편히 앉으세요."

進士、初めて入り、妾と面して座し玉ふた。大君は、進士が年少儒 生であつた爲め心おきなく、妾等に席を避けよとも仰せられず、大君 も進士も、うち寛ろいで閑談を交へられた。

『かねて進士の詩名を聞き及んで居る。此の秋景色を題に一首拜見致 したいもの。』

との大君の仰せ、

『痛み入ります、全くの虛名で、格律すら心得ませぬ。』

と飽くまでも謙虛なる態度、大君は金蓮に唱歌を、芙蓉に彈琴を、寶 蓮に吹簫を、飛瓊に行盃を、妾には硯を奉ずることを御命じになつた。

恥かしながら、妾は、年少女子の、郎君を一見して魂迷ひ意蘭に、 胸はひたぶるに高鳴りするばかり、郎君は、妾を顧みては、ほほえみ ながら屢ば送目あそばす、やがて大君の重ねての請ひに、進士は五言 四韻一首を試みたまうた。

진사가 처음 들어왔을 때 첩과 마주하여 앉았다. 대군은 진사가 나이 어린 유생이었기에 안심하고 첩 등에게 자리를 피하라고도 하지 않으셨다. 대군도 진사도 푹 쉬시면서 한가하게 이야기를 주고받았는데,

"전부터 진사의 시명(詩名)을 들어 왔다. 이 가을 경치를 제목으로 한 시를 보고 싶구나."

라고 대군이 말씀하시자.

"황송합니다. 전혀 허황한 이름[9]으로 시의 격률조차 얻을 수 없습니다."

라고 어디까지나 겸허한 태도였다. 대군은 금련에게 창가(唱歌)를, 부용에게는 금을 키게 하고, 보련에게는 피리를 불게 하시며, 비경에게는 술잔 심부름을, 첩에게는 벼루 심부름을 시키셨다.

부끄럽지만 첩은 나이 어린 여자로 낭군을 한 번 보고 정신이 혼미하고 생각이 아득해졌다. 가슴은 한결같이 두근거리기만 하는데 낭군은 첩을 돌아보고는 미소 지으며 자주자주 눈길을 주었다. 이윽고 대군이 거듭하여 청하기에 진사는 오언사운(五言四韻) 한 수를 지었다.

旅雁、南に向つて、飛ぶ
宮中、秋色、深し
水寒うして、荷、玉を折る

---

9 허황한 이름: 일본어 원문은 '虛名'이다. 그 실로 당연한 이름, 그 실로 뛰어난 이름 혹은 그 거짓된 명목이라는 뜻을 나타낸다(松井簡治·上田万年編,『大日本国語辞典』01, 金港堂書籍, 1915).

霜重ふして、菊、金を垂る

綺席、紅顔の女

瑤軒、白雪の音

流霞、一斗の酒

先づ醉ふて、倚、禁じ難し

　기러기 남쪽을 향해 날아가니

　궁 안에 가을빛이 깊구나.

　물이 차가워 연꽃은 구슬 되어 꺾이고,

　서리가 무거우니 국화는 금빛으로 드리우네.

　비단 자리에는 홍안의 미녀

　옥 같은 거문고 줄에는 백운 같은 음이로구나.

　노을이 흐르니 한 말 술이로다.

　먼저 취하니 몸 가누기 어려워라.

大君は吟咏再三、驚いていふ

『眞に所謂天下の奇才、憾むらくは相見るの晩かりしことを。』

侍女十人も、一時に首べをめぐらして驚歎せざるはなかつた。

　大君は盃を擧げて

『古の詩人は誰某を宗匠となされたか。』

　進士は此の問に對して、李太白、盧王、孟浩然、李義山、子美を論じ、おのおのその長短を擧げた。その蘊蓄、該博精到、大君は進士の試才に惚れ惚れとなつて、更に一吟を費さんことをもとめた。進士は卽下に、七言四韻を賦して、桃花紙に書いて呈した。

367

대군은 재삼 읊으시고 놀라며 말하기를,

"참으로 천하의 기재(奇才)로다. 서로의 만남이 늦은 것이 원망스럽구나."

시녀 10인도 일시에 얼굴을 돌아보며 경탄하지 않는 자가 없었다.

대군은 잔을 들면서

"옛날 시인은 누구를 종장(宗匠)이라 했느냐?"

진사는 이 물음에 대해서 이태백, 노왕, 맹호연, 이의산, 자미를 논하며 각각의 장점과 단점을 말했다. 그 깊은 학식과 해박한 사리는 정통하다 아니할 수 없었다. 대군은 진사의 시재(詩才)에 반해서 더욱더 한 수를 지어서 빛나게 해 줄 것을 부탁했다. 진사는 그 자리에서 칠언사운(七言四韻)을 지어서 도화지(桃花紙)에 적었다.

烟波金塘、露氣すずし

碧天、水のごとく、夜何ぞ長きや

微風、意、あつて、吹いて箔を垂る

白月、情多く、小堂に入る

庭畔陰に開く、松の反影

盃中の陂、好菊の香をとどむ

浣公少なりと雖も、頗る能く飲む

怪むなかれ、饗間醉後の狂

연파금당(烟波金塘)에 이슬 기운이 차고

푸른 하늘은 물결 같은데 밤은 어이 긴고.

가는 바람은 뜻이 있어 불어 발을 걷어 치니

흰 달은 다정히 작은 집으로 들도다.

뜰의 그늘이 열리는 것은 소나무그림자가 반사함이다.

술잔 가운데가 기울어지면 좋은 국화 향기를 멈춘다.

완공(浣公)은 작다 하지만 자못 능히 마시고

괴상함은 없으나 마시고 취한 후에는 미치도다.

大君は思はず席を乗り出し、手を拍つていふ

『進士は今世の才でない、實に神妙の極といふべきだ、天の君を東方
に生める、必ず偶然ではない。』

進士が揮毫の際、墨點誤つて妾の口指に落ちた。恰當それは蠅の翼
を舒したやう。妾は、之を見榮に拭かうともしなかつたので、左右の
宮人はみな頌しつつ微笑した。清興湧くがごとく遂に夜半に及んだの
で、大君の睡りを催ふし、進士も退休した。翌日、大君は、進士の詩
才を激賞して、謹甫と雄を爭ふに足るとし、進士の却つて清雅の趣致
に勝るを説いて已まなかつた。

それ以來といふもの、妾は寝ねて眠りをなさず、食、不甘、思ひ惱む
日のみ打つづいた。紫鸞どの、察し玉へ。其後大君は、頻りに進士を招
じたが、その時以來、妾等は決して侍座することを許されなかつた。

대군은 무의식적으로 자리에서 나아가 손을 치며 말하기를,

"진사의 재주는 이 세상의 것이 아니로다. 실로 극히 신묘하다고 말
한 만하다. 하늘이 그대를 동방에 나게 하심은 필시 우연한 일이 아
니로다."

진사가 붓을 들어 글을 쓸 때에 먹이 잘못하여 첩의 손가락에 떨

어졌다. 그것은 마치 파리 날개를 그린 것 같았다. 첩은 이것을 영광
으로 생각하여 씻으려고도 하지 않았기에 좌우의 궁인은 모두 미소
지었다. 맑은 흥과 운치가 끓어오르는 듯했지만 마침내 밤중이 되었
기에 대군도 졸음을 재촉하니 진사도 그만두고 물러나서 쉬었다. 다
음 날 아침 대군은 진사의 시재(詩才)를 격상(激賞)하며 근보와 자옹
에 견줄 만하지만 오히려 청아한 운치에서는 진사의 시가 더욱 뛰어
나다는 칭찬을 그치지 않았다.

"그 이후로 첩은 잠자리에 들어도 자지 못하고 먹어도 맛을 알지
못하며 생각에 괴로운 날을 보내고 있다. 자란은 헤아려 주시게나."

그 후 대군은 자주 진사를 불렀지만 그때 이후로 첩 등은 결코 모
시는 것을 허락받지 못했다.

一〇 胸の思ひ察し玉へや

10. 가슴에 생각을 헤아려 주소서.

堰かるれば堰かるるほど溢るる胸の思ひ、察し玉へや。妾はいつ
も、門隙よりその颯爽たるお姿を窺ひ見て、郎君を戀ひし參らせたの
であつたが、一日、思ひ餘つて、雪搗牋紙に一絶を寫した。

막으면 막을수록 넘쳐나는 마음의 생각을 헤아려 주소서. 첩은 언
제나 문틈으로 그 당당한 모습을 엿보며 낭군을 사모해 오다가 하루
는 생각다 못해 설도전(雪搗牋)에다가 한 수를 썼다.

布衣革帶の士

玉貌、神仙のごとく

つねに、簾に向つて、間に望む

何すれぞ、月下の、えにしなきや

顔をあらへば、涙は水となる

琴を彈ずれば、うらみ、絃に鳴る

限りなき、腦中の怨

擡首、ひとり、天にうつたふ

포의 혁대의 선비여

옥 같은 얼굴은 신선과 같도다.

날마다 발을 향하여 틈으로 바라보니

어찌하면 달 아래의 그림이 되려는고.

얼굴을 씻으면 눈물은 물이 되도다.

거문고를 타면 원한이 줄에서 우러나도다.

끝이 없는 가슴속의 원한을

머리를 들고 홀로 하늘에 하소연하리로다.

　詩に添えて、金鈿一隻、同綦十襲を、郎君に進じまゐらせんものと胸をこがしたが、そのたよりとてもなくなくに過ぎた。

　すると、或夜のこと、大君が衆賓を會しての大酒宴に、大君は金進士の詩才を激賞して、その試みの二首を衆賓に誇示したのであつた。みな、驚異の眼を睜つて、傳玩しつつ、稱贊已まず、一見を願ふこと切であつた。

　そこで、大君は人馬を送つて、進士を迎えさした。進士の來たつて

371

座に就くを見れば、思ひきや、何の憂ひに痩せ玉ひしぞ、形貌痩癯、風概消沮、まるで見違へるばかり、大君は

『何の病? 藥では癒らぬ病でばしありはしまい。』

と輕い戯れに、一座は大笑した。

『寒賤の儒生、みだりに進賜の寵眷を得ましたる爲めか、福、過ぎて、災生じ、近頃は食事すら取らず、廢人のやうにござりまする、折角の御招ぎに、參上は致しましたれど―。』

座中、みな膝を斂めて敬を致した。進士は一座の中では年少儒生である。席末に座して、內外隔つるはただ一壁、夜もすでに闌にして衆賓みな醉へる頃、妾は、こつそり、垣間見て、ふみを投げた。進士も、其意を知つて、人知れずふみを受け、そのまま歸られた。

(譯者註。原文には、衆賓皆醉、妾穴壁作孔窺之とあり、屛又は墻に穴をうがちて、男女の垣間見るを鑽穴隙 「孟子勝文公」といふ、壁をほじくり孔を作れるにはあらざるべく、ただ垣間見と譯したり、又、前に門隙とあるは房の門の隙、つまり房と房とをへだつる隙子のすき間なり、內地人の讀者の爲めに一言し置く)

시에 덧붙여 금전 한 꾸러미를 동일한 자루로 열 겹이나 싸서 간직한 것을 낭군에게 전하려고 가슴 태웠으나 그 기회가 없어 그대로 지냈다.

그러던 어느 날 밤의 일로 대군이 많은 손님이 모인 성대한 주연(酒宴)에서 김진사의 시재를 격상하며 그 시 두 수를 많은 손님들에게 과시하는 것이었다. 모두 경이로움에 눈을 부릅뜨면서 전하여 구경하며 칭찬을 마다하지 않고 한 번 보기를 간절히 바랬다.

이에 대군은 인마(人馬)를 보내어 진사를 맞이했다. 진사가 와서 자리에 앉았다고 생각했더니 뜻밖에도 무슨 걱정이 있어 여위었는지 용모가 초췌하고 풍채가 변변치 않음이 마치 몰라볼 정도였다. 대군은,

"무슨 병이라도? 약으로는 치료할 수 없는 병은 아니겠지요?"

라고 가볍게 장난을 치자, 같은 자리에 있던 사람들이 크게 웃었다.

"비천한 유생이 외람되게 진사(進賜) 총권(寵眷)을 받은 까닭인지 복이 지나가고 재(災)가 생겨나 근래에 식사조차도 제대로 하지 못하고 폐인과 같이 지내고 있습니다. 어찌되었든 불러 주셨으니 오기는 하였습니다만."

좌중은 모두 무릎을 가다듬고 경을 표했다. 진사는 같은 자리에 앉은 사람 중에서는 나이가 어린 유생이었다. 그리하여 말석에 앉았는데 내외의 거리는 다만 벽 하나였다. 밤도 이미 야심하고 많은 손님들은 모두 취해 있었기에 첩은 몰래 틈을 타서 문서를 던졌다. 진사도 그 뜻을 알고 다른 사람이 모르게 문서를 받아들고 그대로 돌아갔다.

(역자 주. 원문에는 많은 손님들이 모두 취해서 첩은 벽에 구멍을 내고 엿본다고 되어 있는데, 병풍 혹은 담에 구멍을 뚫는다는 것은 찬혈극(鑽穴隙)으로 『맹자등문공(孟子滕文公)』에서 설명하고 있다. 여기서는 벽을 후벼서 구멍을 만드는 것은 있을 수 없기에 그냥 슬쩍 엿본다고 번역했다. 또한 앞에 문틈이라는 것은 방문의 틈 즉 방과 방을 가르는 장자(障子)의 틈이 된다. 내지인[10]의 독자를 위해서 한마디 적어 둔다.)

---

10 일본 본토에 사는 일본인을 가리킴.

― 巫女の妖艶なる誘惑
11. 무녀의 요염한 유혹

金進士は、雲英への返書を届けたいと願つたが、托すべき靑鳥もなく、獨り胸を焦した。そして日每夜每、思ひに痩せて行つた。

偶ま、東門外に住む靈異の名高き一人の巫女が、壽聖宮へ出入して大君の寵信を受けて居る旨を聞き及び、その巫女にすがつて返書を致さんものと、或日のこと、進士は巫女の邸をおとづれた。

김진사는 운영에게 답장을 보내기를 바랐지만 부탁할 만한 파랑새도 없고 홀로 가슴만 태우고 있었다. 그리하여 밤낮으로 생각하며 야위어갔다.

우연히 동문 밖에 살고 있는 영이라고 하는 이름 높은 무녀가 수성궁에 출입하여 대군의 총애와 신뢰를 받고 있다는 말을 듣고 그 무녀를 의지해서 답장을 보내고자 하던 어느 날 진사는 무녀의 집을 방문했다.

巫女は、年なほ三十に滿たず、姿色秀美、ただ早く寡婦となつたので、みだりがましいことが好きな性質、進士の來訪を受けて、女みづから出で、盛んに酒饌を備へて進士の御機嫌を取るのであつた。夫れと心附いた進士は、盃を把りは把つたが、急用を思ひ出したもののやうに、そこそこに辭し去つた。その翌日も、又その次の日も進士は巫女をおとづれたが、巫女の氣配に到頭所用については一語を吐かず、そのまま立歸るが常であつた。

무녀는 나이는 30에 이르지 않았고 자색이 매우 아름다웠다. 다만 일찍 과부가 되었고 음란함을 좋아하는 성질인지라 진사가 방문하자 여인 스스로 나와서 성대하게 주찬(酒饌)을 갖추어서 진사의 마음을 얻으려고 했다. 그러리라고 생각한 진사는 술잔을 들기는 들었지만 급한 일이 생긴 것처럼 그럭저럭 거절하고 자리를 나섰다. 그다음 날도 또 그 다음 날도 진사는 무녀를 방문했지만 무녀의 기색에 결국 용건에 대해서는 한 마디도 하지 못하고 매번 그대로 돌아오는 것이었다.

巫女は、やつれてこそ見ゆれ、進士の凛々しい男ぶりに、情炎火のごとくであつた。進士が連日往來して一言もそうしたことを云ひ出さぬのは、年少羞澁の爲めでもあらう。今日こそは、妾より意をもつて挑み、挽留夜に及び、强ゐて同枕をもとめんものと、朝のほどから、沐浴梳洗、態を盡くし粧を凝らして盛飾多般、瓊瑤の席に花氈を布き、小婢をしてわざわざ門外に迎えしめた。

무녀는 야위기는 했지만 볼 수록 진사의 남자다운 늠름함에 정열이 불같이 일어났다. 진사가 연일 왕래하며 한 마디도 하지 않는 것은 나이가 어려 수줍음을 타기 때문이라고 생각했다. 오늘이야말로 첩이 먼저 뜻을 말하고 만류하여 밤이 되면 강제라도 동침을 하도록 하겠다고 생각하고 아침부터 목욕소제하고 화장에 공을 들여 두루두루 잘 차려 입고는 구슬 자리에 화전(花氈)[11]을 펴고 하녀로 하여 일

---

11 다채로운 색의 털로 문양을 넣어 짠 두툼하고 부드러운 요.

부러 문밖에 마중을 나가게 했다.

進士は、其日もおとづれたが、容餝の華、舖陳の美に、心中怪しむ
こと限りなく、又しても所用を云ひ出し兼ね居ると、巫女は嫣然一笑
『今宵はまあ何といふ樂しい宵でせう、玉人を迎えて妾は天にも昇る
思ひ……。』
進士は、巫女に意なく、從つて答ふべき辭を知らず、愁然として樂
まず、どう見て取つたか、巫女は膝押しすすめて手を取らんばかり
『寡女の家へ、年少の御身で、たび〴〵おいで上さいまして、妾これほ
ど嬉しいことございませんの。』
進士は愈よ窮したが、必死の思ひで
『巫若し神異ならば、こうして私のおたづねをする事由がおわかりで
せう。』
その口調のあまりに冒し難いのに、遉が淫蕩な巫女も思はず座を正
し、靈座について神に拜し、鈴を搖つて瑟を捫ると、遍身に寒戰をお
ぼえ、しばらくして身を動かしていふ。
『郎君は誠にお氣の毒な、齟齬の策をもつて、至難の計を遂げやうと
しておいでの樣子、ただにその計の成らざるばかりでなく、三年の間
に泉下の人とおなりなさる。』
進士は泣拜していふ。
『すでに何事も靈異のお告げでおわかりの模樣、中心の怨結、百藥も
甲斐なし、何卒お察しを願ひたい、若し神巫のお力で、尺素(てがみ)を
お屆け下さるならば死もまた厭ゐませぬ。』
『それは萬々お察し申しますが、卑賤な巫女の身の、神祀の時のほか

は、御招ぎなくば濫りに大君の邸に入ることができません。しかし、郎君の至誠、そのままにも捨て置けません、一つ往つて試みて進ぜませう。』

そこで進士は、兼て懷中して居た一封の書を差出した。

『どうぞ、一命にもかかること、抂傳なきやう、呉々もお願ひ申します。』

　　進사는 그날도 방문했지만 얼굴의 화려함과 자리의 아름다움에 마음속으로 괴이하다고 생각하기만 했다. 또한 용건을 말하지 않고 있자 무녀는 방긋이 웃으며,

　"오늘 밤은 이 얼마나 즐거운 밤입니까? 옥인(玉人)을 맞이하여 첩은 하늘에라도 오르고자 하는 마음입니다."

　진사는 무녀에게는 뜻이 없었다. 따라서 대답할 말을 알지 못했다. 근심에 잠긴 채 즐기지 못하니, 무엇을 생각한 것인지 무녀는 무릎을 밀고 나아가 손을 잡으려고 했다.

　"과부의 집에 나이 어린 몸으로 매번 와 주시니 첩은 이보다 더 기쁜 일은 없습니다."

　진사는 점점 곤란해졌지만 필사적으로,

　"무녀, 혹시 신이(神異)가 있다면 이렇게 내가 방문한 이유를 알 것이 아닌가?"

　그 말투가 거짓이 아니었기에 음탕한 무녀도 무의식중에 자세를 바로 했다. 영좌(靈座)를 향해 신에게 절하며 방울을 흔들면서 거문고를 어루만지더니 온 몸에 몸서리를 느끼는 것이다. 한참을 있다가 몸을 움직이며 말하기를,

377

"낭군은 참으로 불쌍하구려. 어긋난 방법으로 어려운 계획을 이루려고 하는군요. 그 계획은 이루어지지 않을 뿐만 아니라 3년 안에 저승 사람이 될 것입니다."

진사는 울며 엎드려 말하기를,

"이미 모든 것을 영이(靈異)의 계시로 알고 있는 듯하군요. 마음 가운데 원한이 맺혀 온갖 약도 해소하지 못했습니다. 아무쪼록 살펴주시기 바랍니다. 혹시 신의 힘으로 편지를 보내주실 수 있다면 죽음도 마다하지 않겠습니다."

"그것은 잘 알겠습니다만 비천한 무녀의 몸으로 신에게 제사를 지내는 때 말고는 불러주시지 않으면, 대군의 집으로 함부로 들어갈 수가 없습니다. 하지만 낭군의 지성을 보니 그대로 둘 수가 없어 한번 가보기는 하겠습니다."

이에 진사는 전부터 품속에 품고 있던 한 통의 서신을 꺼냈다.

"아무쪼록 목숨이 걸린 일이니 전하기 어렵겠지만 잘 부탁드리겠습니다."

巫女も、年少進士をあはれんで、進んで此の封書を取次ぐべく、壽聖宮の門を入つた。宮中の人々は怪訝の眼を睜つたが、巫女は宮中でもなかなか輻を利かして居た。隙を見て、他に心附かれぬやう、妾を後庭に引いて、進士からの封書を授けてくれた。妾は房に還つてこれを拆いた。

무녀도 나이 어린 진사를 불쌍히 여겨서 스스로 이 편지를 들고 수성궁의 문으로 들어갔다. 궁중의 사람들은 괴이한 눈으로 바라봤

지만 무녀는 궁중에서도 상당히 알려져 있었다. 틈을 봐서 다른 사
람에게 들키지 않도록 첩을 후원으로 불러서 진사의 편지를 건네주
었다. 첩은 방으로 돌아와서 이것을 열어보았다.

一たび、目成の後ち、

心飛び、魂越え、情を定むるあたはず

つねに、西城に向つて、幾たびか腸を寸斷す

かつて、壁間よりの傳書を敬承して

不忘の玉音、開いて未だ盡きざるに、まづ咽びぬ

寒腦の中、讀んで未だ半ばならず、涙滴字を濕ほす

寝ねて寝ぬる能はず、食へども下咽せず

炳、膏盲に入りて百藥も效なし

九泉、見ゆべくんば、ただ此れをのみ願ふて溘然たらむ

蒼天俯憐、鬼神默祐

倘し、生前一たび、この恨みを洩さしめば

則ち當さに、身を粉にし骨を磨すべし

もつて、天地百神の靈に祭る矣

楮に臨んで、哽咽、夫れ何をか言はむ。

　한번 본 후에

　마음은 붕 뜨고 넋이 나가 정을 진정할 수 없도다.

　날마다 서궁을 향해 몇 번이나 간장을 사르도다.

　일찍이 벽 틈으로 글을 받은 후로

　잊을 수 없는 옥 같은 소리 펴서 보기도 전에 먼저 목이 메이도다.

번뇌하며 읽으며 아직 반도 못 읽고, 눈물이 글자를 적시도다.

잠을 자도 능히 이루지 못하고, 먹어도 넘어가지를 않아

병은 골수에 맺혀 백약이 무효로다.

황천에서나 만난다면 다만 이것을 원할 뿐이라.

창천이 어여삐 여기시고 귀신은 묵우하여

혹시 생전에 한 번 만나 이 원한을 풀어본다면

바로 몸을 가루로 만들고 뼈를 갈아

그것으로 천지신명께 제사지내리로다.

닥나무에 이르러 목이 메이려함은 무엇을 말하려 함인가.

こう書いた次に、また一詩が添へられてある。

樓閣重々、夕扉を掩ふ

樹陰、雲影、すべて依微たり

洛花、流水、溝に隨つて出づ

燕に乳し、泥を含んで、檻に趨りて歸る

槐に倚りて、未だ成さず、蝴蝶の夢

眼穿懸望、雁魚稀れなり

玉容、眼にあり、何ぞ語無き

草は綠りに、鶯、啼いて、淚、衣を濕ほす

이렇게 적고 다음에 또 한 시를 덧붙였다.

누각은 깊고 깊어 저녁 문을 닫았는데

나무그늘과 구름 그림자는 모두 희미하도다.

꽃은 떨어지고 물은 흘러 개천으로 나가니

제비는 흙을 물고 난간을 넘어 돌아오도다.

괴화나무에 의지하여 아직 되지 아니함은 나비의 꿈이오.

창을 열고 바라보니 기러기가 드물구나.

옥 같은 얼굴은 눈에 있는데 어찌하여 말이 없느뇨.

푸른 꾀꼬리는 울고 눈물은 옷깃을 적시도다.

妾はこれを觀て、聲斷へ、氣ふさがり、口いふあたはず、淚盡き、血、繼ぎ、目は睹るところなし。屏風の後ろに身を隱してただ人に知らるるを畏れた。

それ以來、頃刻も忘れず、まるで痴のやうにも又狂のやうにもなり、おのづと辭色にあらはれたであらう。主君の疑ひも、露更無理とは思はれぬ。

紫鸞も、恁うした打明け話しを聞けば聞くほど、痛ましい事に思つて、淚を含んだ。そして、心から、詩は性情に出づとやら、誠に欺き得ないものであると歎息するのであつた。

첩은 이것을 보고 소리는 끊어지고 기운은 막혀 말하기가 어려웠다. 눈물이 다하고 피가 흐르며 눈으로 아무것도 보지 못했다. 병풍 뒤에서 몸을 숨기고 다만 사람들에게 알려지는 것을 두려워했다.

그 이후로 시간 가는 줄도 모르고 마치 바보가 된 듯 미친 사람이 된 듯 자연스럽게 말과 얼굴빛에 나타났다. 주군의 의심도 무리는 아니라고 생각한다.

자란도 이러한 자세한 속마음을 들으면 들을수록 마음이 아파 눈물을 삼켰다. 그리고 시는 마음의 성정이 나오지 않을 수 없으니 참으로 숨길 수 없는 것이라고 탄식했다.

一二 南宮と西宮に分かれて
12. 남궁과 서궁으로 나뉘어

大君は、何と思召されたか、一日翡翠を呼んで、

『汝等十人が、一室に在つては、學業も專らでない、五人丈け西宮に置くことにする。』

とて、妾と、紫鸞、銀蟾、玉女、翡翠は、即日西宮に移された。

玉女はいふ

『幽花、細草、流水、芳林、まるで山家野庄のやう、讀書堂にはふさはしい。』

妾は云つた。

『妾等は、もはや舍人でもなければ尼姑でもない、それに此の深宮に鎖されるとはこれこそ眞に所謂長信宮であらう。』

左右、いづれも嗟惋せざるはなかつた。

其後、妾は、一書を作つて進士に參らせたく、至誠をもつて、巫の來訪を求めたが、巫は、どうしても肯いてはくれなかつた。それは、きつと、進士が巫に無心なのを、含憾してのことであらう。

대군은 무슨 생각을 했는지 하루는 비취(翡翠)를 불러서,

"너희들 10인이 한 방에 있는 것은 학업에 방해가 되니 다섯 사람

만 서궁에 두기로 했다."

라고 말하는 것이다. 첩과 자란, 은섬, 옥녀, 비취는 바로 서궁으로 옮기게 되었다.

옥녀가 말하기를,

"그윽한 꽃과 가는 풀 흐르는 물과 꽃다운 나무는 마치 산가의 야장(野庄)과 같아서 참으로 이른바 독서하는 집이로구나."

첩이 말했다.

"첩 등은 이미 사인(舍人)도 아닐뿐더러 니고(尼姑)도 아닌데 그럼에도 이 깊은 궁에 갇혀 있는 것은 이것이야말로 참으로 장신궁(長信宮)이라고 하는 것이오."

좌우는 모두 탄식하지 않을 수 없었다.

그 후 첩은 편지를 적어서 진사에게 보내고자 지성을 다하여 무녀가 방문할 것을 바랐지만 아무리해도 들어주지 않았다. 그것은 아마도 진사가 무녀에게 마음이 없는 것을 원망했기 때문일 것이다.

悶えに日を送るうち、一夕紫鸞がひそかに妾に告げて

『宮中の人は、毎歳中秋に、蕩春堂下の水に浣紗を行ひ、酒盛りをする。今年は昭格署洞に設ける相な、それにことよせて巫を訪ふが第一の良策ではあるまいか。』

妾も、それに同じて中秋を待つこと一日三秋の思ひ、翡翠はほのかに仔細を聞き知つて、わざと知らぬふりをしながらの、からかひに

『雲英どの、御身は初めて宮に來た時、顔色は梨花のやう。鉛粉を施さずとも天然綽約の姿だつたので、宮人はみな、御身を夫人と呼びなしたほどなのに、此頃のやつれかたは全體どうなされたといふのです。』

383

『うまれつき虛弱なのに、暑さあたりで瘦せもしましたらうが、新凉の頃には、おのづと癒りませう。』

翡翠は一詩を賦してそれとなく妾を揶揄するのであつた。

번민으로 날을 보내는 사이 어느 날 저녁 자란이 몰래 첩에게 말하기를,

"궁중의 사람은 매해 중추(中秋)에 탕춘당(蕩春堂) 아래 물에서 완사(浣紗)¹²를 행하여 주연을 베푸오. 금년에는 아마 소격서동(昭格署洞)에서 베푸는 모양인데 그러하니 그 핑계를 대고 무녀를 찾아가는 것이 상책이지 않겠느냐?"

첩도 그와 같은 마음으로 중추를 기다리는데, 하루가 여삼추와 같이 생각되었다. 비취는 어렴풋이 일의 내막을 알고 있었지만 일부러 모르는 척 하며 놀리면서,

"운영, 그대가 처음 궁에 왔을 때, 안색이 배꽃과 같아서 분을 아니 발라도 천연의 아름다운 모습이었기에 궁인 모두가 그대를 부인이라고 존칭하여 왔는데 지금의 초췌한 모습은 도대체 무슨 까닭입니까?"

"태어날 때부터 허약했기에 더위를 먹고 수척해지기는 했지만 초가을의 서늘한 기운이 들 때면 저절로 나을 것입니다."

비취는 시 한수를 지어서 넌지시 야유했다.

荏苒幾月、やつとのことで節は淸秋となつた。凉風、夕べに起り、

---

12 빨래나 마전을 함.

細蒭、黃を吐き百虫、寒に吟じ、皓月、光り流す。妾は心によろこん
だが氣ぶりには表はさずに居た。

> 그럭저럭 두어 달이 지나가고
> 어언간 절기는 가을이 되었도다.
> 서늘한 바람 저녁에 일어나
> 가는 국화는 누런빛을 토하도다.
> 온갖 벌레가 추위에 신음하고
> 흰 달은 빛을 흘리도다.
> 나는 마음으로는 좋아하나
> 겉으로는 자기를 나타내지 않는다.

すると、何も知るまいと思つた銀蟾までが
『尺書の佳期も近づいた。今夕人間の樂みは天上のものに異ならな
い。』といふ。
これでは、西宮の人々には隱してもだめだと思つた。せめて南宮の
人に丈けは知られぬやう、心に祈つた。
場所については、南宮と西宮とで考へ方が違つて居た。南宮では、
蕩春臺下の淸溪白石に過ぎたるはないと云ひ、西宮では、格昭署洞の
泉石に如くはないといふ。トウトウ格昭署に定まつた。(西宮と南宮と
の意見の相違について原書には種々の記事あり、所謂御殿女中の心理
を覗ふの一端と思惟したれど、省略に行ふ。譯者)

그러자 아무것도 모를 것이라고 생각했던 은섬마저,

385

"척서(尺書)의 좋은 시기가 가까워 졌습니다. 오늘 저녁 인간의 즐거움은 천상의 그것과 다르지 않을 것입니다."

라고 말했다.

이리하여서는 서궁의 사람들에게 숨긴다고 하더라도 쓸데없는 일이 되었다고 생각했다. 적어도 남궁 사람들에게는 모르게 하도록 해달라고 빌었다.

장소에 대해서는 남궁과 서궁에서 생각이 달랐다. 남궁에서는 청계백석(淸溪白石)이 탕춘대 아래보다 나은 곳이 없다고 말하고, 서궁에서는 소격서동[13]의 천석(泉石)이 못할 것이 없다고 말했는데, 드디어 소격서[14]로 정해졌다. (서궁과 남궁의 의견이 다른 것에 대해서 원서에는 여러 가지 기록이 있다. 이른바 궁궐의 여인들의 심리를 엿볼 수 있는 대목이라고 생각해 볼 수 있지만 생략했다. 역자.)

一三 思ひの丈けを白羅衫に
13. 생각만을 백라삼에

いよいよ其日が來た。妾は、滿腔の哀怨を白羅衫にしたためてそれを懷ろにし、紫鸞と二人、皆の衆からわざと落後し、執鞭の童僕に

『東門外に靈驗の巫が居る相な、そこで病を診てもらつて、直ぐにみんなの所へ行くことにする。』

と云ひ含めて、急ぎ巫の許に至り、辭を卑うして、金進士を見んこ

---

13 원문에는 格昭署洞이라고 표기되어 있지만 이는 昭格署洞의 오류.
14 원문에는 格昭署라고 표기되어 있지만 이는 昭格署의 오류.

とを哀乞した。『御恩に被ます』 とひたぶるに賴み入れたので、巫も、
きき入れて使を派し、進士はまろぶやうにして驅け附けた。
　兩人相見て、胸はふさがり、一言も口は利けなかつた。たゞ流涕す
るのみである。妾は『夕方、また參ります、どうぞここにお待ち下さ
い。』と言葉を殘して、ふみを手渡したまま、馬に上つて去つた。

　　드디어 그날이 왔다. 첩은 만공의 애원을 백라삼에 적어서 그것을
몸에 품고 자란과 둘이서 모든 사람들 중에서 일부러 뒤쳐져서는 채
찍을 잡은 하인에게 말하기를,
　　"동문 밖에 영험한 무녀가 있다고 하니 그곳에 가서 병을 진찰하
고 바로 모두가 있는 곳으로 가겠다."
　　라고 이르고 서둘러 무녀가 있는 곳으로 가서 공손한 말로 김진사
를 만나게 해 달라고 애걸했다.
　　"은혜를 내려주십시오."
　　라고 한결같이 부탁을 하니, 무녀도 청을 들어주어 심부름꾼을 보
냈는데, 진사는 구르듯이 달려왔다.
　　두 사람은 서로를 바라보며 가슴이 막히어 한 마디도 하지 못했
다. 다만 눈물을 흘릴 뿐이었다. 첩은,
　　"저녁에 다시 오겠습니다. 아무쪼록 이곳에서 기다려 주십시오."
　　라는 말을 남기고 편지를 건네준 채로 말에 올라 떠났다.

　進士が拆封したそのふみには、巫山神女からの御手紙を頂いて悲喜
交も極まつたこと、お返事を差上げたいにもその傳手のなかつたこ
と、飛んで行きたいほどに思ふけれど翼なき身の腸斷消魂、絶えも入

りたき思ひに瘦せ瘦せて今は早や死を待つのみの身となつたこと、せめて生あるうちに心のたけを申上げたいことを書き列ね後ち

　　진사가 열어본 그 편지에는,

　　"무산신녀(巫山神女)에게서 편지를 전해 받고 슬픔과 기쁨이 교차하여 마음을 안정할 수 없었는데 답장을 보내고자 하여도 그 전할 방법이 없었습니다. 날아갈 수만 있다면 하고 생각했지만 날개 없는 몸이기에 창자가 끊어질 듯한 슬픔으로 견딜 수 없는 마음에 수척해져서 지금은 어느덧 죽음만을 기다리는 몸이 되었습니다."

　　그리고 적어도 살아있는 동안에 마음만은 전하고 싶다는 내용을 적은 후에,

　妾の故鄕は南方で、父母は諸子の中でも殊に自分を愛してくれ、故園のさまは今も眼に見るやう、やがて長じた頃、三綱行實と七言唐詩を學び、年十三にして主君に招かれ、父母に別かれ兄弟に遠ざかり、宮中に入つてこのかた、思歸の情禁せず、庭に伏して泣いたこともありました。ただ、夫人の鐘愛、尋常侍兒をもつてせず、宮中の人々も骨肉のやうに親愛せられ、其後文を學び音律を審らかにし西宮に從ふて後ちは琴書を第一にしました。若し男子の身なりせば、名を當世に揚ぐることも出來ませうが、女子に生れたる果敢なさ、空しく、紅顔薄命の軀となり、一たび深宮に閉ざされて、終に枯落するの外はない。人生一死の後ち、誰かまた之を知つてくれやう、これを思へば恨み結ぼれ胸ふさがり、もうどうなつても能いといふ氣になり、刺繡をしかけて居ても、一思ひに燃やして終はうかと思ひ、錦を織つて居て

も、杼機を投じたくなり、羅帷を裂破し、玉簪を折棄して、しばしを
酒興にうさを晴らし晴らし、庭前の散歩に堦花を剝落したり、庭草を
手折つたり、まるで痴か狂のやう、情おのづから抑えがたかつた折も
折、上年秋月の夜、一たび郎君の容儀を垣間見てより、天上の仙人、
人間に謫下し玉ひしかと疑はれ、宮女九人の最下にある妾の容色が氣
恥かしく存じました。どうした宿世のえにしやら、とうとう腦中怨結
の祟りとなり、簾間の望をもつて擬して奉箒の嫁となし、夢中の見を
もつてまさに不忘の恩を續がんとし、一番衾裡の歡なしといへども、
玉貌手容、恍として眼中から去つたこととてはありません。梨花杜鵑
の啼、梧桐夜雨の聲、慘として聞くに忍びず、庭前細草の生ずる、天
際孤雲の飛び慘として見るに忍びず、或は屛に倚りて座し、或は欄に
倚りて立ち、槌腦頓足、身も世もあらぬ想ひ、郎君、憐れませ玉へ
や。尙、申上げたきこと山々なれど、今日浣紗の行、兩宮の侍女もす
でに悉くつどひ寄り、こうしても居られなくなりました。涙を墨汁に
和し、魂を羅縷に結びます。

　と、こまごまに書き送つて置いた。

　"첩의 고향은 남방입니다. 부모는 여러 자식 중에서 특히 저를 사
랑해 주셨습니다. 고향의 모습은 지금도 눈에 보이는 듯합니다. 이
윽고 나이가 들 무렵 삼강행실(三綱行實)과 칠언당시(七言唐詩)를 배
웠습니다. 나이 13세에 주군이 부르심에 부모와 이별하고 형제를 떠
나 궁중에 들어온 이후로 돌아갈 생각이 간절하여 뜰에 엎드려 운 적
도 있습니다. 부인이 사랑하셔서 평범한 시녀와 같이 대우치 않으시
고 궁중의 사람들도 골육처럼 친애합니다. 그 후 학문을 배워 음률

을 깨달았습니다. 서궁에 들어간 후로는 금(琴)과 책을 제일로 했습니다. 만약에 남자의 몸이라면 당대에 이름을 떨치는 것도 가능했을 것입니다만 여자로 태어나서 덧없이 공허하게 홍안박명(紅顔薄命)의 몸이 되어 한 번 깊은 궁에 갇힌 이후로 끝내 말라죽을 수밖에 없습니다. 인생은 한번 죽은 후에 누가 다시 이것을 알겠습니까? 이것을 생각하면 한이 맺히고 가슴이 막히어 이제는 아무래도 상관이 없다는 마음입니다. 자수(刺繡)를 두다가도 한 번의 괴로운 생각에 불태워 버릴까 생각하고, 비단 짜기를 하다가도 베틀을 던져버릴까 생각하기도 하고, 장막을 찢어버리기도 하고, 옥으로 만든 비녀를 꺾어 버리기도 하다가, 잠시 주흥을 얻으면 일상에서 벗어나 뜰을 산책하다가, 계단 아래 꽃을 벗겨 떨어뜨리기도 하고, 뜰의 풀을 손으로 꺾어 버리기도 하며 마치 미친 사람과 같은데 이것은 스스로 정을 억제치 못한 까닭입니다. 지난 해 가을밤 낭군의 얼굴을 문틈 사이로 한 번 본 이후로 천상의 신선이 인간 세상에 내려왔나 하고 의심했습니다. 궁녀 아홉 사람 중 가장 아래에 있는 첩의 용모가 부끄러웠습니다. 어떠한 전생의 인연인지 뇌리에 원한이 맺히는 빌미가 되었습니다. 발 사이로 보고는 부부의 인연을 맺을까, 열중해서 보고는 잊을 수 없는 은혜를 이어갈까 생각했습니다. 한 번도 이불 속의 즐김은 없을지라도 낭군의 옥모수용(玉貌手容)이 황홀하여 눈 속에서 떠나지 않습니다. 배꽃의 두견의 울음소리와 오동나무의 밤비 소리가 처량하게 들려 차마 들을 수 없고, 뜰 앞에 가는 풀이 나고 하늘가의 한조각 구름이 흘러도 처량하게 차마 볼 수가 없습니다. 혹은 병풍에 기대어 앉기도 하고, 혹은 난간에 의지하여 서기도 하며, 가슴을 치고 발을 구르며 몸도 세상도 없다고 생각할 뿐입니다. 낭군,

부디 불쌍하게 생각하시어 주십시오. 더욱 말씀 드리고 싶은 것은 많으나 오늘은 완사를 가는 길이오니 서궁의 시녀는 물론 이미 양궁의 시녀 모두 모여 있는 까닭에 이렇게 있을 수는 없습니다. 눈물은 먹물이 되고 넋(魂)은 비단실에 맺힙니다."

라고 세세히 적어 보내 둔 것이었다.

一四 三世未盡のゑにし
14. 삼생이 아직 다 끝나지 않은 인연

夕頃になつて、紫鸞と妾とが先出して束門外に向はうとすると、小玉はほほえんで一絶を賦して送つた。妾をからかうつもりである。心に羞赧をおぼえたが忍んで受けた。詩に曰く

저녁 무렵이 되어서 자란과 첩이 먼저 나서서 동문 밖을 향하려고 하자, 소옥은 미소를 지으며 한 편의 시를 지어서 보냈다. 첩을 조롱하려는 것이었다. 마음에 부끄러움이 느껴졌지만 참고 받았다. 시에서 말하기를,

太乙祠前、一水面
天壇雲盡きて九門開く
細腰、勝えず狂風しきりなり
しばらく、林中に避け、日暮來たる

태을사(太乙祠) 앞 수면(水面)의

천단(天壇) 위에 구름이 다 되고 구문(九門)이 열리도다.
가는 허리 광풍을 못 이기여
잠시 숲 속에 피하였다가 날이 어두워 돌아오도다.

　飛瓊が其の韻を次ぎ、金蓮、芙蓉、寶蓮、みな繼いで妾を譏つた。妾は、馬に上つて先づ巫の家に至れば、巫は慍を含んだおももちで、外つ方を向いたまま振向かうともしない。進士は羅衫を抱いて、終日飲泣、喪魂失性して妾の來たのも氣附かぬらしい。妾は左手に着けて居た雲南の玉色の金環を解いて進士の懷中に納れ

　『菲薄なる妾の爲めに千金の軀をわざ＜お運び下さいまして御禮の申上げやうもありません、妾不敏とはいへ、木石ではありません、死をもつてお誓ひ申します、堅い心のしるしまでこの金環を差上げて置きます。』

　こう云つて、そこそこに起つて歸らうとした。別れぎわに、流涕雨のごとく、はらわた斷たるる思ひ、そと進士の耳に、

　『西宮でお待ち申します、暮夜、西宮からお入り下さい、そうすれば三生未盡の緣を續ぐこともできませう。』

　と、ささやいて衣を拂つて去つた。

　(歸來、宮女の間に、春を知らずして老ゆる境涯の不自然と不合理をかこつ節あり、是れ御殿女中の心理を知るに足るといへども、あまりにくどくどしければ省略に從ふ、譯者)

　비경이 곧 시를 짓고, 금련과 부용, 보련 모두 계속해서 첩을 비난했다. 첩은 말을 타고 먼저 무녀의 집에 이르렀지만 무녀는 화가 난

표정으로 밖을 향한 채로 돌아보려고도 하지 않았다. 진사는 라삼(羅衫)[15]을 부여잡고 하루 종일 울어서 상혼실성(喪魂失性)하여 첩이 들어온 것도 알지 못했다. 첩은 왼손에 끼고 있던 운남의 옥색 금반지를 꺼내어 진사의 품속에다가 넣어 주었다.

"박명한 첩을 위해서 천금 같은 몸으로 일부러 와 주시니 무엇이라고 감사의 말을 올려야 할지 모르겠습니다. 첩이 민첩하지 못하다고는 하지만 목석은 아닙니다. 죽을 각오로 맹세합니다. 굳은 마음의 징표로 이 금반지를 받칩니다."

이렇게 말하고 그저 그렇게 일어나서 돌아가려고 했다. 헤어질 때에 흐르는 눈물이 비와 같이 쏟아지고, 창자가 끊어지는 듯한 생각에 조용히 진사의 귀에,

"서궁에서 기다리고 있겠습니다. 밤이 늦거든 서궁으로 들어오십시오. 그렇게 하시면 삼생에 못 다한 인연을 이어갈 수 있을 것입니다."

라고 말하고 옷을 떨치고 떠났다.

(돌아온 후 궁녀들 사이에서 봄을 알지 못하고 나이 들어가는 처지의 부자연스러움과 불합리를 불평하는 대목이 있으나 이것 또한 궁녀들의 심리를 충분히 알 수 있는 것이라고 하지만 너무나도 장황했기에 생략했다. 역자.)

---

15 얇고 가벼운 비단으로 만든 적삼.

一五 何と夜の短かさよ

15. 이 얼마나 밤이 짧은가?

進士はその夜、西宮にうかがひ寄つたが、何分にも墻垣高うして、翼なき身の如何ともせんすべなく、うき思ひを抱いて、家に歸つた。

進士の奴に特と呼ぶがあつた。術に長じて居る。進士の顔色のただならぬのを見て取り、庭に伏して泣き入りながら

『相にあらはれたところでは、進士はもう永くはお生きになりませぬ。』

といふ。進士は、特の炯眼に服して、ありのままの情を語つた。すると特は、

『どうして早く有仰いません、それなら何でもありません。』

と、事もなげに云つて、特は一の槎橋を作つた。それは卷舒自在な屛風やうのもので舒べれば五六丈の長さに達する。卷けば掌上に運べるほどのものである。進士は特をしてそれを庭に試みしめたが、果して特の言の如くである。

진사는 그날 밤 서궁에 왔으나 아무리 생각해도 담장이 높고 날개 없는 몸으로 어찌할 수가 없어 문득 한 생각을 하고 돌아왔다.

진사의 집에는 특(特)이라는 종이 있었다. 술책에 능한 사람이었다. 진사의 안색이 심상치 않음을 보고 땅에 엎드려 울면서,

"얼굴에 나타난 것을 보면 진사님은 더 이상 오래 살지 못할 것 같습니다."

라고 말했다. 진사는 특이 알아맞힌 것을 탄복하고 있는 그대로의

사정을 이야기했다. 그러자 특은,

"어찌하여 일찍 말씀하시지 않으셨습니까? 그것이라면 아무런 문제가 되지 않습니다."

그렇게 아무렇지도 않게 말하며 특은 한 개의 사다리를 만들었다. 그것은 병풍처럼 접고 펴는 것이 자유로웠다. 펼 것 같으면 오륙장(五六丈)쯤 되며, 접으면 손으로 운반할 만한 것이었다. 진사는 특에게 그것을 뜰에서 시험하도록 했는데, 과연 특이 말한 대로였다. 진사는 너무나 기뻐했다.

進士、喜ぶこと限りなく翌夜、ひそかに西宮に赴かんとする時、特は更に懷中から毛狗の皮襪を出給していふ。

『これなら身の輕いこと鳥のやう、地上を步んでも足音がしません。』

進士もボト特の智慧者なのに感じ入つて、敎へられた通り、內外の墻を踰え、竹林に伏してうかがうに、月色晝のごとく、宮中は寂寞たるものである。

しばらくして、人の氣配、散步微吟するらしい。それば紫鸞である。進士は思はず走り寄つて、

『思ひに堪え兼ねて、命懸けでこゝまで來ました。どうぞお察し下すつて―。』

『お待ち兼ねですヨ、來て下すつて甦つたやうな氣がします、御心配には及びません、さあ、こういらつしやいませ。』

と引いて入る。進士は層塔に由り、曲欄をめぐり、眉を竦めて入る。

다음 날 밤 몰래 서궁으로 가려고 할 때, 특은 다시 품속에서 모구

(毛狗)의 피말(皮襪)[16]을 내어 주면서 말했다.

"이것은 몸이 가볍기가 새와 같고 지상을 걸어도 발소리가 나지 않습니다."

진사도 특의 지혜로움이 몹시 마음에 들어서 가르쳐 준 대로 안팎 담을 넘어 대숲에 엎드려서 엿보고 있는데, 달빛이 낮과 같고 궁중은 고요했다.

한참 후에 인기척이 나더니 산책을 하며 노래를 읊었다. 그것은 자란이었다. 진사는 엉겁결에 뛰어나가서,

"마음을 견딜 수 없어 목숨을 걸고 이곳까지 왔습니다. 아무쪼록 헤아려주십시오."

"기다리고 있었습니다. 와 주셔서 되살아 난 듯합니다. 걱정하지 마십시오. 자 이쪽으로 오십시오."

라고 말하고 곧 인도하여 들어갔다. 진사는 층계를 따라 올라가 구부러진 난간을 돌아 어깨를 조심하며 들어왔다.

妾(雲英)は紗窓を開いて、玉燈の燭を明らかにし座す。獸形の金爐に鬱金の香を燒き、琉璃の書案に太平廣記一卷を展ぶ。進士を見て起つて迎え拜し、六たび答拜すること賓主の禮のごとく、東西に別かれて座し、紫鸞をして珍羞奇饌を設けしめて酌む。紫霞酒、三行にして、進士は佯り醉ふて『何と、夜の短かさよ』とかこつ、紫鸞は氣を利かし、帳を垂れ門を閉ぢて去つた。(以下十數字譯出せず)

---

16 털가죽의 털을 안쪽으로 한 목이 긴 겨울신.

첩(운영)은 사창(紗窓)을 열고 옥등의 촛불을 밝히고 앉았다.

수형금로(獸形金露)에 울금향(鬱金香)을 피우고, 유리(琉璃) 서안(書案)에 태평광기(太平廣記) 한 권을 펼쳐 놓고 있다가 진사를 보고 일어나 절하고 맞이했다. 답례하는 것이 빈주(賓主)의 예를 마치는 것과 같이 동서로 갈라 앉았다. 자란에게 진수기찬(珍羞奇饌)을 차려 놓게 하고 자하주(紫霞酒) 삼배를 따라 마셨다. 진사는 거짓으로 취한 척하며,

"이 얼마나 밤이 짧은가?"

라고 불평했는데 자란은 눈치를 채고 장막을 내린 후에 문을 닫고 나갔다.(이하 몇 글자 번역을 하지 않았다.)

一六 **財寶占めて美女までも**

16. 재화와 보물을 차지하고 미녀까지

早や群鷄が曉を報ずるので、進士は起つて去つた。それ以來、昏に入りて曉に出で、夕べとして然らざるはなく、情深意密、みづから墻内雪上に狼藉たる蹟痕のあるのに心附かなかつたのは不覺であつた。宮人は、みなこの蹟痕に、其の出入を知り、誰一人危ぶまぬ者とてなく、噂は自然に高まつた。妾等の運命は、風前の燈火にも如かぬ

어느덧 닭이 새벽을 알리기에 진사는 일어나서 떠났다. 그 이후로 황혼이면 들어가고 새벽이면 나오니, 하루라도 그러지 않은 저녁이 없었다. 정은 깊어지고 마음도 밀접해지니 스스로 담장 안의 눈 위에 발자취가 있는 것을 깨닫지 못했다. 궁인들은 모두 발자취

를 보고 그 출입을 알게 되어 위험하다고 생각지 않는 이가 없었다. 자연히 소문은 퍼져갔다. 첩 등의 운명은 바람 앞에 촛불과 같이 되었다.

　進士も、それと知つて、胸を痛めて居ると、奴の特が、

『どうです、私の功は甚大でせう、したがいまだに御褒美にあづからぬのはどうした譯ですか。』

　と皮肉な笑みを浮べて居る。

『イヤ、決して忘れて居るのではない、そのうちに屹度重賞を與へやう。』

『それはそうと、又してもお顔の色が惡い、どうしました。』

『あれと會はぬうちは、病骨髓にある思ひだつたが、會ひそめてからは、罪測りがたい。これが憂へずに居られやうか。』

『それなら、何故、こつそり負ふて遁げません。』

　진사도 그것을 알고 가슴을 아파하고 있는데 하인 특이,

　"어떻습니까? 저의 공이 심히 큰데 따르기만 하시고 포상을 주시지 않으심은 어찌 된 연유이십니까?"

　하고 빈정거리는 웃음을 띠고 있었다.

　"아니다. 결코 잊고 있는 것이 아니다. 조만간에 반듯이 중한 상을 주리라."

　"그것은 그렇지만 또 다시 안색이 좋지 않습니다만 무슨 일이십니까?"

　"그와 만나지 못했을 때에는 병이 골수에 맺혔다고 생각했는데,

만난 후로는 죄를 측량할 수 없으니 어찌 근심하지 않겠느냐?"

"그렇다면 왜 남몰래 데리고 달아나지 않으십니까?"

進士もなる程と、うなづき其夜、妾に之を諮るのであつた。妾が、父母の家から持ち運んだ財物、招されて以後の主君から賜はつたくさぐさの珍品、それを棄て去ることはできぬ、と云つて之を運べば馬十匹に餘る。どうして之を持ち出したものかと應へた言葉をそのまま進士から傳へ聞いた特は、喜ぶこと限りなく、

『仲間の者二十人、いづれも腕っ節の強い者ばかり、之が強劫を行ふとなれば、恐らく天下無敵でせう。泰山も移すべく、進士も是等の者に護られて居れば御心配は一切御無用。』

とある。そこで妾は、毎夜搜給して、七日かかつて、盡く外に運び出した、特はいふ。

『こんな重寶を山と積んで本宅に置いたのでは、きっと大上典に疑はれるに相違ない。と云つて奴の家に置けば、隣人に怪しまれること受合ひである。これは山中に坑を掘つて埋めて置くのが能くはありませんか。』

進士は、若し見附けられると、自分も特も盜賊の汚名を被ねばならぬ、能く能く慎むやうと、特に云ひ含めた。特は『仲間の者は多いし、ナアに心配は要りません、それに埋めた所へは、長劍を持して晝夜見張りをして居ます、私の目の黑い間は此の寶の奪はれっこはありません。』と、平氣なもの。特の心では、この重寶を得て後ち、妾と進士と引いて山谷に入り、進士を屠り殺して、妾と財寶とを占めやうとの、恐ろしいたくらみであつたが。世馴れぬ進士は一向夫れに心附かなか

399

つた。

　진사도 그렇게 생각하며 그날 밤 첩에게 이것을 알렸다. 첩이 부
모님 집에서 가지고 온 재물과 이곳에 온 이후 주군으로부터 하사받
은 갖가지 진귀한 물품을 버리고 갈 수는 없다고 말하고, 이것을 운
반하려면 말 열 필 정도는 필요한데 어떻게 이것을 운반할 것인가라
는 말을 진사에게서 그대로 전해들은 특은 기쁘기 한량없었다.

　"동료 중에 20인 팔 힘이 좋은 자들에게 이것을 강탈하게 한다면
필시 천하에 대적할 사람이 없을 것입니다. 태산도 움직일 정도이
니 진사님도 저희들에게 명령만 내리시면 아무런 걱정이 없을 것입
니다."

　라고 했다. 이에 첩은 밤마다 물건을 수습하여 7일간의 밤에 모두
궁 밖으로 옮겼다. 특은 말하기를,

　"이런 귀중한 보배를 본댁[17]에 산 같이 쌓아놓으면 필시 대군에게
의심을 받을 것입니다. 그렇다고 해서 소인의 집에 두면 이웃 사람
에게 또한 의혹을 받을 것입니다. 이것을 산중에 구덩이를 파서 묻
어 두심이 옳지 않겠습니까?"

　진사는 만약에 들키면 자신도 특이도 도적의 오명을 쓰게 될 것이
기에 잘 처리하도록 특이에게 말했다. 특은,

　"저의 벗이 많으니 아무런 걱정도 필요 없습니다. 게다가 숨겨둔
장소는 장검을 가지고 밤낮으로 지키고 있겠습니다. 제가 살아 있는

---

17 본댁: 일본어 원문은 '本宅'이다. 이는 본집 외에 따로 마련해 놓은 별택에 대해
　서 상시 거주하고 있는 곳을 뜻한다(松井簡治·上田万年編, 『大日本国語辞典』
　04, 金港堂書籍, 1919).

동안 이 보물은 빼앗아 갈 수 없을 것입니다."

라고 태연하게 말했다. 특은 마음속으로 이 귀중한 보배를 얻은 후에 첩과 진사를 데리고 산골짜기로 들어가서 진사를 죽인 후에 첩과 재화와 보물을 가지려는 무서운 계책을 세우고 있었다. 세상일을 알지 못하는 진사는 조금도 그것을 의심치 아니했다.

一七 隨墻窈暗風流曲
17. 수장암절풍류곡

大君は、前に匪懈堂を構え、懸板を製して掛けやうとしたが、諸客の詩が皆な意に滿たないので、强ゐて金進士にもとね、宴を設けて之を乞ふた。進士忽ゐに文を就し、點を加へずして山水の景物、堂構の形容、盡くさざるなく、以つて風雨を驚かし、鬼神を泣かしむる。大君は句々に稱賞して已まなかつたが、但だ一句、『隨墻窈暗風流曲』の語に至つて、頸をかしげた。進士は大醉、事を辨えずとて辭去を乞ひ、大君は童僕をして扶け返らしめたが、

대군은 일전에 비해당(匪懈堂)을 짓고 현판(懸板)을 만들어 걸려고 했으나 모든 객의 시가 뜻에 맞지 아니했기에 굳이 김진사를 불러 잔치를 베풀고 이것을 청했다. 진사는 순식간에 글을 쓰는데 점을 더하지 아니하고 산수의 경물이든지 당구(堂構)의 형용을 허비함이 없이 비바람을 놀라게 하고 귀신을 울게 했다. 대군은 구구 절절히 칭찬을 마다하지 않았지만 다만 한 구, '수장암절풍류곡(隨墻暗竊風流曲)'이란 말에 이르러 의심했다. 진사는 크게 취하여 사정을 분별하

지 못하고 떠나기를 청했다. 대군은 사내아이 종으로 하여 부축해서
보냈다.

　翌夜、進士は入つて妾に語つていふ、愈よ逃げねばならぬ、大君は
昨日の詩意を疑つて居る。今若し去らねば捕へられやうも知れぬと。
妾は、昨夜、一人の狀貌獰惡な、みづから冒頓と稱する單干が、旣に
宿約があるので久しく長城の下に對つて居ると夢みてさめた、何か不
祥の前兆ではあるまいかと、告げてためらつたが、夢裡には虛誕の事
が多い、そのやうな事一々信じては居られないといふ。しかし長城は
墻宮で、冒頓は特である、奴の心が疑はれる。進士は、それでも、前
に忠を盡して後ち惡を働く筈はないと、信じ切つて居る。思案に餘つ
て紫鷺を呼び三人鼎座して議を凝らした。
　紫鷺は驚いて、大の反對を唱へた。反對の理由として、尤もと思は
れることが數へ立てられた。それよりも、病と稱して久しく引にもつ
てさへ居れば、大君も、必らず還鄕を許し賜はるだらうとの紫鷺の發
案であつた。其日は、進士も思ひ通りにゆかぬのを嗟嘆し、涙を含ん
で出で去つた。

　　다음 날 밤 진사가 들어와서 첩에게 말하기를,
　　"드디어 도망가지 않으면 안 되오. 대군이 어제 시의 뜻을 의심하
고 계시오. 지금 혹시 떠나가지 않으면 붙잡힐지 모르오."
　　라는 것이다. 첩은,
　　"지난밤에 스스로를 모돈(冒頓)이라고 칭하는 용모가 흉악한 자
인 단우(單于)가 언약한 바가 있어서 오래 동안 성 아래에서 기다리

고 있겠다는 꿈을 꾸었습니다. 깨어서 보니 무언가 상서롭지 않은
징조입니다."

라고 말하며 주저했는데,

"꿈이란 것은 허황된 것이 많은데 그러한 것을 일일이 믿을 수는
없소."

라는 것이다. 하지만 장성(長城)은 장궁(墻宮)이고, 모돈은 특이였
다. 하인의 마음이 의심스러웠다. 진사는 그래도 처음에 충성을 다
하고 나중에 나쁜 짓을 할 리가 없다고 말하며 믿고 있는 것이다. 좋
은 생각이 떠오르지 않아 자란을 불러 세 사람은 가마솥 발처럼 둘러
앉아 뜻을 모았다.

자란은 깜짝 놀라 크게 반대를 했다. 반대하는 이유로는 여러 가
지를 들었다. 그것보다는 병이라고 하여 오래도록 틀어 박혀 있다면
대군도 반듯이 고향으로 돌아가는 것을 허락해 주실 것이라는 것이
자란의 생각이었다. 그날은 진사도 생각대로 되지 않는 것을 탄식하
며 눈물을 머금고 떠나갔다.

一八 そちは金生と私あるな
18. 너에게는 김생과 내가 있지 않느냐?

一日、大君が西宮に座して宮女等に各々五言絶句を賦すべきを命じ
玉ふた。大君は詩作の日増に進境を示すのを嘉せられたが、ひとり妾
に對しては

『雲英の詩には人を思ふの意が見へる。前に賦煙の詩の時、ほのかに
それと心附いたのだが、今又そうした詩意が讀める、金生の上樑の文

語にも、夫れらしい跡があつた。雲英、そちは金生と私あるのではな
いか。』

と、きつい仰せ、妾は庭に下り叩頭して泣いた。

『主君から最初のお疑ひを受けました時、自盡して果てやうかとも存
じました。しかし、年まだ二旬、父母に見へずして死することの寃痛
に忍びず、生を偸んで今に及び、また又お疑ひを被ります以上、一死
何ぞ惜しみませうや、天地鬼神も昭覽あれ、侍女五人は頃刻も離れ
ず、淫穢の名、ただひとり妾に歸しました。妾は死所を得ました。』

羅巾でみづから欄下に縊れんとした。紫鸞は

『主君はかくのごとく英明に亘らせられ、しかも無罪の女をして、み
づから死地に就かしめたまふ、今日以後われ等筆を把つて句を作るこ
とを御辭退いたします。』

大君は火のやうに怒られては居たが、しかし、妾の死は欲しられな
かつたと見え、紫鸞をして救はしめ玉ふた。

大君は素縑五端を五人に分賜して、期日は濟んだ。

　　어느 날 대군이 서궁에 앉아서 궁녀들에게 각각 오언절구를 지어
올리라고 명했다. 대군은 시작(詩作)이 나날이 나아지는 것을 보고
기뻐했는데, 한 사람 첩에 대해서는,

"운영의 시에는 사람을 생각하는 뜻이 보이는구나. 일전에 부연시
(賦煙詩)를 지을 적에도 미미하게 그런 뜻이 보였는데, 지금 또한 시
의 뜻을 읽을 수 있구나. 김생의 상량문(上樑文)에도 그렇게 의심되
는 대목이 있었다. 운영아, 너와 김생이 사사로운 관계가 있는 것이
아니냐?"

고 엄하게 말하시기에, 첩은 뜰에 내려가 머리를 땅바닥에 찧으며 울었다.

"주군에게 처음 의심을 받았을 적에 자진하고자 했습니다. 그러나 나이 아직 스무 살이 안 되어 다시 부모를 보지 못하고 죽는 것이 원통하여 살기를 구차히 생각하다가 지금에 이르렀습니다만 다시 또 의혹을 받은 이상 한 번 죽는대도 무엇이 아깝겠습니까? 천지신명도 잘 살피고 계실 터이고 시녀 5인과 한시를 떨어져 있지 아니하는데 더러운 이름이 유독 첩에게 돌아왔습니다. 첩은 죽을 곳으로 가겠습니다."

수건으로 스스로 목을 매고 난간 아래에서 죽으려고 했다. 자란은,

"주군이 이와 같이 영명(英明)하신데 무죄한 시녀로 하여 스스로 사지로 가게 하시니 오늘 이후 저희들은 붓을 놓고 글짓기를 폐하겠습니다."

대군은 불과 같이 화가 나 있었다. 하지만 첩의 죽음을 원하지 않으신 것으로 보여 자란으로 하여 구하라고 하셨다.

대군은 흰 비단 다섯 필을 내어 5인에게 나눠주었습니다. 그날은 그렇게 지났습니다.

一九 九泉の下に相會はむ
19. 구천에서 서로 만나다.

これ以來進士はふたたび出入せず、門をとざして病に臥し、涙、枕衾に濺ぎ、命、縷のごとくなつた。

特は、之を見て

『大丈夫、死さば卽ち死すべきである。相思を忍んで、怨みを結び、兒女の懷を傷ましめて、みづから千金の軀を擲つは、甚だ取らざる所、計をもつてすれば何も六ケ敷いことは無い、半夜入寂の時、墻を踰えて入り、綿でその口をふさぎ、負ふて逃げさへすれば、誰も逐ひ來るものはない筈。』

と進士を煽動した。進士はれに同じなかつた。寧ろ至誠を披瀝するに如かずとの心から、其夜入り來たつた。妾は病に臥してまた起つべくもない。紫鸞をして迎え入れしめ、酒三行、一封書を寄せた。

그 후로 진사는 다시 출입하지 아니하고 문을 닫고 병석에 누어 눈물이 침금(枕衾)을 적시니 명이 실과 같았다.

특은 이것을 보고,

"대장부 죽고자 하면 곧 죽을 것입니다. 서로 생각하다가 원망을 사서 아녀자의 마음을 상하게 하고는 스스로 천금의 몸을 버리는 것은 참으로 해서는 안 되는 것입니다. 계략을 취하면 아무것도 어렵지 않을 것입니다. 깊은 밤 고요할 때에 담을 넘어 들어가 솜으로 그 입을 막아서 업어서 달아난다면 누구도 쫓아오는 사람이 없을 것입니다."

라고 진사를 선동했다. 진사는 그것에 동의하지 않았다. 오히려 지성을 피력하는 것과 같은 마음으로 그날 밤 들어왔다. 첩은 병으로 누워서 다시 일어나지를 못했다. 자란으로 하여 맞이하게 하고 술 삼배를 접대하게 하며 한 통의 편지를 주었다.

思へば、この後ちまた更めて郎君を見ることもあるまい。三生の緣、百年の約、今夕に盡きた。もし、天緣或は盡きずとせば、九泉の

下で相會ふの外はない。進士は、書を抱いて佇立し、流涕して出で去つた。紫鸞は見るに忍びず、柱に倚つて身を隱し淚を揮つて立つた。進士は家に還つて妾の書を披見したが、中に『願はくば郞君、高第に擢んで雲路に登り、名を後世に擧げ、以つて父母を顯はしませ、妾の衣服寶貨は盡く賣拂ふて、佛に供へて百般の祈祝に至誠發願すれば、三生のゑにし、再び後世に續ぐを得べきか』の一句がある。死を覺悟のその文面に進士は其場に氣絶した。

"생각해 보니 이후에 다시 낭군을 볼 수 없을 것입니다. 삼생(三生)의 인연과 백년의 언약이 오늘 저녁이면 다합니다. 만약 하늘의 인연이 다했다고 하면 구천(九泉)에서 다시 만날 수밖에 없습니다."

진사는 글을 든 체 우두커니 서서 눈물을 흘리며 나갔다. 자란은 차마 볼 수 가 없어서 기둥에 의지하여 몸을 숨기고 눈물을 흘리며 서 있었다. 진사는 집에 돌아와서 첩의 편지를 열어보았는데 그 안에는,

"바라옵건대 낭군이시여, 급제하여 운로(雲路)에 오르셔서 이름을 후세에 나타내시고 그것으로서 부모를 드러나게 하시옵소서. 그리고 첩의 의복과 보물과 재화는 모두 팔아서 불공을 하시되 백반으로 기축(祈祝)하여 지성발원(發願)하시면 다시 삼생의 인연을 후세에 이을 수 있지 않을까 합니다."

라는 한 구였다. 죽음을 각오하는 그 글을 보고 진사는 그 자리에서 기절했다.

二〇 ウマウマと奴にしてやられ
20. 먹을 것을 하인에게 주어라

進士は漸くのことで甦つた。その時、特が外から入つて來て、宮人が如何に答へたかを問ふた。しかし、進士は『死ぬより他はない』とのみ、餘事を語らなかつた。そして

『財寶は、しつかりと愼守して置いてくれ、あれは、ことごとく賣り拂つて佛に誠を薦めねばならぬ。』

と云つた。特は、己が家に立返つて、長い舌を吐いた。うまく行きおつた、宮人は出て來ない、財寶はおれ樣のもの、これこそ天の授かりものだと、ほくそ笑んだ。

진사는 한동안 있다가 다시 살아났다. 그때 특이 밖에서 들어와서 궁인이 어떻게 대답을 했는지를 물었다. 그러나 진사는,

"죽는 것 말고는 다른 방법은 업다"

라고만 하고 다른 말은 하지 않았다. 그리고,

"재화와 보물은 잘 지키고 있어라. 그것은 모두 팔아서 부처님에게 바치지 않으면 안 된다."

라고 말했다. 특은 집으로 돌아와 혀를 내둘렀다.

"잘 되었구나. 궁인은 나오지 못할 것이니 재화와 보물은 내 것이다. 이야말로 하늘이 주신 것이다."

라고 하면서 일이 자기 뜻대로 되는 것에 기뻐했다.

或日のこと、特は、自分で自分の衣を裂き、自分で自分の鼻を打

ち、血を全身になすくり附け、髪を被り、跣足のまま進士の邸へ駆け
込んで、庭に泣き入つた。

『強盗に―強盗にやつツけられました、ああ苦しい、氣が絶え相だ。』

進士は□と當惑した。特が死んで了つては、財寶をドコへ埋藏して
あるか分からなくなる。一心に藥を與へたり何かして、供饋酒肉、十
餘日に亘つた。特はやつと起きた。

『實に恐ろしい目に會ひました、たった一人で財寶を守つて居ました
ら、山中の衆賊が突然襲つて來て、棍杖で打ち据えられ、すんでのこ
とで殺されるところ、命からがら逃げ歸りました。主命を重んじてあ
の寶を失ふまいと思へばこそ、こんな目にも逢ひました。賦命の險、
こうまでとは思ひませんでした。ああその上、寶はみな奪ひ去られて
了つたらう。私は進士に面目ない、どうして速やかに死ななかつたの
だらう。』

と、足をもつて地に頓し、拳をもつて胸を扣ち、其場に慟哭するの
であつた。進士は、事の次第が父母に知れてはならぬので特を溫言に
慰めて、歸らしめた。

　　어느 날 특은 스스로 자신의 옷을 찢고 스스로 자신의 코를 때려
온 몸에 피를 칠하고 머리를 풀어 헤치고 맨발로 진사의 집으로 뛰어
들어가서는 뜰에서 울었다.

　　"강도에게, 강도에게 맞았습니다. 아이고, 힘듭니다. 숨이 끊어지
는 것 같습니다."

　　진사는 당황했다. 특이 죽으면 재화와 보물을 어디에 묻어 두었는
지 알 수가 없을 것이라고 생각했다. 일심으로 약을 주며 어떻게든

해서 공궤주육(供饋酒肉)[18]하기를 10여 일이 지났다. 특은 겨우 일어 났다.

"참으로 두려운 경우를 당했습니다. 다만 홀로 재화와 보물을 지 키고 있었는데 갑자기 산중의 도적들이 습격해 와서 곤장으로 얻어 맞아 죽을 뻔한 것을 겨우 목숨만 구하고 도망 왔습니다. 진사님의 명령을 중히 여기어 그 보물을 잃지 않으려고 생각했기에 이런 일을 당하게 되었습니다. 운명의 험난함이 이와 같다고는 생각지 못했습 니다. 게다가 보물은 모두 빼앗겨 버렸습니다. 저는 진사님을 볼 면 목이 없습니다. 어찌하여 속히 죽지도 않는지요."

라고 발을 구르며 주먹으로 가슴을 치고 그 자리에서 통곡하는 것 이었다. 진사는 이 일의 전말을 부모가 알아서는 안 되기에 특이에 게 온정의 말로 위로하여 돌아가게 했다.

後ちに至つて特の惡計に心附いた時はもう遲かつた。

特の凶計に與みした者は數十人であつた。乃で進士は、十餘名を率 ゐて特の家を襲つたが、家にはただ金釵一隻と寶鏡一面が殘つて居た 丈けで其他に何んにも無かつた。それを臟物として官に訴へ出たいけ れど、そうすれば一切の事が洩れる。此の二品丈けでも無ければ佛に 備へることはできぬ。進士は遺恨骨髓に徹して、特を殺さうとも思つ たが力及ばぬので、ただ徒らに齒を軋らせて無念がるのみであつた。

나중에 이르러 특의 나쁜 계략을 알아차렸을 때는 이미 늦었다.

---

18 윗사람에게 술과 고기를 바침.

특의 흉악한 계략에 따른 자는 수십 인이었다. 이에 진사는 10여 명을 거느리고 특의 집을 습격했으나 집에는 오직 금으로 만든 팔찌 한 쌍과 보배롭고 귀한 거울 한 면만이 남아 있을 뿐 그 밖에는 아무것도 없었다. 그것을 장물로 삼아 관가에 소송하고 싶었으나 그렇게 하면 모든 사실이 노출 될 것이다. 이 두 가지 물품이라도 없다면 부처님에게 올릴 것이 없다. 진사는 한이 골수에 맺히어 특을 죽이려고 생각했지만 힘이 이르지 않았기에 다만 허무하게 이를 갈면서 단념할 뿐이었다.

二一 打殺して他のみせしめ
21. 때려 죽여서 다른 사람들에게 본보기를 보이다

特は、宮墻門外の盲卜の所へ出懸けて、己れの罪を卜つて貰つた。その言草はこうである。

『過ぐる日、朝まだきに宮墻の外を通つて居ると、宮中から墻を踰えやうとする者がある。的ッ切り盗賊と思つて高聲に追ッ懸けると、持つて居たものを放うり出して遁げた。それで自分はそれを持ち歸つて本主の來るのを待つて居ると、自分の主人がそれを知つて、金釧と寶鏡を押へた上、まだ何かあるに相違ないとて、自分を殺さうとして居るので、逃げやうとおもうがいいだらうか。』

盲卜は、逃げても能いと答へた。盲卜の隣人が傍らに居て

『お前の主人とはどこの誰か、隨分ヒドイ事をするぢやないか。奴を虐するのも法度がある。』

と憤るのであつた。

411

『主人といふのは、年少能文の聞えが高い、早晩、及第して朝に立つ
であらうが、今からああした貪婪な心では、末が恐ろしい。』
と、特は誠しやかに云つた。

　　特은 궁장(宮墻) 밖에 장님이 있는 곳으로 가서 자신의 죄를 점쳤
다. 그 말은 이러했다.

　　"지난 날 아침 전에 궁장 밖을 지나가려고 할 때, 궁중에서 담을 넘
으려고 하는 자가 있었습니다. 틀림없이 도적이라고 생각하여 고함
을 치고 쫓아가니 가지고 있던 것을 내던지고 달아났습니다. 그래서
저는 그것을 가지고 돌아와서 본 주인이 오기를 기다리고 있었는데
저의 주인이 그것을 알고 금팔찌와 보경을 압수한 후에 다시 무언가
다른 것이 있음에 틀림없다고 하며 자신을 죽이려고 하는데 도망가
는 것이 좋겠습니까?"

　　장님은 도망가도 좋다고 대답했다. 장님의 옆에 있던 사람이,
"너의 주인은 어디의 누구이냐? 참으로 나쁜 사람이 아니냐? 하인
을 학대하는 것도 법도가 있거늘."

　　"주인이라는 사람은 나이가 어리나 문장으로 명성이 높아 일찍이
급제하여 조정에 출입했는데 지금부터 탐내는 것이 이와 같으니 후
일이 두렵습니다."

　　라고 특은 자세히 말했다.

　　この事が直ぐに噂に上つて、宮人の間に傳へられ、宮人は之を大君
に告げた。

　　大君は激怒して、西宮の侍女五人を捉へて庭に引据え、刑杖を嚴に

して眼前に列ね、

『此の五人を殺して南宮の五人へのみせしめにする。棍杖の數を計へるに及ばぬ、打ち殺して差間へない。』

と、烈しく執杖の者に下令した。主命とあつて、あはや五人は、今まさに撲殺せらるべく棍杖は擬せられた。

『ただ一言—御願ひがございまする。』

大君は㷉つとなつて、

『何か。』

　　이 일은 바로 소문이 나서 궁인들 사이에도 전해져 궁인은 이것을 대군에게 고했다.

　　"이 5인을 죽여 남궁의 5인이 경계하게 하도록 하리라. 곤장의 숫자를 헤아릴 수 없을 정도로 쳐서 죽여도 좋다."

　　라고 세차게 곤장을 집행하는 자에게 명령했다. 주군의 명이었기에 5인은 지금 바로 맞아 죽게 되었다.

　　"다만 한 가지 부탁이 있습니다."

　　대군은 울그락불그락하며,

　　"무엇이냐?"

銀蟾が、必死となつて述べた。

『おとこ、おんなの情慾は陰陽に禀けましたもの、貴もなく賤もなく、人として備へないものはございませぬ。一たび深宮にとざされて、單影隻形、花を看ては淚を掩ひ、月に對しては魂を消し、梅子鶯を擲ち、ならび飛ぶこともできず、簾、燕幕を障ぎり、ふたり巢くう

413

ことも、叶ひませぬ。どうして健羨の意、妬忌の情に堪へませうや。一步宮墻を踰せば、人間の樂みがございます、人としてその樂みを樂まぬ者とてはございません。力及ばずとはいへ、心に忍びぬのは誰しも同じこと、ただ主君の威を畏れて春の若さを枯れ枯れに死んで行くばかりでございます、今、何の犯すところなき妾等を罪して死地に置かうとなさいます、妾等は黃泉の下、死すとも瞑目は致しませぬ。』

은섬이 필사적으로 말했다.

"남자와 여자의 정욕은 음양에서 품수한 것으로 귀함도 천함도 없습니다. 사람으로서 갖추지 못 할 것은 없습니다. 한 번 깊은 궁중에 들어와 단영척형(單影隻形)으로 꽃을 보면 눈물이 [앞을] 가리고, 달을 대하면 넋을 사르니, 매화나무에 날아든 꾀꼬리가 쌍쌍이 날지 못합니다. 발이 연막(燕幕)을 가림에 둘이 살 수 없는 것도 어찌할 수 없는 사정이지요. 부러워하는 마음과 질투하고 시기하는 감정을 참을 수가 없습니다. 한 번 궁의 담장을 넘어가면 인간의 즐거움을 알 수 있을 것입니다. 사람으로서 그 즐거움을 즐기지 못하는 자는 없습니다. 힘으로 어찌할 수 없다고는 하지만 마음을 참을 수 없는 것은 누구라도 같습니다. 다만 주군의 위엄을 두려워하여 청춘이 시들고 죽어갈 뿐인데 지금 아무런 잘못도 없이 첩 들을 벌하여 사지로 내몰게 하시니, 첩 등은 황천(黃泉)[19]에서 죽어도 눈을 감지 못할 것입니다."

---

19 황천: 사람이 죽은 후 영혼이 가는 곳이라는 뜻이다(松井簡治·上田万年編, 『大日本国語辞典』04, 金港堂書籍, 1919).

次に翡翠は云つた。

『主君撫恤の恩は、山も高からず、海も深からず、妾等は感懼してた
だ文墨絃歌に事へました、今、惡名遍ねく西宮に及び、これを洗ぐよ
すがもございません、生は死に如かず、ただ速やかに死を願ふのみで
ございます。』

다음으로 비취가 말했다.

"주군의 무휼(撫恤)[20]하신 은혜에 비하면 산도 높지 아니하며 바
다도 깊지 아니 합니다. 다만 첩 등은 두려워 문묵현가(文墨絃歌)로
일을 삼을 뿐인데 지금 오명이 서궁에까지 두루 미쳤으니 이것을 씻
을 방법도 없습니다. 살아도 죽은 것과 마찬가지입니다. 다만 속히
죽기를 바랄뿐입니다."

次いで玉女は

『西宮の榮、妾すでにともにする以上、西宮の厄、にわかに免るるこ
とはできますまい、火焰昆岡、玉石俱に焚かるるも是非なき次第、今
日の死は、死その所を得たるものと存じます。』

다음에 옥녀는,

"서궁의 영화를 첩 등이 함께하는 이상 서궁의 재앙을 갑작스럽
게 면할 수는 없습니다. 화염곤강(火焰昆岡)하고 옥석구분(玉石俱焚)[21]

---

20 어려운 처지에 있는 사람을 가엽게 여겨 도움을 주는 것.
21 옥과 돌이 다 불에 탄다는 뜻. 옳은 사람이나 그른 사람의 구별 없이 함께 멸망함
　을 비유.

하니 오늘의 죽음은 그 죽을 곳을 얻은 것입니다.”

紫鸞はいふ

『妾等は、みな閭巷の賤女、父は大舜でもなければ、母は二妃でもご
ざいません、鴛鴦の情翡翠の慾、妾等のみこれなしとは申し上げられ
ませぬ。穆王天子すらつねに瑤池の樂を思ひ、項王英雄すら帳中の涙
を禁じ得ませんでした。雲英とても人の情に變りはございますまい。
殊に金生は人中の英、引いて內堂に入れたのは主君の命ではございま
せんか、その金生の傍らで硯を奉じたのも主君の令でございました、
雲英は深宮の怨女、一たび美男を見て、喪心失性、今は悲しみと悶へ
に見る影もなくなりました。もう、朝露の果敢ないのと同じやう、長
くは保ちますまい。せめてもの死に行く雲英に、一度金生を御會はし
下さいますならば、兩人の結怨も解けませう、さすれば主君の積善は
莫大であらうと存じます、前日、雲英の節を毀たしめた罪は妾にござ
います、雲英に罪はございません、雲英の身代りに妾の命をお召し下
さいまして、どうぞ雲英をお見のがし下さいませ。』

자란이 말했다. “첩 등은 모두 시골의 천한 여자입니다. 아비는 대
순(大舜)도 아니고 어미는 이비(二妃)도 아닙니다. 원앙의 정욕과 비
취의 욕심은 첩 등만이 그렇다고 말할 수 없습니다. 목왕천자(穆王天
子)도 항시 요지(瑤池)의 낙(樂)을 생각하시고 항왕영웅(項王英雄)조
차 장중(帳中)[22]의 눈물을 금하지 못했습니다. 운영(雲英)도 사람의

---

22 장막을 둘러친 그 안.

정에는 변함이 없습니다. 더군다나 김생은 사람 중에 영웅이고, 인도하여 내당에 들어오게 하신 것은 주군이 명령하신 것이 아닙니까? 그 김생의 곁에서 진사의 벼루를 받들게 하신 것도 주군이 명하신 것입니다. 운영은 깊은 궁에서 원한을 품은 여인으로 한 번 미남을 보고 마음을 잃고 실성하여 지금은 슬픔과 근심하는 그림자도 볼 수 없게 되었습니다. 이제는 아침이슬과 같이 덧없는 것과 마찬가지로 길게는 살지 못할 것입니다. 적어도 죽어가는 운영에게 한 번이라도 김생을 만나게 하시어 두 사람에게 맺힌 원한을 풀어주십시오. 그렇게 해 주신다면 주군의 적선(積善)은 이보다 더 큰 것은 없을 것입니다. 그리고 전날 운영의 절개를 무너지게 한 죄는 첩에게 있지 운영에게는 없습니다. 운영을 대신해서 첩의 목숨을 거두어 가십시오. 아무쪼록 운영을 살려 주십시오."

妾は

『主君の恩は山のごとく海のごとくでございます、それにも拘はらず貞節を守り得なかつたのは其罪の一、前後所製の詩、主君の疑ゐを被むりながら眞實を申上げなかつたのは其罪の二、西宮無罪の皆樣が妾ゆゑに罪せられやうとするは其罪の三、此の三大罪を負ふて亦何の顔かございませうや、若し死を緩うせらるることもあらば、妾は自決の他ございませぬ。』

大君は紫鸞の言に幾分怒色霽れた樣子であつたが、

첩은,

"주군의 은혜는 산과 같고 바다와 같습니다. 그럼에도 정절을 지키지 못한 것이 그 죄의 하나입니다. 전후 두 번이나 글을 지을 때에 주군의 의심을 받으면서 진실을 아뢰지 못한 것은 그 두 번째 죄입니다. 서궁의 무죄한 모두가 첩으로[인해] 죄를 얻게 한 것이 그 세 번째 죄입니다. 이 세 가지의 큰 죄를 짓고 무슨 얼굴을 들고 살 수가 있겠습니까? 만일 죽음을 면하여 주시더라도 첩은 자결 말고는 다른 방법이 없습니다."

대군은 자란의 말에 어느 정도 화난 기색이 좀 사라진 듯 했습니다만,

更に小玉は跪づいて泣いていふ。

『前日浣沙の行を城內に行はうとしたのは妾の誠からでございました。紫鸞どのが夜、南宮にまゐつて是非にと乞ひますので、妾もその心中を思ひやり、群議を排して之に從ふたのが、そもそも雲英毀節の動機でございました、云はば罪は妾にございます、どうぞ妾を雲英どのの身代りに命を召し下さいませ。』

大君の怒りはやや解け、妾を別室に囚へ、其餘はみな放たれた。其夜妾は羅巾をもつて、みづから縊死したのです。―と、長物語り、今度は進士が代つて次を語るのであつた。

다시 소옥은 꿇어 앉아 울면서 말했다. "전날 완사행을 성내(城內)로 가게 한 것은 첩의 마음이었습니다. 자란님이 밤에 남궁으로 와서 제발이라고 부탁했기에 첩도 그 마음을 생각하여 중론을 물리치고 여기에 따랐던 것이 운영의 절개를 무너뜨리는 동기가 되었습니다. 말하자면 죄는 첩에게 있습니다. 아무쪼록 운영 대신 첩의 목숨

을 거두어 주시기를 바랍니다."

대군의 진노함이 조금 풀리자 첩을 다른 방에 가두고 나머지 시녀들은 풀어주셨다.

그날 밤 첩은 수건으로 목을 매어 스스로 죽었다.

라고 하는 긴 이야기였다. 지금부터는 진사가 대신하여 다음을 이야기했다.

二二 佛前に臀を叩いて酒と女を
(22) 불전에서 엉덩이를 두들기고 술과 여자를

雲英自決の日、一宮の人痛泣せざるなく、同氣哭聲宮門の外に達した。予(金進士)も之を聞いて氣絶ゆること久しく、爲めに家人は喪を發したが、其の後に活を得て、暮れ方に甦つた。

氣を落ち着けて、いろいろ考へた。事は決した。ただ雲英から供佛の約を負ふて果さぬのは九泉の魂を慰むる所以でない。乃で、金釧寶鏡および文房の具を賣り盡し、米四十石を得た。これを清寧寺に上つて佛事を設けたいと思つたが、信ずべき使の者が無い。

"운영이 자결한 날 궁의 사람들은 아파하며 울지 않는 자가 없었다. 동기의 곡성은 궁문 밖에 달했다. 나(김진사)도 이것을 듣고 오래도록 기절했기에 집안사람들은 상을 치렀는데, 그 후에 정신을 얻어 저물녘에 다시 살아났다.

마음을 진정하고 여러 가지로 생각했다. 일을 결정했다. 다만 운영과의 불공 약속을 지키지 않고 구천의 혼을 위로할 방법은 없었다.

이에 금팔찌와 보경 그리고 문방구를 다 팔아서 쌀 40석을 얻었다.
이것을 들고 청녕사(淸寧寺)에 올라가 불공을 하려고 했으나 믿을 만
한 하인이 없었다.

予は考へた末今一度特を呼んだ。
『汝の前日の罪は宥す。今、予の爲めに忠を盡すの心はない乎。』
特は泣いた。
『奴は、頑冥ではありますが、木石ではありません、一身負ふところ
の罪、髪を擢くとも數へがたい、今、御慈悲をもつて御宥し下され、
枯木葉を生じ、白骨肉を生んだに異なりません。敢て萬死を誓つて事
に當りませう。』
雲英の佛事を營むことを能く能く云ひ含め、特は謹んで旨を諒し、
寺に向つたが、

나는 생각다 못해 다시 특이를 불렀다.
"너의 전일 죄를 사하니 지금부터 나를 위하여 충성을 다할 마음
이 없느냐?"
특은 울었다.
"이놈이 완고한 자이나 목석은 아닙니다. 한 번 지은 죄는 머리를
뽑아도 헤아릴 수 없습니다. 지금 자비로 용서를 해 주시니 고목에
서 잎이 나고 백골에서 살이 나는 것과 같습니다. 만 번 죽음을 맹세
하여 일을 다 하겠습니다."
운영을 위하여 불공을 드리라고 신신당부하여 이르니, 특은 정중
하게 승낙하고 절을 향했는데,

寺に上るや、特は臀を叩いていふ。

『四十石もの米を、佛に供へるなんてベラボ一過ぎる。先づおれ樣達に振舞ふが能い。コラ、坊主共、能いか承知か。』

此時、一人の村女が通り懸つたのを、特は無理無體に引摺つて來て僧堂に留宿さし酒飯に飽いて十數日を經ても設齋の意が無い。醮の日に及んで、諸僧はいふ

『供佛の事は、施主が一番大切なのに、そう不潔では困ります、淸州に沐浴して潔身の上、禮を行はねばならない。』

特も已むを得ず僧堂から出て、水邊でゴヂヨゴヂヨ沃濯した丈けで、入つて佛前に跪き、何をいふかと見れば

『進士は今日限り死んで、雲英が明日復生し、特の配となりますやう一。』

三晝夜發願の誠がこれであつた。

절에 오르자 특은 엉덩이를 두드리며 말했다.

"40석의 쌀을 부처님에게 바치다니 터무니없는 일이다. 우선 우리들을 대접하는 것이 좋다. 이보게, 스님 잘 알겠는가?"

이때 마침 마을 여인이 지나가는 것을 특이 강제로 끌고 들어와서 승당(僧堂)에서 머물게 하고 주반(酒飯)을 갖추어 십 수 일을 지냈는데 설재(設齋)[23]하려는 뜻이 없었다. 초(醮)의 날에 이르러 여러 스님이 말하기를,

"불공하는 것은 시주가 가장 중요한 것을 그렇게 불결해서는 곤

---

23 불공을 위해 승려에게 공양하는 일.

란합니다. 맑은 냇가에서 목욕하고 정한 몸으로 예를 행하지 않으면 안 됩니다."

특이도 할 수 없이 승당에서 나와서 물가에 담가서 행기기만 하고 들어와서 불전에 꿇어앉아 무슨 말을 하나 들어보았더니,

"진사는 오늘로 죽고 운영은 명일 부생(復生)하여 특이의 배우자가 되게 하여주소서."

3일 밤낮을 발원(發願)하는 마음이 이것이었다.

二三 長吁一聲遂に起たず
23. 장탄 일성에 결국 일어나지 못하게 되다

特は歸つて進士に

『雲英閣氏は必ず生道を得るに相違ありません、設齋の夜、奴の夢に見はれて申されますには、至誠供佛感謝に勝えぬと、拜しては泣かれました。寺僧の夢もみんな同じでした。』

といふ。進士は其言を信じで失聲痛哭した。

특이는 돌아와서 진사에게

"운영각씨(雲英閣氏)는 반듯이 살아나실 겁니다. 설재하던 날 밤 저의 꿈에 오셔서 말씀하시기를, 지성으로 불공하여 주니 감사함을 이길 수가 없다며 절하면서 우셨습니다. 절의 스님들도 모두 그러했습니다."

라고 말했다. 진사는 그 말을 믿고 실성하며 통곡했다.

當時たま槐黃の節に當つて居たが、進士は擧に趣くの意なく、做工
を托すべく淸寧寺に上つて、數日間滯留、つぶさに特のなせる所を耳
にし、今更ならねど憤恨に勝えず、沐浴潔身の後ち佛前に再拜三拜、
叩頭合手して祝していふ。

『雲英死時の言、慘として負ふに忍びず、奴特をして虔試設齋、冥祐
に資せんことを冀つたのでした。今その特の祈り祭つた言を聞けば悖
惡を極はめております。雲英の遺言は盡く虛地に歸しました、故に更
めてここに小子より祝願する次第でございます。─冀はくば世尊、雲
英をして、還生せしめ、金生の配となさしめ玉へ、世尊、雲英金生を
して、後世に至りて此の寃痛を免かれしめ玉へ。世尊、特奴を殺し、
鐵伽を着け、地獄に囚へ玉へ。世尊特奴を烹てこれを狗に投じ玉へ。
若し世尊にして此の願意を納れ玉はば雲英は十二層の金塔を作り、金
生は三巨刹を創めて、此の恩に報じ奉るべし。』

祝し訖り、焚香百拜、叩頭百番にして出た。その後七日目に、特は
陷井に落ちて死んだ。

進士は最早や世事に望みなく、沐浴潔身　新衣を着して安靜の房に臥
し、食はざること四日、長吁一聲、遂に起たざる人となつた。

　당시 마침 괴황(槐黃)의 때였다. 진사는 과거에 뜻이 없었으나 공
부에 힘썼다.

　청녕사(淸寧寺)에 올라가 수일 체류하는데, 특이가 한 소행을 빠짐없
이 듣고 다시금 분함을 이기지 못했으나 목욕하여 몸을 깨끗이 한 후에
불전에 재배 삼배하며 머리를 조아리고 손을 모아 빌면서 말했다.

　"운영이 죽을 때 한 말을 쫓아 특이에게 정성스럽게 설재하고 명

우(冥佑)[24]를 부탁드리려고 했습니다. 지금 그때 특이가 축원한 말을 들으니 패악함이 끝이 없습니다. 운영의 유언은 모두 수포로 돌아갔습니다. 그리하여 다시 이곳에서 소자가 축원하는 바입니다. 영험하신 세존이시여 운영으로 환생하게 하시어 김생의 배우자가 되게 하여 주십시오. 세존이시여, 운영 김생으로 하여금 후세에 이르러 이러한 원통함을 면하게 하여 주십시오. 세존이시여, 특이를 죽이시어 철가(鐵枷)[25]를 입히시고 지옥으로 보내주십시오. 세존이시여, 특이를 죽여서 이것을 개에게 던져 주십시오. 만약 세존께서 이 바람을 들어주신다면 운영은 12층의 금탑을 만들고 김생은 삼거찰(三巨刹)을 지어 이 은혜에 보답할 것입니다."

축원을 마치고 분향(焚香) 백배하며 머리를 조아리기를 백번하고 나왔다.

그 후 7일되는 날 특이는 함정에 빠져서 죽었다.

진사는 이제 세상에 바랄 것이 없어 목욕하고 몸을 깨끗이 하여 새 옷을 입고 안정한 방에 누워서 먹지 않은 지 사 일 만에 장탄 일성에서 다시는 일어나지 못하는 사람이 되었다.

二四 夢の又夢風霜ここに幾年載
24. 꿈속의 꿈 바람과 서리 이곳에서 몇 년간을

金生はここまで寫し來たつて筆を擲ち、雨人相對して悲泣して休まぬ。柳泳、之を慰めていふ

---

24 신령이나 부처의 도움.
25 일본어 원문에는 철가(鐵伽)로 되어 있지만 철가(鐵枷)를 잘못 표기한 듯하다.

『両人重ねてここに逢ふは至願を遂げたるもの、讐奴既に除かれ、憤
惋また雪がる何故に斯くは悲痛し玉ふぞ、再び人間に生るる能はざる
を恨み玉ふか。』

金生涙を垂れて應へていふ

『われ両人、みな怨を含んで冥したりとはいへ、地下の樂、人間の樂
に如かず、況んや天上の樂をや、出世は願ふところではありませぬ。
ただ今夕の悲傷は、大君の故宮に主なく、烏鵲悲鳴、人跡到らず、已
に悲しみ極まれるに、況んや兵燹の後ちを受けて華屋灰となり、墻垣
は毀たれ、ただ階花芬茀、庭草敷榮、春光昔時の景を改めざるに、人
事の變易此の如き、重ねて來たつて昔を憶へば悲しみに勝えませぬ。』

김생은 여기까지 적고 붓을 던지며 두 사람은 서로 붙들고 울기를
계속했다. 유영은 그들을 위로하며 말하기를,

"두 사람이 여기서 다시 만난 것은 지극한 바람을 이룬 것이다. 원
수 놈도 이미 제거되고 분한 마음도 사라졌을 텐데, 어찌하여 이렇
게 슬피 우는 것이냐? 다시 인간으로 태어났으면 좋았을 것이라고
원망하는 것이냐?"

김생은 눈물을 떨구며 대답하며 말하기를,

"우리 두 사람은 모다 원한을 품고 죽었다고는 하지만 지하의 즐
거움은 인간의 즐거움과 같지 않습니다. 하물며 천상의 즐거움은.
그러므로 세상에 태어남을 바라지 않습니다. 다만 오늘밤에 비통함
은 대군의 옛 궁에 주인이 없고 오작이 슬피 울며 인적이 끊어졌으니
저의 슬픔이 지극합니다. 하물며 병화지변을 당한 후에 화옥(華屋)은
재가 되고 담장은 무너졌습니다. 다만 계화분불(階花芬茀)하고 뜰의

풀이 번영하여도 봄빛이 옛날의 경치를 고치지 못합니다. 인간사의
변하기 쉬움은 이와 같은데 다시 찾아간들 옛날을 생각하면 어찌 슬
프지 않겠습니까?"

柳はいふ
『さては、子は天上の人でござつたか。』
金生之に應へて
『われ等両人は素と是れ天上仙人、長く玉皇香案前に侍して居りまし
た。一日上帝太清宮に御し、我れに命じて玉園の果を摘ましめ玉ふた
際、雲英と私して、あらはれ、人間に謫下せられて人間の苦を經ました
が、今は玉皇前愆をゆるし三清に陞らしめ玉ひ、更に案前に侍すること
になりました。時に、颷輪を垂れて塵世の舊遊を復びしたのです。』

유는 말했다.
"그러면 당신들은 천상의 사람이십니까?"
김생이 이에 대답하며,
"우리 두 사람은 천상의 선인으로 오래 동안 옥황상제를 향안전
(香案前)에서 모시고 있습니다. 하루는 상제께서 태청궁(太淸宮)에 오
셔서 우리에게 명하시기를 옥원(玉園)의 과실을 따라고 하신 후에 운
영과 저로 하여 인간 세상에 내려가게 하시어 인간의 고통을 경험하
게 하셨습니다. 하지만 지금은 옥황상제께서 이전의 죄를 용서하시
어 삼청(三淸)에 두시니 다시 안전(案前)[26]에서 모시게 되었습니다.

---

26 귀한 사람이 앉아 있는 자리의 앞을 지칭하던 표현.

이에 표륜(飇輪)을 드리우고 인간 세상의 옛 놀이를 다시 하고 싶은
것입니다.”

涙を揮つて柳泳の手を執つていふ、

『海枯れ石爛るるとも、此情泯びず、天老ひ地荒るるも、此恨消し難し
今夕、何の夕べぞ、

邂逅相逢ふて此の悃愊を據ぶ、再世の縁いづくんぞ得べけん、伏し
て願はくば、尊君此稿を捨て、之を不朽に傳へて浮薄の口に浪傳し玉
ふことなく、戲翫の資たらしめ玉ふなくんば幸甚々々。』

と、進士、醉ふて雲英の身に倚り、一絶を吟じていふ

눈물을 흘리면서 유영의 손을 잡으며 말했다.

“바다가 마르고 바위가 다 닳아도 이 정은 없어지지 않고 하늘이
노쇠하고 땅이 황폐하여도 이 한은 해소하기 어렵습니다. 오늘밤은
어찌 된 일인지 그대와 상봉하여 이처럼 따뜻한 정을 펼쳤으나 다음
생의 인연은 어찌 얻을 수 있겠습니까? 엎드려서 바라건대 존군(尊
君)께서는 이 초고를 수습하여 이것을 영구히 전하여 경고망동한 자
의 입에 전달하지 마시게 하고 장난꺼리가 되지 않게 해 주신다면 참
으로 행복할 것입니다.”

라고 말하고 진사는 술에 취해서 운영의 몸에 기대어 시 한 구절
을 읊으면서 말했다.

花落ち宮中燕雀飛ぶ
春光舊に依り主人あらず

中宵月色深きこと許のごとし
細路輕きこと、翠羽の衣に似たり

　　　꽃은 떨어지고 궁중의 제비는 날아
　　　봄빛은 예와 같 것만 주인은 없도다.
　　　중천의 달빛이 깊어져 가는데
　　　이슬의 가벼움은 날개로 만든 옷과 같도다.

雲英繼いで吟じていふ
古宮の花柳、新春を帶ぶ
千載の豪華、夢に入ること頻りなり
今夕來たり遊んで舊跡を尋ぬ
禁ぜず珠淚おのづから巾を沾ほす

　　　운영이 계속해서 읊으며 말하기를,
　　　옛 궁의 화류는 새로운 봄빛을 띠고
　　　천년의 호화는 꿈속에 자주 드네.
　　　오늘 저녁에 와서 놀며 옛 자취를 찾으니
　　　슬픈 눈물 금하지 못하여 절로 수건을 적시도다.

　柳泳醉に乘じて睡り、しばらくして山鳥の一聲に覺めてあたりを見れば、雲烟滿城、曙色微茫たり矣。泳は冊を袖にして歸つて世に傳へたもの卽ち此篇である。

　유영도 술이 취하여 잠이 들었는데 한참 있다가 산새의 우는 소리에 깨어 사면을 바라보니 구름과 연기는 성안에 가득하고 새벽빛은 어슴푸레했다. 유영이 책을 소매 속에 숨기고 돌아와서 세상에 전한 것이 바로 이 책이다.